DAS GESTOHLENE ASCHENPUTTEL

A. ZAVARELLI

Übersetzt von

GRIT SCHELLENBERG

GREY EAGLE
PUBLICATIONS

Originaler Titel: *Stealing Cinderella*

Für diese Ausgabe :

greyeaglepublications.com

Covergestaltung : Coverluv Book Designs
www.coverluv.com

Aus dem Amerikanischen von Grit Schellenberg
Lektorat: Fehler-Haft.de

ISBN: 978-1-64366-374-6
Print ISBN: 978-1-64366-375-3

VORWORT

ELLA

»Wohin gehen wir, Papa?«

Er drückt meine Hand, während wir eine belebte Londoner Straße entlanggehen. Überall um uns herum gibt es neue Anblicke, Gerüche und Geräusche. Ein Doppeldeckerbus rauscht vorbei, und eine Gruppe von Frauen in Absatzschuhen läuft an uns vorbei, um ihn zu erwischen. England ist so anders als das winzige Dorf in Frankreich, wo ich herkomme, und ich möchte jedes Detail aufnehmen, solange ich kann.

»Ich habe dir versprochen, dass wir die Stadt erkunden werden.« Er lächelt auf mich herab. »Jetzt sind wir hier, also lass sie uns erkunden.«

»Es ist schon spät.« Narcissa blickt mit zusammengezogenen Augenbrauen auf ihre Uhr. »Und es ist eine lange Fahrt zurück nach Kent. Wir sollten bald den Fahrer anrufen.«

»Ah, aber ich habe den Fahrer für heute Abend

entlassen.« Mein Vater zwinkert mir schelmisch zu. »Ella will den Zug nehmen.«

»Den Zug?«, rufen meine Stiefschwestern unisono. »Du machst wohl Witze.«

Auch wenn sie nicht über meine Abenteuerlust zu verfügen scheinen, kann ich nicht umhin, die Mädchen zu bewundern, während sie alle Gründe aufführen, warum wir den Zug nicht nehmen sollten. Mit ihrem noblen britischen Akzent und den schicken roten Kleidern erinnern sie mich an die Pariser Fashionistas aus dem Fernsehen.

Magnolias Haare sind lang und dunkel, während Lavinias blond sind wie meine. Aber sie fließen im Gegensatz zu meinen wilden Locken wie ein seidiger Fluss über ihre zierlichen Schultern. Ihre Haut ist hell und glatt, und dieser Teint, auf den Narcissa besteht, bleibt erhalten, indem sie die Sonne meiden. Es ist leicht, zu sehen, dass sie nach ihrer Mutter kommen, von der ich bereits entschieden habe, dass sie die Schönste von allen ist. Noch umwerfender als die Schauspielerinnen aus den alten französischen Filmen, die mein Vater immer gesehen hat.

Narcissa ist groß und gertenschlank mit einer Anmut, von der ich nur hoffen kann, sie jemals zu besitzen, und ich ertappe mich oft dabei, wie ich ihren Akzent imitiere, wenn sie nicht da ist. Es ist nicht schwer, zu verstehen, warum mein Vater sich in sie verliebt hat. Immer, wenn sie ihn ansieht, leuchten seine Augen voller Bewunderung für sie. Aber immer wenn sie mich ansieht, verblassen ihre Augen zu schwarzen Tümpeln, und ich schrumpfe zurück in meine unsichtbare Hülle.

»Henri«, schmollt Narcissa. »Der Zug ist schmutzig. Es war so ein schöner Abend in der Stadt. Lass ihn uns nicht mit diesem dummen Unsinn verderben.«

Mein Vater schaut auf mich herab, und das Lächeln verschwindet von meinem Gesicht. Ich will mit dem Zug fahren, aber ich will auch meine Stiefmutter glücklich machen, weil es so scheint, als würde ich das nie tun.

Als mein Vater mit mir aus dem einzigen Dorf, das ich je kannte, zu Narcissa und ihren Töchtern zog, sagte er, es würde unser bisher größtes Abenteuer werden. Aber bis jetzt habe ich es nicht geschafft, meinen Platz in der Familie zu finden.

Narcissa ist die Königin unseres Haushalts. Sie geht shoppen und putzt sich heraus, um jederzeit umwerfend auszusehen. Und mein Vater ist der König, weil er all das Geld verdient, um uns zu unterhalten. Magnolia und Lavinia sind definitiv die Prinzessinnen mit ihren verschwenderisch gefüllten Schränken und ihren hohen Ansprüchen. Aber was mich betrifft, macht mich nichts besonders oder bemerkenswert, und ehrlich gesagt bin ich mir nicht wirklich sicher, wie ich in all das hineinpasse.

»Es ist nur eine Zugfahrt«, besteht mein Vater darauf und drängt uns vorwärts. »Ein kleines Abenteuer wird uns allen guttun.«

Hinter dem Rücken meines Vaters gleitet Narcissas

eisiger Blick zu mir und lässt mich bis ins Mark frösteln. Ich richte meine Aufmerksamkeit auf den Bürgersteig und konzentriere mich auf die Risse, während wir vorwärtsmarschieren. Der Geruch von Dönerläden und heißen Pommes liegt in der Luft, und obwohl wir gerade gegessen haben, knurrt mein Magen nach mehr. Irgendwann möchte ich auch diese Restaurants ausprobieren. Als wir uns dem Bahnhof nähern, verschwinden diese Gerüche, und eine ruhige Stille legt sich über die Gruppe, als mein Vater uns zum Fahrkartenschalter und dann zum Bahnsteig führt.

»Es ist eiskalt hier oben«, jammert Lavinia. »Müssen wir draußen warten?«

»Bist du sicher, dass so spät überhaupt ein Zug kommt?« Narcissa schaut sich unsicher auf dem leeren Bahnsteig um.

Die Unterhaltung, die folgt, blende ich aus, während ich die Karte der Bahnstrecke betrachte und all die Orte anschaue, an denen wir auf dem Weg zurück nach Cranbrook anhalten werden. Ein Nervenkitzel schießt mir durch die Adern, als ich mir überlege, wie der Zug im Inneren aussehen wird. Vielleicht wie in einem der alten Filme meines Vaters, wo alle schick gekleidet sind, die Männer Aktentaschen haben und die Frauen diese lustigen Hüte tragen. Papa und ich hatten nie einen Grund, in Frankreich den Zug zu nehmen, aber jetzt, da wir in England leben, verspricht er, dass wir oft damit fahren werden, um die Orte um uns herum zu sehen.

Papas Stimme schleicht sich in mein Bewusstsein

zurück, als er sich neben mich stellt, und ich bin kurz davor, ihm einige der Haltestellen zu zeigen, als er mich am Arm ergreift und hinter sich schiebt. Mein Herz schlägt wie verrückt, als ich das Zittern in seinem Griff spüre. Instinktiv weiß ich, dass etwas nicht stimmt, bevor ich meine Sinne einschalte und alles auf einmal auf mich einstürmt, wie Funkstörungen.

»Gebt uns einfach die Brieftaschen und den Schmuck, und wir verschwinden wieder.«

»Papa?« Ich schaue um seinen Arm herum und erstarre dann, als mein Blick auf die beiden Männer trifft, die mit gezogenen Messern vor uns stehen.

»Hier.« Mein Vater fischt seine Brieftasche aus der Hose und wirft sie auf den Bahnsteig.

»Die Uhr auch.« Einer der Männer benutzt sein Messer, um auf das Handgelenk meines Vaters zu zeigen. »Und, meine Damen, ihr könnt jetzt anfangen, den Schmuck abzulegen.«

»Nicht meinen Verlobungsring!«, protestiert Narcissa, während sie wütend meinen Vater anstarrt.

»Das ist in Ordnung«, versichert Papa ihr. »Gib den Männern einfach, was sie wollen, damit sie verschwinden können.«

Lavinia und Magnolia vergießen Tränen, als sie ihre zusammenpassenden Goldarmbänder auf den Haufen werfen, der sich auf dem Bahnsteig ansammelt. Narcissa ist ebenso weinerlich, als sie ihren Ring vorsichtig auf die Brieftasche meines Vaters legt.

»Jetzt, das kleine Mädchen.« Einer der Männer

kommt auf uns zu, und mein Vater schiebt mich zurück.

»Sie hat nichts. Wir haben Ihnen gegeben, was wir haben, jetzt gehen Sie bitte einfach.«

»Nee, das glaube ich nicht.« Der gruselig aussehende Fremde neigt den Kopf und betrachtet mich eindringlich. »Das müssen wir selbst sehen.«

Mein Vater drängt mich gegen den kalten Metallzaun zurück und schirmt mich mit seinem Körper ab, während ich verzweifelt meine Halskette unter den Kragen meines Kleides stecke, in der Hoffnung, dass sie sie nicht entdecken. Dies war das letzte Geschenk, das mir meine Mutter machte, und ich weiß, dass er es deshalb zu schützen versucht. Aber als ihre Schritte auf dem Beton aufschlagen, denke ich, dass es vielleicht keinen Ausweg gibt.

Bevor ich diese endgültige Entscheidung treffen kann, stürzen sich beide Männer gleichzeitig nach vorne und reißen meinen Vater von mir weg. Er weicht nicht kampflos, und als er einen der Männer zu Boden schlägt, schwingt der andere das Messer geradewegs auf seinen Hals.

Papa stolpert zurück, hustet und stottert, während er die Hände an seinen Hals hebt. Ein Schrei durchdringt die Luft, als er auf den Bürgersteig fällt, und mein Gehirn braucht eine Sekunde, um zu verstehen, was diese karmesinrote Flüssigkeit an seinen Fingern ist.

»Papa!« Ich falle auf die Knie und krieche zu ihm,

während Entsetzen durch meinen ganzen Körper vibriert.

Meine Gliedmaßen sind zu steif, und alles scheint so schnell zu gehen. Narcissa ist versteinert, und ihre Augen blicken ins Leere, als sie mich durch das Blut meines Vaters kriechen sieht. Es gibt so viel davon, und ich weiß nicht, wie ich ihm helfen kann. Als ich meine Hände zu seinen bringe, strömt Wärme aus seiner Wunde über meine Finger. Seine Augen sind glasig und schwach, als ich mich an sein Hemd klammere und ihn anflehe.

»Papa, bitte sei okay! Bitte, irgendjemand muss uns helfen!«

Mit dem letzten bisschen Kraft, das er noch zu haben scheint, schlingt er seine Finger um meine und schenkt mir ein trauriges, seltsames Lächeln.

»Ich liebe dich, Ella«, krächzt er.

»Nein!« Ich klammere mich an ihn, weigere mich zu glauben, dass dies die Realität ist. Er darf mich nicht verlassen. Ich werde das nicht zulassen. Aber selbst als ich ihm das sage, erschlafft sein Körper unter mir, und sein Kopf fällt zur Seite, während das Leben aus seinen Augen schwindet.

»Bitte!« Ich schaue Narcissa an, und eine hektische, verzweifelte Energie lässt meine Stimme zu hoch werden. »Du musst etwas tun!«

Sie lässt ihre zitternden Hände sinken, und innerhalb weniger Sekunden verwandelt sich ihr Gesichtsausdruck von Entsetzen zu Hass.

»Ich glaube, du hast genug für uns alle getan, Ella.«

1

ELLA

»So ein gutes Mädchen, Mabel.« Meine Finger tanzen über ihre glänzende schwarze Mähne. »Schau, wie weit du gekommen bist.«

Sie taucht ihren Kopf ein, stupst mich mit ihrer Nase an, um mir einen wortwörtlichen Pferdekuss zu geben. Mabel ist ein ehemaliges Rennpferd, das von seinen Besitzern misshandelt wurde, und als es im Hilliard ankam, war es so schreckhaft, dass wir befürchteten, es würde sich nie wieder erholen. Aber Zeit und Geduld haben Mabel wieder Vertrauen gegeben, und jetzt verbringt sie ihre Tage glücklich faulenzend in der englischen Landschaft. Ich liebe es, mit ihr zu arbeiten, wann immer ich die Gelegenheit dazu bekomme, und obwohl ich versuche, keine Lieblinge zu haben, glaube ich, dass ich tief in meinem Herzen eine Schwäche für die rabenschwarze Araberstute entwickelt habe.

»Ich wünschte, ich könnte noch etwas länger bleiben, aber ich muss gehen.« Ich streichele ein letztes Mal über ihr Gesicht. »Guten Appetit.«

Sie wedelt mit dem Schwanz und richtet ihre Aufmerksamkeit auf das Heu, während ich über die Weide husche und die Futterstationen zähle, um sicherzugehen, dass ich keine übersehen habe. Als ich am Tor ankomme, wartet Olivia bereits auf mich und schüttelt amüsiert den Kopf. Sie ist die Besitzerin des Hilliard-Tierheims und war so freundlich, mich hier auf freiwilliger Basis arbeiten zu lassen, wann immer ich die Chance habe, von zu Hause wegzukommen.

»Alle anderen Pferde werden eifersüchtig werden, wenn du weiterhin mit ihr kuschelst.« Sie lacht.

Ein Grinsen breitet sich auf meinem Gesicht aus. »Ich habe keine Lieblinge, und das weißt du.«

»Sicher hast du das nicht.« Sie schmunzelt. »Versuch, das deinem Schatten zu erzählen.«

Wie aufs Stichwort erscheint das winzige Kätzchen und streicht um mein Bein, um meine Aufmerksamkeit zu erregen. Alfred ist nur ein kleiner Ball aus grauem Flaum mit den hübschesten blauen Augen, die ich je gesehen habe, und ich würde lügen, wenn ich sagen würde, dass er mir nicht das Herz gestohlen hat. Als ich ihn in die Arme nehme, schmiegt er sich an meine Brust und fängt an zu schnurren.

»Gibt es Neuigkeiten über die Welpen?«, frage ich.

Angst blitzt in Olivias Augen auf, als sie nickt. »Der Tierarzt will sie noch eine Weile behalten, bevor er sie entlässt.«

Ich kraule Alfred an den Ohren und überlege, was ich noch tun kann, um ihm zu helfen. Vor ein paar Wochen hat jemand mitten in der Nacht einen Wurf ernsthaft kranker Welpen vor Olivias Haustür abgeladen. Sie werden sehr viel Pflege benötigen, es sei denn, wir finden jemanden, der bereit ist, sie zu adoptieren, was unwahrscheinlich ist. Die Tiere, die mehr Aufmerksamkeit brauchen, werden selten adoptiert. Olivia macht sich Sorgen wegen der Tierarztrechnungen, und es ist schwer, sich nicht hilflos zu fühlen. Es scheint, als ob jede Woche jemand anderes sie bittet, ein weiteres verlassenes Tier zu retten. Währenddessen übt der Tierarzt Druck auf sie aus, ihre Schulden abzubezahlen, bevor er ihr weiterhin hilft.

»Ich habe diese Woche fünf Änderungsaufträge«, sage ich ihr. »Eine unserer Nachbarinnen hat einige Kleider gekauft, die gesäumt werden müssen. Ich komme am Sonntag gleich rüber und gebe dir, was ich damit verdiene.«

»Danke, Ella.« Ihr Gesicht wird weicher. »Ich weiß das zu schätzen, aber du gehst jetzt besser nach Hause. Es ist schon nach vier Uhr.«

»Mist!« Ich setze Alfred ab, und er wedelt mit dem Schwanz, während er nach mir miaut.

»Du weißt, dass du nicht jeden Tag hierherkommen musst.« Olivia betrachtet mich mit Sorge. »Nicht, wenn es dich in Schwierigkeiten bringt.«

Meine Brust zieht sich zusammen, und ein verzweifelter Kummer breitet sich in mir aus. »Dies ist der einzige Rückzugsort, den ich habe. Wenn ich nicht herkommen könnte …«

»Ich weiß.« Sie drückt meine Schulter. »Und ich würde nicht wollen, dass du jemals aufhörst. Aber ich will dich nicht in Schwierigkeiten bringen, und ehrlich gesagt bin ich mir nicht sicher, wie lange ich das noch durchhalten kann.«

»Ich versuche immer noch, Spenden zu bekommen«, beharre ich darauf. »Jede Woche kommen mehr Gelder herein.«

Sie besänftigt mich mit einem Lächeln, aber tief im Inneren weiß ich, dass mein Rückzugsort in großen Schwierigkeiten steckt. So wie es aussieht, sind wir auf Spenden für Futter angewiesen, um von Woche zu Woche über die Runden zu kommen. Ganz zu schweigen von all den anderen Kosten, die mit dem Betrieb einer so großen Anlage verbunden sind. Olivia hat ein gütiges Herz, aber leider gibt es auf dieser Welt mehr unverantwortliche Tierbesitzer als Pfund auf ihrem Bankkonto.

Als ich mich an diesem Ort umsehe, der für so viele Tiere ein Zuhause geworden ist, treibt mir der Gedanke, dass er verschwinden könnte, Tränen in die Augen. Wenn wir uns nicht um sie kümmern können, weiß ich nicht, was ihre Zukunft bringen wird. Es ist eine bittere Tatsache, dass viele dieser Babys, die bereits ein so schwieriges Leben geführt haben, wahrscheinlich an Orten landen werden, wo sie eingeschläfert werden.

»Wir lassen uns was einfallen«, verspreche ich, aber

meine Stimme bricht. »Ich schreibe noch einen Brief an den königlichen Sekretär.«

»Ich weiß nicht, was ich ohne deine Hilfe tun würde.« Olivia zieht mich in eine Umarmung, nur um von einem leisen Miauen von unten unterbrochen zu werden.

»Oh, Alfred.« Ich greife nach unten und tätschele seinen Kopf. »Ich wünschte, ich könnte dich mit nach Hause nehmen. Aber leider werden meine Besuche hier erst einmal reichen müssen.«

Alfred scheint nicht einverstanden zu sein, und hat sich entschieden, sich an meinen Füßen zu reiben, um mich vom Gegenteil zu überzeugen. Wenn ich die Zuversicht hätte, dass er unentdeckt im Herrenhaus bleiben könnte, würde ich ihn mitnehmen. Aber es ist sicherer für ihn, erst einmal hier zu bleiben.

»Du gehst besser nach Hause.« Olivia stupst mich an. »Narcissa wird wahrscheinlich durchdrehen.«

Ich erschaudere bei dem bloßen Gedanken daran. »Ich weiß nicht, wo mir in letzter Zeit der Kopf steht.«

»Oben in den Wolken«, ruft sie mir nach, als ich mich auf den Weg nach Hause mache. »Wie immer.«

»Wo zum Teufel bist du gewesen?«, knurrt Lavinia, sobald ich durch die Eingangstür schlüpfe.

»Tut mir leid, ich bin spät dran.« Ich ziehe meine schmutzigen Schuhe aus, lasse sie an der Tür stehen, und beeile mich, um die Tassen vor ihnen auf dem Tisch abzuräumen.

»Oh, Gott.« Magnolia winkt mit der Hand vor ihrem Gesicht. »Du riechst wie ein Pferdearsch.«

»Ich musste meinen eigenen Tee machen!« Lavinia starrt mich wütend an. »Und ich bin am Verhungern. Ich will jetzt zu Abend essen.«

»Ich werde sofort damit anfangen«, versichere ich ihnen. Aber bevor ich so weit komme, erscheint Narcissa im Flur und versperrt mir den Weg.

Ihre Augen schweifen über mich, kalt und kritisch, während sie ihren Kopf schüttelt. »Enttäuschung. Das ist es, wie ich dich nennen sollte. Ehrlich, Ella, sieh dich an. In diesen Lumpen, die du Kleidung nennst, durch die Landschaft zu streifen. Hast du kein Schamgefühl?«

Ich blicke auf die verblichenen Jeans, die ich in einem Secondhand-Laden gekauft habe, und hoffe, dass sie das Loch am Knie, das ich noch flicken muss, nicht bemerkt. Während Narcissa schnell darin ist, meine Garderobe zu kritisieren, weigert sie sich noch schneller, mir zu helfen, den traurigen Zustand meiner Kleidung zu ändern. Sie hat jeden letzten Penny der Lebensversicherung meines Vaters für das Beste für sich und meine Stiefschwestern verschwendet, das London hergab, während ich mich mit Stoffresten und alten Stücken meiner Mutter begnügen musste.

»Es tut mir leid.« Ich senke meinen Kopf unter dem Gewicht ihres prüfenden Blicks. Es hat keinen Sinn, sich mit ihr zu streiten. Das habe ich auf die harte Tour gelernt. Dieses Leben ist meine Strafe dafür, dass ich ihr meinen Vater weggenommen habe. Ich habe seinen Tod verursacht und unser aller Leben ruiniert.

»Es tut mir leid, es tut mir leid, es tut mir leid«, ahmt sie mich nach. »Das ist alles, was ich immer höre. Glaubst du, ich weiß nicht, wo du deine ganze Zeit verbringst? Auf diesem gottverlassenen Trümmerhaufen von einem Bauernhof mit all diesen Viechern. Du scheinst Schwierigkeiten zu haben, die grundlegendsten Aufgaben hier zu erfüllen, und ich fange an, mich zu fragen, ob es daran liegt, dass ich dir zu viel Freiheit gegeben habe.«

Die Tassen in meinen Händen wackeln, als ich zu ihr aufschaue, in der Hoffnung, dass sie mich einfach entlässt. Aber so viel Glück habe ich nicht.

»Vielleicht brauchst du einen Auffrischungskurs«, sagt sie. »Ist es das? Muss ich dir verbieten, dorthin zu gehen, um dich für deine Verpflichtungen zu Hause aufzuwecken?«

»Bitte nicht!«, platze ich heraus.

Ein finsteres Lächeln breitet sich auf ihren Lippen aus, während sie mich dabei beobachtet, wie ich mich winde. Realistisch gesehen wissen wir beide, dass sie mir nicht wirklich etwas verbieten kann. Ich bin zwanzig Jahre alt. Aber da sie das ganze Geld meines Vaters ausgegeben und mir nie erlaubt hat, außerhalb des Guts zu arbeiten, sind meine Möglichkeiten begrenzt. Sie hasst mich, aber sie ist auch nicht bereit, mich ein Leben frei von ihren Forderungen leben zu lassen. Für Narcissa war ich immer nur eine

Gefangene, die ihre Schulden mit einer lebenslangen Haftstrafe abarbeitet.

»Mädchen, was denkt ihr, wird Ella dazu inspirieren, pünktlich zu sein?«, sinniert sie.

»Wir könnten die mittelalterlichen Bestrafungen zurückbringen.« Magnolia wirbelt mit einem grausamen Lächeln eine Strähne dunklen Haares um ihren Finger.

Narcissa lacht beiläufig, als würden sie über das Wetter sprechen.

»Vielleicht könnte Aschenputtel heute Abend das Feuer hüten.« Lavinia hält mich mit ihren hinterlistigen Augen fest und verspottet mich mit dem Spitznamen.

Ohne nachzudenken, schweift meine Aufmerksamkeit zu den Ärmeln, die die Narben auf meinen Armen verdecken, und Lavinia entgeht das nicht. Ein böser Schimmer blitzt in ihren Augen auf, und ich erschaudere bei der Erinnerung. So wie sie die Geschichte erzählt, bin ich ausgerutscht und ins Feuer gefallen, aber die Wahrheit ist, dass sie einen Wutanfall bekam, als ich mich weigerte, ihre Hausaufgaben zu machen. Sie stieß mich mit so viel Kraft direkt in den Kamin, dass ich davon überzeugt war, dass sie wollte, dass ich nie wieder herauskrieche. Bis zum heutigen Tag kann ich den Ausdruck auf ihrem Gesicht nicht vergessen, während ich mich dort herausschleppte, und sie dabei um ihre Hilfe bat. Die Freude, die sie an meinem Leiden hatte, war geradezu psychotisch. Seitdem habe ich mein Bestes getan, um ihren

Wutanfällen aus dem Weg zu gehen, aber ich frage mich immer, wie viel Bösartigkeit direkt unter der Oberfläche lauert.

»Was denkst du, Ella?«, fragt Narcissa. »Bist du bereit für die Aufgabe?«

»Bitte, nein.« Ich schüttele den Kopf. »Ich werde alles andere tun. Ich werde nicht wieder zu spät kommen, ich schwöre es.«

»Sehr gut.« Sie seufzt. »In diesem Fall kannst du mir alles geben, was du diese Woche mit deinen kleinen Nähprojekten verdienst.«

Der Protest kommt mir über die Lippen, bevor ich es mir besser überlegen kann. »Ich kann nicht. Ich habe das Geld bereits Olivia versprochen.«

Narcissas Hand bewegt sich blitzschnell, schnappt sich eine Faust voll meiner Haare und zerrt daran, bis es sich anfühlt, als würde sie sie mit den Wurzeln herausreißen. »Habe ich dich gerade Nein sagen hören?«

Ich starre durch sie hindurch und beiße mir auf die Zunge, bevor ich noch etwas sage, was ich bereuen werde. Schon jetzt ist das Geschirr in meinen Händen kurz davor, herunterzufallen, und Gott weiß, dass ich sie nicht weiter provozieren will.

»Antworte mir!« Sie beugt sich in mein Gesicht, und ihre Augen durchbohren meine.

»Du kannst das Geld haben«, antworte ich bitter. »Ich werde es dir geben, sobald ich es habe.«

»Du ekelst mich an.« Sie stößt meinen Kopf weg und ich stolpere zurück und verliere fast das Geschirr, während ich versuche, mein Gleichgewicht wiederzufinden. »Erbärmliches, undankbares kleines Miststück. All die Jahre musste ich dich durchfüttern. Ich hätte dich in ein Waisenhaus schicken können, weißt du. Es sind Zeiten wie diese, in denen ich wünschte, ich hätte es getan.«

Ich beiße den Stich meiner Gefühle zurück und versuche erneut, an ihr vorbeizukommen, aber sie ist noch nicht fertig.

»Du kannst vergessen, dass du diese Woche auf den Bauernhof gehst«, fügt sie hinzu. »Du wirst vom Sonnenaufgang bis Sonnenuntergang im Herrenhaus arbeiten.«

»Okay«, zwinge ich mich, zu antworten, bevor sie zwei Wochen daraus macht.

»Und während du das genießt, bereiten wir uns auf den Ball vor«, mischt sich Lavinia ein. »Du musst alle meine Kleider bügeln, damit ich entscheiden kann, welches ich anziehen will.«

»Welcher Ball?« Ich schaue sie an.

»Die königliche Familie veranstaltet einen Wohltätigkeitsmaskenball.« Sie spricht, als ob ich zu dumm wäre, um so etwas zu begreifen. »Königliche Junggesellen aus der ganzen Welt sind eingeladen worden. Und heute Morgen hat es unsere liebste Mama geschafft, uns Tickets zu sichern.«

»Uns?« Mein Bauch rumort, während ich überlege, was das bedeuten könnte.

»Sei nicht dumm.« Narcissa zeigt mit einer Geste, die keinen Widerspruch duldet, mit ihren rotlackierten

Fingernägeln auf ihre Töchter. »Lavinia und Magnolia werden mit mir zu dem Ball gehen. Diese Tickets sind sehr exklusiv, und du würdest uns nur blamieren.«

»Das stimmt«, knurrt Lavinia. »Die nächsten zwei Wochen muss alles perfekt laufen, also tu lieber nichts, um es zu versauen.«

»Ja, deine Aufgaben hier sind das, was für dich wichtig ist«, sagt Narcissa. »Du hast also keine Zeit, hier faul auf deinem Arsch herumzusitzen, verstanden?«

»Natürlich.« Die Hoffnung, die in mir aufkeimte, stirbt schnell.

Um ehrlich zu sein, ist mir der Besuch eines königlichen Balls völlig egal. Aber wenn ich nur ein paar Augenblicke mit dem britischen Prinzen sprechen könnte, bin ich überzeugt, dass ich ihn an Bord holen könnte, um dem Tierheim zu helfen.

»Nun, worauf wartest du noch?« Narcissa scheucht mich weg. »Geh und mach das Abendessen. Und dann mach dich an deine Hausarbeiten. Wir haben noch viel zu planen.«

Für den Rest des Abends hecken meine Stiefschwestern einen detaillierten Angriffsplan auf jeden königlichen Junggesellen aus, den sie für würdig erachten. Es gibt Notizbücher und Zeitungsausschnitte und Fotos, die auf dem Küchentisch verteilt sind, während sie jede mögliche Schwäche der Singles analysieren, die sie sich schnappen wollen.

»Nein, nicht ihn«, jammert Magnolia, während ich

das letzte Geschirr wegräume. »Der guckt so böse. Aber sein Bruder Calder, dagegen …«

»Sie sind Zwillinge.« Lavinia rollt mit den Augen. »Sie sehen gleich aus, abgesehen von den Haaren. Und es macht nichts, wenn Thorsen böse guckt. Er ist der rechtmäßige Erbe, das heißt, er ist reich, und er wird eines Tages König sein.«

»Gut mitgedacht«, lobt Narcissa sie. »Wir können niemanden ausschließen, nur weil er vielleicht kein sonniges Gemüt hat.«

Ich verschwinde in der Küche und schrubbe das Geschirr und die Böden, bevor ich mich auf den Dachboden zurückziehe. Als mein Vater starb, verbannte mich Narcissa in den kleinen Raum mit nicht mehr als einem Bett und einem einzigen Fenster. Es ist vielleicht etwas zugig und dunkel hier oben, aber das macht mir nichts aus. Dies ist der einzige Ort im ganzen Herrenhaus, der mich noch an meinen Vater erinnert, und es gibt sogar ein paar Kisten mit seinen Habseligkeiten, die sie noch nicht losgeworden ist. Alles andere wurde verkauft, bevor sie das Haus mit bunten Möbeln und schrecklichen Tapeten neu dekorierte.

Als ich auf dem Bett zusammenbreche, bin ich erschöpft, aber Schuldgefühle lassen mir keine Ruhe. Ich habe Olivia versprochen, ihr diese Woche das Geld von meinen Nähprojekten zu geben, und jetzt muss ich dieses Versprechen brechen. Dieses Geld sollte eigentlich für Futter oder Tierarztrechnungen verwendet werden, aber stattdessen wird es wahrscheinlich direkt in eine Botox-Injektion für Narcissas Gesicht fließen.

Ich greife nach dem Notizblock auf dem Nachttisch und denke darüber nach, einen weiteren Brief an den Sekretär des Prinzen zu schreiben. Während meiner Nachforschungen vor einiger Zeit hatte ich herausgefunden, dass ich eine Wohltätigkeitsorganisation zur Prüfung für die königliche Familie nominieren könnte. Aber zuerst muss es durch die Hände des Sekretärs gehen, und dieser wird es nur dann weiterleiten, wenn er glaubt, dass es etwas von Interesse ist. Ich versuche es schon seit Monaten, aber bis jetzt hat es mir nichts gebracht. Obwohl ich mich an mehrere Mitglieder der königlichen Familie gewandt habe, glaube ich, dass Prinz Aston meine beste Wahl ist. Er scheint zugänglicher zu sein, und ich habe bemerkt, dass er bereits mit mehreren anderen Tierschutzorganisationen zusammenarbeitet.

Mein Kissen vibriert, und ich schaue zur Tür, um sicherzugehen, dass ich allein bin, bevor ich das Telefon hervorhole, das Charlotte mir gegeben hat. Charlotte, meine beste Freundin seit der Grundschule, kommt aus einer wohlhabenden Familie. Sie verfügt über ein wöchentliches Taschengeld von ihren Eltern und ein nagelneues Auto, und sie bestand darauf, dass ich wenigstens ein Handy haben müsse. Ich habe es widerwillig akzeptiert, aber Narcissa darf nicht wissen, dass ich es besitze.

Als ich mir die Benachrichtigungen anschaue, sehe ich zwei Nachrichten von Charlotte, in denen sie mich darum bittet, mit ihr einen Videochat zu führen, wenn ich nicht gerade beschäftigt bin. Ich rufe die App auf, mit der wir kommunizieren, und klicke auf ihren Namen. Nach dem zweiten Klingeln taucht ihr Gesicht auf, und ihre blauen Augen sind wild vor Aufregung.

»Oh mein Gott, Ella!«, quiekt sie. »Ich habe die größte Neuigkeit aller Zeiten. Du wirst es nicht glauben!«

»Größer als deine Verlobung letzte Woche?« Ich ziehe eine Augenbraue in die Höhe. »Das ist unwahrscheinlich.«

»Sogar noch größer als das.« Sie nickt eifrig. »Hast du von dem königlichen Ball gehört?«

»Den ganzen Abend lang.« Ich rolle mit den Augen. »Narcissa und die Mädchen planen gerade ihren Angriff auf die Junggesellen.«

»Okay, nun, vergiss sie für eine Sekunde und stell dir das vor.« Sie wedelt mit dem Telefon herum, während sie spricht, und mir wird schwindelig. »Du sitzt in einem schönen Ballkleid im königlichen Palast und unterhältst dich mit Prinz Aston persönlich.«

»Bist du high? Hast du wieder die Edibles deines Vaters genommen?«

»Nein, ich bin nicht high.« Ihre Augen funkeln vor Lachen. »Ella, das ist real. Ich würde dich nicht mit so etwas aufziehen.«

»Wovon sprichst du?«, frage ich zögernd.

»Ich habe eine Einladung zum Wohltätigkeitsmaskenball bekommen«, singt sie. »Und so gerne ich auch gehen würde, Oliver und ich haben andere Pläne für diese Nacht.«

»Also, denkst du, ich werde gehen?« Ich starre sie an, als ob sie ihren Verstand verloren hätte. Vergesst die Edibles. Ich glaube, sie ist auf einem Acid-Trip.

»Offensichtlich!« Sie verwuschelt ihr Haar in der Spiegelung des Bildschirms. »Wie viele Chancen denkst du wirst du bekommen, um mit dem Prinzen persönlich über das Hilliard-Tierheim zu sprechen?«

»Ich würde nicht einmal so nah an ihn rankommen.« Ich lache. »Ich bin mir sicher, er ist nur da, um von allen aus gebührendem Abstand gesehen zu werden.«

»Nein.« Charlotte winkt mit dem Finger ab. »Er steht auf der Liste der in Frage kommenden königlichen Junggesellen. Und ich habe dir ein Wohltätigkeitsticket für ein Speeddating gekauft. Wenn du also deine Karten richtig ausspielst, hast du volle fünf Minuten Zeit mit ihm allein, um ihm dein Herz auszuschütten.«

»Was meinst du damit, du hast mir ein Wohltätigkeitsticket gekauft?« Ich kann mein Entsetzen nicht verbergen. »Das muss ein Vermögen gekostet haben …«

»Hat es«, bestätigt sie. »Definitiv. Und deshalb *musst* du gehen. Kein Rückzieher erlaubt.«

»Charlotte, warum solltest du das tun?«

»Weil ich dich liebe und du so etwas nie tun dürftest. Dafür sind Freunde fürs Leben da. Außerdem weiß ich, wie viel dir dieses Tierheim bedeutet. Ich kann den Gedanken, dass es untergeht, auch nicht ertragen. Das ist es, worauf du hingearbeitet hast. Dies ist deine Chance auf einen Volltreffer.«

Es klingt wie die verrückteste Idee aller Zeiten. Aber selbst als ich mir das sage, nicke ich, weil sie recht hat. Wann werde ich jemals wieder so eine Chance bekommen? Es besteht eine reale Möglichkeit, dass ich die finanziellen Schwierigkeiten des Tierheims für immer beheben könnte. Ich könnte alles retten, wofür Olivia gearbeitet hat, und dafür sorgen, dass die Tiere eine Bleibe haben.

»Es gibt nur ein Problem«, sage ich.

»Welches?« Charlotte runzelt die Stirn.

»Die ganze Familie geht dorthin. Irgendwie haben sie es auch geschafft, Tickets zu bekommen.«

»Mach dir keine Sorgen.« Sie grinst. »Ich habe einen Plan, Ella. Den habe ich immer.«

2

THORSEN

»Wie fühlen Sie sich heute, Thorsen?«

Dr. Blom betrachtet mich, während ich an den verstreuten Teilen des Modellsegelschiffes auf meinem Schreibtisch herumbastele. Ich könnte mir vorstellen, dass er dieser Routine inzwischen überdrüssig ist, aber es gibt keinen Dienstag, an dem er nicht auftaucht. Jede Woche, seit acht Jahren, genau wie ein Uhrwerk. Dr. Blom ist die Lösung meines Vaters für meinen ungünstigen Geisteszustand, oder treffender gesagt, meine unangenehme Persönlichkeit.

»Ich fühle mich gut.« Ich justiere den Rumpf und schiebe ein weiteres Stück an seine Position.

»Sie machen einige Fortschritte damit«, bemerkt er.

Meine Augen überfliegen die Stücke auf der Suche nach den Kanonen. Ich schaffe es, eine aus dem Stapel zu ziehen, bevor er eine weitere Frage abfeuert.

»Wollen Sie mir sagen, was Sie diese Woche gemacht haben?«

»Meetings.« Ich kneife meine Augen zusammen, während ich versuche, die Kanone in den dafür vorgesehenen Schlitz zu schieben. »Das Übliche.«

»Ich verstehe. Haben Sie Ihre Mutter besucht?«

Die Kraft meines Griffs trennt die Plastikmontierung von der Kanone und lässt sie über den Schreibtisch fliegen. In dem Bruchteil einer Sekunde ist das gesamte Schiff unbrauchbar geworden. Für einen langen Moment starre ich auf das zerbrochene Stück, und Druck baut sich in mir auf wie eine Dampfmaschine. Dr. Blom spürt die bevorstehende Explosion und versucht einzugreifen.

»Es ist okay, Thorsen. Es muss nicht perfekt sein.«

Aber das muss es. Ich schaufele das unfertige Schiff mit meinen Händen von meinem Schreibtisch und kippe es in den Müll, gefolgt von einer Handvoll der noch losen Teile.

Dr. Blom runzelt die Stirn. »Es tut mir leid, wenn ich Sie mit der Frage nach Ihrer Mutter verärgert habe. Aber es ist etwas, was ich ansprechen möchte. Es ist meine Aufgabe, dafür zu sorgen, dass Sie mit den Umständen auf eine gesunde Art und Weise umgehen. Diese Situation wäre für jeden schwierig.«

»Es geht mir gut.« Ich richte meinen Fokus auf das Fenster und beobachte die Sturmwolken, die sich draußen zusammenbrauen. Es ist ungewöhnlich grau für den norwegischen Frühling. Vielleicht trauert Mutter Natur auch.

»Diese Ereignisse können eine Herausforderung sein«, erklärt Dr. Blom auf seine klinische Weise. »Es wäre nicht ungewöhnlich, eine große Bandbreite an Emotionen zu empfinden, auch wenn man nicht immer in der Lage ist, sie zu identifizieren. Wichtig ist, wie wir uns entscheiden, sie anzusprechen. Und ich möchte, dass Sie wissen, dass Sie jederzeit mit mir sprechen können.«

»Ich möchte heute nicht darüber reden.« Ich richte meine Aufmerksamkeit wieder auf den Mann mir gegenüber. Er ist dünn, groß, hat graue Haare und trägt eine Brille mit Drahtgestell. Die unscheinbarste Erscheinung, die ich jemals gesehen habe. Er ist zu einer festen Größe in meinem Leben geworden, aber in letzter Zeit ertappe ich mich immer wieder dabei, wie ich einfach durch ihn hindurchstarre.

»Okay.« Er faltet seine Hände über seinem Schoß. »Dann können wir vielleicht zu dem Thema zurückkehren, das wir letzte Woche nicht beendet haben.«

Ich massiere mir den Nasenrücken, lehne mich in meinem Stuhl zurück und starre an die Decke. »Gut.«

»Haben Sie noch einmal über den Vorschlag Ihres Vaters bezüglich der arrangierten Ehe nachgedacht?«

»Ich werde Prinzessin Yasmine nicht heiraten«, antworte ich. »Ich will überhaupt nicht heiraten.«

Die Uhr an der Wand tickt die Sekunden ab, während er über meine Aussage nachdenkt. Meine Haltung zu diesem Thema hat sich nicht geändert, aber er scheint es trotzdem gerne wieder aufzugreifen.

»Ich verstehe, dass es schwierig für Sie ist, emotionale Bindungen zu entwickeln«, sagt er. »Es ist nicht ungewöhnlich, dass diejenigen, die ein Trauma erlebt haben, intime Beziehungen vermeiden. Verletzlich zu sein ist für viele von uns nicht leicht.«

Ich greife nach dem Bleistift auf meinem Schreibtisch und klopfe mit dem Radiergummi viermal gegen die Kante. Es bleibt nicht unbemerkt.

»Wollen Sie mir sagen, wann sie das letzte Mal Sex hatten?«, fragt er. »Wie lange ist das her?«

»Vielleicht zwei Monate.« *Klopf. Klopf. Klopf. Klopf.* »Calder hat die Frau gefunden.«

»Und Sie beide hatten Sex mit ihr?«

»Ja.«

»Dieses Arrangement war immer einfach für Sie«, bemerkt er. »Aber gab es jemals Gelegenheiten, bei denen Sie von sich aus eine Frau mit nach Hause gebracht haben?«

»Nein.«

»Ich verstehe.« Er betrachtet mich, und die Stille geht mir auf die Nerven. »Ich werde eine Beobachtung machen, die vielleicht unangenehm sein könnte, und ich möchte, dass Sie mir zuhören.«

Klopf. Klopf. Klopf. Klopf.

»Calder war der erste Mensch, der Ihnen geholfen hat, nicht wahr? Er brachte eine Frau für Sie nach Hause, und hat Ihnen damit Sex auf eine Art und Weise ermöglicht, die Ihnen Kontrolle gab. Sie mussten nicht mit ihr sprechen. Sie mussten nicht interagieren. Sie sind einfach nur Ihren natürlichen Instinkten gefolgt.«

Der Radiergummi reißt vom Ende des Bleistifts ab, als er gegen den Schreibtisch stößt, und ich werfe ihn beiseite und entscheide mich stattdessen für einen Stift.

Klick. Klick. Klick. Klick.

»Haben Sie jemals daran gedacht, dass Sie Calder in dieser Situation als Krücke benutzen könnten?«

»Sex bedeutet mir nichts«, sage ich zu ihm. »Er ist nur eine Entladung. Es gibt keinen Grund, ihn zu verkomplizieren.«

Die Uhr tickt im Takt meines Stiftes, und ich überlege, wie viel Schaden ich mit der Spitze wirklich anrichten könnte. Ist sie hart genug, um eine Arterie zu durchstechen?

»Was ist mit Ihrer ersten Freundin? Hatten Sie sie nie allein?«

»Nein.« Meine Sicht wird unscharf. »Wir haben auch sie geteilt.«

»Hat es jemals eine Zeit gegeben, in der Sie einfach jemanden für sich selbst wollten?«

Der Minutenzeiger auf der Uhr dreht sich zweimal, während ich über seine Frage nachdenke. Ich weiß nicht, wie es ist, etwas für mich selbst zu haben. Etwas, was ich ohne die Investition gesellschaftlicher Erwartungen kontrollieren kann. Gespräche. Verabredungen. Gefühle. Fürsorge. Diese Dinge erfordern zu viel Arbeit und Energie, für die ich nicht die Zeit oder Kapazität habe.

»Es könnte niemals funktionieren«, sage ich. »Frauen haben zu viele Erwartungen. Und selbst wenn sie sie nicht hätten, sind sie einfach nicht vertrauenswürdig.«

»Weil Sie denken, dass sie Sie verraten werden, weil das Ihre Erfahrung in der Vergangenheit war?«

Meine Augen fallen zu, und ich denke an die Bäume. Die dunklen, kalten, stillen Bäume.

»Haben Sie jemals vom Aokigahara gehört?«

»Nein«, antwortet Dr. Blom. »Warum fragen Sie?«

»Es ist ein Wald am Fuße des Berges Fuji in Japan. Sie nennen ihn das Meer der Bäume.«

Er lehnt mein Thema stillschweigend als Ablenkung von wichtigeren Dingen ab. »Wie würde es sich anfühlen, ein authentisches Gespräch mit einer Frau zu führen, die Sie nicht verurteilt, Thorsen? Wie würde sich das für Sie anfühlen?«

»Ich stelle mir vor, es würde sich so wie das hier anfühlen.«

Seine Brauen ziehen sich zusammen. »Wie meinen Sie das?«

»Es gibt keine Authentizität in Gesprächen.« *Klick. Klick. Klick. Klick.* »Die meisten Menschen sind zu egozentrisch, um zuzuhören. Ich glaube, Sie sind der einzige, der es versucht, aber Sie hören mich immer noch nicht.«

Er rutscht auf dem Stuhl herum und versucht, sein Unbehagen bei meiner Beobachtung zu verbergen. »Es tut mir leid, dass Sie das denken. Gibt es etwas, das Sie besonders gerne besprechen möchten?«

»Unsere Zeit ist fast abgelaufen.«

Er blickt auf die Uhr und nickt zögerlich. »Sie

wissen, dass ich das fragen muss, bevor ich gehe. Haben Sie weitere Intrusionen erlebt?«

Ja. »Nein.«

»Nehmen Sie Ihre Medikamente noch?«

Nein. »Ja.«

»Ihre Mutter hat vorgeschlagen, dass ich zweimal pro Woche vorbeikomme«, sagt er und erhebt sich von seinem Stuhl. »Was würden Sie davon halten?«

»Ich habe im Moment nicht die Zeit für mehr als einen Besuch.«

»Denken Sie einfach drüber nach«, schlägt er vor. »Wir werden es ein anderes Mal besprechen.«

»Lisbet wird Sie jetzt hinausbegleiten. Vielen Dank, Dr. Blom.«

»Wie geht es ihr?«

Astrid, die Krankenschwester meiner Mutter, schaut mich mitleidig an, als sie die Tür zur Suite schließt und in den Flur tritt.

»Heute Morgen hatte sie wieder Kopfschmerzen. Wir haben es geschafft, sie unter Kontrolle zu bekommen, aber sie ist ausgelaugt. Das ist in diesem Stadium normal. Sie werden bemerken, dass sie sich mehr ausruhen muss.«

Normal. Ich scheue mich davor, das Wort zu benutzen, um die Hölle der Realität meiner Mutter zu beschreiben. Jeden Tag entgleitet ihr das Leben allmählich. Ihr Körper schrumpft zu einer leeren Hülle zusammen, während sie um den Verstand kämpft, der immer wie ein Sonnenstrahl an einem dunklen, bewölkten Tag geschienen hat. Nichts an dieser Situation ist normal, und ich finde es untragbar, dass der Begriff überhaupt mit dieser Krankheit in Verbindung gebracht wird.

»Vielleicht können Sie morgen wiederkommen«, schlägt Astrid vor. »Sie wird sich morgen früh wahrscheinlich etwas besser fühlen, und ich weiß, dass sie Sie gerne sehen würde.«

Meine Augen wandern zur Tür, die mich von der Frau trennt, die mich in diese Welt gebracht hat. Eine Sintflut von Qualen trifft mich immer wieder, und es fühlt sich an, als ob das tote Organ in meiner Brust auf den elektrischen Stuhl geschnallt wurde, was mich ins Leben zurückzwingt, nur um mich zu quälen. Sie war mein einziger Trost in dieser Existenz, und bald wird sie verblassen. Ich kann nichts tun, damit sie noch ein bisschen länger bleibt, aber ich bin auch nicht bereit, zu akzeptieren, dass sie geht.

»Thorsen.« Die ohrenbetäubende Stimme meines Vaters erdröhnt hinter mir, und jede Muskelfaser meines Körpers spannt sich an, um sich auf den Aufprall vorzubereiten.

Er schreitet den Flur entlang, mit zwei seiner persönlichen Mitarbeiter im Schlepptau und meinem Bruder nicht weit dahinter. Calder wirft mir einen alarmierenden Blick zu und warnt mich damit wortlos, dass sich unser Vater bereits auf dem Kriegspfad befindet.

»Deine Mutter ruht sich heute aus.« Seine Lippen verziehen sich zu einem höhnischen Grinsen. »Sie braucht keine Besucher. Aber ich muss jetzt mit dir reden.«

»Worüber?«, provoziere ich ihn. Es ist kein Geheimnis, worüber der König mit mir sprechen will.

Seine Nasenlöcher beben, als sich seine Augen auf Astrid richten, und er sie mit einem einzigen Blick entlässt. Es gibt angemessenere Orte im Palast, um diese Angelegenheiten zu besprechen, aber mein Vater hat nie auch nur einen Gedanken daran verschwendet, seine Beschwerden nicht vor dem Personal zu äußern.

»Du weißt verdammt gut, worüber.« Er verengt seine Augen auf mich. »König Lars möchte wissen, warum Prinzessin Yasmine noch keinen offiziellen Heiratsantrag erhalten hat.«

»Ich habe dies bereits ausführlich mit dir besprochen. Ich werde Prinzessin Yasmine nicht heiraten, und wenn du es versäumt hast, König Lars über meine Entscheidung zu informieren, ist das dein Problem, nicht meins.«

Sein Gesicht ist rot gefleckt, die Hände an seinen Seiten zu Waffen zusammengeballt. Im Moment kann ich mir vorstellen, wie er mir mit einer dieser Fäuste meinen unnachgiebigen Mund stopfen will. Das wäre nicht das erste Mal.

»Du scheinst zu glauben, dass du eine Wahl hast«, knurrt er. »Aber du vergisst, dass es nur einer Unterschrift von mir bedarf, um dein Leben für immer zu verändern.«

»Und was, willst du mich in Ketten zum Altar schleifen?«, fordere ich ihn heraus. »Was würden die Medien denken?«

Er stürzt sich auf mich und schlägt mich mit dem Rücken gegen die Wand, während sich seine Finger um meinen Hals legen. Sein Groll gegen mich verdunkelt die Farbe in seinen Augen, wie der Mond, der die Sonne verdunkelt. Er wünscht sich, ich wäre nie geboren worden, und er macht sich nicht mehr die Mühe, es zu verbergen.

»Ich bin dein König«, brüllt er. »Und du wirst dich anpassen, so wahr mir Odin helfe.«

»Vater.« Calder versucht einzugreifen, indem er seinen Arm berührt, nur um zur Seite gestoßen zu werden.

Elias Lykken sieht nicht gerade wie ein König aus, während er meine Luftröhre zwischen seinen Fingern zerquetscht und mich mit seinen Augen herausfordert. Er will, dass ich mich wehre. Er will, dass ich protestiere und bettele, und wenn er mich auch nur ein kleines bisschen kennen würde, würde er verstehen, dass es in mir keinen Protest mehr gibt. Er würde mir einen Gefallen tun, wenn er den Job einfach beenden würde, genau hier und jetzt.

»Thorsen.« Calders Stimme durchdringt meine dunklen Gedanken, und als ich in seine Augen schaue, holt mich die Angst, die ich in ihnen sehe, in meine unverblümte Realität zurück. Er will immer, dass ich kämpfe, sogar mit den Dämonen, die mich nach unten ziehen.

»Elias!« Die Schärfe in der Stimme meiner Mutter erschreckt uns alle, als sie in der Tür erscheint. »Was geht hier vor sich?«

Ich schiebe die Hand meines Vaters weg, gehe auf sie zu und bereite mich darauf vor, sie aufzufangen, falls sie fällt.

»Du solltest nicht ohne deinen Stuhl aufstehen«, ermahne ich sie.

»Thorsen.« Sie streckt ihre zitternde Hand aus, deutlich erschüttert von dem, was sie gerade gesehen hat. »Worüber streitet ihr beiden?«

Der König ist untypisch ruhig, während er sie betrachtet, und sein Kiefer arbeitet. Er kann ihr nicht sagen, was er ihr wirklich sagen will, und ich will nicht, dass sie sich wieder darüber streiten.

»Es ist nichts«, versichere ich ihr. »Lass mich dir zurück in dein Bett helfen.«

Sie schüttelt mich ab, schwankt leicht, weigert sich aber, unsere Hilfe anzunehmen. »Behandelt mich nicht so, als ob ich nicht verstehen könnte, was direkt vor meinen Augen passiert«, sagt sie. »Und jetzt sagt mir einer von euch die Wahrheit.«

»Es gab eine Meinungsverschiedenheit über Thorsens bevorstehende Heirat«, erklärt Calder. »Er akzeptiert den Plan nicht, und der König ist damit nicht einverstanden.«

Meine Mutter sieht meinen Vater an, und Verwirrung blitzt in ihren Augen auf. »Ich dachte, du hast gesagt, dass er zugestimmt hat, Prinzessin Yasmine zu heiraten.«

Mein Kopf pocht, als ich mir vorstelle, wie sich der Inhalt seines Schädels über dem Boden verteilt. Ein blutiger und gewaltsamer Tod ist das, was er verdient. Es ist eine Sache, wenn er mich verfolgt, aber es ist eine andere, wenn er sie anlügt. Die Enttäuschung in den Augen meiner Mutter ist unverkennbar. Sie will mich sesshaft und glücklich sehen, bevor sie geht. In ihrem Kopf ist das Heilmittel für all meine Probleme eine Frau mit einem weichen Herzen. Es ist eine großartige Vorstellung, wenn auch unrealistisch, und ich bedauere, dass ich ihr nicht den Seelenfrieden geben kann, den sie sich so verzweifelt wünscht.

»Es tut mir leid, *Mor*.« Ich senke meinen Kopf, um meine Frustration zu verbergen. »Ich kann Yasmine nicht heiraten.«

»Wenn nicht sie, wen dann?«, fragt sie, und ihre Stimme zittert.

»Das werden wir unter uns klären, Frida«, sagt der König zu ihr. »Du brauchst dir keine Sorgen zu machen. Ich versichere dir, dass wir eine passende Partie für Thorsen finden werden.«

Es ist unmöglich, den mörderisch-finsteren Blick zu übersehen, der auf mich gerichtet ist, aber Calder übernimmt schnell die Rolle des Vermittlers.

»Ich habe einen Vorschlag.«

Unsere Eltern richten ihre Aufmerksamkeit auf ihn, und das verschmitzte Lächeln auf seinem Gesicht sagt mir, dass ich ihm den Gefallen tun sollte, ihm zuzuhören.

»Und der wäre?« Mutter greift nach ihm und gibt ihm ein Zeichen, sich neben sie zu stellen.

»Zuerst bringen wir dich zurück in dein Zimmer«, sagt er. »Du kannst dich hinsetzen, während wir dieses Gespräch führen.«

Sie nickt, und wir helfen ihr zurück in ihre Suite und setzen sie auf ihren Lieblingsstuhl am Fenster. Sie ist heute blass, und ich kann nicht umhin, zu bemerken, dass sie ihren linken Arm kaum noch bewegen kann. Aber sie versucht, es zu verstecken, während sie ihn mit der anderen Hand sanft über ihren Schoß legt.

»Also.« Sie lächelt uns sanft an und zieht die Augenbrauen zusammen. »Wo waren wir nochmal?«

»Wie ihr beide wisst, haben Thorsen und ich eine Einladung zum königlichen Ball in London erhalten«, sagt Calder. »Es ist eine Wohltätigkeitsveranstaltung.«

»Natürlich.« Meine Mutter zeigt auf den Notizblock auf dem Tisch. »Kann das jemand für mich aufschreiben?«

»Das haben wir schon«, antwortet Calder sanft. »Es ist in deinem Kalender.«

Sie runzelt die Stirn und schüttelt den Kopf, versucht Leichtigkeit auszustrahlen, während ihre Augen voller Traurigkeit glänzen. »Es tut mir leid, ich habe es vergessen. Diese Schmerzmittel machen alles so verschwommen.«

»Was hat das alles für einen Sinn?«, fragt der König. »Deine Mutter muss sich ausruhen, und ich muss arbeiten.«

Calder seufzt. »Mein Punkt ist, dass Thorsen vielleicht seine Partnerin selbst finden sollte. Der Ball wäre ein guter Ausgangspunkt, mit Frauen, die du wahrscheinlich gutheißen würdest.«

Ich zucke zusammen, und er zuckt mit den Achseln, als wollte er sich entschuldigen, aber er versucht nur, zu helfen. Calder weiß, dass das Letzte, was auf meiner Agenda steht, die Suche nach einer Frau ist, aber er weiß auch, dass, wenn ich dieser Idee nicht zustimme, es sehr wahrscheinlich ist, dass ich in Kürze mit Prinzessin Yasmine zum Altar schreiten werde.

»Und was soll ich Lars sagen?«, fragt mein Vater spöttisch. »Seine Tochter weint seit Wochen wegen dieser Situation.«

»Ich halte das für höchst unwahrscheinlich.« Ich starre ihn wütend an. »Wenn man bedenkt, dass wir kaum mehr als dreißig Minuten allein miteinander verbracht haben.«

»Dreißig Minuten mit dir wären alles, was es braucht, um sie zum Weinen zu bringen«, scherzt Calder.

Meine Mutter seufzt und beobachtet uns alle aufmerksam. »Ich denke, es ist eine wunderbare Idee. Thorsen, wirst du es in Betracht ziehen? Für mich?«

Alle Proteste, die ich gehabt haben könnte, lösen sich bei ihrer ängstlichen Bitte in Luft auf. Sie zurückzuweisen würde sie zerstören, aber ich will ihr auch keine falschen Hoffnungen machen. Ich werde nie in der Lage sein, ihr verständlich zu machen, dass es zu spät ist, um mich zu reparieren. In ihren Augen bin ich noch zu retten, und solange sie hier ist, wird sie das immer glauben.

»Ich habe genug gehört.« Der König mischt sich ein und nimmt mir die Entscheidung ab. »Du wirst dem Ball beiwohnen und dort eine passende Partnerin finden. Aber merk dir meine Worte, Thor, dies ist die letzte Gelegenheit, die ich dir gebe.«

3

THORSEN

»Erinnere mich noch einmal daran, warum wir das tun.«

Calder lenkt seine Aufmerksamkeit von der Flugbegleiterin in unserem Privatjet weg, um mich anzuschauen. »Ich habe dir etwas Zeit verschafft, um eine Frau zu finden.« Seine Lippen verziehen sich zu einem sarkastischen Grinsen. »Und außerdem ist es für wohltätige Zwecke.«

»Ah, richtig.« Ich nippe an einem Glas *Aquavit,* während ich aus dem Fenster starre. »Eine wohltätige große Geste, für die du sicherlich gelobt werden wirst.«

»Und du dafür bestraft.« Calder hebt sein Glas in meine Richtung. »Was für eine beschissene Welt, in der wir leben.«

Obwohl Calder mein Zwilling ist, wurde ich als Erster geboren, was mich zum Thronfolger

Norwegens macht. Und fast so, als ob das Schicksal uns auslachen würde, segnete es mich mit dunklem Haar und einem dunkleren Aussehen, während er heller in seinem Aussehen und Gemüt ist. Kurz gesagt, die Medien haben ihn schon immer geliebt. Calder Lykken kann nichts falsch machen, und ich kann nichts richtig machen.

»Es wird *Mor* glücklich machen«, sagt er. »Und wir beide wissen, dass du sie niemals zurückweisen würdest.«

Ein bitterer Geschmack umhüllt meine Zunge, als das erstickende Gewicht der bevorstehenden Krone mich zu erdrücken droht. Ich war mein ganzes Leben gefangen, eingesperrt durch Erwartungen und einen Titel, an dem ich nicht rütteln kann. Ich bin nicht nur der zukünftige König von Norwegen. Ich bin auch einer der meistgehassten Männer in Skandinavien. Die Realität ist unschön, aber Calder hat recht. Ich möchte, dass die letzten Monate meiner Mutter auf dieser Erde friedlich verlaufen. Ich will, dass sie glücklich ist, aber mehr als alles andere will ich einfach nur fliehen.

»Und wer weiß?« Calder zuckt mit den Schultern. »Vielleicht könntest du auf diesem Ball tatsächlich jemanden treffen. Jemand, der dich noch nicht hasst.«

»Sie müsste taub oder blind sein.«

»Wen interessiert es, was die Medien über dich sagen?« Seine Augen verdunkeln sich vor Frustration, die er nicht verbergen kann. »Einen Scheiß interessiert es. Du musst dich nur ein wenig entspannen. Vielleicht versuchst du es ab und zu mit einem Lächeln, nur um zu sehen, ob du es noch kannst.«

»Ich denke, du solltest das Seelenklempnern Dr. Blom überlassen«, antworte ich trocken. »Persönlichkeit beiseite, es gibt keine Frau auf dieser Erde, die mich zur Heirat verführen könnte.«

»Sie sind nicht alle wie Anja.« Calder beobachtet mich aufmerksam, als er die Frau erwähnt, von der ich seit sechs Jahren nicht mehr gesprochen habe.

Mein Blutdruck steigt, als das Sperrfeuer ihrer Täuschung durch meinen Verstand spielt wie ein schlechtes Heimvideo. Sie repräsentiert alles, was ich mittlerweile an meiner Position verabscheue. Eine Schlange im Gras, die auf den richtigen Moment wartet, um zuzuschlagen. Ich wurde einmal gebissen, vergiftet von dem Gift, das ich für Liebe hielt. Jetzt schneide ich ihnen mit bösartigen Worten die Köpfe ab und errichte einen Schild der Grausamkeit um mich herum, der dafür sorgt, dass sie nie wieder nahe genug herankommen, um ihre Zähne in mich einzutauchen.

»Nein, sie sind nicht alle wie sie.« Mein Kopf hämmert mit dem Ansturm von Kopfschmerzen. »Sie sind noch schlimmer.«

Calder schaut sich in der Kabine um, um sicherzugehen, dass unsere Sicherheitsleute nicht zuhören. Ein Zeichen, dass mir nicht gefallen wird, was immer er als Nächstes sagen wird.

»Ich werde nicht so tun, als würde ich verstehen, wie es gewesen sein muss«, sagt er. »Die erste Frau, bei der du nach allem, was passiert ist, endlich eine Chance ergriffen hast …«

»Calder.« Meine Stimme ist eine Warnung, aber im Gegensatz zu den meisten Menschen hat mein Bruder die Warnflaggen vor ihm nie beachtet.

»Du hast dichtgemacht. Du isolierst dich und du sagst jedem, dass es dir gut geht, aber ich weiß, dass es nicht so ist. Ich sage es nur ungern, aber *Mor* hat recht. Du brauchst jemanden in deinem Leben. Wenn du nicht mit mir reden kannst, und nicht ehrlich zu Dr. Blom sein kannst, dann muss es jemand anderes sein. Diese Geheimnisse, die du hast, sie werden dich vergiften, Thor.«

»Ich habe keine Geheimnisse.« Ich schaue aus dem Fenster und beobachte die Wolken, die um mich herumwirbeln. »Nur Lügen.«

Calder verstummt, aber ich weiß, dass sein Verstand noch arbeitet. Er denkt immer nach. Plant. Versucht irgendwie, mich zu retten. Er sorgt sich um mich, und das ist sein einziger Fehler. Manchmal denke ich, es wäre so viel einfacher, wenn er es nicht tun würde. Wenn er mich einfach hassen könnte wie alle anderen, müsste ich mir keine Sorgen machen, ihn zu enttäuschen.

»Wollen wir uns die Flugbegleiterin schnappen?«, wechselt er das Thema. »Ich wette, sie hätte liebend gerne einen königlichen Schwanz in ihrem Arsch.«

»Du kannst sie haben«, antworte ich düster, da sich meine Stimmung verdunkelt, während wir uns England nähern.

»Stimmt. Du magst es nur, wenn die dich ficken, die dich hassen.«

Er lässt mich mit meinen Gedanken allein und verschwindet nach hinten, wo die Flugbegleiterin Snacks zusammenstellen soll. Einen Augenblick später lacht sie, und es dauert nicht lange, bis sie stöhnt.

Ich blende das aus, hole das Handy aus meiner Tasche und überfliege die E-Mail, die Prinz Aston mit den Details des Wohltätigkeitsmaskenballs geschickt hat. Wenn ich auf einer Skala von eins bis zehn bewerten müsste, wie viel Lust ich auf die Teilnahme an der Veranstaltung habe, wäre meine Bewertung unter null. Aber dies ist das Leben eines Erben. Ich bin dazu verdammt, vor den Massen vorgeführt zu werden, um meine königlichen Pflichten zu erfüllen, weil ich unglücklicherweise als Erster geboren wurde.

Etwas klappert im hinteren Teil des Flugzeugs, und Calder stöhnt. Das Geräusch von Haut gegen Haut lenkt mich für einen Moment von meinen Gedanken ab, während ich versuche, mich daran zu erinnern, wann ich das letzte Mal eine Frau gefickt habe. War es das Hotelmädchen in Barcelona? Oder die Stewardess auf dem letzten Yachtausflug? Ihre Gesichter vermischen sich, aber eines ist sicher. Ich habe meinen Schwanz schon viel zu lange nicht mehr in eine Frau getaucht. Calders Angebot, mich ihnen anzuschließen, hätte mich in Versuchung führen sollen, aber diese Spiele haben nicht mehr so viel Anziehungskraft wie früher. Also konzentriere ich mich stattdessen auf meine E-Mails und versuche, die Details dessen aufzunehmen, was ich verdammt nochmal tun soll. Ich bin fast am Ende der Liste, als Calder zurückkommt, sich das Hemd in die Hose steckt und mit einem zufriedenen Grinsen in den Sitz zurückfallen lässt.

»Sie wird eine neue Uniform brauchen.«

»Das hast du nie erwähnt.« Ich starre ihn wütend an.

»Was?«

Ich schiebe ihm das Telefon entgegen und zeige auf die Klausel, die besagt, dass wir an dem Speeddating-Event teilnehmen.

»Es sind nur Fünf-Minuten-Slots.« Er lacht. »Wen kümmert der Scheiß? Du könntest sogar deinen Schwanz nass machen, wenn du dich nett benimmst.«

»Wir müssen mit ihnen reden.« Ich starre ihn an, als ob er mich überhaupt nicht kennt. »Was zum Teufel soll ich zwei Stunden lang zu einer Gruppe von Damen der höheren Gesellschaft sagen, die auf einen reichen Fang hoffen?«

»Klimawandel.« Calder schmunzelt. »Ich weiß es nicht. Aber ich bin mir sicher, dass dir etwas einfällt. Egal, es wird keine Rolle spielen. Sie werden zu sehr damit beschäftigt sein, dich zu umschmeicheln, als dass du viel reden musst.«

»Unwahrscheinlich«, knurre ich.

»Sie werden nicht wissen, wer du bist«, widerspricht er. »Hinter der Maske wirst du nur ein Prinz sein. Wenn sie ihre Schlange wählen, werden sie keine Ahnung haben, wer auf sie wartet.«

»Ich kann genauso gut jetzt anfangen,

Rückerstattungsschecks auszustellen.« Ich schließe die Augen und lehne meinen Kopf gegen den Sitz.

»Oder vielleicht könntest du dich anstrengen«, beschwert sich Calder und ahmt die Stimme unseres Vaters nach.

»Erinnere mich nicht daran.«

»Entweder das … oder du kommst nach Hause und findest eine weitere Prinzessin, die im Palast wartet.«

»Vielleicht könntest du einfach die Last tragen, alle Erben hervorzubringen«, antworte ich. »Wer weiß, vielleicht hast du schon ein paar rumlaufen.«

»Ha, sehr lustig«, antwortet er mit einer unterdrückten Schärfe in seiner Stimme. »Aber du wirst nicht lachen, wenn Vater eine Hochzeit für dich organisiert.«

»Arschloch«, murmele ich vor mich hin.

Die Stimme des Piloten knistert über den Lautsprecher und kündigt unsere Landung in London an, und meine Brust fühlt sich an, als ob ein Schraubstock sie zusammendrückt. Ich zähle schon die Stunden, bis wir wieder abreisen können.

Prinz Aston begrüßt uns, sobald wir aus dem Flugzeug steigen. »Thorsen. Calder. Es ist immer ein Vergnügen, euch zu sehen.«

»Das Vergnügen ist ganz allein auf deiner Seite«, antworte ich gereizt.

»Ah, ja, ich weiß, dass du wahrscheinlich lieber zu

Hause sitzen und dein königliches Haar waschen würdest«, sagt er lachend, »aber es ist für einen guten Zweck. Und wenn das noch nicht Motivation genug ist, werden dort einige heiße Frauen sein. Ich habe die meisten von ihnen selbst begutachtet.«

»Wir machen besser einen Boxenstopp an der Tankstelle«, sage ich zu ihm. »Calder wird eine große Schachtel Kondome brauchen.«

»Nicht nötig.« Prinz Aston zieht eine Handvoll Pakete aus seinem Mantel. »Ich kam vorbereitet.«

Ich ziehe am Kragen meines Anzughemdes, und es juckt mich, meine Krawatte zu lockern. »Gehen wir nicht zum Palast?«

»Nichts mit Palast«, sagt er. »Ich bringe alle meine Jungs heute Abend zum Schloss. Es gehört uns für den Abend, und ich habe etwas organisiert, was ihr nicht verpassen wollen würdet. Alkohol, Poker und Titten in Hülle und Fülle.«

»Klingt nach meiner Art von Abend.« Calder klopft ihm auf den Rücken. »Lasst uns die Party beginnen.«

Die Fahrt zum Schloss geht schneller, als ich gehofft hatte, und als ich dort zwischen all den ebenbürtigen Mitgliedern des Hochadels bin, nehme ich mir ein Glas Whisky und suche mir einen abseits stehenden Stuhl. Calder dreht eine Runde und bezaubert alle, wie er es immer tut. Ich verbringe den Abend damit, E-Mails zu beantworten und jede Frau böse anzustarren, die es wagt, zu mir zu kommen. Es gibt eine Fülle von ihnen, und Gott allein weiß, wo Prinz Aston sie ausgegraben hat. Wenn ich raten müsste, würde ich sagen, es sind Escortdamen. Aber wer zum Teufel weiß das schon?

»Hey, du bist doch dieser Prinz.« Eine betrunkene Brünette stolpert zu mir herüber. »Der Norweger, richtig?«

Ich starre durch sie hindurch, in der Hoffnung, dass sie es kapiert, aber das tut sie nicht.

»Weißt du, alle sagen immer, wie schrecklich du bist.« Sie schenkt mir ein verschmitztes Lächeln. »Aber ich wette, sie irren sich.«

»Sie irren sich nicht«, antworte ich trocken.

Sie runzelt die Stirn und wirbelt ihr Haar um den Finger. »Ich könnte deinen Schwanz lutschen, wenn du willst. Ich wette, das würde dir ein Lächeln ins Gesicht zaubern.«

Eine Minute lang denke ich über das Angebot nach, nur, um etwas zu tun zu haben. Aber als ihre Augen die Zahnräder verraten, die sich in ihrem Kopf drehen, riecht es nach einem weiteren Skandal, der darauf wartet, in die Tat umgesetzt zu werden. Sie wäre nicht die erste Frau, die hinterhältig versucht, mich zu filmen oder ein Foto zu machen oder zu den Medien zu gehen, wenn es vorbei ist. Ihre Geschichte darüber zu verkaufen, wie ich sie ausnutzte, ihr Herz brach, sie misshandelte oder was auch immer für wilde Geschichten sie der Presse an diesem Tag erzählen will.

»Such dir jemand anderen dafür.« Ich winke sie weg. »Ich bin nicht interessiert.«

Blitzschnell verwandelt sich ihr Gesichtsausdruck

von rehäugig zu bösartig, was meine Vermutung als richtig beweist. »Du bist ein Arschloch!«

»Das stimmt«, rufe ich ihr hinterher, als sie sich abwendet. »Erzähle es all deinen Freundinnen. Erzähl es auch den Boulevardblättern, wenn du schon dabei bist.«

Schließlich habe ich einen Ruf zu verlieren.

4

ELLA

»Ich bin hier«, flüstert Charlotte, während sie an meine Tür klopft. »Ist die Luft rein?«

Ich drehe mich von der Unordnung auf meinem Bett weg und wische mit den Handballen die Beweise meiner Tränen fort. Aber es ist zu spät.

»Was ist los?« Sie schiebt sich herein und eilt zu mir.

»Das Kleid.« Ich zeige auf die Fetzen, die auf dem Bett liegen. »Ich habe die ganze Woche damit verbracht, es zu nähen. Es war so schön, aber dann … haben Lavinia und Magnolia es gefunden.«

»Oh, Ella.« Charlotte zieht mich in eine Umarmung. »Das tut mir so leid. Sie sind elende, böse Frauen.«

»Sie haben es zerrissen, bis nur noch Fetzen davon übrig waren. Ich kann jetzt auf keinen Fall zum Ball gehen.«

»Mach dir keine Sorgen.« Sie hält mich auf Armeslänge und schenkt mir ihr schönstes Lächeln. »Ich kam vorbereitet.«

»Was?«, rufe ich ihr nach, als sie einen Finger hochhält und aus der Tür schlüpft. Als sie einen Moment später zurückkommt, trägt sie einen Kleidersack.

»Ich dachte, ich bringe es mit, nur für alle Fälle, und ich bin froh, dass ich es getan habe. Wir können nicht riskieren, dass heute Abend etwas schiefgeht.«

»Charlotte, du hast schon zu viel getan …«

»Keinen Widerspruch«, sagt sie. »Es ist aus meinem Schrank. Ich habe es seit Jahren nicht mehr getragen, aber ich denke, es wird perfekt zu deinem Teint passen.«

Sie öffnet den Reißverschluss des Kleidersacks und enthüllt das atemberaubendste eisblaue Ballkleid, das ich je gesehen habe. Die Schmetterlinge sind handgestickt, und die Perlen sind perfekt. Ich kann schon mit einem Blick darauf erkennen, dass es ein Vermögen gekostet haben muss.

»Das kann ich nicht.« Ich schüttele den Kopf. »Was ist, wenn ich etwas darauf verschütte? Oder es zerreiße? Oder …«

»Es gehört dir«, erwidert sie mit Nachdruck. »Mach dir darüber keine Gedanken. Denn heute Abend bist du eine Prinzessin, und ich möchte, dass du dich wie eine verhältst. Und schau, ich habe sogar meine Näherin Spitzenärmel hinzufügen lassen, damit du dich wohlfühlst.«

Ihre Augen wandern unbeabsichtigt zu den Narben auf meinen Armen, die ich, wie sie weiß, oft zu verbergen versuche.

»Das hast du verdient, Ella. Es ist Zeit aufzuhören, dich selbst zu bestrafen. Ich möchte einfach, dass du nur für eine Nacht das Beste von allem genießt. Und wenn dir das zu schwerfällt, erinnere dich daran, wofür du es tust.«

»Das Tierheim«, flüstere ich.

»Ja, das Tierheim«, wiederholt sie. »Nun, wo sind deine Absatzschuhe?«

Ich holte die silbernen Schuhe, die meiner Mutter gehörten, und legte sie auf das Bett neben das Kleid. Ich habe diese Schuhe schon immer geliebt, aber ich hatte noch nie eine Gelegenheit, sie zu tragen. Es ist ein Wunder, dass ich es geschafft habe, sie all die Jahre vor Narcissa zu verstecken, und ich kann mir nicht vorstellen, heute Abend etwas anderes zu tragen. Charlotte betrachtet sie, und ich weiß sofort, dass sie sie auch liebt.

»Die sind perfekt«, kreischt sie. »Okay, komm jetzt mit. Wir müssen etwas mit deinen Haaren machen. Ich habe auch Make-up mitgebracht.«

Eine Stunde später gibt sie meinem Gesicht den letzten Schliff. Sie sagt mir, es sei ein frostiger Eisprinzessinnen-Look, was immer das bedeutet. Aber als sie mich umdreht, so dass ich mich im Spiegel sehen kann, fühle ich das Gegenteil von frostig. Eigentlich befürchte ich, vor Dankbarkeit zu zerschmelzen, während ich meine Tränen zurückhalte.

Meine Augen funkeln mit einem glitzernden Silberschatten und schwarzer Wimperntusche, die meine Wimpern kilometerlang aussehen lässt. Und anstelle der langen, wilden blonden Haare, die ich gewohnt bin, ist eine glatte Hochsteckfrisur mit Strähnen getreten, die genau an den richtigen Stellen entweichen.

»Charlotte, es ist wunderschön.« Meine Finger tanzen über den geflochtenen Dutt. »Du bist eine Künstlerin.«

»Das Ausgangsmaterial ist entscheidend.« Sie zwinkert mir zu und hält mir die Maske hin. »Die darfst du jetzt nicht vergessen. Oh, und meinen Führerschein.«

»Bist du sicher, dass ich als du durchgehe?« Ich schlucke nervös. »Das scheint ein großes Risiko zu sein.«

»Es wird schon gut gehen.« Sie wischt meine Bedenken mit einer abwinkenden Geste weg. »Wir könnten Schwestern sein.«

Das zumindest ist richtig. Wir haben beide blondes Haar und einen ähnlichen Teint. Alles, was ich tun kann, ist, zu hoffen, dass sie recht hat und dass der alte Führerschein und die Einladung ausreichen, um heute Abend als sie durchzugehen.

»Okay. Wir haben den Ausweis, dein Ticket, dein Telefon.« Sie stopft alles in die perlenbesetzte Clutch, die sie mir für den Abend leiht. »Ich glaube, das war's. Da ist nur noch eine Sache. Du musst meinen Fahrer bis Mitternacht vor dem Palast treffen, damit er dich hierher zurückbringen kann, bevor Narcissa entdeckt, dass du jemals weg warst.«

»Verstanden.« Ich nicke. »Aber was ist mit dir? Brauchst du Rupert heute Abend nicht?«

»Nein.« Sie reicht mir die Clutch. »Oliver hat ein Geschäftsessen in einem schicken Hotel. Ich begleite ihn. Er holt mich an der Ecke ab. Apropos …« Sie schaut auf ihre Uhr und schiebt mich aus der Tür. »Sie müssten schon auf uns warten.«

RUPERT NAVIGIERT MIT LEICHTIGKEIT DURCH DIE Straßen Londons und versucht, sich freundlich mit mir zu unterhalten, während ich meine Nervosität unterdrücke. Ich bin immer noch nicht davon überzeugt, dass ich das tun kann. Aber dann denke ich an die Tiere im Tierheim, die von Olivia abhängig sind. Sie kämpft bereits darum, genug Essen für die Woche zu bekommen. Ich kann nicht zulassen, dass meine Nervosität dem, was richtig ist, in die Quere kommt.

Ich habe heute Nacht eine Mission: Prinz Aston finden und mich in seiner Schlange anstellen. Höflich, aber bestimmt mit ihm sprechen. Ihn informieren, dass Olivia und ich beide mehrere Bitten um seine Schirmherrschaft gestellt haben und kein Nein als Antwort akzeptieren werden.

Es kam mir viel einfacher vor, als ich diese Rede geprobt habe, aber als Rupert mich am Eingang absetzt, fühlen sich meine Beine an, als ob sie zu Brei geworden wären.

»Ich werde um Mitternacht dort hinten auf Sie warten.« Er zeigt die Straße hinunter. »Aber wenn Sie Schwierigkeiten haben oder früher gehen möchten, rufen Sie mich einfach an.«

»Danke, Rupert. Das ist sehr nett von Ihnen.«

Er nickt mir freundlich zu, schließt die Tür hinter mir und lässt mich der Herde zur Sicherheitsabsperrung folgen. Obwohl ich technisch gesehen schon eine Stunde zu spät zum Event komme, gibt es immer noch eine lange Schlange, die auf den Einlass wartet. Bis ich an der Reihe bin, bin ich ein zitterndes Bündel Elend, und meine Finger verraten das, als ich den Führerschein und die Einladung übergebe. Ich bin so überzeugt davon, dass das Sicherheitsteam mich stellen und verkünden wird, dass ich eine Hochstaplerin bin, dass ich kaum Luft holen kann. Aber stattdessen winken sie mich einfach zu den Metalldetektoren weiter.

Einen Moment lang scheint alles zu einfach zu sein, als ich in den großen Eingangsbereich des Palastes husche. Aber dann erinnere ich mich daran, dass der schwierige Teil noch bevorsteht. Nachdem ich meine Maske befestigt habe, drücke ich meine Clutch an meine Seite und tue mein Bestes, um anmutig in den Absatzschuhen meiner Mutter zu laufen.

Musik und Gelächter erklingen aus dem Ballsaal, als ich mich nähere. Die zarte Melodie beruhigt mein rasendes Herz, wenn auch nur für einen Moment. Als ich eintrete, begrüßt mich ein Platzanweiser und zeigt mir die Stelle mit den Erfrischungsgetränken. Ich gehe hinüber zu den mit Tischdecken bedeckten Tischen, schnappe mir ein Glas Punsch und bete, dass ich es nicht auf mir verschütte, während ich mich im Raum umsehe. In der letzten Woche haben Charlotte und ich beide unsere Hausaufgaben gemacht und versucht, einen Plan zu entwerfen, der mir die besten Chancen geben würde, mich für Prinz Aston zu entscheiden. Aber ich kann jetzt schon sagen, dass es nicht so einfach sein wird, wie ich gehofft hatte.

Alle Männer sind in schicken Anzügen gekleidet, in verschiedenen Schattierungen von Schwarz oder Blau oder Grau. Und mit den Masken ist es schwierig, sie zu unterscheiden. Aber ich erinnere mich daran, dass Prinz Aston dunkles Haar hat und beeindruckende ein Meter neunzig groß ist. Allein durch dieses Detail sollte er leicht zu erkennen sein, aber wie sich herausstellt, sind heute Abend viele große Männer hier.

Ich finde ein paar potenzielle Kandidaten, von denen ich vermute, dass sie er sein könnten, aber ich kann mir trotzdem nicht sicher sein. Soweit ich weiß, sind diese Männer vielleicht nicht einmal Prinzen. Sie könnten einfach ganz normale Männer sein.

Auf der anderen Seite des Raumes sehe ich Narcissa und die Mädchen in den Kleidern, die sie für den Ball ausgesucht haben, und ich erstarre. Sie betrachten den Raum, aber obwohl die Gesichter von Masken bedeckt sind, sind ihre Augen zweifellos genauso scharf wie immer. Als ihre Blicke über mich hinwegfahren, bin ich überzeugt, dass die ganze Scharade ein jähes Ende nehmen wird, aber ihre Aufmerksamkeit bleibt nur eine Sekunde auf mir haften, bevor sie auf jemand anderen übergeht.

Nur um sicherzugehen, schleiche ich hinter eine Gruppe von Leuten, um ihrer Aufmerksamkeit zu entkommen, bis das Speeddating beginnt. Aber es ist unwahrscheinlich, dass sie mich erkennen würden. Lavinia hat Wert darauf gelegt, sicherzustellen, dass ich auf keine komischen Gedanken kommen werde, indem sie mein Kleid in Fetzen riss. Aber mit meinen Haaren und meinem Make-up könnte ich so ziemlich jede Frau sein. Die Wahrheit ist, dass Narcissa niemals erwarten würde, dass ich so ungehorsam bin. In ihrer Vorstellung bin ich immer noch zu Hause und schrubbe die Böden. Und sobald ich zurück im Herrenhaus bin, werde ich genau das tun müssen.

Ich schiebe diese Gedanken beiseite und höre aufmerksam zu, als der König auf dem Podium erscheint, das sie nur für ihn aufgestellt haben. Wie Magie fällt in Sekundenschnelle Schweigen über den ganzen Raum.

»Meine Damen und Herren, willkommen zu unserer ersten Junggesellenwohltätigkeitsveranstaltung überhaupt. Wie Sie wissen, haben wir uns heute Abend hier versammelt, um Geld für die lohnende Sache zu sammeln, verarmte Gemeinden auf der ganzen Welt zu ernähren. Jede Spende, die an diesem Abend getätigt wird, wird unter den

Empfängern des Sky Relief Projects verteilt werden, und Ihr Geld ist imstande, das Leben einiger Familien sehr stark zu verändern. Im Laufe des Abends werden wir Spenden sammeln, und ich hoffe, Sie werden sich amüsieren, während wir zur Feier dieses Ereignisses essen, trinken und tanzen. Wir stehen kurz davor, mit dem Speeddating zu beginnen, deshalb möchte ich zu diesem Zeitpunkt diejenigen, die ein Wohltätigkeitsticket für einen Junggesellen gekauft haben, dazu einladen, sich im Korridor anzustellen. Von dort aus werden Sie in den weißen Salon begleitet, wenn Sie an der Reihe sind. Beginnen wir den Abend für alle anderen mit unserem ersten Tanz.«

Eine Schar maskierter Frauen eilt zum Korridor und versucht, die Anmut zu bewahren, während leise darüber geredet wird, welchen Prinzen man heute Abend zu treffen hofft. Ich schlüpfe in die Menge und stelle fest, dass Narcissa, Lavinia und Magnolia sich bereits nach vorne gedrängt haben. Das ist eine Erleichterung, denn es bedeutet, dass sie sich so darauf konzentrieren werden, den Prinzen zu treffen, dass ihre Aufmerksamkeit nicht auf mich gerichtet sein wird, wenn ich an der Reihe bin.

Der königliche Sicherheitsdienst kontrolliert unsere Tickets und erlaubt uns, dass wir uns an der Schlange auf dem Gang vor dem weißen Salon anstellen. Es werden jeweils Gruppen von zwanzig Frauen weggeführt, und die Schlange kriecht langsam vorwärts, während ich dem eifrigen Geplapper um mich herum zuhöre. Es gibt viele von uns, und ich habe nie darüber nachgedacht, wie mich das benachteiligen könnte. Der Prinz wird mit einer großen Zahl von Frauen gesprochen haben, bevor ich überhaupt an der Reihe bin. Er wird wahrscheinlich müde sein und vielleicht nicht so aufnahmefähig, wie ich gehofft hatte. Dieser Plan scheint mit jeder Minute weniger erfolgversprechend zu werden, aber ich versuche mein Bestes, weiter positiv zu denken.

Als meine Gruppe schließlich nach vorne gerufen wird, kommen mir eine Million flüchtiger Gedanken in den Sinn, während sie uns nach innen führen, und ich einen flüchtigen Blick auf die Junggesellen erhasche. Im vorderen Teil des Raumes sitzen bereits zehn königliche Prinzen aus aller Welt mit ihren aktuellen Dates im Bühnenbereich. Die Abschnitte mit einem kleinen verzierten Tisch und einem Stuhl für die Frauen neben jedem Mann sind durch goldene Trennwände abgetrennt. Wir können genug von ihnen sehen, um allgemeine Merkmale wie Hautfarbe und Haarfarbe zu erkennen, aber das Geheimnis unter der Maske bleibt. Dies ist unsere Zeit, um eine Schlange zu wählen, und wir müssen alle weise wählen.

Ich betrachte die Prinzen, während andere Frauen sich nach vorne drängen, entschlossen, zu der Schlange zu gelangen, für die sie sich entschieden haben. Aber je länger ich die Männer betrachte, desto unsicherer bin ich. Sie sitzen alle, und in diesem Winkel ist es schwierig, ihre Größe zu erkennen. Sechs von ihnen haben dunkles Haar, ein paar davon schließe ich sofort wegen des Farbtons aus. Aber beim Rest bin ich mir nicht sicher.

»Das ist cr«, zischt eine Frau vor mir ihrer Freundin zu. »Ich glaube, das ist Prinz Aston. Ich habe ihn schon einmal diese Schuhe tragen sehen.«

»Bist du sicher?«

»Ja.« Sie nickt begeistert.

»Du solltest besser recht haben.«

Weil ich keinen besseren Plan habe, folge ich ihnen in die Schlange, von der sie glauben, dass sie die von Prinz Aston ist. Vor mir steht immer noch eine Handvoll Frauen, was bedeutet, dass ich noch eine Weile warten muss, bis ich den Prinzen sehen werde. Ich nutze jede Minute dieser Zeit, um an der Rede, die ich vorbereitet habe, zu feilen und sie zu proben. Und ehe ich mich versehe, bin ich nur noch eine Person davon entfernt, den Mann persönlich zu treffen. Aber als ich die Frau vor mir bemerke, erkenne ich sie nicht wieder. Irgendwann verschwanden die beiden anderen Frauen. Sie waren sich sicher, dass dies die Schlange von Prinz Aston war, aber jetzt kann ich sie nirgends mehr sehen. Ich fange an, an mir selbst zu zweifeln, als ich nach vorne gewinkt werde.

»Sie sind dran, gnädige Frau.«

»Was? Oh …« Ich stolpere vorwärts … nicht anmutig, sollte ich hinzufügen … und zwinge meine Beine, sich in Richtung des Prinzen zu bewegen. Aber jetzt stelle ich alles in Frage. *Ist das wirklich er?*

Er steht auf, um mich zu begrüßen, und seine Gestalt überragt mich wie ein Wolkenkratzer. Als er sich nicht die Mühe macht, seine Hand auszustrecken, wie ich es bei einigen der anderen Prinzen gesehen habe, versuche ich, mich an die königliche Etikette zu erinnern. Dabei mache ich den unbeholfensten Knicks aller Zeiten, während ich mich bemühe, meine Stimme wiederzufinden.

»Es ist mir ein Vergnügen, Eure Bekanntschaft zu machen, Königliche Hoheit.«

Ich schwöre, dass ich ihn beinahe eine Grimasse ziehen sehen habe, und er antwortet nicht höflich, sondern nickt nur. Ich finde es seltsam, und als wir uns einander gegenübersetzen, bin ich mir nicht sicher, ob ich einfach damit herausplatzen soll, warum ich wirklich hier bin, oder darauf warten soll, dass er zuerst spricht.

Wie sich herausstellt, scheint Letzteres keine Option zu sein. Seiner angespannten Haltung und dem offensichtlichen Desinteresse nach zu urteilen, das von ihm ausstrahlt, bin ich davon überzeugt, dass ihm all das nicht egaler sein könnte.

Es ärgert mich, aber gleichzeitig erröte ich unter seinem intensiven Blick. Die Augen, die durch die Maske auf mich herabblicken, sind ein scharfes, stählernes Grau, und plötzlich kann ich mich nicht mehr an die Farbe der Augen von Prinz Aston erinnern.

Im Bewusstsein, dass die Uhr tickt und wir immer noch nicht miteinander gesprochen haben, überschlage ich die Beine und zwinge mich, mit dem fortzufahren, wofür ich hierhergekommen bin.

»Eure Königliche Hoheit, ich muss gestehen, dass ich heute Abend mit einem Hintergedanken hierhergekommen bin.«

Er neigt den Kopf zur Seite und verengt die Augen. Oder ist das meine Einbildung? Unter dem Schatten der Maske ist das schwer zu erkennen. Er ist so viel einschüchternder, als ich es erwartet hatte.

»So sehr ich mich geehrt fühle, Euch zu treffen, so begrenzt ist unsere gemeinsame Zeit, deshalb fürchte ich, dass ich direkt zum Punkt kommen muss. Ihr müsst wissen, dass ich mehrmals an Euren königlichen Sekretär geschrieben habe, in der Hoffnung, dass mein Brief an Euch weitergeleitet wird. Aber es scheint, als ob das nicht der Fall ist oder aber, Ihr habt ihn nicht sorgfältig überdacht.«

Unter der Maske bemerke ich seine hochgezogenen Augenbrauen. Er scheint von meiner Offenheit überrascht zu sein, aber das lässt sich nicht ändern. Prinz Aston mag königlich sein, aber er ist nicht besser als der Rest von uns, wenn er es nicht mit seinem Herzen vereinbaren kann, etwas Wohltätiges für diejenigen zu tun, die es dringend brauchen.

»Es gibt ein Tierheim in Kent, Eure Hoheit …«

Er zeigt keine Anzeichen von Leben. Ich kann nicht einmal sicher sein, dass er blinzelt, und ich weiß nicht, was ich von diesem Mann halten soll. Aber meine Frustration ist wie ein Schneeball, und Verzweiflung färbt meine Stimme, als ich meine Erklärung abgebe.

»Das Tierheim steht kurz vor der Schließung, und es ist die Pflicht des Volkes, des ganzen britischen

Volkes, für diejenigen zu sorgen, die sich nicht selbst helfen können. Und diese Tiere können nichts dafür, dass sie vernachlässigt oder ausgesetzt worden sind. Deshalb bin ich heute Abend hierhergekommen, um Euch zu fragen, ob Ihr das Herz habt, dieser Organisation zu helfen. Mir Eure Schirmherrschaft zu sichern könnte für Tausende von Tieren den Unterschied zwischen Leben und Tod bedeuten. Werdet Ihr es in Betracht ziehen, uns zu helfen?«

Schweigen.

Das ist seine einzige Antwort, nachdem ich ihm mein Herz ausgeschüttet habe. Nach all der Planung und dem Risiko und der Hilfe von Charlotte, die nötig war, mich hierherzubringen. Die Hitze, die meinen Hals hochsteigt, brennt, während der Prinz mich weiter betrachtet, apathisch gegenüber meiner Bitte oder der Notlage des Tierheims. Ich bin am Rande der Tränen, die Hoffnungslosigkeit droht mich ganz zu verschlingen. Aber was noch wichtiger ist: Ich bin wütend.

»Sorgt Ihr Euch so wenig um dieses Land?« Ich streiche die Tränen weg, die schon zu fließen beginnen. »Ist es das? Seid Ihr ein Mann ohne Herz?«

Er zuckt bei meiner Anschuldigung zusammen, und ich bin mir sehr wohl bewusst, dass ich wahrscheinlich mit einem Arschtritt hinausgeschmissen werde. Aber es ist klar, dass ich bei ihm nicht weiterkomme. Und jetzt ist unsere Zeit fast vorbei.

»Danke für nichts.« Ich stehe auf und starre ihn

böse an. »Ich glaube, ich werde mich jetzt einfach entschuldigen …«

Noch bevor ich auch nur blinzeln kann, peitscht seine Hand auf mich zu und legt sich um mein Handgelenk.

»Ich habe Sie noch nicht entlassen.« Der unverkennbare Akzent, der nicht zu Prinz Aston gehört, lässt mir einen Schauer über den Rücken laufen. »Jetzt setzen Sie sich *freundlicherweise* wieder auf Ihren Hinten.«

5

THORSEN

Die zierliche Schönheit schrumpft unter meinem Befehl auf ihren Sitz zurück, und ihr Gesichtsausdruck verwandelt sich von einem Ausdruck des Grauens in einen Ausdruck der Verzweiflung, als sie erkennt, dass ich nicht ihr geliebter britischer Prinz bin.

Den ganzen Abend habe ich den Frauen zugehört, wie sie immerzu von sich selbst redeten, ohne dass es sie gestört hat, dass ich selbst nie ein Wort gesagt habe. Sie setzten immer voraus, ich sei der, den sie treffen wollten, und übertrafen sich mit Angeboten, meine Lieblingsleckereien zu backen, an bevorstehenden Veranstaltungen teilzunehmen oder im königlichen Schlafzimmer zu tun, was immer ich verlangte. Ich dachte bereits darüber nach, mich vom Palastdach zu werfen, nur um das hier hinter mich zu bringen.

Und dann kam sie mit ihren himmelblauen Augen, champagnerfarbenen Haaren und einem Paar

Schmolllippen, die sie wie eine Waffe führte. Sie war fesselnd, aber ich vermutete, dass sie wegen ihrer Nervosität nicht die geringste Ahnung davon hatte. Irgendetwas war anders an ihr, aber ich konnte nicht herausfinden, was es war. Sie roch nach Sonnenschein und Wildblumen. Freiheit. Eine Flucht aus der Monotonie meines Alltags. Als ich in ihre Augen schaute, verlor ich mich in ihnen. Vielleicht war es die Leidenschaft, mit der sie sprach. Oder vielleicht war es ihre völlige Ehrlichkeit, dass sie nicht die Absicht hatte, sich heute Abend einen Prinzen zu schnappen. Ungeachtet dessen, was mich angezogen hat, war ich plötzlich absolut fokussiert auf alles, was diese Frau zu sagen hatte.

Als sie gestand, dass sie mit einem Hintergedanken hierhergekommen war, erstickte der erste Lebensfunke, den ich seit Monaten gespürt hatte, fast. Ich nahm an, dass sie im Begriff war, etwas vorzuschlagen, das mit meinem Schwanz zu tun hätte. Aber stattdessen platzte sie mit der lächerlichsten leidenschaftlichen Rede heraus, die ich je gehört hatte. Aber über eine Wohltätigkeitsorganisation. Und während ich hier sitze und versuche, einen Sinn in dem, was geschieht, zu erkennen, fehlt mir immer noch das Verständnis, zu akzeptieren, dass sie so selbstlos sein kann. Ob ich ihr glauben soll, dass sie allein mit der Absicht hierhergekommen ist, Unterstützung für ihre pelzigen Freunde zu finden?

»Eure Hoheit.« Mein Schlangenhüter tritt vor und nickt subtil auf seine Uhr. »Die Zeit ist abgelaufen.«

»Die Zeit ist vorbei, wenn ich sage, dass sie vorbei ist.« Ich werfe ihm einen vernichtenden Blick zu und richte meine Aufmerksamkeit wieder auf die mysteriöse Frau vor mir.

»Ich sollte gehen«, sagt sie und versucht erneut erfolglos, sich zu entschuldigen.

»Nein, das werden Sie nicht.« Ich drücke ihr Handgelenk in meinem Griff zusammen. Ich weiß nicht, warum ich sie immer noch festhalte, oder warum ich nicht aufhören kann, sie anzustarren. Die Leute fangen an, das zu bemerken, und das macht mich irrational wütend. Ich bin der Prinz, den alle zu hassen belieben. Der Mann, über den die Medien niemals ein freundliches Wort drucken können. Und jetzt macht sie vor dem ganzen Raum ein Spektakel aus mir.

»Sie sind hier reingekommen und haben mich für jemand anderen gehalten.« Ich beuge mich zu ihr nach vorne, und meine Stimme ist tief und dunkel. »Sie haben mich beschuldigt, herzlos zu sein. Und jetzt denken Sie, Sie können einfach weggehen?«

»Das wusste ich nicht«, flüstert sie. »Ich dachte, Sie wären Prinz Aston.«

»Das ist keine Entschuldigung«, sinniere ich.

»Eine Entschuldigung?« Sie blinzelt, erschrocken von der Vorstellung. »Warum sollte ich mich bei Ihnen entschuldigen? Sie waren von Anfang an unhöflich zu mir. Sie konnten sich nicht einmal dazu herablassen, mit Leuten wie mir zu sprechen, und jetzt wollen Sie eine Entschuldigung für Beobachtungen, die nur die

Wahrheit waren? Denken Sie, ich weiß nicht, wer Sie sind?«

Meine Wirbelsäule stählt sich bei ihrer Bemerkung. Hat mein Akzent schon die Wahrheit verraten?

»Ich mag in Ihren Augen niemand sein, Prinz Thorsen, aber ich habe gesehen, was die Medien über Sie schreiben. Und nachdem ich Ihre Bekanntschaft gemacht habe, bin ich überzeugt, dass alles wahr ist. Sie sind wirklich so herzlos, wie man sagt.«

Meine Hand fällt von ihr ab, aber innerlich kann ich die Wut, die in meinem Bauch brodelt, nicht zügeln. Ich sollte daran gewöhnt sein. Jeden Tag meines Lebens habe ich nichts anderes gehört, aber von ihr brennt es schlimmer als von allen anderen, und ich kann nicht verstehen, warum.

Sie steht wieder auf, diesmal ohne einen Knicks. »Entschuldigt mich.«

Als sie zum Ausgang und den Korridor hinuntereilt, denke ich nicht klar, als ich ihr folge. Mein Sicherheitsteam versucht, mich aufzuhalten, während ich mich durch die Menge schiebe, aber mein Fokus liegt auf dem blauen Kleid, das aus den Palasttüren rauscht.

»Ist alles in Ordnung, Sir?« Mein Sekretär greift ein und versucht, mir den Weg zu versperren.

»Alles ist in Ordnung.« Ich winke ihn weg. »Lassen Sie mich für eine Minute in Ruhe.«

Er widerspricht nicht, und ich folge der mysteriösen Frau auf den Rasen. Sie versucht, vor mir davonzulaufen, aber meine Beine sind länger, und sie hat den Nachteil der Absatzschuhe, die sie offensichtlich nicht zu tragen gewohnt ist.

Als wir beide im Garten angekommen sind, bleibt ein Absatz im Gras hängen, und sie stürzt nach vorne auf die Knie. Beim nächsten Mal, als sie aufschaut, ist sie auf Augenhöhe mit meinem Schwanz. Sie schluckt nervös, und ich ziehe sie in meinen Griff.

»Wie heißen Sie?«, verlange ich zu wissen.

»Warum?«, fragt sie atemlos. »Wollen Sie mich verhaften lassen?«

Der Anflug von Angst in ihren Augen reicht aus, um mich alles in Frage stellen zu lassen. Ich kann nicht herausfinden, was es mit dieser Frau auf sich hat oder warum es mich auch nur einen Scheiß interessiert, aber ich kann sie nicht gehen lassen, ohne mehr zu wissen. Es irritiert mich, und es fasziniert mich, und ich kann diesen grundlosen Hunger, sie zu entblößen und sie zu zwingen, ihre Geheimnisse zu enthüllen, nicht rationalisieren. Aber als ich nach ihrer Maske greife, keucht sie und schüttelt den Kopf.

»Ich kann nicht. Ich kann nicht, Eure Hoheit, bitte verzeihen Sie mir.«

»Es ist zu spät für Vergebung. Geben Sie mir einen Namen.«

»Aschenputtel!«, ruft sie. »Unter diesem Namen bin ich bekannt, und jetzt muss ich wirklich gehen.«

Meine Augen treiben zu ihren Lippen, und mein Schwanz erwacht in meiner Hose zum Leben. Schade, dass sie so schön ist. Ich bin versucht, sie um die Ecke des Palastes zu schleifen und sie gleich hier auf dem

Rasen voller Hass zu ficken, ihren Lippenstift zu verschmieren und ihr hübsches Kleid zu ruinieren, während ich mein Sperma über ihren Titten verspritze.

»Thor?« Calders Stimme erschreckt mich und bringt wieder Ordnung in das Chaos in meinem Kopf. »Was machst du hier draußen?«

Als ich mich ihm zuwende, entgleitet mir die geheimnisvolle Frau, und es kostet mich all meine Zurückhaltung, ihr nicht noch einmal hinterherzulaufen, als sie mich ein letztes Mal ansieht.

»Wer war das?«, fragt mein Bruder.

»Niemand.«

»Sie sah nicht aus wie niemand.« Er zieht eine Augenbraue hoch.

»Sie war beleidigend und brauchte eine Erinnerung an ihre Manieren.«

»Sie sind alle beleidigend.« Er lacht finster. »Ist das nicht der Kern der Sache?«

Ich nicke und drehe mich um, um wieder hineinzugehen, aber der Anblick ihres Schuhs, der im Gras steckt, erregt meine Aufmerksamkeit. Sie hat ihn zurückgelassen. Calder schaut mir neugierig zu, wie ich mich hinknie, um ihn zu betrachten, aus dem Dreck zu ziehen und ihn an mich zu drücken.

»Was machst du damit?«

»Ich weiß es nicht«, gebe ich zu. »Vielleicht will sie ihn eines Tages zurückhaben.«

Der Rest des Abends vergeht in einem Gewirr von Gesichtern und krächzendem Gelächter. Als ich den weißen Salon verlasse, ist es schon höchste Zeit, mich zurückzuziehen.

»Sicherlich hast du jemanden gefunden, der heute Nacht deinem Schwanz Gesellschaft leistet.« Calder versperrt den Fluchtweg zu meinem Zimmer. »Die Nacht ist noch jung.«

»Ein anderes Mal«, erkläre ich ihm schulterzuckend. »Ich bin nicht in der Stimmung, zur Party zurückzukehren.«

»Du bist nie in der Stimmung.« Besorgnis sickert in seine Gesichtszüge, während er mich betrachtet. »Muss ich mir Sorgen um dich machen, Bruder?«

»Nein.« Ich ignoriere das Mitleid in seinen Augen und entscheide mich, nicht darauf zu reagieren. Die Absichten meines Bruders mögen zwar ehrenhaft sein, aber er sollte wissen, dass er sich auf dünnem Eis bewegt.

»Vielleicht müssen wir einen weiteren Termin mit Dr. Blom machen, wenn wir nach Hause zurückkehren«, schlägt er vor. »Wir können gemeinsam mit ihm sprechen.«

»Das ist nicht nötig.« Ich verenge die Augen. »Wie dem auch sei, dies ist weder die Zeit noch der Ort, um solche Angelegenheiten zu diskutieren.«

»Es tut mir leid.« Er neigt den Kopf und zuckt mit den Schultern. »Ich wollte nur, dass du ein schönes Wochenende hast, bevor wir zu deinen königlichen Pflichten zurückkehren.«

»Man kann meinen königlichen Pflichten nicht entkommen«, erinnere ich ihn. »Nur durch den Tod.«

Calder ergreift meinen Arm, und sein Gesichtsausdruck wird verzweifelt. »Sag das nicht mal aus Spaß. Das ist nicht lustig.«

Die harte Außenhülle meines Herzens wird weicher, wenn auch nur ein wenig. »Ich weiß. Es tut mir leid.«

Wir betrachten uns gegenseitig und lassen die Spannung abklingen, bevor weitere Worte zwischen uns gesprochen werden.

»Bitte kehrt zur Party zurück«, flehe ich ihn an. »Genieße den Abend. Halte dich nicht meinetwegen zurück.«

Er seufzt und nickt resigniert. »Wie du willst. Versprich mir einfach, dass du nicht das ganze Wochenende in deinem Zimmer sitzt und grübelst.«

Meine Aufmerksamkeit richtet sich unbeabsichtigt auf den Absatzschuh in meinem Besitz, und ein düsterer Samen keimt in meinem Kopf. »Ich kann dir versichern, dass ich keinerlei Absichten habe, das zu tun.«

6

THORSEN

»So sehr ich es liebe, in England zu faulenzen und jede Nacht Party zu machen, glaube ich, dass Vater explodieren könnte, wenn wir dich nicht bald in deinen königlichen Käfig zurückbringen.«

Ich reiße meine Aufmerksamkeit von der Liste der Namen vor mir weg, um ihn anzuschauen. »Ich brauche nur noch ein paar Tage. Meine Verlobung kann bis dahin warten.«

»Wonach suchst du überhaupt?« Er lehnt sich näher heran und versucht, einen Blick auf die Namen zu werfen, die Prinz Astons Sekretärin mir gegeben hat.

»Nichts.« Ich stopfe sie zurück in den Ordner, aus dem sie kamen.

In Calders Augen blitzt Verstehen auf. »Darf ich die Vermutung wagen, dass sie ein blaues Kleid hat und ihr vielleicht ein Schuh fehlt?«

Ein Seufzer entweicht mir, als ich meinen Kopf

zum Fenster drehe und die Kinder beobachte, die draußen auf dem Rasen des Palastes spielen. Ich will nicht, dass Calder denkt, dass das mehr ist, als es ist. Und ich kann auf keinen Fall zugeben, dass ich nicht aufgehört habe, darüber nachzudenken, wie sie zu mir gesprochen hat. Die Leute mögen mich vielleicht hassen, aber sie sind mir gegenüber immer höflich. Erst wenn ich mich umdrehe, kommen die Messer heraus. Aber das ist nicht der Fall bei der kleinen Feuerspuckerin, wer auch immer zum Teufel sie ist.

Wie sich herausstellt, war Aschenputtel ein falscher Name, und es gibt Hunderte von echten Namen auf der Gästeliste, die ich durchgehen muss. Das kann Wochen dauern, und bis jetzt hat meine Suche nach ihr nichts ergeben. So sehr ich das für mich behalten möchte … ich muss meinen Sekretär einschalten.

»Ich will ihr nur ihren Schuh zurückgeben«, sage ich zu Calder. »Und irgendein Tierheim besuchen, von dem sie sprach. Sie versuchte, sich die Schirmherrschaft für eine Wohltätigkeitsorganisation zu sichern.«

»Du hast noch nie in deinem Leben eine wohltätige Sache getan«, meint Calder. »Warum jetzt damit anfangen?«

Seine Worte schmerzen, vor allem weil es scheint, dass mein ganzes Leben ein karitatives Unterfangen nach dem anderen war. In einer Sache hat er jedoch recht. Nichts davon war meine Wahl, und daher nehme ich an, dass mir nichts von dem Verdienst zusteht.

»Wenn du ohne mich zurückgehen möchtest, halte ich dich hier nicht als Geisel fest.«

»Ich gehe nirgendwohin.« Er streckt sich auf dem Stuhl aus und legt seine Füße auf den Kaffeetisch. »Aston nimmt mich heute Nachmittag zur Jagd mit, falls du dich uns anschließen möchtest.«

»Vielleicht ein anderes Mal.« Ich schnappe mir den Ordner und gehe in mein Privatzimmer. »Hayes und ich haben ein paar Dinge zu besprechen.«

»Eure Hoheit?« Hayes klopft an die Tür zum Arbeitszimmer und unterbricht mich mitten beim Lesen der E-Mail. »Ich habe die Informationen, die Sie angefordert haben. Würden Sie gerne einen Zeitpunkt festlegen, um sie durchzugehen?«

»Jetzt.« Ich lege mein Telefon beiseite und winke ihn herein.

Hayes ist seit fünf Jahren mein Sekretär. Er ist höflich, fleißig und respektvoll. Aber seine Loyalität gilt in erster Linie der Krone. Ich kann darauf vertrauen, dass alles, was wir besprechen, irgendwann meinem Vater zugespielt wird.

»Charlotte Duncan.« Er setzt sich mir gegenüber an den Schreibtisch und schiebt einen Ordner in meine Richtung. »Das ist der Name, der auf dem Ticket stand. Meine Nachforschungen haben jedoch ergeben, dass sie nicht wirklich am Ball teilgenommen hat. Sie war auf der anderen Seite der Stadt bei einem Geschäftsessen mit ihrem Verlobten.«

Verlobten?

Mein Puls dröhnt, als ich die Akte aufklappe und durch die Unterlagen zu Charlotte Duncan blättere. Auf den ersten Blick könnte die Frau auf dem Foto sie sein. Ihre Gesichtszüge sind ähnlich, aber es sind die Augen, die sie verraten. Das ist nicht die mysteriöse Frau im blauen Ballkleid. Wer auch immer sie war, sie hat Charlottes Ticket benutzt, wenn das, was Hayes herausgefunden hat, stimmt.

»Sind Sie sicher, dass diese Charlotte an diesem Abend woanders war?«

»Ja, Sir.« Er zeigt auf die zusätzlichen Fotos, die aus dem Gesellschaftsteil ausgedruckt wurden. In der Tat, das ist Charlotte Duncan, was meine schuhlose Ausreißerin zu einer Lügnerin macht. Aschenputtel, wie sie sich selbst nannte, benutzte Charlottes Eintrittskarte, um Zugang zu den Junggesellen zu erhalten.

»Sollten wir Aston darauf aufmerksam machen?«, fragt Hayes vorsichtig.

»Nein.« Ich schließe den Ordner. »Es gibt keinen Grund zur Sorge. Wahrscheinlich hat sie ihr Ticket einfach jemand anderem gegeben. Nicht gerade ein Grund, den königlichen Lynchmob einzuschalten.«

Hayes runzelt die Stirn, nickt mir aber steif zu. »Was Eure andere Bitte betrifft, so bin ich die Liste der potenziellen Kandidaten durchgegangen und habe sie auf fünf eingegrenzt. Aber ich glaube, dass diese hier wahrscheinlich die Frau ist, nach der Ihr sucht, da sie in Kent lebt und blond ist.«

Ich schaue auf den Namen, Lavinia Maddison, und dann auf das Gesicht. Obwohl sie eine schöne Frau ist, ist auch diese nicht meine geheimnisvolle Frau. Aber wenn sie in Kent lebt, besteht die Möglichkeit, dass sie die Frau kennt, nach der ich suche.

»Danke, Hayes. Ich übernehme es von hier aus.«

»Kann ich noch etwas für Euch tun, Sir?«, fragt er.

»Nein, das ist alles.«

Er zögert, und ich weiß, dass mir nicht gefallen wird, was immer er als Nächstes zu sagen hat. »Ihr Vater hat darum gebeten, dass Ihr morgen einen Rückflug nach Hause nehmt.«

Ich nicke abwesend. »Natürlich. Ich danke Ihnen, Hayes. Sie sind entlassen.«

7

ELLA

»Warum zum Teufel hast du so lange gebraucht?«, knurrt Narcissa mich an, als ich ihren Becher vor sie hinstelle. »Musstest du nach China gehen, um den Tee selbst zu pflücken?«

»Es tut mir leid.« Ich weiche ihrem Blick aus. »Ich hatte Probleme mit dem Wasserkocher.«

»Eine Entschuldigung reicht nicht«, fährt sie mich an. »Mit dem Wasserkocher ist alles in Ordnung. Weißt du, was ich denke, Ella? Ich glaube, du bist eine Lügnerin.«

Ich beiße mir auf die Zunge und zwinge mich, nicht auf eine Weise zu antworten, die ihren Zorn provozieren könnte. Ich bin schon erschöpft davon, dass sie ständig neue Befehle bellt und mir mehr Aufgaben gibt als jemals zuvor. Zu ihrer bitteren Enttäuschung schienen sich weder Lavinia noch Magnolia einen Prinzen auf dem Ball geschnappt zu haben, und Narcissa ist seitdem in schlechter Stimmung.

»Hast du mich gehört?« Ihr Arm peitscht nach vorn, und eisige Finger schlingen sich um mein Handgelenk. »Oder bist du so blöd, dass dir keine andere Ausrede einfällt?«

»Ich bringe den Wasserkocher morgen in den Laden und lasse ihn von Mr. Burnaby reparieren.«

»Das wirst du nicht tun.« Ihre Nägel graben sich in meine Haut. »Willst du, dass die ganze Stadt denkt, wir sind so arm, dass wir uns keinen neuen Wasserkocher leisten können?«

»Nein, natürlich nicht.«

»Du bist nichts als eine Schande für diese Familie. Es ist kein Wunder, dass deine Schwestern keinen anständigen Mann finden können. Wer würde deinesgleichen in der Familie haben wollen?«

Sie schiebt meine Hand weg, und dabei stoße ich mit der Teetasse zusammen und sehe entsetzt dabei zu, wie die heiße Flüssigkeit in ihren Schoß spritzt. Narcissa schreit und stößt die Untertasse und die Hälfte des Tafelsilbers auf dem Tisch um, während sie aufsteht und ihr Kleid von ihrem Körper wegzieht. Alles andere passiert so schnell, dass ich kaum Zeit habe, zu reagieren.

Ihre Augen verbinden sich mit meinen, und ich gehe einen Schritt zurück, aber sie schnappt mich wieder am Handgelenk und zieht mich nach vorne. Ihre andere Hand zieht sich nach hinten zurück, und sie schlägt mir so heftig ins Gesicht, dass ich benommen gegen den Tisch stolpere, nur damit sie mich zurückstößt, bis ich auf meinen Po falle.

»Du elende, eifersüchtige kleine Schlampe«, schreit sie und greift nach der Teekanne.

Meine Hände fliegen hoch, um mein Gesicht zu schützen, während ich mich zu einem Ball zusammenrolle, aber das hilft kaum etwas, als sie das glühend heiße Wasser über mich gießt und einen Schrei aus meiner Kehle entlockt, als das Wasser in meine Haut eindringt. Gleißender Schmerz elektrisiert meine Nerven, und ich kann nicht die Energie aufbringen, sie anzuflehen, aufzuhören, während ich versuche, von ihr wegzukriechen. Ich schaffe es keinen Meter weit, und meine Finger graben sich in die Holzbretter, als sie die Teekanne neben meinem Kopf zerschlägt und überall um mich herum Glas zersplittert.

»Räum das auf, du elende Kuh. Und dann geh nach oben. Ich will dein Gesicht für den Rest des Tages nicht mehr sehen.«

NACHDEM ICH DEN NACHMITTAG DAMIT VERBRACHT habe, meine fleckige rote Haut zu versorgen, räume ich den Dachboden auf, damit Narcissa keinen weiteren Grund findet, zu explodieren. Als das Geräusch von trashigem Reality-TV aus dem Stockwerk unter mir ertönt, bin ich erleichtert, dass sie es sich für den Abend bequem zu machen scheinen.

Als die Luft rein ist, greife ich zum Telefon und rufe Charlotte an. Sie antwortet beim dritten Klingeln, ihre Haare sind durcheinander, und die rosigen Wangen glühen vor Zufriedenheit.

»Will ich das überhaupt wissen?«, frage ich.

»Du meinst, ob du wissen willst, dass Oliver mir gerade vier verdammte Orgasmen verschafft hat?« Sie grinst. »Ich kann ins Detail gehen, wenn du es verträgst.«

Ihre spielerische Stimmung verschwindet, als sie mein Gesicht näher betrachtet. »Ella, was ist los? Hast du geweint?«

»Es ist alles in Ordnung.« Ich zwinge ein Lächeln auf mein Gesicht und wünsche mir insgeheim, dass ich jemanden hätte, der mich so fühlen lassen könnte, wie Oliver Charlotte fühlen lässt. Aber das kann für mich immer nur eine Phantasie sein. Warum sollte ich ein glückliches Leben führen können, wenn mein Vater es nicht konnte? Er ist meinetwegen gestorben, und jedes Mal, wenn ich daran denke, meine Situation zu verbessern, flüstert mir diese Stimme in meinem Kopf zu, dass ich es nicht verdiene.

»Es ist nicht nichts.« Charlottes hübsches Gesicht verzieht sich vor Wut. »Hat diese Schlampe wieder etwas mit dir gemacht?«

»Pst.« Ich schaue zur Tür. »Sie hat seit Tagen schlechte Laune. Ich brauche ihr keinen weiteren Grund zu geben, um auszurasten.«

Charlotte schüttelt den Kopf und ist einen Moment lang in ihren Gedanken versunken, bevor sie sich für etwas zu entscheiden scheint. »Oliver und ich ziehen in wenigen Monaten in unsere Wohnung ein. Wir werden ein Gästezimmer haben. Du könntest bei uns wohnen. Das würde uns keine Umstände bereiten, Ella. Ich kann dir helfen, einen Job zu finden. Du kannst dir einige örtliche Berufsschulen ansehen. Was immer du willst.«

Ihr Angebot klingt wie ein wahrgewordener Traum, aber gleichzeitig denke ich, dass es zu viel des Guten ist. Ich will ihr nicht noch mehr zur Last fallen. Sie hat über die Jahre so viel für mich getan, und es war nie ihre Verantwortung, mir zu helfen. Aber logischerweise weiß ich nicht, wie viel mehr von Narcissa und den Mädchen ich ertragen kann. Es ist nur eine Frage der Zeit, bis ich komplett zerbreche.

»Ich werde darüber nachdenken«, sage ich, in der Hoffnung, sie fürs Erste zu besänftigen.

Sie nickt eifrig. »Das ist praktisch ein Ja. Jetzt erzähl mir etwas Gutes. Gibt es Neuigkeiten vom Prinzen?«

Wärme umspült meine Wangen, als ich den Kopf schüttele. Es war mir zu peinlich, den Prinzen verwechselt zu haben, um Charlotte die Wahrheit zu gestehen. Soweit sie weiß, sprach ich mit dem Prinzen, den ich für Aston hielt, aber erhielt nie eine konkrete Antwort. Nach all der Mühe, die sie sich gemacht hat, um mir ein Ticket zu besorgen, habe ich es komplett versaut, indem ich mich in die falsche Schlange gestellt habe. Und dann, um die Sache noch schlimmer zu machen, habe ich den Prinzen von Norwegen angeschrien und den Schuh meiner Mutter verloren.

»Keine Neuigkeiten.« Ich zucke mit den Schultern. »Ich glaube nicht, dass er helfen wird.«

»Was für ein Arschloch«, murmelt sie vor sich hin.

Wenn sie nur wüsste. Thorsen Lykken ist bekannt dafür, ein Arschloch zu sein. Sein Ruf in den Medien war nie der beste. Nicht, dass ich die Hälfte von dem glauben würde, was die Zeitungen drucken. Aber nachdem ich ihn persönlich getroffen habe, bin ich davon überzeugt, dass zumindest einiges davon stimmen muss. Trotzdem scheine ich nicht aufhören zu können, an die Art und Weise zu denken, wie er mir nachjagte. Groß, dunkel und zu gutaussehend für sein eigenes Wohl. Der Mann mag eine schreckliche Veranlagung haben, aber er hat den Körper eines nordischen Gottes. Lange nachdem ich den Palast in dieser Nacht verlassen hatte, konnte ich noch immer fühlen, wie seine Berührung in meine Haut gebrannt war. Ich bin noch nie von einem Mann berührt worden, und Thorsen ist ein ganzer Mann. Ein strammer, männlicher, muskulöser Rohling von einem dunklen Prinzen. Ich würde lügen, wenn ich sagen würde, dass diese stürmischen grauen Augen mich im Schlaf nicht weiter verfolgt haben. Sein Temperament mag rabenschwarz sein, aber dieses Rätsel hat etwas unbestreitbar Anziehendes an sich. Meine Vorstellungskraft hat dieses Bild von ihm genommen und ist damit durchgedreht. In meinen Träumen hält er nicht nur meinen Arm. Er hält mich mit seinem Körper fest. Brandmarkt mich mit seinen Lippen. Er bewegt sich in mir und verändert mich für immer, während er mich mit seiner Dunkelheit ansteckt.

»Was machst du dieses Wochenende?« Charlottes Stimme zieht mich aus den Tiefen meiner Verderbtheit. »Hast du Zeit für ein Treffen?«

»Ich weiß es nicht.« Ich runzele die Stirn. »Narcissa hat darauf bestanden, dass das Herrenhaus makellos ist. Sie ist immer noch überzeugt davon, dass der Prinz jeden Tag an unserer Tür klopfen wird, mit der Absicht, Lavinia in den Sonnenuntergang zu entführen.«

Ein ersticktes Lachen platzt aus Charlottes Lippen. »Ein armer, elender Mistkerl wäre er.«

Ein Tumult von unten erregt meine Aufmerksamkeit, Schritte, die sich über den Boden bewegen. Jemand quiekt, und dann klopft es an der Haustür.

»Scheiße, ich muss weg«, sage ich zu Charlotte. »Ich rufe dich später an.«

»Okay«, antwortet sie schnell. »Geh, geh.«

Wir legen beide auf, und ich stopfe das Telefon unter mein Kissen, gerade als ich eine männliche Stimme an der Haustür höre. Ich laufe zum Fenster auf dem Dachboden und drücke mein Gesicht gegen die Scheibe, in der Hoffnung, einen Blick auf den mysteriösen Besucher zu erhaschen, aber alles, was ich sehen kann, ist ein schickes Auto, das in der Einfahrt steht.

Meine Neugier übermannt mich, und ich weiß, dass es ein Risiko ist, aber ich öffne die Tür zum Dachboden einen Spalt weit und halte das Ohr an die Öffnung. Narcissa spricht mit jemandem und besteht darauf, dass er hereinkommt, während sie Tee, Kaffee oder alles andere anbietet, was ein Herz begehren könnte. Sie ist viel zu nett für einen normalen Gast, und mein Herz schlägt bis in meinen Hals, als ich die Stimme erkenne, die darauf antwortet. Männlich. Mit Akzent. *Unverkennbar nordisch.*

Heilige verdammte Scheiße.

»Ich kann nicht bleiben«, antwortet Thorsen. »Ich bin nur hierhergekommen, um zu fragen, ob Sie irgendwelche anderen Frauen aus Kent kennen, die ebenfalls am Samstag auf dem Ball waren.«

Eine saure Note färbt Narcissas Stimme. »Eine andere Frau?«

»Ja, eine Blondine. Zierlich. Blaues Kleid. Sie ließ ihren Schuh zurück, und ich weiß nicht viel über sie, nur dass sie aus Kent war, und …«

»Das ist mein Schuh!«, wirft Lavinia ein. »Ich kann nicht glauben, wie dumm ich war, ihn zurückzulassen. Ich habe überall danach gesucht!«

»Ihr Schuh?«, antwortet Thorsen mit einem beißenden Unterton. Er weiß, dass sie lügt, aber Lavinia ist zu egozentrisch, um es zu bemerken. Währenddessen kann ich kaum atmen und bete, dass er nichts sagt, was mich belasten könnte. *Was macht er überhaupt hier?*

»Ja, er gehört mir«, versichert Lavinia ihm. »Und ich trug an diesem Abend auch ein blaues Kleid, Eure Hoheit.«

»In diesem Fall würde es Ihnen nichts ausmachen, mir den anderen Schuh zu zeigen«, schlägt er vor.

Es folgt Stille, und dann antwortet Narcissa. »Das würden wir gerne, Eure Hoheit, aber leider ist er beim Schuhmacher. Der Absatz brach ab.«

Weitere Stille. »Dann kann ich vielleicht an einem anderen Tag wiederkommen, wenn der Schuh sich wieder in Ihrem Besitz befindet.«

»Wir wären so geehrt«, antwortet Narcissa schüchtern.

»Gibt es sonst niemanden aus dieser Gegend, der teilgenommen haben könnte?«, wiederholt Thorsen.

»Mir fällt niemand ein«, sagt Narcissa. »Meines Wissens waren wir die einzige Familie aus Cranbrook, die die Ehre hatte, teilzunehmen.«

»In Ordnung.« Er räuspert sich, aber die unterschwellige Feindseligkeit in seinem Ton bleibt. »Dann werde ich mich wieder auf den Weg machen.«

»Sie müssen unbedingt zurückkommen.« Narcissa folgt ihm zur Tür hinaus, und ihre Stimmen verschwinden aus meiner Reichweite.

Ich schließe die Dachbodentür, laufe wieder zum Fenster und schaue durch das Glas. Mein Magen dreht sich um, als ich den vertrauten Schuh in seinem Besitz entdecke. Er gehört definitiv mir. Aber warum macht er sich die Mühe, ihn zurückgeben zu wollen? Und warum fühlt sich mein Herz an, als würde es explodieren, als ich ihn sehe?

Heute trägt er einen marineblauen Blazer, eine dazu passende Hose, und unter dem Saum ragt ein Paar glänzender brauner Oxfords hervor. Im Moment ist es nicht schwer, zu verstehen, warum ich ihn mit Prinz Aston verwechselt habe. Er ist unglaublich groß, und zwar jeder Teil seines Körpers, von seinen Händen bis zu den Füßen. Wenn ich eine Vermutung wagen müsste, würde ich Geld darauf wetten, dass er ein tatsächlicher Nachfahre von Odin selbst ist.

Mein Atem scheint sich in meiner Kehle zu verfangen, als ich sein Gesicht betrachte. Er trägt den üblichen finsteren Blick, den ich auf all seinen Bildern in den Medien bemerkt habe. Aus ihrer Perspektive ist er launisch und zurückgezogen. Die Artikel stellen ihn als jemanden dar, der nur selten spricht, wenn er nicht dazu gezwungen wird, was sein Verhalten auf dem Ball erklärt. Dennoch kann ich nicht anders, als mich zu fragen, was ihn dazu gebracht hat. Ich glaube nicht, dass irgendjemand sich dafür entscheiden würde, immer so unglücklich zu sein.

Narcissa katzbuckelt weiter um ihn herum, berührt seinen Arm und bewundert sein Auto. Sie macht wahrscheinlich Angebote, Lavinias Erstgeborenen zu opfern und ihn direkt nach Walhalla zu schicken, wenn sie selbst eine Art Königstitel haben kann.

Mit jeder Sekunde, die verstreicht, blutet die Spannung in Thorsens Gesicht, bis er sie schließlich abschüttelt, sich in seinem Auto einschließt und davonrast. Nur einen Augenblick später, als Narcissa zum Eingang zurückkehrt, überschüttet Lavinia sie mit Fragen.

»Glaubst du, dass er zurückkommen wird? Was werden wir mit dem Schuh machen?«

»Wir lassen uns einen machen«, plant Narcissa. »Was immer er kostet. Mach dir keine Sorgen, Liebling. Wir werden uns schon einen Prinzen besorgen.«

8

ELLA

Zwei Wochen sind seit der Aufregung um den Ball vergangen, und ich bin wieder in meinen Alltag zurückgefallen, mit Ausnahme von Narcissa, die mir im Nacken sitzt. Sie verdreifacht jeden Tag mein Arbeitspensum und besteht darauf, dass der norwegische Prinz jeden Moment zurückkehrt, um Lavinia in sein Königreich zu holen. Ich hatte kaum einen Moment für mich selbst, und was noch schlimmer ist, ich habe es seit Tagen nicht mehr geschafft, ins Tierheim zu gehen.

»Hausschlampe!«, ruft Lavinia mich. »Ich habe ein paar Krümel verschüttet. Du machst sie besser sauber. Seine Königliche Hoheit könnte jeden Moment hier sein.«

Ich unterlasse es, mit den Augen zu rollen, und schnappe mir den Besen, während sie und Magnolia ein Magazin mit ein paar Artikeln über Thorsen durchblättern. Sie haben so viele Nachforschungen über den Mann angestellt, dass mein Herz vielleicht sogar Mitleid für ihn empfinden würde, sollte er jemals wieder ihre Wege kreuzen.

»Ich weiß es nicht.« Magnolia betrachtet sein Foto. »Er kommt mir so spießig vor. Mit diesem unterkühlten Benehmen wäre er kaum zu ertragen.«

»Du bist nur eifersüchtig«, schnappt Lavinia. »Ich würde mir kaum Sorgen machen müssen, ihn zu akzeptieren. Ich wäre reich, du dumme Kuh. Das bedeutet, dass ich meine Zeit verbringen kann, wie ich will. Außerdem denke ich, dass dieses grüblerische, schweigsame Ding, das er am Laufen hat, heiß ist. Alle Frauen lieben böse Jungen.«

»Vielleicht könnte ich mir seinen Bruder angeln«, sinniert Magnolia. »Stell dir das vor. Zwei königliche Schwestern.«

»Unwahrscheinlich.« Lavinia gießt Öl ins Feuer ihrer Auseinandersetzung. »Ich werde eines Tages Königin sein, was bedeutet, dass du da sein würdest, um mir zu dienen. Ich könnte dir sagen, was du tun sollst, und du müsstest es tun. Das Gleiche gilt für dich, Hausschlampe.«

»Vielleicht kann deine Aufgabe im Palast darin bestehen, das Feuer zu hüten«, fügt Magnolia bitter hinzu. »Da wir wissen, wie sehr du es liebst.«

Die Angst leckt an meiner Kehle, und Wärme kitzelt die verstümmelte Haut an meinen Armen, wo der stechende Schmerz einst meine Nerven versengte. Ich kann ihn immer noch fühlen, jedes Mal, wenn ich eine Flamme sehe, und sehr zu ihrer Belustigung habe ich mich nie ganz von dem Vorfall erholt. Aber eine Reaktion würde ihnen nur das geben, was sie wollen.

Was mich betrifft, so kann Lavinia mit ihrem Prinzen abhauen und die ganze Bande mitnehmen. Auch wenn sich meine Brust bei dieser Vorstellung komisch anfühlt, weigere ich mich, zu viel darüber nachzudenken. Ich werde nirgendwo hingehen. Tatsächlich wäre es der beste Tag meines Lebens, wenn sie wegziehen würden.

»Denkst du, sie ist verrückt geworden?« Magnolia schnippt mit den Fingern nach mir. »Sie sieht seltsam aus.«

»Sie ist nicht verrückt geworden.« Lavinia seufzt. »Sie ist nur ein Idiot, wie du.«

Ich lege den Besen weg und beende meine restliche Hausarbeit für den Nachmittag, und wie durch ein Wunder habe ich noch eine Stunde Zeit vor dem Abendessen. Es ist nicht viel, aber ich weiß genau, wo ich hinwill.

»Hallo, Alfred.« Das winzige Kätzchen begrüßt mich, indem es seinen Kopf an mich schmiegt und schnurrt, während es sich in meine Arme schmiegt.

Ich finde einen gemütlichen Platz auf einem Heuballen in der Scheune und lasse Alfred sich an mich kuscheln, während ich die Augen schließe und seine Zuneigung aufsauge. Die Leute haben mir oft vorgeworfen, dass ich ein zu großes blutendes Herz habe, wenn es um Tiere geht, aber ich kann nichts dafür, wer ich bin. Etwas daran, wie diese unschuldigen Geschöpfe von uns abhängig sind, entreißt meinem Herzen jedes Quäntchen Liebe und Mitgefühl.

Meine Mutter sagte mir, als ich jung war, dass ich in der Welt, die sich um mich dreht, immer nach der Magie suchen sollte. Blühende Liebe zwischen einem neuen Paar, die Brise, die die Blätter aufwirbelt, ein Schmetterling, der aus dem Kokon auftaucht. Was sie nicht erkannte, war, dass sie es mir nie sagen musste, weil ich auch ihr empathisches Herz geerbt hatte. Ich sehe alles. Ich fühle auch alles, oft viel zu tiefgehend für mein eigenes Wohl. Es ist anstrengend, in einer so seichten Welt zu leben, wenn ich immer nur in tiefen Gewässern schwimme.

Es ist viele Jahre her, dass ich Liebe gefühlt habe. So lange, dass ich mich nicht einmal daran erinnern kann, wie das war. Ich frage mich oft, ob ich nur davon geträumt habe, eine Familie zu haben, die sich um mich kümmert, aber dann schaue ich in Alfreds Augen und weiß, dass ich geliebt werde. Wenn ich hier bin, um die Pferde zu füttern oder mit den Hunden zu spielen oder die Kätzchen zu knuddeln, ist nichts anderes auf der Welt von Bedeutung. Und für mich sind diese Haustiere meine Familie.

Ich weiß, dass sie alle irgendwann in ein neues Zuhause gehen müssen, und ich bin jedes Mal untröstlich, wenn sie das tun. Aber ich freue mich auch für sie, weil sie das Beste verdienen, und im Moment kann ich ihnen das einfach nicht geben.

Tränen laufen mir über die Wangen, und es trifft mich auf einmal, wie hilflos ich mich fühle. So lange habe ich mich kaum über Wasser gehalten, und jetzt bin ich mir sicher, dass ich ertrinken könnte. Ich habe nichts anderes, worauf ich mich freuen kann. Ich habe nichts anderes von Wert in meinem Leben. Dieser Ort ist es. Diese pelzigen Babys und Olivias Freundlichkeit, mich daran teilhaben zu lassen. Und ich lasse sie im Stich.

Letzte Woche hat sie mir wieder gesagt, dass sie nicht mehr weitermachen kann. Sie versucht, andere Unterkünfte für die Tiere zu finden, weil sie es sich nicht mehr leisten kann, sie zu füttern, und so wie es aussieht, geht sie bankrott. Jede Geldquelle ist versiegt, und meine armseligen kleinen Spendensammlungen haben es nur hin und wieder geschafft, ein wenig Essen zu kaufen. Es ist so deprimierend, dass ich den Gedanken nicht ertragen kann, diesen Ort nicht mehr um mich zu haben. Es ist nicht nur der Zufluchtsort der Tiere. Es ist auch meiner.

»Ich weiß nicht, was wir tun werden, Alfred.« Ich streichele sein Fell und küsse ihn auf den Kopf. »Ich wünsche mir mehr als alles andere, dass ich dich mit nach Hause nehmen könnte.«

Er miaut, und mein Herz zerbricht noch ein wenig mehr. Wir haben vielleicht nicht mehr viel Zeit zusammen, aber ich werde jeden Moment, den wir haben, genießen. Zu einem Ball zusammengerollt, schließen Alfred und ich die Augen, und ich tauche in seine Wärme ein, während sich die Erschöpfung in meinen Knochen festsetzt. Ich sollte wahrscheinlich den Wecker an meinem Telefon stellen. Es ist der letzte Gedanke, den ich habe, bevor mich der Schlaf schnell davonträgt.

9

THORSEN

Aus den Schatten beobachte ich sie beim Schlafen, das zottelige graue Kätzchen, das sich an sie kuschelt, als wäre sie sein Zuhause. Es öffnet seine schläfrigen Augen und blinzelt mir zu, benommen, aber völlig ahnungslos, dass ein Raubtier in seiner Mitte ist.

Es sind schon zwei Wochen seit dem Ball vergangen, und die ganze Zeit habe ich darüber nachgedacht, was ich vorfinden würde, wenn ich hierher zurückgekommen würde. Nachdem ich Nachforschungen angestellt hatte, kam ich zu dem Schluss, dass dies eines von einer Handvoll Tierheimen in Kent ist, und in den letzten Tagen war ich bereits bei all den anderen gewesen.

Ich bin mit wenig Hoffnung hierhergekommen. Aber da war sie, schlafend im Heu, wie die pelzigen Viecher, die sie so sehr zu beschützen scheint. Auf den ersten Blick war ich nicht ganz überzeugt, dass dies dieselbe Frau ist, der ich beim Ball nachgejagt habe. Anstelle des blauen Kleides trägt sie ein verblasstes Sweatshirt, das aussieht, als würde es nicht mehr lange durchhalten, und eine Jeans, die zwei Größen zu groß für ihre zarte Gestalt ist. Ihre Schuhe haben auch Löcher. Die Hälfte der Gummisohlen ist abgenutzt. Aber unter dem Schmutz und der offensichtlichen Erschöpfung sind ihre champagnerfarbenen Haare und ihre elfenbeinfarbene Haut immer noch zu erkennen.

Als ob sie mich spüren könnte, reißt sie die Augen auf, und mein Herz schlägt wild und rüttelt an seinem Käfig, als sie mich ängstlich ansieht.

»Was machen Sie hier?«

Sie zuckt bei meinem Anblick zusammen, und all das Blut in meinem Körper fließt in meinen Schwanz und erinnert mich daran, wie gerne ich diesen Hass aus ihr herausficken würde.

»Ich glaube, Sie haben etwas zurückgelassen.« Der glitzernde Schuh baumelt an meinem Finger, und sie betrachtet ihn mit einer Nervosität, die ihren Wunsch, dieser Situation zu entkommen, verrät.

»Ich weiß nicht, wovon Sie sprechen«, sagt sie. »Der gehört mir nicht.«

Die Vene in meinem Nacken pulsiert. Wenn es eine Sache gibt, die ich nicht dulde, dann ist es eine Lüge, und ich weiß nicht, wie sie es geschafft hat, mich bereits in wenigen Augenblicken von ihrer Unehrlichkeit zu überzeugen.

»Wenn es nicht Ihr Schuh ist, dann wird es Ihnen nichts ausmachen, wenn ich es ausprobiere.« Ich mache einen Schritt vorwärts, und sie schrumpft unter meinem Schatten.

»Aber warum?«, fordert sie mich heraus. »Was spielt es für eine Rolle, ob es mein Schuh ist oder nicht?«

»Weil Sie eine kleine Lügnerin sind.« Ich blicke auf sie herab. »Und ich habe keine Geduld mit Lügnerinnen.«

»Das bin ich nicht«, erklärt sie und schüttelt den Kopf so aufrichtig, dass ich versucht bin, ihren Arsch gleich grün und blau zu schlagen, um ihr eine Lektion zu erteilen.

»Sie wollen mir also sagen, dass Sie kein Ticket mit dem Namen einer anderen Person benutzt haben, um Zugang zum Ball zu erhalten?«, frage ich. »Sie haben die Palastwachen und mich nicht darüber angelogen, wer Sie wirklich sind?«

Ihr Gesicht erblasst, und als ich vor ihr niederknie und nach ihrem Bein greife, versucht sie, von mir wegzurutschen. Meine Finger legen sich um ihren Knöchel und ziehen sie zurück, und sie schreit ungefähr zu dem Zeitpunkt auf, als das Kätzchen davonschießt.

»Das wird nicht lange dauern.« Ich ziehe ihr das armselige Schühchen aus und schiebe den Absatzschuh auf ihren rechten Fuß. Natürlich passt er wie angegossen, und sie zittert praktisch vor Angst, als sie den Mund wieder öffnet.

»Bitte sagen Sie es niemandem«, bettelt sie. »Ich wollte nichts Böses. Ich habe nur versucht, dem

Tierheim zu helfen, und wenn Sie jemandem davon erzählen …«

»Ich werde es niemandem sagen. Aber Sie müssten etwas für mich tun.«

Ihre Augen weiten sich, sie überdenkt meine Worte sorgfältig, und Vorsicht färbt ihre Stimme, als sie wieder spricht. »Was müsste ich tun?«

»Was sind Sie bereit zu tun?« Wider besseren Wissens streicheln meine Finger die weiche, cremige Haut um ihren Knöchel, während ich den Absatzschuh entferne und ihr wieder ihren alten Schuh anziehe.

»Ich … ich weiß es nicht«, sagt sie. »Denken Sie an etwas Bestimmtes?«

»Waren Sie schon immer so naiv?« Ich beuge mich zu ihr, und meine Finger ergreifen ihren Kiefer. Ein atemloses Geräusch entweicht ihren Lippen, und ihr Puls wird für mich lebendig, als er vor Panik pocht. Mein Schwanz ist so hart, dass ich sie stundenlang ficken könnte, aber jetzt noch nicht. Es gibt eine Zeit und einen Ort für meine Verderbtheit, und beides sind Dinge, die ich in der Lage sein muss zu kontrollieren. Widerwillig lasse ich sie los und stelle mich hin.

»Ich habe einen Vorschlag für Sie«, sage ich zu ihr. »Etwas, was Sie vor den Konsequenzen ihrer Täuschung bewahren und auch Ihrem kostbaren Tierheim helfen kann.«

Ihre Augen leuchten auf, und die Hoffnung strahlt wie ein Leuchtfeuer im dunkelsten Ozean. »Werden Sie mir helfen?«

»Ich kann Ihnen helfen. Aber Sie müssen etwas für mich tun.«

»Was?« Sie erhebt sich und schnappt sich das Kätzchen, das sich zu ihr zurückgeschlichen hat.

»Kommen Sie mit mir, und ich werde es Ihnen sagen.«

Sie zögert und beäugt mich wie ein Hai im Wasser. Sie weiß nicht, wie nah sie damit an der Wahrheit ist. »Ich kann nicht mit Ihnen kommen. Ich muss eigentlich nach Hause …« Sie schaut auf die Uhrzeit ihres Handys, und Alarmiertheit zeichnet sich in ihren Gesichtszügen ab. »Ich bin so spät dran.«

»Wer wartet zu Hause auf Sie?«, frage ich, nicht aus Neugierde, sondern aus Notwendigkeit.

Sie zögert, überlegt es sich aber anders, statt mich wieder anzulügen. »Meine Stiefmutter und Stiefschwestern.«

»Ich bin sicher, dass sie Ihre längere Abwesenheit nicht stören wird.«

»Nein, Sie verstehen das nicht.« Ihre Panik steigt. »Es tut mir leid, aber was auch immer es ist, es muss warten.«

»Ich glaube, Sie müssen mich mit jemand anderem verwechseln.« Ich lache finster. »Ich warte auf niemanden.«

Unentschlossenheit lähmt sie, und wenn ich raten müsste, würde ich sagen, dass sie die Folgen ihrer Unbesonnenheit abwägt. Es dauert nicht lange, bis sie entscheidet, dass der Ärger, der sie zu Hause erwartet, nicht schlimmer sein kann als die mögliche Bestrafung ihrer Taten im königlichen Palast.

»Sagen Sie mir, was Sie wollen«, fleht sie.

»Sagen Sie mir Ihren richtigen Namen.«

Sie überlegt es einen Moment lang, und ich erwarte halbwegs, dass eine weitere Lüge über ihre hübschen Lippen kommt, bevor sie endlich antwortet.

»Ella«, sagt sie. »Mein Name ist Ella Laurent.«

»Ella«, wiederhole ich und rolle das Wort über meine Zunge. »Gut. Jetzt, Ella, werde ich Sie nach Hause fahren. Wo wohnen Sie?«

Sie kaut auf ihrer Lippe und hält das Kätzchen als Geisel an ihre Brust. »Ich wohne nur ein paar Straßen weiter. Normalerweise gehe ich einfach durch das Feld.«

»Und heute werden Sie das nicht tun.«

Sie starrt mich an, und es ist ein Funke Feuer in ihr, von dem ich bereits weiß, dass ich es genießen werde, ihn zu schüren. Als sie nachgibt, bereue ich fast, die Schlacht so leicht gewonnen zu haben.

»Okay, aber nur bis zum Ende der Gasse. Ich will nicht, dass meine Familie es sieht.«

»Natürlich würden Sie das nicht wollen«, spöttele ich. »Wie schrecklich wäre es für Sie, mit dem Prinzen von Norwegen gesehen zu werden.«

Ihre Schultern fallen unter der Last meines Zornes herab, und sie folgt mir wortlos hinaus zu meinem Auto, das auf der Straße vor dem Tierheim geparkt ist. Das Kätzchen folgt ihr, nachdem sie ihn abgesetzt hat, und sie schaut traurig darüber aus, dass sie es nicht mitnehmen kann.

Als sie den BMW sieht, hält sie inne. Ihrer Kleidung nach zu urteilen vermute ich, dass sie solchen Luxus nicht gewohnt ist, wobei ich mir die Frage stelle, wie sie es geschafft hat, an das Kleid für den Ball heranzukommen.

Ich öffne ihr die Beifahrertür, und sie schlüpft vorsichtig auf den Sitz und blickt auf ihre schmutzige Jeans. Sie macht sich Sorgen, das Auto zu beschmutzen, aber sie hat keine Ahnung, dass das die geringste ihrer Sorgen sein sollte.

»Erlauben Sie …?« Ich lehne mich über sie und greife nach dem Sicherheitsgurt.

Sie holt tief Luft, als ihr Blick auf den meinen trifft, und für eine Minute bereue ich fast, was ich gleich tun werde. Aber dann schaue ich in ihr Gesicht, es ist so verdammt hübsch, und ich glaube nicht, dass ich jemals etwas so Ansehnliches hatte, was ich mein Eigen nennen konnte. Ihre Unschuld spricht mich auf einer ursprünglichen Ebene an, und ich kann es kaum erwarten, sie zu zerstören.

Meine Hand bewegt sich schnell, und sie bemerkt die Spritze nicht einmal, bis sie in ihrem Oberschenkel steckt. Sie zuckt zusammen, und ich lege meine Handfläche über ihren Mund und ersticke ihren Schrei, während sie mich mit verängstigten Augen anstarrt. Ihr Instinkt sagt ihr, dass sie sich wehren sollte, aber sie ist mir nicht gewachsen. Ich halte ihre

Handgelenke mit meiner anderen Hand fest und zwinge sie, dort zu bleiben, wo sie ist.

Ketamin kann ein paar Minuten brauchen, um zu wirken, aber zum Glück ist sie klein, so dass es nicht lange dauert, bis ihr Körper davon überflutet ist. Nach etwa einer Minute ist sie bewegungsunfähig, aber ihre Augen sind immer noch offen. Sie ist betäubt, aber bei Bewusstsein. Mit den Knöpfen unter ihrem Sitz lehne ich sie so weit zurück, dass ich mir keine Sorgen machen muss, dass sie erstickt.

Ich lasse ihre Hände gefaltet auf ihrem Schoß liegen, lege meine Finger um ihren Kiefer und zwinge sie, mich anzusehen. Sie blickt mich abwesend an, gefangen in ihrem eigenen Kopf, während ich ihr die Haare aus den Augen streiche. Der Puls in ihrem Hals ist ein wilder Trommelschlag gegen meine Finger, ein panischer Galopp von Pferden in einem Gewitter. Sie hat eine Scheißangst vor mir, und ich bin härter als jemals zuvor.

Das Kätzchen miaut hinter mir, und als ich mich umdrehe, beobachtet es mich wie ein stummer Zeuge. Seine Augen sind weise und mutig, als es näher kommt und wagt, an dem Monster vorbeizugehen, das seine menschliche Mutter entführt hat. Ohne lange nachzudenken, schnappe ich es mir und bringe es zurück in die Scheune. Heute wird es lernen müssen, zu teilen.

10

ELLA

Ich bin völlig unbeweglich. Eingesperrt in meinem Körper, während in meinem Kopf seltsame und schreckliche Bilder herumwirbeln. Bin ich betrunken? High? Ich kann mich nicht daran erinnern, was passiert ist, dass ich mich so fühle. Aber die Halluzinationen gehen weiter, und ich könnte schwören, dass ich in einem Flugzeug war. Das Donnern der Motoren lässt mein Trommelfell vibrieren, und es ist schwierig, die Realität von meiner Phantasie zu unterscheiden.

»Sie hat nur ein bisschen zu viel getrunken«, sagt jemand.

Ein weiterer Sicherheitsgurt klickt, und etwas streift mein Gesicht. Ist es Alfred? Bin ich immer noch im Tierheim?

Sekunden und Minuten ziehen sich für eine gefühlte Ewigkeit hin. Alles ist so langsam. Die Zeit hat sich noch nie so ausgedehnt gefühlt. Für eine Weile glaube ich, dass ich abdrifte. Oder starre ich nur in den Himmel? Eine Tablette drückt sich zwischen meinen Lippen durch, und das kommt mir bekannt vor. Wie viele von diesen Tabletten hatte ich schon?

Das Nächste, was ich sehe, ist ein Paar dunkelgrauer Augen. Die Augen, die mich wochenlang verfolgt haben. *Thorsen Lykken.* Ist er auch real … oder nur ein Hirngespinst meiner Phantasie? Er hebt mich in seine Arme, und mein Gesicht fällt an seine stahlharte Brust. Er riecht sauber, nach Minze und teurem Parfüm, aber nicht zu stark. Ich will diesen Duft einatmen, und ich glaube, das tue ich auch. Aber dann fällt mir alles wieder ein.

Das Tierheim. Mein Schuh. Seine Drohung. *Die Spritze.*

Mein Mund klappt auf, und ich versuche zu fragen, wohin er mich bringt, aber meine Lippen weigern sich, sich zu bewegen. Meine Muskeln fangen an zu zucken, und es fühlt sich an, als ob das Leben zu mir zurückkommt. Bald kann ich mich wehren. Ich kann weglaufen. Das sind meine besten Pläne, bis er mich auf den Sitz eines anderen Autos fallen lässt und mich anschnallt, bevor er sich selbst ans Steuer setzt. Ich weiß nicht, wo wir sind. Das wird überdeutlich, als ich die vorbeiziehende Landschaft draußen beobachte.

Bunte Häuser prägen die Landschaft, während das Auto die Straße entlangfährt, und ich sehe in der Ferne Hügel und Wasser. Dies ist nicht England. So viel weiß ich. Ich fange an, mich zu fragen, ob er mich tatsächlich nach Norwegen gebracht hat. Eine Million verschiedener Gedanken hüpfen in meinem Kopf herum und bereiten mir höllische Kopfschmerzen. Oder ist das die Droge?

Was wird Narcissa tun, wenn ich nicht nach Hause komme? Wird überhaupt jemand nach mir suchen? Nein, ich glaube nicht, dass sie das tun werden. Narcissa wird wütend sein, aber ich kann mir nicht vorstellen, dass sie sich tatsächlich die Mühe macht, sich über meine Abwesenheit Sorgen zu machen. Was ist mit Olivia? Erleichterung steigt in mir auf, aber sie verschwindet wieder, als ich mich daran erinnere, dass sie nicht einmal zu Hause war. Sie wusste nicht, dass ich dort war, und wird es wohl auch nie erfahren. Aber ich erinnere mich, dass ich mein Telefon und meine Handtasche hatte. Wo sind sie? Hat er sie auch genommen?

Ich drehe den Kopf, um ihn zu betrachten, und mir fällt auf, dass die Wirkung dessen, was auch immer er mir gegeben hat, nachlässt. Vielleicht sollte ich mich nicht verraten. Vielleicht sollte ich warten, bis ich mir sicher bin, dass ich meinen Körper bewegen kann, und dann zuschlagen. Aber wie?

Der Mann ist ein turmhohes Stahlgerüst und noch dazu königlich. Das ist ungefähr der Zeitpunkt, an dem mir klar wird, dass nichts davon Sinn ergibt. Warum sollte er mich mitnehmen? Wie kann irgendetwas davon überhaupt real sein?

Ich lecke mir die Lippen, verzweifelt nach Wasser, und versuche es dann noch einmal. »Warum?«

Diesmal kommt das Wort als ein kehliges Flüstern

heraus, und ich bilde mir nicht ein, dass ich wirklich gesprochen habe, denn Thorsen dreht sich um, um mich anzusehen.

»Warum?«, wiederholt er. »Weil ich es kann. Du hast mich gefragt, was ich will, Ella. Erinnerst du dich?«

Seine Worte sollten mich erschrecken. Ich glaube, das wäre die normale Reaktion. Aber ich weiß nicht, ob es die Drogen sind oder die Tatsache, dass mein ganzes Leben eine Reihe von unglücklichen Ereignissen war, die mich für mein Schicksal gefühllos gemacht haben. Wenn es nicht ein Monster ist, lauert immer ein anderes um die Ecke. Die Männer, die meinen Vater getötet haben. Narcissa. Lavinia. Magnolia. Und jetzt, Thorsen.

Was kann er mir antun, was nicht schon geschehen ist?

Trauer, so dunkel und tief, sinkt wie Lava in den Kammern meines Herzens und löscht die letzte flackernde Flamme der Hoffnung aus, die ich in mir trug. Für mich hat der Überlebensmodus immer bedeutet, meine Gefühle aufzugeben und mein Herz zu vereisen. Taubheit ist der einzige Weg, wie ich an den schlechten Tagen noch funktioniere. Aber ich glaube, was mir am meisten Angst macht, ist, dass ich, wenn ich Thorsen ansehe, nicht zu diesem sicheren Ort in meinem Kopf gelangen kann. Ich kann meine Ängste nicht abstellen, und ich fühle … *zu viel.*

Ich frage mich, ob er diese Schwäche in mir spüren kann, als sein Blick auf meinen trifft. Ein Blitz trifft mein Herz, und Adrenalin fließt in meine Adern, während er seinen Blick verengt, als wäre ich der Feind. Ich konnte es vorher nicht sehen, aber ich sehe es jetzt. Dieser Mann hasst mich.

Ich schrumpfe in meinem Sitz zusammen, als er das Auto auf eine Einfahrt lenkt und vor einem abgeschlossenen Tor zum Stehen kommt. Es ist dunkel draußen, und ich bin mir nicht sicher, aber ich glaube, er gibt einen Code ein. Als der Wagen weiterfährt und die Tore uns von hinten einschließen, bildet sich ein Knoten in meinem Hals.

Ich werde hier wahrscheinlich nie lebend herauskommen.

»Dies wird dein Quartier sein.« Thorsen drapiert meinen Körper auf das Bett, und seine massive Gestalt löscht mich unter dem sanften Schein des Lampenlichts aus. »Morgen werden wir die Erwartungen besprechen.«

Erwartungen?

Er verweilt einen Moment länger als nötig, und seine Blicke ziehen eine brennende Spur über mein Gesicht. Von diesem Mann geht kein einziges bisschen Wärme aus, und ich verstehe jetzt, warum man ihn den kaltherzigen zukünftigen König nennt. Jedes Wort, das er ausspricht, ist wie ein beißender Wind in der Tundra. Es gibt kein Entkommen vor seiner Feindseligkeit.

»Geh schlafen«, befiehlt er. »Du wirst es brauchen.«

Mit dieser ominösen Drohung wendet er sich ab, und sein Rücken ist starr, als er sich aus dem Raum zurückzieht. Meine verschwommenen Augen huschen durch das Zimmer und versuchen, den nächsten logischen Schritt zu bestimmen. Ich sollte mir eine Waffe suchen und mich vorbereiten. Aber die Erschöpfung des Tages trifft mich auf einmal, als ich im Bett einsinke, und bevor ich etwas tun kann, sind meine Augen bereits geschlossen.

11

THORSEN

»Du wirkst aufgeregt«, beobachtet Calder.

Es ist nervtötend, wie leicht er mich manchmal durchschaut. Aber aufgeregt ist nicht das Wort, das ich benutzen würde, um die hektische Energie zu beschreiben, die meine Adern elektrisiert. Ich habe die halbe Nacht damit verbracht, auf den Etagen meines Anwesens hin- und herzulaufen, und in meinem schlafentzogenen Hirn schlägt die Paranoia Wurzeln. Weiß er von meinem kleinen schmutzigen Geheimnis, das im Gästezimmer eingeschlossen ist? Weiß er, dass ich völlig aus den Fugen geraten bin?

»Ich bin einfach nur müde«, entgegne ich ihm.

»In diesem Fall solltest du jetzt besser anfangen, Kaffee zu kochen.«

»Warum?«

»*Mor* hat um ein Treffen mit dir gebeten«, sagt er. »Und ich bin als Brieftaube hierhergeschickt worden, um dir mitzuteilen, dass, wenn du nicht bis heute

Mittag zu ihr kommst, sie sich stattdessen hier materialisieren wird.«

Ein Stöhnen rumpelt aus meiner Brust. »Ich kann mir nicht vorstellen, dass Vater sie auf das Palastgelände lässt, geschweige denn hierher. Weißt du, worum es geht?«

»Ich weiß es nicht.« Calder wirft eine Weintraube in seinen Mund. »Aber sie sagte, es sei wichtig.«

Ich öffne den Kühlschrank und schenke mir ein Glas Orangensaft ein, kurz bevor Lisbet, meine Haushälterin, herbeieilt.

»Kann ich Euch noch etwas bringen, Eure Hoheit?«

»Nein.«

Sie schrumpft vor mir und verschwindet genauso schnell, wie sie gekommen ist.

»Du hast definitiv ein Händchen für Frauen«, schnaubt Calder.

»Sie muss mich nicht mögen«, antworte ich bitter.

Er wirft eine weitere Traube in seinen Mund und zuckt mit den Schultern. »Niemand tut das.«

Ich ignoriere seine Spitze und durchstöbere den Kühlschrank, bis ich das Obst und den Joghurt finde, die für das Frühstück heute Morgen vorbereitet wurden.

»Ich habe noch etwas Arbeit in meinem Büro zu erledigen«, sage ich zu ihm. »Wirst du bleiben?«

»Nein.« Er steht auf und streckt sich. »Ich habe heute Morgen einen Fechtkampf. Aber ich werde heute Nachmittag im Palast sein.«

»Wir sehen uns dort.«

Unsere Wege trennen sich, und ich bringe das Tablett mit dem Essen den Flur hinunter zu der Reihe von Gästesuiten, die bisher nur selten benutzt wurden. Ellas Suite liegt am nächsten zu meinen Gemächern. Für den unwahrscheinlichen Fall, dass sie gestern Abend einen Wutanfall bekommen hätte, wollte ich sie hören können. Aber bis jetzt gab es keinerlei Störungen. Als ich den Schlüssel im Schloss umdrehe und die Tür aufdrücke, erwarte ich auch keine Zwischenfälle.

Das Erste, was ich registriere, ist eine Lampe, die auf meinen Kopf zuschwingt, und als ich mich nach hinten ducke, stolpert Ella vorwärts, verliert ihr Gleichgewicht und kippt fast vollständig um. Aber das hindert sie nicht daran, noch einmal die Lampe zu schwingen. Vielleicht bin ich aus der Übung oder vielleicht will ich einfach nur sehen, wozu sie fähig ist, als ich es zulasse, dass sie die Lampe auf meinen Kopf schlägt. Sie prallt von meinem Schädel ab, das Tablett in meinen Händen fällt klappernd zu Boden, und das Essen spritzt überall hin.

Ich bin fassungslos, aber mehr als alles andere bin ich verdammt sauer, und das erkennt sie, als sie versucht, abzuhauen. Aber das kleine Aschenputtel ist mir nicht gewachsen. Es schlägt wie ein Mädchen, und es rennt auch wie eines weg. Es könnte genauso gut versuchen, einem Geparden davonzulaufen.

Meine Finger schlingen sich um Ellas Arm und ziehen sie zu mir zurück, gerade als sie einen markerschütternden Hilfeschrei ausstößt. Ich lege meine Handfläche um ihren Mund, aber sie beißt mich und tritt gegen mein Schienbein.

Ich bin ein wütender, verdammter Stier, aus dessen Nasenlöchern Dampf aufsteigt, als ich sie zurück ins Schlafzimmer zerre und die Tür hinter mir zuschlage. Sie kämpft in meinem Griff weiter und benutzt jede Waffe, die ihr zur Verfügung steht, einschließlich ihrer Nägel, die sie mir in die Arme bohrt.

Ich brauche eine ganze Minute, um sie unter Kontrolle zu bekommen, indem ich ihre Hände hinter ihren Rücken nehme und sie in meinen Armen drehe, so dass sie mich anschaut, während ich sie zurück auf das Bett zwinge. Sie atmet schwer, und ihre Augen sind wild, als sie auf die Bestie starrt, die sie gerade aufgeweckt hat.

»Du hast Feuer in dir, nicht wahr?« Ich strecke ihren Körper und nehme ihr Gesicht in meine Finger. »Aber du solltest wissen, dass du meinen Schwanz nur härter machst, wenn du kämpfst.«

Sie erstarrt, und ihre babyblauen Augen wandern meinen Körper hinunter. Als sie auf der Waffe landen, die schmerzhaft gegen den Reißverschluss meiner Hose sticht, saugt sie einen Atemzug ein.

»Das ist richtig.« Ich beuge mich über sie und verharre über ihren Lippen. »Ich werde dich ficken.«

Ihre Brust hebt sich an, als sie den Kopf schüttelt, eine erbärmliche Ablehnung. Aber diese Angst, dieser Hass, der von ihr ausgeht, ist wie ein Aphrodisiakum, stärker als jedes andere. Ich weiß nicht, was es mit dieser Frau auf sich hat, was diese Verderbtheit in mir auslöst, aber sie sollte es besser wissen, als es zu provozieren.

Die Kratzspuren ihrer Fingernägel brennen an meinen Armen, während seitlich Blut von meiner Schläfe tropft. Als es auf sie spritzt, windet sie sich in meinem Griff, und für den Bruchteil einer Sekunde erscheint Reue in ihren Augen.

»Zu weich.« Ich ziehe meine blutigen Finger über ihre Lippen. »Weißt du nicht, dass du niemals Mitleid mit mir haben solltest?«

Sie wimmert, als ich meinen Mund auf ihren senke, gerade genug, um ihren Atem einzuatmen. Und dann gebe ich nach, ziehe ihre Lippe zwischen meine Zähne und sauge sie ein, bis ich ihr mit meinem Blut vermischtes Blut schmecke.

Sie faucht, und ich lecke ihre Wunde, metallisch und beißend gegen meine Zunge. Mein Schwanz ruht an ihrer Hüfte, tödlich und voller Verlangen. Ich möchte dieses starre Fleisch in ihren Körper pressen und jede Öffnung beanspruchen. Ich will sie ficken und sie mit meinem Sperma füllen, bis sie genau versteht, wem sie gehört. Aber im Moment habe ich keine Zeit für all die Dinge, die ich mit ihr machen will. Und wir müssen noch eine Vereinbarung treffen.

Als ich in den Nachttisch greife, finde ich das Seil, das ich dort bei meinen Vorbereitungen hingelegt habe. Als sie es sieht, entfacht es wieder das Feuer in ihr, und es ist niedlich, wie sie gegen mich kämpft. Eine tapfere Leistung für jemanden, der so klein ist, aber sie könnte mich selbst an meinem schwächsten Tag nicht besiegen.

Innerhalb von Sekunden habe ich ihre Handgelenke zusammengebunden, und nehme mir einen Moment Zeit, um ihr zartes Fleisch zu bewundern, eingepackt wie ein Geschenk für mich. Aber das scheuernde Seil ist nicht das Einzige, was meine Aufmerksamkeit erregt. Die Narben, die unter ihren Ärmeln hervorblitzen, lassen mich innehalten. Hat sie sie vor mir versteckt? Und noch wichtiger: Wie hat sie sie bekommen?

Ich möchte die Hand ausstrecken und sie berühren. Ich möchte sie fragen, was das ist, aber dieses Gespräch wird noch einen Tag warten müssen.

»Eine Warnung.« Ich streichele die zarte Haut an ihren Handgelenken. »Wenn du jetzt versuchst, dich zu wehren, kannst du mit einem unangenehmen Brennen durch das Seil rechnen.«

Sie zuckt bei der Erwähnung des Wortes Brennen zusammen, und ich nehme es zur Kenntnis. Ich mag es, die Schwächen von jedem um mich herum zu kennen, und ich kann bereits sagen, dass dies die ihre ist. Aber als ich das Messer aus meiner Tasche nehme und damit am Saum ihres Shirts spiele, vergisst sie meine Warnung und schlägt gegen die Fesseln, nur um einen Moment später zusammenzuzucken.

»Ich habe es dir gesagt.« Ich tauche die Klinge unter ihr Shirt, bündele den Stoff in meinen Händen und zerschneide ihn mit einem kräftigen Ruck in zwei

Hälften. »Je schneller du lernst, desto einfacher wird es sein.«

»Warum tun Sie das?«, will sie wissen. »Was habe ich getan, dass Sie mich hassen?«

»Du willst wissen, was du getan hast, Ella?« Ich entferne die Fetzen von ihrem Shirt und zerschneide alle Stücke, die nicht von selbst nachgeben. »Du kamst zum Ball, hast dich in meine Schlange gestellt und hast neben mir gesessen. Das ist, was du getan hast.«

»Sie sind ein königliches Arschloch, nichts weiter«, schreit sie. »Alles, was sie sagen, ist wahr, und Sie verdienen keinen Respekt.«

»Erzähl mir etwas, was ich nicht weiß.« Ich ziehe die Klinge meines Messers über ihren schlagenden Puls. »Bis dahin kannst du deinen Mund halten.«

Ihre Lippe zittert, und sie versucht, es zu verbergen, aber sie kann die Tränen nicht verstecken, die jede Sekunde aus ihren Augen zu laufen drohen. Der verdorbene Teil von mir will diese Tränen schmecken. Ich möchte sie mit meiner Zunge aufsaugen, sie mit meinem Körper aufnehmen und mich daran erinnern, wie es ist, solche menschlichen Emotionen zu fühlen.

»Sie haben mich ausgetrickst«, beschuldigt sie mich. »Sie haben mich über das Tierheim angelogen.«

»Ich habe dich nicht angelogen.« Ich richte meine Aufmerksamkeit auf ihre Jeans, knöpfe sie auf und ziehe sie über ihre Hüften nach unten, während sie sich unter mir windet. »Ich meinte das, was ich über das Tierheim sagte, ernst. Ich kann helfen, aber du musst etwas für mich tun.«

»Was?« Sie versteinert und ich nutze die Gelegenheit, ihr die Jeans über die Knöchel zu ziehen und sie beiseitezuwerfen.

»Ich würde denken, dass das mittlerweile offensichtlich ist«, sage ich.

»Sie wollen, dass ich … Sex mit Ihnen habe?«, krächzt sie.

»Nein.« Die Klinge meines Messers wandert zu ihrem Höschen und schneidet es schnell durch. »Ich will dich ficken.«

Sie schüttelt automatisch den Kopf, als ob der Gedanke so abscheulich wäre, dass sie ihn nicht einmal in Betracht ziehen kann. Es macht mich nur noch besessener, sie zu meiner kleinen Schlampe zu machen, die auf ihren Knien um meinen Schwanz bettelt.

»Sie sind … verrückt.« Sie blinzelt. »Das können Sie nicht wirklich ernst meinen.«

»Oh, das tue ich.« Ich reiße ihr die Fetzen vom Höschen weg, und sie drückt ihre Schenkel zusammen, entsetzt darüber, dass sie fast nackt ist. Aber es ist noch ein letztes Stück übrig, und als ich die Klinge zu ihrem BH führe, kommen ihr endlich die Tränen.

Sie ist ein zitterndes Nervenbündel, als ich mich zurücklehne, um mein neues Spielzeug zu betrachten. Genau wie ich vermutet habe, ist sie weich und weiblich und so perfekt, dass es fast wehtut, sie anzusehen. Sie ist eine Göttin des Feuers, eine Naturgewalt, deren Macht noch nicht erweckt wurde. Ihr einziger Fehler ist das weiche Herz, das unter ihren Rippen schlägt. Es macht sie schwach. Es macht sie zum perfekten Snack für Männer wie mich. Ich kann einfach nicht glauben, dass ich der erste sein soll, der sie auf diese Weise benutzt.

Meine Finger bewegen sich zu den feinen Haaren zwischen ihren Oberschenkeln. »Hat dich hier schon mal jemand berührt?«

Ihr Puls rast, und sie presst ihre Beine zusammen, wie es nur eine Jungfrau tun würde, aber es fühlt sich immer noch zu gut an, um wahr zu sein. Ich kann es nicht glauben, bis ich die Worte von ihren Lippen höre. Und selbst dann werde ich es immer noch nicht glauben, bis ich sie weit spreize und meinen Schwanz in dem Blut ihrer Unschuld bade. Es ist unmöglich, dass das noch nie jemand getan hat. Ein Blick auf sie, und ich wäre ein Narr, zu glauben, dass sie *so* rein sein könnte.

»Das möchte ich lieber nicht sagen.« Sie hebt ihr Kinn an und stählt sich.

»Gut.« Ich greife nach unten und ziehe ihre Brustwarze zwischen meine Finger. »Das ist in Ordnung, kleine Feuerspuckerin. Ich habe andere Wege, das herauszufinden.«

Die Uhr auf dem Kaminsims bestätigt, dass mir die Zeit ausgeht, und das Letzte, was ich brauche, ist, dass meine Mutter hier auftaucht. Also muss ich vorerst mein Spielzeug weglegen. Es in einen goldenen Käfig sperren, bis ich zurückkommen und es wieder bewundern kann.

»Es ist fast Zeit für mich, dich zu verlassen, *min gudinne*. Aber zuerst müssen wir sicherstellen, dass wir nicht noch so einen Vorfall wie heute Morgen haben.«

Ihre Augen weiten sich, und sie kämpft gegen mich an, als ich ihren nackten Körper über meine Schultern hieve. Sie ist so leicht, dass es nur wenig Anstrengung erfordert, und ich wundere mich über ihre Fähigkeit, all die Dunkelheit zu nehmen, die ich zu geben habe, während ich sie zum Andreaskreuz auf der anderen Seite der Suite trage. Ich frage mich, ob Ella überhaupt Zeit hatte, die Vorrichtung oder die Wand aus Werkzeugen zu bemerken, die für Vergnügen und Schmerz gedacht sind.

»Was machen Sie da?«, schreit sie, als ich sie davor abstelle und ihre Beine auseinanderzwinge, um ihre Knöchel festzubinden.

»Du hast dich heute Morgen schlecht benommen«, lasse ich sie wissen. »Und jetzt bekommst du deine Strafe.«

»Bitte …«

Ihre Schreie treffen auf taube Ohren, als ich das Seil um ihre Handgelenke löse und ihre Arme über ihren Kopf hebe, um sie mit den letzten beiden Fesseln zu fixieren. Als ich zurücktrete, um mein Meisterwerk zu betrachten, bin ich mir nicht ganz sicher, ob ich sie jemals wieder losbinden will. Sie ist eine Göttin auf meinem Altar, und es wäre genauso verlockend, sie anzubeten, was mich verunsichert.

Ja, sie ist hübsch, aber sie ist nur ein Spielzeug. Ein Gefäß, das mir Ablenkung und Entladung bietet. Wenn das funktionieren soll, kann ich es mir nicht erlauben, anders zu denken. Aber es fällt mir schwer, mich daran zu erinnern, während ihre blauen Augen tief in meine Seele starren und mich auf einer Ebene berühren, die ich nicht gewohnt bin.

»Wo ist Alfred?«, würgt sie heraus.

»Alfred?«

»Das Kätzchen.« Ihre Stimme zittert. »Sie haben ihn doch nicht … verletzt, oder?«

Dass sie mir das zutraut, trifft mich mehr, als es sollte. Zu hören, dass ihre Meinung über mich wirklich so schlecht ist, irritiert mich mehr als all das andere. Ich bin in meinem Leben schon vieler Dinge beschuldigt worden, aber das Quälen von unschuldigen Tieren gehört nicht dazu.

»Dem Kätzchen geht es gut«, antworte ich scharf. »Es war sicher in der Scheune, als wir wegfuhren.«

Sie schaut mich misstrauisch an, scheint aber das, was ich ihr erzähle, als die Wahrheit zu akzeptieren. »Wollen Sie mich hier so zurücklassen?«

»Hattest du irgendwelche Zweifel, dass ich das nicht tun würde?« Ich zeichne die Linie ihres Kiefers mit meinen Fingern nach, und sie erzittert. »Das ist der Sinn von Bestrafung. Du wirst das Konzept schnell verstehen, wenn du mein Angebot annimmst.«

»Wollen Sie mir sagen, dass ich eine Wahl habe?«, fordert sie mich heraus.

»Du hast immer eine Wahl.« Ich zucke mit den Schultern. »Du hast dich entschieden, dich in den Palast zu schleichen und über deine Identität zu lügen. Du hast dich mit einem Hintergedanken in meine

Schlange gestellt, um eine leidenschaftliche Rede für diese Tiere zu halten, denen du helfen möchtest. Und schließlich hast du dich entschieden, in mein Auto zu steigen, und jetzt bist du hier. So weit bist du in deinem Streben gekommen. Du musst nur noch eine letzte Entscheidung treffen.«

»Welche?« Sie schluckt.

»Du kannst nach England zurückkehren, um dich den Konsequenzen deiner betrügerischen Handlungen im Palast zu stellen, oder du kannst dich dafür entscheiden, dein kostbares Tierheim zu retten.«

Ihre Schultern krümmen sich nach vorn, aber sie hebt ihr Kinn, entschlossen, ihren Mut zu zeigen. »Was müsste ich tun?«

Die Worte klingen wie süße Musik in meinen Ohren, aber ich weigere mich, meinen Sieg zu zeigen. Ich weiß bereits, was sie wählen wird. Diese Frau hat nicht einen Funken Selbsterhaltungstrieb in ihrem Körper. Sie ist nicht fähig, selbstsüchtig zu sein, und trotz des Lichts, das wie Sonnenstrahlen aus ihr herausstrahlt, kann ich auch die Dunkelheit in ihr erkennen.

»Zwei Monate«, sage ich ihr. »Du musst zwei Monate tun, was immer ich will, wann immer ich es sage. Du wirst dich mir unterwerfen und alles tun, was ich möchte. Und für jeden Tag, den du in meiner Gefangenschaft verbringst und mir dienst, werde ich eine Summe von dreitausend Pfund an das Hilliard-Tierheim spenden. Und wenn unsere Zeit zu Ende geht, werde ich eine zusätzliche Pauschale drauflegen, je nachdem, wie zufrieden ich mit unserer gemeinsamen Zeit bin.«

Schweigend rechnet sie in ihrem Kopf aus, wie viele Tiere sie mit diesem Geld, das sie sich so verzweifelt wünscht, retten könnte. Aber in ihren Augen bleiben immer noch Zweifel. Sie weiß nicht, ob sie mir vertrauen kann.

»Ich werde die erste Spende bis zum Ende des Tages machen, wenn du dich dafür entscheidest, und du wirst die Belege für jede Quittung bis zum Morgen in dein Zimmer geliefert bekommen.«

Sie antwortet mir nicht sofort. Es dauert länger, als ich erwartet habe, während sie über ihre Optionen nachdenkt, und das kann ich nicht gebrauchen.

Ich schaue auf meine Uhr und stelle ein Ultimatum. »Du hast dreißig Sekunden, um mein Angebot anzunehmen oder abzulehnen, bevor ich es zurückziehe.«

»Ja!«, platzt sie damit heraus und ist offensichtlich entsetzt über ihre Antwort. »Ich akzeptiere.«

»Sehr gut.« Ich berühre sie ein letztes Mal, bevor ich ihr den Rücken zuwende. »Ich komme später wieder, *gudinne*.«

12

THORSEN

»Thorsen!« Meine Mutter keucht, als ich den Raum betrete. »Was in aller Welt ist mit dir geschehen?«

Calder zieht eine Augenbraue hoch und versteckt seine Neugierde nur schlecht. Er weiß, dass die Wunde an meinem Kopf heute Morgen, als er mich sah, noch nicht da war, aber er wird nicht widersprechen, wenn ich meiner Mutter eine andere Erklärung gebe.

»Es ist nichts. Ich bin heute Morgen beim Joggen ausgerutscht und habe mir den Kopf gestoßen.«

Meine Mutter gibt der Krankenschwester ein Zeichen, damit sie sie näher an mich heranrollt, damit sie meine Wunde inspizieren kann, so als ob ich vor ihren Augen verbluten könnte. Sie macht sich zu viele Sorgen, aber ich versage ihr diese Momente nie, in denen sie mir zeigt, dass sie sich Sorgen um mich macht, denn dafür lebt sie.

»Calder sagte, dass du um ein Treffen mit mir

gebeten hast.« Ich setze mich neben sie, und sie schenkt mir ein herzliches Lächeln.

»In der Tat.« Sie streckt sich nach meiner Hand aus, und ich widerstehe ihretwillen dem Drang, vor menschlicher Berührung zurückzuschrecken, wie ich es normalerweise tue.

»Wie fühlst du dich heute?«, frage ich.

»Mir geht es gut.« Sie wischt meine Bedenken mit einer Handbewegung beiseite. »Nichts, worüber man sich Sorgen machen muss.«

»Oh, gut, du bist hier.« Mein Vater betritt den Raum mit der Subtilität eines Hurrikans. »Hast du es ihm schon gesagt, Frida?«

»Mir *was* gesagt?«

Er setzt sich neben meine Mutter und konzentriert sich auf mich. Meine Mutter sieht besorgt aus, und sie nimmt ihre Hand weg, um seinen Arm zu berühren, was ihre Art ist, ihn sanft wissen zu lassen, dass sie diese Nachricht überbringen will, was auch immer es ist. Dennoch entscheidet er sich, sie zu ignorieren.

»Wir wurden von deinem Sekretär informiert, dass du dich in England herumgetrieben hast, um eine mysteriöse Frau vom Ball zu suchen.«

Mein Körper wird unnatürlich ruhig, und ich schaue zu Calder, der genauso besorgt wie ich darüber ist, wohin dieses Gespräch führen könnte.

»Es scheint, dass sie einen starken Eindruck auf dich gemacht hat«, fügt meine Mutter leise hinzu. »Also, ich denke, du wirst dich freuen, zu hören, dass wir genau die Frau gefunden haben, nach der du gesucht hast.«

»Habt ihr?« Alles in mir schaltet auf Alarm.

Der König nickt kurz, und ich höre einen nachklingenden Unterton von Bitterkeit in seiner Stimme heraus, dass ich Prinzessin Yasmine nie akzeptiert habe. »Wir haben sie, und ihre Familie eingeladen, für einen Monat im Palast zu bleiben. Ausreichend Zeit für dich, um sie in einer kontrollierten Umgebung kennenzulernen. Danach können wir eure Verlobung bekannt geben.«

»Verlobung?«, frage ich spöttisch. »Du willst, dass ich heirate … wen genau?«

»Es ist die Frau aus London«, antwortet meine Mutter hoffnungsvoll. »Lavinia Maddison.«

Die Luft in meinen Lungen wird zu Eis, als die Folgen meines Verhaltens mich heimsuchen. Ich war mir bewusst, dass Hayes mit dieser Information zu meinen Eltern gehen würde, aber ich hätte mir nie vorstellen können, dass sie diese schreckliche Frau hierherbringen würden.

»Glaubt ihr nicht, dass ihr ein bisschen voreilig seid?«, fragt Calder. »Er kennt diese Frau kaum. Ihr könnt nicht erwarten, dass er sie nach einem Monat heiratet …«

»Ich war lange genug geduldig!« Mein Vater schlägt mit der Faust auf den Tisch. »Deine Mutter hat sich viel Mühe gegeben, diese Frau hierherzubringen. Ich habe dir Zeit und Spielraum gegeben. Ich habe deine Ablehnungen von perfekt passenden Frauen hingenommen. Aber du kannst es dir nicht länger leisten, dich vor deiner Verantwortung zu drücken. Ich werde dich in drei Monaten verheiratet sehen, und das ist nicht verhandelbar.«

Ich beiße mir auf die Zunge, als meine Mutter ihr Gesicht verzieht. Sie ist sichtlich erschüttert, und ich scheine der Einzige zu sein, der sich daran erinnert, dass Stress ihren Zustand verschlimmern kann.

»Reg dich nicht so auf, Elias«, fleht sie den König an. »Das ist nicht gut für dein Herz.«

»Mein Herz wird vor dem neuen Jahr versagen, wenn die Götter etwas dazu zu sagen haben. Und was dann? Mit einem Sohn, der jämmerlich unvorbereitet ist, seinen Platz auf dem Thron einzunehmen, geschweige denn, sich um seine kranke Mutter zu kümmern.«

»Stell niemals meine Fähigkeiten in Frage, mich um sie zu kümmern«, knurre ich und stelle mich hin. »Es wird ihr nie an etwas fehlen.«

»Bitte«, bettelt meine Mutter mit Tränen in den Augen, als sie die Hand ausstreckt, um meinen Arm zu berühren. »Lasst uns jetzt nicht streiten. Eine schöne Frau wartet darauf, dich heute Nachmittag zu treffen. Und ich bin sicher, du wirst dich freuen, sie wiederzusehen.«

Meine Blicke wandern über ihr Gesicht, und sie scheint dünner zu sein als das letzte Mal, als ich sie vor einer Woche gesehen habe. Vielleicht ist es meine Einbildung … oder vielleicht wird sie wirklich jeden Tag schwächer. Aber ich weiß, ich kann es mir jetzt nicht leisten, ihre Stimmung zu zerstören. Ihr einziger Wunsch ist es, mich in Frieden leben zu sehen, und das kann ich ihr nicht verübeln.

Ich beuge mich vor und küsse sie sanft auf die Wange. »Es tut mir leid, *Mor*. Ich will dich nicht verärgern.«

»Du könntest mich nie verärgern.« Sie drückt meine Hand und lässt mich dann los. »Jetzt komm. Lassen wir diesen Stress hinter uns und treffen wir diese liebenswerte Frau und ihre Familie.«

»Eure Königliche Hoheit.« Lavinia macht einen übertriebenen Knicks, als ich den Raum betrete. »Was für eine Freude es ist, Euch wiederzusehen.«

Sie trägt ein gelbes, bodenlanges Kleid, das für die Teestunde heute Nachmittag viel zu formell ist und ihrem geisterhaften Teint nichts Gutes tut.

Meine Mutter stupst mich an, ermutigt meine Manieren, während ich sie mechanisch begrüße.

»Ich glaube, als wir uns das letzte Mal trafen, haben Sie mir erzählt, dass Sie Ihren Schuh verloren haben.«

»Natürlich.« Sie richtet ihre Aufmerksamkeit auf ihre Mutter, die mit Plastikfolie konserviert zu sein scheint, während sie ein straffes Lächeln erzwingt.

»Eure Hoheit.« Narcissa begrüßt mich auf etwas weniger theatralische Weise. »Es ist mir ein solches Vergnügen. Ich denke, es wird Euch amüsieren, zu erfahren, dass wir den Schuh für diesen Anlass mitgebracht haben. Wir dachten, das sei ein lustiges Detail.«

»Daran zweifle ich nicht«, bemerke ich trocken und frage mich, was sie aus dem Hut zaubern werden.

»Magnolia.« Narcissa schnippt mit den Fingern. »Geh und hol den Schuh deiner Schwester, ja, Liebling?«

»Ist das wirklich nötig?« Meine Mutter zieht eine Augenbraue hoch und schaut mich an. »Wir werden gleich Tee trinken.«

»Es wird sicher nicht lange dauern.« Ich nicke und helfe meiner Mutter zu ihrem Platz am Tisch, während Narcissa und Lavinia nachkommen. Calder steht nicht weit entfernt, aber mein Vater hat sich absichtlich dazu entschieden, dem Tee fernzubleiben, da wir uns kaum länger als zwanzig Minuten er- und vertragen können.

Meine Mutter bedeutet dem Diener, dass er den Tee zubereiten soll, und ich sehe Calder an, der von dieser Wendung der Ereignisse viel zu amüsiert scheint.

»Ich dachte, vielleicht könntest du Lavinia diese Woche etwas von unserer schönen Stadt zeigen?«, eröffnet meine Mutter das Gespräch.

Lavinia tut ihr Bestes, um gelassen zu bleiben, aber ihre Augen verraten ihre Zufriedenheit. Sie fühlt sich schon, als hätte sie gewonnen, und ich habe nicht die Geduld, mit dieser Situation umzugehen. Aber die Alternative ist, sie wegzuschicken, nur damit der König jemand anderen findet, der ihren Platz einnehmen kann. Die Frage ist, wie lange kann ich Lavinia ertragen, bevor die Dinge implodieren?

»Ich habe diese Woche einen vollen Terminkalender«, antworte ich steif. »Aber ich könnte vielleicht am Freitag etwas Zeit finden.«

»Perfekt!«, ruft Narcissa.

»In der Zwischenzeit habe ich für Sie einen Rundgang durch die Palastanlage und eine Sightseeingtour organisiert, damit Sie ein paar Highlights in der Stadt sehen können«, sagt meine Mutter. »Dann dachte ich, wenn sich das Wetter in den nächsten Wochen bessert, könnten wir mit Ihnen mit der Yacht hinausfahren.«

»Das klingt toll.« Lavinia spielt ihre Rolle perfekt, als würde sie um einen Oscar wetteifern. »Ich kann mir nichts vorstellen, was ich lieber täte.«

Der Diener erscheint mit unserem Tee und einer Auswahl an kleinen Sandwiches, Scones und Gebäck ungefähr zur gleichen Zeit, als Magnolia den Raum betritt. Im Gegensatz zu ihrer Schwester ist sie nicht ganz so geschickt darin, ihr wahres Gesicht zu verbergen, während sie ihr den silbernen Absatzschuh reicht.

»Sehen Sie?« Lavinia zeigt ihn mit unerschütterlicher Zuversicht, obwohl sie alle zum Narren hält. »Genau wie der andere.«

»Ist er das?«, provoziere ich sie.

Sie erwidert meinen Blick, während ihre Mutter ein nervöses Lachen ausstößt. »Nun, sie mussten einige zusätzliche Kristalle hinzufügen, da die anderen abgefallen waren.«

»Das ist ein schöner Schuh.« Meine Mutter nickt. »So einen habe ich noch nie gesehen.«

»Ich nehme an, das habe ich auch noch nicht.«

Meine Worte hinterlassen eine beunruhigende Stille im Raum, die meine Mutter schnell überdeckt, indem sie den Diener bittet, den Tee einzuschenken. Nachdem wir unsere Favoriten ausgewählt und die Teller gefüllt haben, ertrage ich noch eine weitere Stunde lang Gespräche, beantworte Fragen und nicke, während Lavinia und ihre Familie versuchen, die Königin zu bezaubern.

»Ich muss gehen«, unterbreche ich die Frauen, als meine Uhr die neue Stunde anzeigt. »Calder und ich haben ein Sportmatch, an dem wir unsere Teilnahme zugesagt haben.«

»Oh, das war mir nicht bewusst.« Meine Mutter runzelt die Stirn. »Ihr beide?«

»Ja«, deckt mich Calder ohne zu zögern. »Thor wurde eingeladen, drüben auf dem Eriksen-Anwesen am Sportschießen teilzunehmen, und ich sagte, dass ich mich ihm auch anschließen würde.«

»Ich verstehe.« Sie stellt ihre Teetasse ab. »Nun, Thor, bitte informiere mich über deinen Terminplan für diese Woche. Ich plane gerne voraus, wie du weißt.«

Ihre Worte werfen einen düsteren Schatten über den Raum. Meine Mutter plant nicht gerne im Voraus. Sie war schon immer für ihren lebhaften Abenteuergeist bekannt. Aber die Wahrheit ist, dass sie nicht will, dass jemand weiß, wie weit ihr Krebs fortgeschritten ist, und der einzige Weg, wie sie das kontrollieren kann, ist, alles um sich herum zu organisieren.

»Ich werde es dich wissen lassen.« Ich küsse sie auf die Wange, und Lavinia erhebt sich, in Erwartung eines ähnlichen Abschieds. Ich entlasse sie mit einem Nicken.

»Lavinia, Narcissa, Magnolia. Bis zum nächsten Mal.«

13

ELLA

Ich schiebe meine Finger zwischen die Fesseln und versuche, etwas Blut in meine Gliedmaßen zurückfließen zu lassen. Es fühlt sich an, als wären Stunden vergangen, aber die Uhr auf dem Kaminsims ist zu weit weg, um es mit Sicherheit sagen zu können. Mehrere Male habe ich überlegt, um Hilfe zu schreien, aber die Tatsache, dass mir während meiner großen Flucht heute Morgen niemand zu Hilfe kam, lässt mich glauben, dass ich mich in einem Teil des Hauses befinde, der nicht leicht zu hören ist.

Das Quartier, wie Thorsen es nannte und in dem ich mich befinde, besteht aus einem Schlafzimmer, einem Badezimmer und einem Büro. Jedes Zimmer ist in Weiß- und Goldtönen dekoriert, und es ist überraschend leicht und luftig. Jedes Möbelstück scheint teurer zu sein als das andere, und ich kann mir nicht vorstellen, wie der Rest des Anwesens aussehen muss. Aber im Moment mache ich mir mehr Sorgen um all die Folterinstrumente um mich herum. Peitschen und Paddel und Seile in verschiedenen Längen. Die Hälfte des Raumes ist wie ein Werkzeugschuppen mit seltsamen Apparaten ausgestattet, die sorgfältig an Haken aufgehängt sind. Darunter befindet sich ein weißer Apothekerschrank, der sich über die gesamte Länge der Wand erstreckt. Es wäre praktisch gewesen, wenn ich diese Dinge heute Morgen bemerkt hätte, bevor ich hörte, dass sich die Tür öffnete. Aber in meiner Eile schnappte ich mir das Erste, was ich konnte, und das stellte sich als eine Nachttischlampe heraus. Wenn ich die Augen schließe, kann ich mich immer noch an das widerliche Geräusch erinnern, als sie auf Thorsens Kopf aufschlug.

Ich habe noch nie in meinem Leben jemandem wehgetan, und ich glaube, ich war noch nie so entsetzt wie in dem Moment, als ich das Blut aus seiner Schläfe tropfen sah. Aber zu diesem Zeitpunkt war ich kaum mehr als ein wildes Tier, das um sein Leben kämpfte. Seine Freiheit. Was auch immer außerhalb dieser großen Mauern auf es wartete.

Dann kam er hier herein und stellte mit seinem Angebot alles auf den Kopf. Es war so viel Geld. So leicht verfügbar für diesen mächtigen Mann, als würde es für ihn nichts bedeuten, jeden Tag diese Schecks auszustellen. Aber es kommt mich teuer zu stehen. Meine Seele. Und ich kann immer noch nicht glauben, dass ich Ja gesagt habe.

Während seiner gesamten Abwesenheit habe ich darüber nachgedacht, ob ich den Verstand verloren habe, wild von einem Extrem zum nächsten schwankend. Ich sollte ihm sagen, dass ich meine Meinung geändert habe. Aber jedes Mal, wenn ich daran denke, stelle ich mir das Tierheim vor … verschwunden. Olivia bankrott. Tiere ohne Heimat.

Ist es wirklich so schrecklich, mich diesem Mann zwei Monate lang hinzugeben? Demselben Mann, von dem ich auf diese Weise geträumt habe? Ich habe ihn mir bereits in mir vorgestellt. Ich habe überlegt, wie er schmecken würde, wie sich seine Hände auf meinem Körper anfühlen würden, wenn er mich berührt.

Ich muss ihn nicht mögen, um seine Berührung zu genießen, richtig? Und es ist leicht zu begreifen, dass er nichts Schlimmeres tun könnte als das, was ich bereits durch Narcissa und ihre Töchter erlebt habe. Er könnte mich schlagen, mich verletzen, mich quälen, und es wäre nichts außerhalb des Bereichs dessen, was ich bereits erlebt habe. Aber er kann mich nie wirklich verletzen. Nicht da, wo es zählt. Nicht, wenn ich mich stähle, um jeder Herausforderung standzuhalten, vor die er mich stellt. Die Wahrheit ist nur, dass ich nicht weiß, was ich von diesem bösen Prinzen erwarten soll. Denn ich bin noch nie von einem Mann berührt worden; der Kuss, den er mir heute Morgen gab, war mein erster. Er war dunkel und gewalttätig, und doch verspüre ich immer noch ein Schamgefühl, während ich meine Schenkel zusammenpresse und dort den klebrigen Rest meiner Erregung spüre.

Wie ist es möglich, dass mein Kampf mit ihm eine solche Wirkung auf mich haben kann? Irgendetwas muss mit mir nicht stimmen. Das ist die einzige Schlussfolgerung, die ich ziehen kann.

Logisch oder nicht, was er mir anbietet, ist zu gut, um wahr zu sein, und ich kann es nicht ablehnen. Nicht, wenn es bedeutet, dass ich das Tierheim retten könnte.

Das Schloss an der Tür klickt, und mein Kopf dreht sich abrupt zu ihm, während mein Atem in meinen Lungen stockt. Ist es möglich, dass noch jemand einen Schlüssel hat? Oder ist er es? Ich weiß nicht, welche Möglichkeit schlimmer ist, aber als sich die Tür öffnet und Prinz Thorsens Schatten über den Boden fällt, überflutet ein seltsames Gefühl der Erleichterung meine Muskeln. Besser der Teufel, den du kennst, denke ich.

Von der anderen Seite des Raumes aus fangen seine Augen die meinen ein, als er die Tür hinter sich schließt und den Schlüssel im Schloss umdreht. Seine Schuhe klappern über den Boden, bis er vor mir steht, eine turmhohe Verschmelzung aus Fleisch und Knochen.

»Hast du in meiner Abwesenheit etwas gelernt, kleine Feuerspuckerin?« Er streckt die Hand aus, um mein Gesicht zu streicheln.

Ich beiße mir auf die Lippe und hoffe, dass ich mich nicht verrate, als auf meiner Haut eine Gänsehaut ausbricht. Wie lange ist es her, dass ich eine menschliche Berührung gespürt habe? Wie lange verzehre ich mich schon nach einer so einfachen Geste der Zuneigung, dass ich mich in die Handfläche des Mannes lehne, der mich gefangen genommen hat?

»Ich habe dir eine Frage gestellt.« Seine Stimme ist warnend. »Und ich erwarte eine Antwort.«

»Meine Arme sind taub.« Ich zwinge die Worte von meinen trockenen Lippen. »Und meine Füße schmerzen. Ich bin durstig, müde und hungrig.«

»Gutes Mädchen.« Er greift nach unten, um wieder meine Brustwarze mit zwei Fingern zu kneifen, und ich wölbe mich zurück gegen den Rahmen des Kreuzes. »Ich werde dich gleich losbinden. Aber zuerst sag mir, wer Charlotte ist. Und bevor du darüber nachdenkst, mich anzulügen, denk daran, dass ich dein Telefon habe.«

Scheiße. Mein Telefon. Wie konnte ich das nur vergessen? Hat Charlotte mich angerufen? Wird sie sich Sorgen machen, wenn sie nichts von mir hört? Das sind Dinge, die ich ansprechen muss, aber zuerst muss ich mich mit dem Mann vor mir befassen. Der Mann, der mein Schicksal in seinen Händen hält.

»Sie ist meine Freundin«, sage ich ihm. »Wir haben uns in der Schule kennengelernt.«

»Und weiß Charlotte, dass du Zeit im Tierheim verbringst?«

Ich verstehe nicht, warum das wichtig ist, also nicke ich.

»Gut. Dann wird sie kein Problem damit haben zu glauben, dass du weggegangen bist, um Geld zu verdienen.«

Er beginnt mit der Aufgabe, meine Arme aus den

Fesseln zu lösen, meine Handgelenke sorgfältig zu betrachten und sie zu reiben, während das Blut zurück in meine Finger strömt. Es fühlt sich an wie tausend Nadeln, die mich auf einmal stechen, und ich unterdrücke eine Grimasse, während er den Schmerz lindert, den er mir zugefügt hat. Wie kann ein Mensch so gespalten in Dunkelheit und Licht sein? Wie kann er nur die Wunden lindern, die er verursacht hat? Ich weiß es nicht, aber ich bin nervöser denn je wegen unserer Vereinbarung, als ich ihm in die Augen schaue und mich in diesen trostlosen Tümpeln verliere.

»Werde ich selbst in der Lage sein, mit meinen Freunden zu sprechen?«, frage ich.

»Olivia wird morgen früh einen Brief von dir erhalten«, lässt er mich wissen. »Dasselbe gilt für deine Freundin Charlotte. Was die beiden betrifft, so hast du, um dem Tierheim zu helfen, einen Job im Ausland auf einem Schiff angenommen, auf dem du keinen Empfang haben wirst. Es hat sich dir spontan diese Möglichkeit geboten, die du schnell ergreifen musstest, und deshalb hattest du keine Zeit, dich in Ruhe von ihnen zu verabschieden.«

Mein Herz klopft, während ich darüber nachdenke, was er mir sagt. »Du hast diesen Brief geschickt, bevor ich überhaupt zugestimmt habe?«

»Als hättest du es abgelehnt.« Er zeigt seine Zähne, während sich seine Lippen zu einem finsteren Lächeln wölben. »Ella, wir wissen beide, dass du mir niemals Nein gesagt hättest. Ich denke, mit der Zeit wirst du sogar merken, dass es das Letzte ist, was du mir jemals sagen willst.«

»Ich bin hier, weil mir das Tierheim am Herzen liegt.« Ich starre ihn wütend an. »Aber ich werde niemals Freude an deinen verdrehten Spielchen haben.«

Er lacht, taucht seinen Kopf in meinen Nacken und atmet mich ein, bevor seine Lippen die Schale meines Ohres streifen.

»Merk dir meine Worte, *gudinne.* Du wirst um meinen Schwanz betteln. Meine Berührung. Meine Gewalt. Und wenn ich mit dir fertig bin, wirst du dir wünschen, es hätte nie geendet.«

Ein plötzlicher Schmerz breitet sich in mir aus, und ich brauche einen Moment, um zu verstehen, dass er mir ins Ohr gebissen hat. Instinktiv kommen meine Hände hoch, um ihn wegzustoßen, aber er fängt meine Handgelenke ab und drückt sie zwischen uns, während er sich zu meinem Körper beugt.

»Überleg es dir gut«, warnt er. »Die Konsequenzen werden dir nicht gefallen.«

»Du hast mich bereits bestraft.« Meine Lippe bebt, als ich es wage, seinem Blick zu begegnen.

»Dich bestraft?« Er zieht eine Augenbraue in die Höhe. »Ich habe noch nicht einmal damit angefangen, dich zu bestrafen.«

Die Angst leckt an meinen Adern, und meine Nerven erwachen zum Leben, als er die letzten Fesseln entfernt und mich zum Bett zieht. Ich weiß nicht, was mich erwartet, als er mich mit dem Gesicht nach unten quer über seinen Schoß legt, mich mit einer Hand um meinen Oberschenkel festhält, während die andere auf die Mitte meines Rückens drückt.

»Sag es mir, kleine Feuerspuckerin.« Seine Handfläche schiebt sich nach unten, um über meinen Po zu streichen. »Bist du eine Jungfrau?«

Ich beiße mir auf die Lippe und beschließe, diese Frage nicht zu beantworten, nur um aufzuschreien, als er mir so heftig auf den Po schlägt, dass ich schwöre, ich sehe die hellen Lichter des Himmels direkt vor mir. Bevor ich überhaupt Luft holen kann, schlägt er mich noch einmal und zwingt meine Beine auseinander, während ich versuche, sie zusammenzudrücken. Es ist nicht nur der Schmerz, sondern die Tatsache, dass er mich ganz sehen kann, ist erschreckend.

»Au!«, fauche ich.

»Tut es schon weh?«, spottet er. »Ich wärme mich gerade erst auf. Jetzt beantworte die Frage.«

Noch ein Schlag. Ich winde mich in seinen Armen, versuche verzweifelt, wegzukommen, aber er lässt einen Schlag nach dem anderen herabprasseln, klatscht mir auf die Oberschenkel, meinen Arsch und irgendwann sogar auf meine Muschi. Als er seine Finger über meinen Rücken zieht und meine Erregung in meine Haut schmiert, droht die Erniedrigung mich ganz zu verschlingen.

Wie kann mich das antörnen? Ich hasse ihn. Ich hasse ihn dafür, dass er mich so verwirrt und zu seinem Haustier gemacht hat, weil er kein Herz hat. Diese Wut schwärzt jede Zelle in meinem Körper und verwandelt sich in eine wütende Lava-Grube in meinem Magen. Irgendwann sprudelt alles an die Oberfläche und wie ein Vulkan von meinen Lippen. Ich knalle ihm jedes Schimpfwort, das mir einfällt, an den Kopf, und als das nichts bewirkt, greife ich auf meine niederen, kindlichen Instinkte zurück.

»Ich hasse dich! Ich hasse dich! Ich hasse dich!«

Er lacht und schiebt seine Finger in das nasse Durcheinander zwischen meinen Schenkeln.

»Du hasst mich?« Seine Stimme ist rau und hungrig, und sie macht etwas mit meinem Inneren, verdreht es so lange, bis ich so aus den Angeln gehoben bin, dass ich nicht mehr klar denken kann. »Ich glaube, dein Körper ist anderer Meinung, Ella. Spiel nicht mit mir, oder du wirst ganz genau erfahren, wie sich alle fünfundzwanzig Zentimeter meines königlichen Schwanzes anfühlen, wenn ich ihn tief in dir vergrabe. Dein erstes Mal kann sanft oder rau sein. Die Wahl liegt bei dir.«

Dieser Gedanke verschreckt die Rebellion in mir umgehend.

»Okay, gut«, platze ich damit heraus. »Ich bin eine Jungfrau! Bist du jetzt glücklich?«

»Ekstatisch«, knurrt er mit einer unterschwellig archaischen Besessenheit in seiner Stimme. »Du hast dir gerade ein paar Tage gekauft. Aber erwarte nicht, dass das bedeutet, dass du entspannt herumliegen wirst.«

Ich weiß nicht, was er damit meint, bis er mich kurzerhand auf den Teppich fallen lässt und es sich auf der Bettkante bequem macht.

»Hast du schon mal einen Schwanz gelutscht?« Er blickt mich an, während er den Reißverschluss seiner Hose aufmacht.

»Nein.« Ich schlucke, und meine Augen huschen zu der massiven Wölbung zwischen seinen Oberschenkeln.

»So unschuldig«, murmelt er. »Wenn diese Woche vorbei ist, *gudinne*, wirst du wissen, wie man Schwänze lutscht, als ob es dein einziger Lebensinhalt wäre. Jetzt nimm meinen.«

Ich erstarre, meine Augen sind auf seine gerichtet, und ich kann mich nicht dazu bringen, es zu tun. Mehr als alles andere, glaube ich, habe ich Angst davor, es zu sehen. Ich wusste, dass dies kommen würde, als ich unserem Deal zustimmte, aber ich war heute Morgen mutig, und jetzt, zwischen seinen gespreizten Schenkeln, hat mich der Mut verlassen.

»Nimm meinen Schwanz«, befiehlt er, und die Muskeln in seinem Hals arbeiten. »Oder ich nehme ihn selbst heraus und stopfe ihn dir in den Hals.«

Seine Drohung spornt mich an, zu handeln, und meine Finger zittern, als sie über den schwarzen Slip streifen, der aus seinem geöffneten Reißverschluss hervorschaut. Als seine Hitze in meine Handfläche strahlt, schnappe ich nach Luft, und Thorsen stöhnt. Es überrascht mich, aber als ich zu ihm aufschaue, sind seine Augen wie flüssiges Feuer, und ich kann etwas darin sehen, was ich vorher nicht gesehen habe. Er will das. Er will es so sehr, dass sein ganzer Körper unter meiner Berührung in Flammen steht. Es ist etwas, was ich nicht erwartet habe, und die Kraft ist berauschend.

Meine Finger legen sich um den Baumwollstoff, schieben nach und nach das Bündchen nach unten und enthüllen seine königliche Männlichkeit. Und obwohl ich nichts habe, womit ich es vergleichen könnte, bin ich mir ziemlich sicher, dass die riesige Bestie aus Fleisch, die direkt auf mein Gesicht zeigt, kein normaler Standard ist. Als ob Thorsen meine Gedanken lesen könnte, streichelt er mein Haar, wieder sanft, während er seine einzige Beruhigung murmelt.

»Du wirst dich daran gewöhnen.«

Ich kann mir nicht sicher sein, ob ich Neugierde oder Verachtung fühle, als ich den großen Schwanz vor mir zu streicheln beginne. Seine Haut ist so weich, dass sie mich überrascht. Ich weiß nicht, was ich erwartet hatte, aber es war sicher nicht dieses seidige Fleisch um den stählernen Stab.

»Schmeck ihn«, befiehlt er mit heiserer Stimme.

Als ich zögere, legt er eine Hand auf meinen Hinterkopf und zieht mich nach vorne. Ich lecke meine Lippen und öffne sie, gerade als sein Schwanz gegen meine Zähne stößt.

Thorsen wickelt seine Finger in die langen Strähnen meines Haares, aber zu meiner Erleichterung gibt er mir Raum, dies auf eigene Faust zu erkunden. Ich habe schon viele von Lavinias Frauenzeitschriften gelesen. Es gab immer Fragen und Tipps, wie man das Schlafzimmerleben aufpeppen kann. Aber es war für mich mehr eine Form der Unterhaltung als des wirklichen Studiums, und jetzt bin ich mir plötzlich bewusst, dass meine Ausführung nicht so glatt verlaufen wird, wie er es wahrscheinlich erwartet. Als ich aufschaue, erwarte ich, Enttäuschung auf seinem Gesicht zu sehen, aber zu meiner Überraschung entdecke ich nur Begierde, zusammen mit einem wachsenden Grad an Ungeduld.

Ich lege meine Hand um den dicken Schaft, und sein Schwanz pocht in meiner Handfläche, während ich ihn nach vorne ziehe und ihn über meine Lippen streiche. Er ist salzig und moschusartig, und ich bin nicht sicher, was ich davon halten soll, aber als Thorsen genüsslich stöhnt, spornt mich das an.

Meine Zunge schießt heraus, wirbelt um die Eichel, und sein ganzer Körper zieht sich unter mir zusammen. Seine Muskeln sind so angespannt, dass es sich anfühlt, als würde ich mich gegen eine Ziegelmauer lehnen. Als ich zu ihm hochschaue, sind seine Lippen auf eine Art und Weise geöffnet, die ich nur als tiefe Lust beschreiben kann.

»Mach weiter.« Er verstärkt seinen Griff um mein Haar, als zwinge er sich zur Zurückhaltung, und mir wird klar, dass er das wirklich tut. Wenn es nach ihm ginge, hätte er schon seinen Schwanz in meinem Hals stecken und würde mein Gesicht nehmen. Das Bild macht meine Brustwarzen hart, und ich versuche, nicht zu viel über die Gründe dafür nachzudenken, während ich seinen Schwanz zwischen meine Lippen nehme und ihn tiefer in meinen Mund ziehe.

Meine Illusion von Kontrolle löst sich schnell auf, als Thorsen meinen Hinterkopf mit den Handflächen umklammert und sich mit einem Stöhnen in die Tiefe drängt. Panik lässt mich meine Nägel in seine Hose graben, während meine Augen tränen, und ich den Drang, zu würgen, bekämpfe. Gerade als ich davon überzeugt bin, dass ich so sterben werde … mit einem Schwanz in meinem Hals –, zieht er sich zurück und lässt mich Luft holen.

»Du bist so hübsch, *min gudinne*.« Er massiert meinen Kiefer unter seinen Fingern. »Ich werde dich verderben.«

Ich wimmere, während er meinen Mund zurück zu seinem Schwanz zieht, diesmal sanfter, und mich in einem angenehmen Rhythmus bewegt, während meine Lippen über seinen Schaft gleiten. Thorsen schließt seine Augen, seine Finger werden locker in meinem Haar, und für einen winzig kurzen Moment sehe ich ihn nicht als Monster, sondern als Mann. Einen Mann, der sich danach gesehnt hat.

Logischerweise weiß ich, dass es keinen Sinn ergibt. Er könnte jede Frau bekommen, die er wollte, Arschloch oder nicht. Nach Lavinias eigenen Worten ist er heiß, reich und königlich. Für viele der Frauen, denen er begegnet, ist nichts anderes wichtig, da bin ich mir sicher. Und in diesem Moment, während ich vor ihm knie und seinen königlichen Schwanz lutsche, empfinde ich tatsächlich einen Hauch Mitleid für ihn.

Was für ein Leben muss er führen, ohne zu wissen, wem er vertrauen kann. Ist er deshalb zu mir gekommen? Er hat meine Schwäche gesehen und sie ausgenutzt, oder liegt es daran, dass er es leid ist, auch ausgenutzt zu werden? Ich schüttele diese Gedanken ab und sauge ihn stärker, tiefer. Sein lustvolles Stöhnen ist meine Belohnung, und ich weiß nicht, warum mein Körper jedes Mal zu reagieren scheint, wenn ich es höre.

Ich erinnere mich immer wieder daran, dass ich nicht hier bin, weil ich hier sein will. Aber diese Grenzen verschwimmen, als Thorsens Finger mein Gesicht küssen und mich wie ein Instrument spielen, das nur er versteht. Seine Augen sind auf mich fixiert, als sein Körper erstarrt und sein Schwanz pulsiert, während sein Griff immer fester wird.

»Tiefer«, drängt er, aber es ist keine Bitte. Es ist ein Befehl, gefolgt davon, dass er mir seinen Schwanz tief in den Hals drückt und mich dort festhält, während er knurrt und mir heißes Sperma in den Mund pumpt.

Ich würge, und er lockert seinen Griff, zieht seinen Schwanz zurück und lässt mich mein Gesicht abwischen, während er mich betrachtet. Ich reibe meinen Kiefer und schaue zu ihm auf, während ich den letzten Rest seiner Entladung schlucke und in seinen Augen Verwirrung sehe. Aber ich kann die Ursache dafür nicht verstehen. Welche Erleichterung er im Moment auch immer gefühlt haben mag, ist durch eine erneute Anspannung ersetzt worden.

»Mach es nächstes Mal besser.« Er zieht sich zurück, schließt den Reißverschluss seiner Hose, und steht abrupt auf. »Du hast eine Woche Zeit zum Üben, bis dein Pflaster wirkt.«

»Pflaster?«, frage ich.

Aber er antwortet mir nicht. Er geht bereits auf die Tür zu.

14

THORSEN

»Was zum Teufel ist los mit dir?« Calder nimmt die Fechtmaske ab und wirft seinen Säbel beiseite. »Du bist nicht bei der Sache.«

»Nichts ist los.« Ich reiße meine eigene Maske ab und werfe sie auf die Matte, während ich nach einer Flasche Wasser greife.

»Rede mit mir.« Er blickt mich finster an. »Oder du weißt, dass ich das Schlimmste annehmen werde.«

Als ich dem Blick meines Bruders begegne, fühlt sich ein Teil von mir schuldig, weil ich die kleine feuerspeiende Tierfreundin in meinem Gästezimmer verstecke. Calder und ich haben nie Geheimnisse voreinander gehabt. Nicht, seit das erste uns fast auseinandergerissen hat. Aber ich bin mir bewusst, was passieren wird, wenn er sie entdeckt, und vielleicht bin ich einfach nur egoistisch. Wir haben in der Vergangenheit Frauen geteilt. Er half mir durch meine prägenden Jahre und ebnete den Weg für die einzige

Form von Sexleben, die ich kennengelernt habe. Jahrelang hat es funktioniert. Er hat geredet und war charmant, und ich konnte mich einfach entladen. Aber wenn es um Ella geht, will ich sie nur für mich selbst. Das ist ein Gedanke, den ich nicht allzu genau analysieren möchte. Im Moment ist es einfach besser, wenn Calder es nicht weiß.

»Du brauchst dir keine Sorgen zu machen«, sage ich ihm. »Ich bin nur … mit meinen Gedanken woanders.«

Trauer setzt sich in seinen Zügen fest. »Das letzte Mal, als du mir sagtest, ich brauche mir keine Sorgen zu machen, hätte ich dich fast verloren.«

Mein Hals verengt sich bei der Erinnerung an diesen dunklen Tag. Calder war derjenige, der mich mit der Schlinge um meinen Hals fand. Wenn ich aus dieser Erfahrung etwas gelernt habe, dann, dass es ihn fast zerstört hat, mich so zu sehen. Das nächste Mal werde ich nicht denselben Fehler begehen.

»Ich habe mit Dr. Blom gesprochen«, sagt er. »Er stimmt zu, dass ich an einer deiner Sitzungen teilnehmen sollte. *Mor* hält es auch für eine gute Idee.«

Ich drehe mich, und meine Handfläche zuckt von dem Drang, auf meinem Bruder zu landen. »Du hast *Mor* davon erzählt?«

»Sie war besorgt.« Er neigt seinen Kopf zur Seite. »Du schienst nicht so begeistert von Lavinia zu sein, wie sie dachte.«

»Das liegt daran, dass ich es nicht bin.«

»Wenn sie nicht die Frau ist, nach der du gesucht hast, wer ist es dann?«

Ich strecke meinen Hals von einer Seite zur anderen und versuche, die aufgestaute Anspannung abzubauen, die dort permanent zu leben scheint. »Das ist egal.«

»Ich habe dich noch nie so außer dir gesehen. Und dann bist du mit einer Wunde am Kopf aufgetaucht, von der ich immer noch nicht glaube, dass du sie dir beim Joggen geholt hast.«

»Glaube, was du willst.« Ich greife nach meiner Tasche und beginne, meine Ausrüstung auszuziehen. »Ich möchte mich nicht jedes Mal, wenn ich dich sehe, einer Befragung unterziehen müssen.«

»Dann hör auf, mich anzulügen«, knurrt er.

»Ich muss gehen.«

»Thor.« Er schnappt nach meinem Arm und hält mich auf. »Versprich mir nur, dass du nicht wieder in dieses Loch zurückgehst …«

Meine Augen trüben sich, und mein Bruder wird zu kaum mehr als einer verschwommenen Gestalt, während ich ihn anstarre. »Ich habe dieses Gespräch satt. Frag mich nicht noch einmal.«

»Hier ist dein Mittagessen.«

Ella wendet sich von der Wand ab und lässt den Flogger mit schuldbewusster Miene fallen. Sie ist neugieriger, als ich es erwartet hätte, und ich bin mir nicht ganz sicher, was ich davon halten soll. Ich kann mir nicht vorstellen, was sie denkt. Sie ist nicht so leicht zu durchschauen wie andere Frauen, und sie tut nie das, was ich erwarte. Es fasziniert mich, und es irritiert mich.

»Vielen Dank.«

Sie beobachtet mich, wie ich das Tablett auf den kleinen Tisch neben der Tür stelle. Ihre Arme sind verschränkt, und sie trägt den Bademantel aus ihrem Badezimmer. Ich sollte sie dafür schelten, aber ich denke, vielleicht mag ich diesen kleinen Akt des Trotzes genauso sehr wie sie.

Ich denke immer noch an ihre Lippen um meinen Schwanz, und es ist beunruhigend, wie sehr sie mein Gefühl von Normalität aufgewühlt hat. Ich habe mir schon häufiger einen blasen lassen. Ich bin schon häufig gekommen. Noch nie hat es jemand mit so viel Gefühl wie Ella getan. Ich habe noch nie … *so viel* gefühlt. Ihre Leidenschaft. Ihre hübschen Augen, die mich mit dem Wunsch anblickten, mir zu gefallen. Die Wärme, die in meine Adern zurücksickerte und mich daran erinnerte, dass ich ein Mensch bin. Ich weiß nicht, was zum Teufel sie mit mir macht, aber es gefällt mir nicht. Und immer noch überlege ich, wie lange ich vernünftigerweise warte, bevor ich sie dazu bringe, es wieder zu tun.

»Komm, iss«, befehle ich ihr.

Ihre Augen huschen zum Essen, und sie zögert. Ich kann nicht verstehen, warum. Sie hat kaum etwas gegessen, seit sie hier ist, und ich möchte nicht die zusätzliche Aufgabe haben, ihr Essen in den Mund zu zwingen.

»Ich glaube nicht, dass ich sitzen kann«, sagt sie schließlich.

»Dein Hintern ist immer noch wund?«

Sie nickt, und so etwas wie Schuldgefühle setzen sich in meinem Bauch fest. Ich habe mich noch nie um jemanden kümmern müssen. Ich weiß nicht einmal, wo ich anfangen soll. Sie gehört jetzt mir, und wenn ich wirklich dominant wäre, wüsste ich, wie ich mich um mein Spielzeug kümmern muss. Aber Ella ist die Erste, die jemals nur mir gehört hat, und das ist neu für mich.

Ich denke, ich sollte ihr sagen, dass sie damit allein fertigwerden muss, weil ich es mir nicht leisten kann, sanft mit ihr umzugehen. Aber selbst während ich mir das sage, gehe ich ins Badezimmer und wühle im Schrank. Als ich die Aloe gefunden habe, kehre ich zurück und versuche, so zu tun, als ob ich wüsste, was zum Teufel ich tue.

»Komm her.« Ich setze mich auf die Bettkante, und Ella gehorcht mir, indem sie leise zu mir kommt.

Ich lege die Flasche beiseite, greife nach dem Gürtel von ihrem Bademantel, löse ihn und schiebe die Vorderseite auseinander, bis das seidige Material von ihren Schultern rutscht und sich auf dem Boden sammelt. Ihre Brustwarzen sind hart, und ich möchte mein Gesicht sofort in der Weichheit ihrer Titten vergraben.

Ich muss mich auf das konzentrieren, was ich tun

soll, also ziehe ich sie näher heran, hebe ihren Körper hoch und lege sie auf meine Oberschenkel. Die weichen, runden Kurven ihres Arsches tragen noch immer die Spuren meiner Handabdrücke, und es überrascht mich nicht, dass sie sich nicht hinsetzen möchte. Sie wird mich jedes Mal spüren, wenn sie es tut, und die Idee ist viel zu angenehm für meinen eigenen Geschmack.

Ich drücke etwas Aloe aus der Flasche, schmiere es über ihre Pobacken, und sie zieht die Luft zwischen den Zähnen ein. Meine Hand hält inne, und ich versuche, sie sanfter zu berühren, was den sofortigen Effekt hat, dass sie sich an mir entspannt.

Ich massiere die Aloe weiterhin in ihre Haut ein, lange nachdem es überhaupt nötig ist. Aber meine Augen sind auf ihrem Gesicht und betrachten die Linien und Wölbungen. Ihre Augen blinzeln wohlig, als meine Finger über ihre Kurven streichen. Ich habe es vorher nicht gesehen, aber ich kann es jetzt sehen. Sie mag meine Zuneigung.

Ich sollte aufhören. Ich sollte ihr nie das geben, was sie will. Aber stattdessen gleiten meine Finger zwischen ihre Schenkel. Ella wimmert, als ich ihre Klitoris berühre, und ihre Augen fliegen auf und verbinden sich so fest mit meinen, dass ich mich nicht losreißen zu können scheine. Keiner von uns beiden kann wegschauen, während ich sie weiter streichele. Innerhalb von Sekunden öffnen sich ihre Lippen und ihr Körper reagiert auf mich. Ich habe noch nie jemanden erlebt, der so sehr auf meine

Berührung reagiert, und ich will mehr. Ich will alles davon.

Ich ziehe sie hoch und erschrecke sie, als ich sie auf ihren Rücken lege und meinen Körper über ihren senke. Meine Finger finden wieder ihren Platz zwischen ihren Schenkeln, und ich ergreife mit meinem Mund ihre Brust und sauge an ihr, bis sie sich gegen mich wölbt und ihre Finger sich in meinem Haar verfangen. Es ist eine ungeschriebene Regel, dass sie mich nicht anfassen darf, aber ich halte sie nicht auf. Ich halte sie nicht auf, weil es sich seltsam angenehm anfühlt.

Als ich damit fertig bin, ihre Titten mit meinem Mund zu bearbeiten, mache ich die nächste unlogische Sache, nämlich meine Lippen zu den ihren zu bringen. Ella küsst mich zurück, und ich schlucke ihr Vergnügen, während ich sie dem Höhepunkt näher bringe. Unsere Gesichter sind einen Atemzug voneinander entfernt, und das ist eine Intimität, die ich nie gekannt habe. Aber ich kann nicht aufhören, sie zu berühren, sie zu schmecken, sie zu inhalieren. Ich fühle mich betrunken und fiebrig, als sie mit einem erwürgten Schrei kommt. Ihre Finger graben sich in meine Kopfhaut, und das verstärkt nur die manische Energie, die durch meinen Körper strömt. Lange nachdem ich das Letzte ihrer Entladung aus ihr gemolken habe, küsse ich sie immer noch. Ich brandmarke sie mit meinen Händen, Zähnen und Lippen. Ich weiß nicht, was zum Teufel sie mit mir macht.

»Ella, hör auf«, fordere ich, aber ich bin derjenige, der nicht aufhören kann.

Sie schaut zu mir hoch, Verwirrung leuchtet in ihren Augen auf, und ich weiß, dass ich den Krieg in meinem Kopf verraten habe. Sie kann sehen, wie sie mich berührt. Als ich mich abgehackt atmend zurückziehe, sperrt die Eisfestung, die ich um mich herumgebaut habe, sie wieder aus. Niemand kommt hinein. Nicht einmal sie.

»Iss dein gottverdammtes Mittagessen.« Ich taumele von ihr zurück und gehe zur Tür. Als ich diese hinter mir zuschlage, lasse ich mich draußen gegen die Wand fallen und versuche herauszufinden, was zum Teufel gerade passiert ist.

15

THORSEN

Unruhe begleitet mich jede Sekunde des Nachmittags, während Hayes mich von einer königlichen Verpflichtung zur nächsten bringt. Meetings, Tee-Termine, Tagesordnungen besprechen. Es hört nie auf. Und als er mir sagt, dass mein Vater sich mit mir treffen möchte, schießt mein Blutdruck in die Höhe.

»Wozu?«, will ich wissen.

Hayes blinzelt, als könne er sich nicht vorstellen, wie ich jemals die Bitten des Königs in Frage stellen könnte. »Ich bin mir nicht sicher. Aber er hat darum gebeten, dass Sie jetzt kommen.«

Er spricht die Drohung nicht aus. Es wird Konsequenzen haben, wenn ich nicht gehe. Konsequenzen, die ich nicht zu tragen bereit bin. Wenn ich nicht auftauche, wird es sich mein Vater nicht zweimal überlegen, ein paar königliche Wachen zu schicken, die mich in den Palast schleifen, um mich zu ihm zu bringen. Das wäre nur eine Art und Weise, wie er jeden daran erinnert, dass er die Kontrolle hat. Er ist der König, und was immer er sagt, müssen wir alle tun. Dreißig Jahre lang hat er mein Leben kontrolliert. Und ich habe es verdammt nochmal satt. Aber jedes Mal, wenn ich über die Alternativen nachdenke, denke ich an meine Mutter.

Hayes signalisiert dem Fahrer, uns zum Palast zu bringen, und ich lehne meinen Kopf gegen den Sitz und stelle mir wieder Ella auf meinem Anwesen vor. Eingeschlossen in ihrem Zimmer, nackt und auf mich wartend. Ich stelle sie mir auf ihren Knien vor, wie sie mir bereitwillig Lust bereitet, und für eine Sekunde kann ich so tun, als ob das nicht alles nur gespielt ist.

Für eine glückselige Sekunde kann ich sogar zugeben, dass es sich echt angefühlt hat. Als sie zu mir aufblickte, so unschuldig und unsicher, sah ich etwas in ihren Augen, von dem ich überzeugt bin, es noch nie gesehen zu haben. Sie wollte mir Lust bereiten. Nicht wegen des Geldes. Nicht weil ich sie für meine eigenen verdrehten Zwecke benutze. Sondern weil da von Natur aus etwas so Gutes in ihr ist, fühlt es sich an, als ob sie direkt durch mich hindurchsehen kann.

Täuschung. Das ist es, was es ist. Sie tut das, weil ich ein kranker Wichser bin, der die erste Gelegenheit sah, aus ihr Kapital zu schlagen, und sie ergriffen hat. Ich wäre ein Narr, wenn ich etwas anderes glauben würde, und es ist etwas, was ich nicht einmal in Betracht ziehen kann. Zwei Monate. Das ist es, was wir zusammen haben. Zwei Monate, um sie zu benutzen und ihr jede Unze an Lust abzuringen, bis ich sie wegfliegen lasse. Nur so kann das jemals funktionieren.

Der Wagen hält an, und ein Wächter öffnet unsere Türen. Hayes geht schweigend neben mir her und sorgt dafür, dass er mich im Büro meines Vaters abliefert, so wie er es versprochen hat. Der Palast ist heute ruhig, und ich frage mich, ob meine Mutter Lavinia und ihre wehleidigen Verwandten anderswo unterhält. Es ist eine Vorstellung, die mich irrational wütend macht, wenn man bedenkt, wie gebrechlich sie bereits ist. Ich will nicht, dass sie Zeit mit ihnen verbringt. Ich möchte nicht, dass sie eine Verbindung zu Frauen aufbaut, die nur versuchen, ihren Weg in den Palast zu finden. Aber ich weiß auch, dass meine Mutter in jedem das Beste sieht. Das ist der einzige Weg, wie sie es geschafft hat, all die Jahre mit meinem Vater verheiratet zu bleiben.

»Herein«, befiehlt mein Vater, als Hayes anklopft und unsere Anwesenheit ankündigt.

»Ich werde im Salon auf Sie warten.« Hayes verbeugt sich und entlässt sich selbst, als ich die Tür öffne und hineingehe.

Mein Vater sitzt an seinem Schreibtisch, und sein Gesicht ist zusammengekniffen, während er das vor sich liegende Dokument betrachtet. Ich setze mich ihm gegenüber und warte einige Augenblicke schweigend, bis er endlich einen Blick auf mich wirft.

»Ich habe einige deiner Termine für die kommenden Wochen verschoben«, sagt er.

»Warum?« Ich blicke ihn mit leeren Augen an.

»Ich möchte, dass du dich auf deine Gäste konzentrierst«, ordnet er an. »Genauer gesagt, Lavinia. Du wirst jede Woche drei Dates mit ihr haben. Das ist nicht verhandelbar.«

Mein Kiefer spannt sich so stark an, dass meine Zähne schmerzen. »Nein.«

»Nein?« Mein Vater zieht eine Augenbraue in die Höhe. »Hast du vergessen, mit wem du sprichst?«

»Ich weiß genau, mit wem ich spreche«, fordere ich ihn heraus. »Und ich weigere mich, Zeit mit dieser Frau zu verbringen. Sie ist eine Lügnerin, und eine Intrigantin …«

»Wie alle Frauen, denen du in deiner Position begegnen wirst«, unterbricht er mich. »Du musst lernen, das Beste daraus zu machen.«

»Du sprichst von Dingen, die du unmöglich verstehen kannst. Meine Mutter war nie so.«

»Deine Mutter und ich haben aus Pflichtgefühl geheiratet, und du wirst dasselbe tun. Ich habe dir genügend Zeit gegeben, eine Partnerin zu finden, und ich weigere mich, noch länger zu warten.«

»Du verstehst nicht, dass ich keine Partnerin gefunden habe, weil ich keine will.«

»Genug.« Er knallt seine Faust auf den Schreibtisch und lässt dadurch die Sachen, die sich auf ihm befinden, klappern. »Ich lasse mich in dieser Sache nicht herausfordern, Thorsen. Du hast eine Verpflichtung gegenüber dieser Familie und deinem Land, musst ein Vorbild sein. Es ist weit überfällig, dass du dich niederlässt und der Welt zeigst, dass du in der

Lage bist, deine königlichen Verpflichtungen und eine Ehe einzugehen. Dein Bild eines grüblerischen, erbärmlichen Mistkerls kann weder von mir noch von den Medien länger toleriert werden.«

»Und wenn ich mich weigere? Was dann? Wirst du Calder verkleiden und ihn stattdessen den Massen vorführen? Eine Frau für ihn finden? Oder vielleicht schlägst du vor, dass Lavinia auch perfekt zu ihm passt?«

»Du willst wissen, was passiert, wenn du dich weigerst?«, knurrt er. »Ich werde dir den Zutritt zum Palastgelände verbieten, und deine Mutter wird es nicht erfahren. Ich werde jeglichen Kontakt zwischen euch beiden unterbrechen, und sie wird ihre letzten Tage damit verbringen, sich zu fragen, wie ihr Sohn sich als so erbärmlich erweisen konnte.«

Ich stürze mich über den Schreibtisch, bevor ich die Konsequenzen meiner Handlungen bedenken kann, und als meine Faust auf sein Gesicht trifft, fühlt es sich reinigend an. Zwei Sekunden lang, bis er mich wieder auf den Schreibtisch knallt und selbst drei feste Schläge austeilt. Ich nehme sie hin, nicht, weil ich ihn respektiere, sondern weil ich weiß, dass ich ihn immer gewinnen lassen muss. Wenn ich es nicht tue, wird er mir das Leben zur Hölle machen.

Als ich mich vom Schreibtisch aufrichte und wir uns gegenseitig anstarren, zweifele ich keine Sekunde daran, dass er genau das tun wird, was er gesagt hat. Mein Vater kontrolliert jeden Angestellten in diesem Palast und jedes Mitglied unserer Familie. Wenn er mich vom Gelände verbannen würde, hätte ich keine Möglichkeit, meine Mutter zu sehen. Und ich würde eher einen langsamen, elenden Tod sterben, als ihr auch nur eine Sekunde lang zu erlauben, zu glauben, dass ich in diesen letzten Monaten nicht für sie da war.

»Drei Dates pro Woche mit Lavinia.« Der König schleudert die Worte atemlos hinaus. »Und du wirst sie heiraten, und wenn es die letzte Erklärung ist, die ich abgebe. Sie wird eine passende Partnerin sein, jemand, den die Leute respektieren können, was mehr ist, als ich von dir sagen kann.«

Er versäumt, hinzuzufügen, dass er bereits den gesamten Hintergrund ausgegraben hat, was es über die Frau zu wissen gibt, einschließlich ihrer Blutlinie. Schließlich würde es niemals passen, einen Lykken mit jemandem ohne Verdienste verheiratet zu haben.

»Drei Dates.« Ich wiederhole die Worte, die mich weiterhin verfolgen werden. »Für *Mor*.«

16

ELLA

Meine Finger streifen die Länge der Peitsche entlang, die an der Wand hängt, und ich betrachte sie unsicher. Sie scheint zu dekorativen Zwecken aufgehängt zu sein, aber könnte es möglich sein, dass er beabsichtigt, sie bei mir zu benutzen? Wird er eines dieser Dinge gegen mich verwenden wollen?

Ich kenne den genauen Zweck all der verschiedenen Peitschen und Paddel und Fesseln, die ausgestellt sind, nicht. Mein Wissen zu diesem Thema stammt aus den wenigen Kleinigkeiten, die ich in einer *Cosmo* gelesen habe. Nachdem Lavinia den Artikel gelesen hatte, jammerte sie einen ganzen Monat lang darüber, dass sie niemals zulassen würde, dass ein Mann ihr diese Dinge antut. Und da wurde mir zum ersten Mal klar, wie verkorkst ich war.

Es war nicht so, dass ich genau diese Dinge wollte,

aber es gab Teile der Dynamik zwischen einem mächtigen Mann und einer unterwürfigen Frau, die mich etwas Verdorbenes in mir erkennen ließen. Schmerz war mir nicht fremd. Narcissa hatte ihn mein ganzes Leben lang ausgeteilt. Als ich also Thorsens Folterwerkzeuge betrachte, kann ich mich nur fragen, wie es sich anfühlen würde, wenn er sie an mir ausprobiert.

Er hat mir schon den Hintern versohlt. Er hat schon meinen Mund gefickt. Und bald wird er die einzige Unschuld zerstören, die ich noch habe. Er hat sein Wort gehalten und mir die erste Quittung als Beweis für seine Spende ans Hilliard-Tierheim gebracht, zusammen mit einer frischen Packung Verhütungspflaster und eine Anleitung, wie man sie benutzt. Ich habe gestern das erste Pflaster aufgeklebt, was bedeutet, dass es in sechs Tagen wirksam sein und er dann zu mir kommen wird. Ich kann nicht anders, als mich zu fragen, was von mir übrigbleiben wird, wenn er das tut.

Wird er grob sein? Wird er sanft sein, wenigstens beim ersten Mal? Ich schlucke, als ich mich an die Größe seines Schwanzes erinnere. In diesem Moment öffnet sich die Tür zu meiner Suite, und der Mann selbst erscheint.

Unsere Augen prallen aufeinander, und es fühlt sich wie ein Gewitter in meinen Adern an. Feuer knistert in der Luft zwischen uns, und für den Bruchteil einer Sekunde kann ich sagen, dass er es auch fühlt. Heute

Abend ist etwas anders an ihm. Ich spüre es, als er die Tür hinter sich abschließt und sich an mich heranschleicht. Vielleicht sind es seine starren Schultern oder die Angespanntheit seines Kiefers. Der Wirbelsturm in seinen Augen scheint turbulenter zu sein als heute Morgen, und instinktiv trete ich zurück und stoße gegen den Apothekerschrank.

»Habe ich dir gesagt, du sollst einen Bademantel anziehen?«, fragt er mit tiefer und bedrohlicher Stimme.

Meine Finger krümmen sich um das weiche Material und halten es fest, als ob er es durch bloßes Anschauen implodieren lassen könnte.

»Er war im Badezimmer.«

»Ich will dich nackt«, knurrt er. »Ich will, dass du bereit bist. Lass es mich nicht noch einmal sagen, Ella.«

Ich lag nicht falsch mit seiner Stimmung. Er ragt über mir auf, seine Züge sind eine Maske der Qual, die so tief sitzt, dass ich mir fast die Spaltung in seiner Seele vorstellen kann. Ich möchte ihn danach fragen. Ich möchte seine intimsten Geheimnisse ausgraben und den Mann, der sich in der Bestie versteckt, entlarven, aber das ist ein gefährlicher Wunsch.

Meine Augen bewegen sich über sein Gesicht, und die Energie zwischen uns verschiebt sich wieder. Ein elektrischer Strom. Ein Temperaturabfall. Sturm Thorsen kommt, und ich merke, dass ich darauf überhaupt nicht vorbereitet bin.

Seine Finger legen sich um meine und zwingen sie

von meinem Bademantel weg. Geschickt löst er den Knoten an meiner Taille und schiebt mir den Stoff von den Schultern. Der Bademantel fällt auf den Boden, und ein Schauer durchläuft mich, als seine Augen mit einer Intensität über mich wandern, die sich wie eine körperliche Liebkosung anfühlt.

»Möchtest du spielen, *gudinne?*« Er nimmt mein Gesicht in seine große Hand, und unbewusst lehne ich mich in seine Wärme. Für diese eine Sekunde ist er so sanft, dass ich fast glauben könnte, dass alles gut werden wird. Und dann packt er mich bei den Haaren und reißt meinen Kopf zurück, so dass ich nicht von ihm wegschauen kann.

»Sag mir, wie sehr du mich hasst.«

Ich schweige. Bin angespannt. Verwirrt. Ich weiß nicht, was er von mir will. Es fühlt sich wie ein Trick an, bis seine Augen ihn verraten. Er will, dass ich ihn provoziere. Er will, dass ich ihn wütend mache, damit er dieses Gefühl nutzen kann, um zu tun, was immer er will.

»Ist es wichtig, was ich für dich empfinde?«, frage ich leise. »Ich bin hier, damit du mit mir machen kannst, was du willst. Das ist das, worauf wir uns geeinigt haben.«

»Sag es«, befiehlt er, und die Vene in seinem Nacken pocht. »Sag mir, wie du dich wirklich fühlst.«

»Meine Gefühle gehören mir.« Ich richte meine Augen auf ihn. »Du kannst meinen Körper bekommen, aber nicht meine Gedanken.«

»Ich werde bekommen, was ich will.« Er legt seine Finger um meinen Hals und drückt warnend zu. »Dein einziger Zweck ist es, mich zu befriedigen. Jetzt geh auf die Knie.«

Als ich das nicht tue, drückt er mich gegen den Schrank und benutzt seinen Griff an meinem Hals, um mich nach hinten zu drücken, bis meine Beine nachgeben und ich vor ihm zusammenklappe. Als seine Hand wegfällt, atme ich tief ein und massiere den Schmerz, den er zurückgelassen hat. Ich habe etwas so Verdorbenes in mir, dass ich das genieße. Ich will es nicht zu genau analysieren, aber seine Brutalität ist fest verdrahtet, um eine chemische Reaktion in mir auszulösen. Ich will mehr von dieser Gewalt. Diesem Schieben und Ziehen zwischen uns. Ich will, dass er bei jeder Gelegenheit seine königliche Macht über mich ausübt.

»Du lernst.« Er streichelt mein Haar mit einer Zärtlichkeit, die ich ihm noch vor einem Moment nicht zugetraut hätte.

Er zieht mein Gesicht zu seiner Hose, reibt meine Wange an seiner Erektion. Sie ist härter als Stahl und pulsiert gegen meine Haut, sogar durch den Stoff hindurch.

»Küss ihn«, murmelt er.

Meine Hände fallen auf seine ledernen Oxfords und klammern sich an seine Füße, während ich zu ihm aufschaue. Ist es die magnetische Anziehungskraft zwischen uns oder unsere Vereinbarung, die mich dazu drängt, meine Lippen zu dem eingesperrten Biest zu bringen, das in seiner Hose pocht? Ich kann mir im Moment über nichts sicher sein, nur, dass, als ich seinem Befehl folge und sein königliches bestes Stück küsse, während das Geräusch seines lustvollen Stöhnens durch mich hindurchrauscht wie eine Kugel.

Langsam öffnet er den Reißverschluss seiner Hose, und seine Augen suchen nach etwas in mir. Abscheu. Betrug. Misstrauen. Was auch immer es ist, er findet es nicht. Die Muskeln in seinem Unterarm spannen sich an, und er blickt mich mit offensichtlicher Enttäuschung an.

»Du täuschst niemanden.«

»Das versuche ich nicht«, flüstere ich.

Seine Augen bewölken sich, und für einen langen Moment sieht er mich nur an, als ob er versucht, mich zu verstehen. Vielleicht bin ich paranoid, aber ich glaube, dass ich einen aussichtslosen Kampf gegen Thorsen führe. Gegen mein besseres Wissen bin ich hier. Ich gebe ihm zwei Monate meines Lebens, um mich zu quälen, mich zu kontrollieren, mich zu besitzen. Aber trotzdem zweifelt er.

Als er nach unten greift und den Bademantelgürtel aus den Schlaufen zieht, entsteht in meinem Bauch eine nervöse Anspannung. Er packt mein Kinn und wickelt den Stoffgürtel mehrmals um meinen Kopf und verdunkelt meine Augen. Und ich muss mich fragen warum. Warum will er nicht, dass ich ihn sehe?

Die Wärme seiner Finger verschwindet, als er fertig ist, und ich bin in der Dunkelheit begraben. Aber ich höre immer noch, wie er sich durch den Raum bewegt, eine Schublade im Schrank öffnet, und dann noch eine weitere. Als er zurückkommt, ergreift er eine Handvoll meiner Haare mit seiner Faust, zerrt mich hoch und geht mit mir in eine andere Richtung, bis meine Knie gegen das Bett stoßen und ich nach vorne falle. Mein Gesicht kommt auf der Bettdecke auf, während er meine Hüften zurückzieht und meine Beine spreizt. Seine Hände fühlen sich riesig auf mir an, und ich bezweifele nicht, dass er mir leicht etwas brechen könnte. Er ist der stärkste Mann, den ich je gesehen habe, und ich weiß nicht, wie mein Körper ihn aushalten kann.

Er ergreift meine Handgelenke und hält sie hinter meinem Rücken fest, bindet sie mit etwas zusammen, was sich wie ein weiteres Seil anfühlt. Und dann fährt er mit seinen Fingern über die Narben an meinen Armen und verursacht mir eine Gänsehaut an meiner Wirbelsäule entlang.

»Es ist eine Schande, so schöne Haut zerstört zu sehen«, murmelt er.

Mein Körper spannt sich unter ihm an, aber er ignoriert mein Unbehagen. Seine Wärme verschwindet für eine Sekunde, und dann höre ich, wie sich eine Flasche öffnet. Als er mich wieder berührt, gleitet er mit seiner Handfläche über die Kurve meines Pos, spreizt meine Backen und zwingt mich, mich für ihn zu öffnen.

»Ich kann riechen, wie sehr du mich willst«, summt er. »Du dreckige kleine Lügnerin. Macht dein Hass auf mich dich an?«

Meine Lippen verschließen sich. Diese Frage fühlt sich wie ein zu großes Minenfeld an, und ich will mich nicht auf dieses Terrain begeben. Aber Thorsen wartet nicht auf eine Antwort. Das Nächste, was ich fühle, ist etwas Kaltes und Metallisches, das durch meine Erregung gleitet, bevor es sich dort niederlässt, wo es verboten ist.

»Was machst du da?« Ich zucke zusammen, als er das Objekt gegen meinen Po drückt.

»Ich werde dich ficken.« Seine Hand kommt auf meinem unteren Rücken zur Ruhe, hält mich still, während er das Objekt tiefer bewegt und es an meinem Widerstand vorbeizwingt. »Und ich werde in dir kommen.«

Ich atme abgehackt ein, gelähmt von der Invasion. Es fühlt sich an, als ob ich weit aufgespannt werde, und es scheint ewig so weiter zu gehen, bis er schließlich innehält, als das Objekt einen Platz in mir gefunden hat.

»Eure Hoheit …«

Er dreht das Metall, und tausend Funken schießen durch meinen Unterleib, während mein Atem zwischen meinen Zähnen zischt. Es ist so intensiv, dass ich das Gefühl habe, ich kann nicht atmen. Oder mich bewegen. Oder denken.

»Nenn mich nicht so«, warnt er. »Gib mir überhaupt keinen Namen. Ich bin nichts für dich.«

Er schleppt mich wieder auf den Boden zurück. Und dieses Mal höre ich seinen Gürtel, gefolgt von einem Geräusch, das mir sagt, dass er seine Hose herunterschiebt. Der Gegenstand in mir bewegt sich jedes Mal, wenn ich mich zusammenpresse, und ich weiß nicht, wie ich sitzen soll, aber Thorsen lässt mir in der Sache keine Wahl, als er nach meinem Kopf greift und sein Schwanz gegen meine Lippen stößt.

»Nimm mich«, befiehlt seine raue Stimme.

Auf seinen Befehl hin öffnen sich meine Lippen, als ob sie einen eigenen Willen hätten. Aber ich denke immer noch darüber nach, wie ich widerstehen sollte, weil es sich anfühlt, als würde ich in ein schwarzes Loch fallen, aus dem ich nie wieder herausklettern werde. Diese Gedanken werden schnell fortgewischt, als er stöhnt und sein hartes Fleisch über meine Zunge bis zum hinteren Teil meines Rachens gleitet. Ich würge, und er zieht sich zurück, aber nur für eine Sekunde, bevor er es noch einmal macht. Speichel tropft seitlich aus meinem Mund und auf meine Brüste, und er reibt ihn in meine Haut und zieht an meiner Brustwarze. Ich schlucke um ihn herum, und der Effekt vibriert durch mich und weckt eine primitive Seite in mir, von deren Existenz ich nicht einmal wusste. Und dieses Tier will mehr. Es kommt ihm entgegen, als er seinen Rhythmus findet und mein Gesicht fickt, während er meinen Kopf zwischen seinen Händen hält.

Ich kann ihn nicht sehen, aber ich kann all seine Geräusche hören. Sein ersticktes Stöhnen, sein abgehackter Atem, die Kontraktionen seiner Muskeln unter seinem Fleisch. Sein Griff lässt nach, und er zieht sich zurück, als wolle er aufhören, nur um für mehr zurückzukommen. Ich glaube, ich muss auch etwas Ursprüngliches in ihm geweckt haben.

»Genug.«

Seine deutliche Anweisung durchschneidet die Luft, als er sich ohne Vorwarnung zurückzieht und wegtritt. Er atmet schwer, und ich kann fühlen, wie seine Augen sich in mich brennen.

»Du hast gesagt, du wärst eine Jungfrau«, knurrt er. »Bist du eine Lügnerin, *gudinne*?«

»Nein.« Ich kippe mein Kinn zu ihm hoch. »Das bin ich nicht.«

»Ich glaube dir nicht.« Seine Stimme ist anschuldigend.

»Dann glaub mir nicht.« Meine Beine fallen auseinander und rufen ihn herbei. »Du wirst es sowieso herausfinden.«

Es gibt eine lange Pause, und ich will verzweifelt wissen, was er denkt. Ich weiß nicht, was ich von ihm erwarten kann, und ich glaube, das ist es, was mir am meisten Angst macht.

»Steh auf«, befiehlt er.

Ich erhebe mich auf zittrigen Beinen, fauche, weil meine Knie vom Teppich brennen, während ich auf seine nächsten Anweisungen warte. Als er mich wieder berührt, ist es nicht mit Zuneigung oder Rauheit. Es ist nur zielgerichtet, als er mich über das Bett beugt und meinen Po an den Rand zieht. Die klebrige Erregung zwischen meinen Schenkeln parfümiert die Luft um uns herum, und Thorsen zieht seine Finger durch sie hindurch und benutzt sie, um seinen Schwanz zu befeuchten. Als er mir das Spielzeug aus dem Po zieht, schnappe ich nach Luft, als etwas anderes dessen Platz einnimmt. Etwas Hartes und unbestreitbar Männliches. Er drückt seinen Schwanz gegen das Loch, und ich winde mich in seinem Griff, aber er schiebt mich wieder nach unten.

»Er wird nicht passen!«, rufe ich, plötzlich in Panik.

»Das wird er«, besteht er darauf. »Jetzt sei still, oder es wird dir wirklich nicht gefallen.«

Woher zum Teufel will er das wissen? Dieser flüchtige Gedanke verschwindet, als eine Welle von verschiedenen Empfindungen meinen Körper überflutet. Adrenalin schießt durch meine Adern, während sich Wärme in meinem Bauch sammelt, und das ist alles zu viel. Es fühlt sich an, als ob ich in zwei Hälften gerissen werde, als er seine Daumen in die Kurve meines Rückens gräbt und seinen Schwanz tiefer in mich schiebt. Gerade als ich denke, dass ich nicht mehr aufnehmen kann, stößt er tiefer hinein, bis er schließlich komplett in mir ist und ein kehliges Geräusch in meiner Brust rasselt.

Für einen Moment ist er so bewegungslos, dass auch ich erstarre. Selbst der kleinste Ruck in meinem Atem lässt mich ihn spüren. Ich kneife meine Augen zusammen und versuche, mich zu entspannen. Konzentriere mich auf meine Atmung. Aber ich bin einfach so voll. Er ist so riesig. Und er ist *in* mir.

Dann bewegt er sich, nur einen Zentimeter, vielleicht zwei. Ich weiß es nicht genau, aber es entfacht ein Feuer in mir. Ein Brennen gemischt mit einem schmerzenden Verlangen nach mehr. Ich weiß nicht mehr, was das ist, bis seine Finger zwischen meine Oberschenkel rutschen und meine Klitoris massieren.

Er murmelt etwas, was wie ein Fluch klingt, aber ich weiß es nicht. Es ist nicht auf Englisch und es ist so leise, dass es schwer ist, ihn zu verstehen. Ich möchte auch fluchen, während er mit seinen Fingern um das Nervenbündel kreist, das sich anfühlt, als wäre es nur für ihn gemacht. Er weiß genau, wie er mich berühren muss, wie er mich um mehr betteln lassen kann. Ich muss verrückt sein. Das ist die einzige Schlussfolgerung, zu der ich gelange, während das Monster in mir mich zurückdrängt und meinen Körper um seinem Schwanz schaukelt.

Thorsen stöhnt, und eine Hand gräbt sich in meine Hüfte, während die andere mich langsam quält. Es fühlt sich an, als würde ich explodieren, und ich glaube, genau das will ich.

»Willst du gefickt werden?«, flüstert er und lehnt seinen Körper über meinen. Ich kann ihn riechen. Der würzige, maskuline Duft seines Aftershaves und die Süße seines Atems. Es ist eine berauschende Kombination, und ich denke, dass etwas mit mir nicht stimmen muss, weil ich nichts davon genießen sollte.

»Bitte.« Das Wort verlässt meine Lippen wie ein Gebet.

Ein wildes Geräusch blutet aus seinen Lippen, und er reißt seinen Schwanz aus meiner Wärme, nur um ihn mir erneut zu geben. Ein Schauder erfasst mich, und ich schmelze in das Bett, als er es immer und immer wieder tut, einen Rhythmus aufbaut, während seine Finger mich wie ein Instrument spielen.

»Komm, Ella.«

Ich höre ihn kaum, weil das Blut in meinen Ohren rauscht. Alles konzentriert sich auf einen Punkt. Ich kann nicht sehen, ich kann nicht hören, ich kann nicht einmal sagen, ob ich atme, als der Druck eine Bruchstelle erreicht, von der ich mir nicht sicher bin, ob ich sie überleben werde. Und dann passiert es ohne Vorwarnung. Er klatscht mit seiner Hand auf meine Muschi, und ich schreie, während eine Welle nach der anderen durch mich hindurchrollt, gegen seine Finger sprudelt und ihn in dem Beweis für den Verrat meines Körpers badet.

Ein weiterer unverständlicher Fluch ertönt von seinen Lippen, als seine Finger sich in mein Fleisch graben, er tief zustößt und aufhört, sich zu bewegen, während sein Schwanz in mir pulsiert. Wärme sickert in meinen Körper, und ich weiß, dass er in mir gekommen ist, genau wie er es gesagt hat. Für ein paar Augenblicke bewegt sich keiner von uns. Er steckt immer noch in mir drin, als sein Atem sich wieder normalisiert und er langsam seinen Griff an meiner Hüfte lockert. Aber er zieht sich nicht zurück. Der harte Schwanz, vor dem ich mich so fürchtete, wird in mir weich, und Thorsens Sperma tropft mir die Schenkel hinunter.

Langsam kehrt auch mein Herz zur Normalität zurück, und das Summen in meinen Ohren verschwindet, während ich wieder auf die Erde zurückkehre und akzeptiere, was noch zu surreal erscheint, um es zu glauben.

Der Prinz hat mich gerade gefickt.

In den Arsch.

17

THORSEN

Etwas hämmert gegen meine Brust, als ich zu Ella hinunterblicke, die mit weit gespreizten Beinen nach vorne gebeugt ist und meinen Schwanz immer noch in ihrem engen Arsch hat. Ich hätte mich schon lange zurückziehen sollen, aber ich kann mir nicht eingestehen, dass ihre Wärme zu anziehend ist. Unbewusst fahren meine Finger über ihren Rücken. Massieren sie. Berühren sie mit einer Sanftheit, die sie nie erfahren sollte. Zumindest nicht von mir.

Meine Gedanken sind im Krieg, als ich innehalte und mich zum Handeln zwinge, ich ihr die Augenbinde abnehme und meinen nassen Schwanz aus ihr ziehe. Ich schulde ihr nichts, und der nächste logische Schritt wäre, sie sich um sich selbst kümmern zu lassen. Das war unsere Vereinbarung. Ich wollte nichts mehr als die Entladung, die ihr Körper mir verschaffen konnte. Eine Entladung, die sich immer mechanisch angefühlt hat, bis jetzt.

Als ich sie hierherbrachte, wollte ich meinen eigenen egoistischen Wünschen nachgeben und an nichts anderes denken. Keine Erwartungen. Keine Fragen oder Zweifel über ihre Absichten. Keine erzwungenen Gespräche und Druck, etwas zu sein, was ich nicht bin. Ich dachte, es würde einfach werden, aber Ella verändert das Spiel. Irgendetwas nagt an mir und besteht darauf, dass es ein Gleichgewicht geben sollte. Dass ein kleines Geben und Nehmen fair wäre. Aber nichts an dieser Situation ist fair, und das wusste ich von Anfang an. Ich nahm sie, ich zwang sie, und jetzt werde ich sie benutzen. Das wird sich nicht ändern. Also, welchen Unterschied würde es für mich machen, ihr etwas anderes zu geben als meine Dunkelheit?

Ella blickt mich über ihre Schulter an, ihre Wangen sind gerötet, und die Augen leuchten mit etwas, was ich nie besitzen werde. Aber fürs Erste muss es genug sein, dass ich es in ihr schmecken kann. Dieses Licht. Diese Güte.

»Wie soll ich dich nennen?«, fragt sie.

»Das habe ich dir schon gesagt.« Ich stecke meinen Schwanz weg und ziehe den Reißverschluss meiner Hose hoch, um ihrem Blick auszuweichen. »Du sollst mir keinen Namen geben. Ich bin nichts für dich.«

»Aber das bist du«, besteht sie darauf.

Meine Nasenlöcher beben, und die Energie im Raum wird erdrückend, während ich darauf warte, dass eine Lüge von ihren Lippen strömt. Wird sie mir sagen, dass ich königlich bin und sie mich deshalb standesgemäß ansprechen muss? Oder wird sie wie die anderen sein und bekennen, dass ich ihr etwas bedeute, obwohl ich ihr immer nur einen Grund gegeben habe, mich zu hassen?

»Du bist eine Person«, sagt sie. »Und du hast einen Namen. Es wird Zeiten geben, in denen ich dich ansprechen muss, und ich würde gerne wissen, was akzeptabel ist.«

»Was akzeptabel wäre, wäre, wenn du mir beim ersten Mal zugehört hättest.«

Ella blinzelt nicht. Sie analysiert mich einfach, als ob sie versucht, mich zu verstehen, und das macht mich unruhig. Mein erster Instinkt ist, mich aus der Situation zu befreien. Aber ich sollte nicht vor ihr weglaufen. Sie sollte diejenige sein, die Angst vor mir hat.

Ich muss ihr meinen Standpunkt verdeutlichen. Sie ist eine Närrin, wenn sie denkt, dass sie mich vermenschlichen kann. Der Versuch, in meinen Kopf zu gelangen, verstößt gegen die impliziten Regeln, und es ist ein strafbares Vergehen.

»Bleib dort«, befehle ich.

Ich spüre, wie sie mich beobachtet, während ich eine lederne Reitgerte von der Wand wähle. Sie ist ruhig und tapfer, bis ich mich umdrehe und wieder zu ihr gehe. Aber ein Blick in mein Gesicht lässt sie zur Tür krabbeln.

Ich jage ihr nach, fange ihre Taille ein und ersticke ihren Schrei mit meiner Hand. Als ich sie auf den Boden drücke, kratzt ihr Gesicht über den Teppich, während ich mich auf ihr spreize und sie mit meinem Gewicht festhalte. Von dieser Position aus habe ich den perfekten Blick auf ihren mit Sperma gefüllten Arsch.

»Warum tust du das?«, schreit sie. »Ich habe getan, was du wolltest.«

Ich kann ihr darauf keine Antwort geben, und ich möchte, dass sie versteht, dass es nicht immer Antworten geben wird. Ich ziehe meinen Arm zurück, lasse die Gerte auf ihre linke Arschbacke knallen, und sie atmet einmal scharf ein, während rote Muster auf ihrer Haut erblühen. Aber sie schreit nicht. Sie gibt keinen Laut von sich und zuckt nicht einmal zusammen. Auch nicht, als ich einen weiteren Schlag herunterregnen lasse. Und noch einen.

Frustration steigt in mir auf, während ich sie fester und schneller schlage. Als ihr versohlter Arsch nicht die Ergebnisse bringt, die ich mir wünsche, wage ich mich bis zu ihren Waden vor, aber sie weigert sich, mir auch nur eine Träne zu zeigen.

»Bist du wirklich so an Schmerzen gewöhnt?«, will ich wissen.

Als sie mir eine Antwort verweigert, greife ich ihren Fuß und schlage auf die Sohle. Schließlich gibt sie einen kehligen Laut von sich, aber der reicht nicht aus. Sie fordert mich heraus, zwingt meine Hand dazu, während ich ihr auf die Fußsohlen klatsche, bis sie so laut schreit, dass kein Zweifel mehr daran besteht, dass ihre Nerven in Flammen stehen.

»Bitte«, bettelt sie. »Zu viel! Das ist zu viel!«

Meine Brust hebt sich an, als ich die Gerte zur Seite

werfe und zu ihr hinunterblicke. Nichts war jemals so schön wie ihr Körper übersät mit meinen Zeichen. In diesem Moment will ich sie wieder ficken. Aber als ihr Gesicht den stillen Tränen nachgibt, bricht etwas in mir. Sie ist nicht die erste Frau, die ich zum Weinen gebracht habe, und sie wird sicher nicht die letzte sein, aber das hier ist irgendwie anders. Ellas Tränen setzen Gefühle in mir frei, die ich nicht identifizieren will. Sie ist zerbrechlich unter mir. So weich und rein und … *mein*.

Mein Magen zieht sich zusammen, als ich darüber nachdenke, wie sehr ich mir wünsche, dass dieser letzte Gedanke der Wahrheit entspräche. Aber das kann ich nicht. Ich werde es nicht tun. Sie ist nichts für mich. Selbst jetzt, mit meinem Sperma in ihr und meinen Zeichen auf ihrer Haut, ist sie nur ein Spielzeug. Ein hübscher Vogel im Käfig.

»Machen wir dich sauber.« Meine Stimme ist sanfter, als ich erwarte, und als ich mein Gewicht von ihr und sie in meine Arme nehme, protestiert sie nicht. Wenn überhaupt, dann lehnt sie sich gegen mich, legt ihr Gesicht an meine Brust und schließt erschaudernd die Augen.

Wie kann sie in einem solchen Monster Trost finden? Wie kann sie nicht erkennen, wie gefährlich das für ihre Selbsterhaltung ist?

Als ihre Augen auffliegen, zwinge ich mich dazu, wegzuschauen, während ich sie ins Badezimmer trage. Ich setze sie auf die Liege und konzentriere mich darauf, was ich zu tun habe, einen Schritt nach dem anderen, damit ich mich nicht in den verwirrenden Gedanken verfangen kann, die meinen Verstand vergiften. Ich setze den Stöpsel in die Wanne, drehe das Wasser auf und stelle die Temperatur so ein, dass es warm, aber nicht zu heiß ist. Ella wird wund sein, und ich denke, dass ich in diesem Moment damit fertig bin, sie zu quälen.

Als ich sie wieder in meine Arme nehme, blinzelt sie ihre eigenen Emotionen weg und starrt in die Ferne, während ich sie behutsam in die Wanne lege. Es muss wehtun, aber sie zeigt keine Anzeichen von Schmerzen, als ich ihren Körper zurück an das Porzellan lehne. Sie liegt einfach nur da, betäubt und verschlossen. Und ich glaube, das stört mich mehr als alles andere, weil ich viel lieber ihre Tränen sehen würde.

Ich versuche, mich auf das zu konzentrieren, was ich tun muss, Seife hinzuzufügen und Schaum in meinen Händen zu bilden. Ich fange bei ihren Beinen an und arbeite mich bis zu ihren Brüsten vor. Als meine Daumen ihre Brustwarzen streifen, verhärten sie sich für mich, und es nährt meinen Drang, sie überall zu berühren.

Ich denke nicht klar, als sich meine Finger zwischen ihren Schenkeln bewegen, und ich erneut beginne, mit ihr zu spielen. Ella seufzt und schließt ihre Augen, als sie sich mir hingibt, ohne es zu merken. Sie ist nass und glitschig, und das verleiht ihrem Vergnügen einen rasenden Rhythmus. Ich nehme ihr Gesicht, ihren Atem, und jeden süßen Laut auf, während ich sie fingere und ihre Brüste mit meiner freien Hand berühre. Innerhalb von Sekunden kommt sie schon wieder für mich, Krämpfe fahren durch ihren Körper, und ihre Lippen öffnen sich, als sie ihre Entladung herausstöhnt.

Eine brennende Göttin.

Ihr Atem beruhigt sich, und ich wasche sie an all den Stellen, an denen ich noch nicht war, und manchmal fahre ich über dieselben Kurven zweimal. Als ich zu den Narben auf ihren Armen komme, fliegen ihre Augen auf, und sie versucht, sich zurückzuziehen. Meine Finger umfassen ihr Handgelenk, halten sie fest, während ich die verstümmelte Haut begutachte und sie mit einer Zärtlichkeit berühre, von der ich nicht wusste, dass ich dazu fähig bin.

»Was ist passiert, Ella?«

Sie schluckt, und das Badezimmer ist so still, dass ich jeden Atemzug von ihr hören kann. Ich frage mich, ob sie offen sein wird, oder ob sie versuchen wird, ihre Geheimnisse zu bewahren. So oder so, sie wird mir nicht entkommen, bis ich alles über sie erfahren habe, was es über sie zu wissen gibt.

»Feuer«, flüstert sie. »Ich fiel hinein und trug schlimme Verbrennungen davon.«

Ihre Geschichte riecht nach Halbwahrheiten, aber im Moment bohre ich nicht nach.

»Komm.« Ich hebe ihren Körper wieder in meine Arme und ich durchnässe meine eigene Kleidung mit dem seifigen Badewasser. »Ich werde dich abtrocknen, und dann bringe ich dir dein Abendessen.«

»Thorsen.« Die Augen meiner Mutter leuchten auf, als sie mich sieht. »Lavinia wird so froh sein, dass du hier bist. Sie hat die ganze Woche von nichts anderem gesprochen.«

Ich erzwinge ein Lächeln für sie und setze mich neben sie. »Ich bin mehr daran interessiert, zuerst etwas Zeit mit dir zu verbringen.«

Ihre Augen trüben sich, und sie zieht ihre Hand über den Schoß und versucht, nach mir zu greifen, aber es funktioniert heute nicht so gut. Bald wird es überhaupt nicht mehr funktionieren, und dies ist eine starke Erinnerung daran, dass diese Momente vergänglich sind. Das Problem ist, dass ich einfach nicht weiß, wie ich das Beste daraus machen kann.

»Ich dachte, du würdest dich freuen«, sagt sie. »Ist Lavinia nicht die Frau, nach der du gesucht hast?«

Als ich zu lange brauche, um zu antworten, scheint es ihre Angst nur noch zu verstärken.

»Oh, Liebes. Habe ich die Dinge mal wieder durcheinandergebracht?«

»Nein, *Mor*.« Ich drücke ihre Finger. »Das hast du nicht.«

Die Drohung meines Vaters lauert immer noch in meinem Hinterkopf, und ehrlich gesagt kann ich mich nicht dazu durchringen, eine andere Realität zuzugeben. Meine Mutter hat immer eine so hohe Meinung von mir gehabt, auch wenn alle anderen sich von mir abwandten. Sie hat mich nie im Stich gelassen oder mir gesagt, ich müsse mich zusammenreißen, oder versucht, mein Verhalten mit harten Worten und einem kalten Herzen zu korrigieren. Sie war immer nur warmherzig und rücksichtsvoll, und ich kann den Gedanken nicht ertragen, dass sie herausfindet, was für ein Monster ich wirklich bin. Wenn sie auch nur eine Ahnung davon hätte, was ich Ella bereits angetan habe, hätte sie nicht den Willen, die Woche zu überstehen.

»Thorsen.« Der Blick aus ihren trüben Augen schweift über mein Gesicht. »Bin ich dir eine schlechte Mutter gewesen?«

»Was?« Ich atme scharf ein. »Warum solltest du mich das überhaupt fragen?«

»Ich … ich weiß es nicht.« Sie starrt in die Ferne und erinnert sich an etwas, was ich wahrscheinlich besser nicht wissen sollte. »All die Jahre war es so angespannt zwischen dir und deinem Vater. Und du warst immer so … wütend. Ich kann nicht anders, als mich zu fragen, was ich anders gemacht haben sollte.«

Meine Augen fallen mit einem Seufzer zu, und der Schmerz durchbohrt mein geschwärztes Herz. Ich muss mich daran erinnern, dass es besser ist, dass sie es nicht weiß. Ich wollte sie schon immer vor den hässlichen Wahrheiten schützen, die sich in dieser Familie verbergen, und jetzt mehr denn je. Aber es ändert nichts an dem Bedauern, das ich tief in meiner Seele trage, dass sie nicht die erste Person war, zu der ich in meiner Zeit der Not ging.

»V-Vater, darf ich mit dir sprechen?«

Er schaut von seinem Schreibtisch zu mir auf, und sein

Gesicht ist streng. Selbst mit zehn Jahren verstehe ich, dass er ein Mann ist, der viele Lasten auf seinen Schultern zu tragen hat. Zu viele, um sie zu zählen. Ich will keine weitere sein. Aber ich habe Angst, und ich bin müde, und der Schmerz ist zu groß, um ihn noch in mir zu behalten.

»Was ist los, Thor?«, fragt er. »Ich bin beschäftigt.«

Meine Lippen frieren ein, und mein Körper vereist, während ich mich frage, ob ich einfach gehen sollte. Ich will ihn nicht wütend machen. Ich scheine ihn immer nur zu stören. Aber der Schmerz, ich fühle ihn jedes Mal, wenn ich mich bewege. Bei jedem Schritt, den ich mache. Bei jedem meiner Atemzüge. Ich habe noch nie einen solchen Schmerz gekannt, und selbst jetzt sind meine Augen verschwommen vor unvergossenen Tränen. Vater sagt mir immer, dass Männer nicht weinen. Ich weiß, dass ich diese Tränen nicht laufen lassen darf, weil es mich schwach machen würde. Aber ich weiß auch, wenn ich jetzt von hier weggehe, werde ich eine andere Art von Feigling sein.

»E-e-es geht um die Logopädin«, platze ich damit heraus. »Frau Nilsen.«

»Was ist mit ihr?« Er lässt seinen Stift fallen und richtet seine Aufmerksamkeit auf mich. Und für eine Minute denke ich, dass alles gut werden wird. Ich glaube, dass er mir helfen wird.

»Ich w-w-will keine Privatstunden mehr mit ihr«, sage ich zu ihm mit all meiner Tapferkeit, wie es mir jeder Held, von dem ich je gelesen habe, beigebracht hat.

»Und warum ist das so?« Seine Augenbrauen ziehen sich zusammen, und die Vene auf seiner Stirn pocht. Ist er wütend auf mich oder Frau Nilsen?

»Sie h-h-hat etwas mit mir gemacht«, flüstere ich, und mein Schamgefühl frisst mich von innen heraus auf. »S-s-sie macht Dinge mit mir. Schlechte Dinge. Sie b-b-berührt mich, und es tut weh …«

Der Schreibtisch meines Vaters klappert, als er aufsteht und mich erschreckt. Ich stolpere zurück in die Tür hinter mir, und Angst raubt mir den Atem, als er seinen Schreibtisch umrundet und wie eine dunkle Wolke über dem Raum hängt.

»Du wagst es, hier hereinzukommen und mir ins Gesicht zu lügen?«, brüllt er. »Ist es nicht schlimm genug, dass ich einen verdammten Vollidioten als Sohn habe, und jetzt willst du Geschichten erfinden, weil du zu faul bist, das zu tun, was von dir verlangt wird? Du solltest dich so glücklich schätzen, wenn eine Frau wie Ms. Nilsen dich sogar zweimal anschaut, du erbärmlicher kleiner Scheißer.«

Mein Mund wird trocken, und mein Körper zittert so sehr, dass ich mich nicht bewegen, nicht sprechen oder denken kann. Ich hasse mich selbst dafür. Ich hätte nie zu ihm kommen dürfen. Ich hätte den Schmerz verstecken, ihn herunterschlucken und vergessen sollen. Das ist es, was immer passiert. Ich erstarre, wenn ich mich eigentlich bewegen muss. Dasselbe passiert mit Frau Nilsen, und ich will nur, dass es aufhört. Ich will, dass alles endet. Aber es ist noch lange nicht vorbei, als mein Vater mich am Kragen packt und mich schüttelt.

»Ich habe dir eine Frage gestellt.« Speichel fliegt von seinen Lippen, trifft mein Gesicht, und alles, worauf ich mich konzentrieren kann, ist diese pochende Vene in seiner Stirn, die aussieht, als würde sie explodieren.

Er reißt mich vom Boden hoch und lässt mich mit dem Gesicht nach unten auf seinen Schreibtisch fallen, zerrt mich zurück, so dass meine Beine über die Kante hängen. Ich weiß, was kommt, aber ich bin gelähmt, und als seine Handfläche auf meinem Po aufschlägt, entweicht mir ein kehliger Schrei, der nicht mehr menschlich klingt.

Durch Tränen flehe ich ihn an, aufzuhören, da Scherben des Schmerzes in mir zersplittern, die Vibrationen die Trümmer verstärken, die Frau Nilsen heute Morgen hinterlassen hat. Als ich meine Augen schließe und versuche, zu fliehen, sehe ich nur sie mit dem Besenstiel. Das ist nicht mehr mein Vater. Sie sind eins. Und ich merke jetzt, dass ich niemandem vertrauen kann. Der Schmerz ist alles, was ich je kennen werde.

»Thor?« Die Stimme meiner Mutter reißt mich aus der Erinnerung, und ich erschaudere, während ich versuche, es auszublenden, zu unterdrücken und zu vergessen, dass es je passiert ist. »Geht es dir gut?«

»Mir geht es gut.« Meine Stimme versagt, und ich räuspere mich, entschlossen, ihr zu versichern, dass es mir wirklich gut geht. »Es tut mir leid. Es war eine lange Woche.«

Ich hasse es, dass ich ihr nur noch mehr Sorgen bereitet habe, und ich muss das in Ordnung bringen.

»Du bist keine schlechte Mutter«, antworte ich auf ihre Frage von vorhin. »Du warst die beste *Mor,* die ich mir wünschen konnte. Es tut mir nur leid, dass ich kein besserer Sohn war.«

Eine Träne rinnt ihr aus ihrem Augenwinkel, und sie schüttelt den Kopf, als ich sie abtupfe. »Du und dein

Bruder seid das Beste, was mir in diesem Leben passiert ist. Ich könnte und würde keinen einzigen Moment ändern wollen. Solange ich weiß, dass es dir gut gehen wird, ist das alles, was ich will, mein Liebling. Ich möchte, dass du glücklich bist. Und ich glaube, Lavinia wird dich glücklich machen, wenn du ihr nur eine Chance gibst.«

Glück ist eine Illusion, aber ich verstehe, dass es das ist, was meine Mutter im Moment braucht. Sie muss an das Märchen glauben, das sie nie hatte.

»Du brauchst dir um mich keine Sorgen mehr zu machen«, verspreche ich ihr. »Alles wird gut werden. Lass uns fürs Erste einfach die Zeit genießen, die wir zusammen haben.«

18

THORSEN

»Das Essen ist unglaublich.« Lavinia zieht meinen Blick auf sich, als sie eine Gabel voll Fisch zu ihren Lippen führt.

Sie war den ganzen Abend perfekt vorbereitet, das ideale Date. Leise sprechend, gut erzogen, anmutig. Ich kann mich nur fragen, was wirklich unter der Oberfläche lauert. Hätte ich sie unter anderen Umständen kennengelernt, hätte ich sie vielleicht attraktiv gefunden. Sie ist in der Tat wunderschön, und es ist offensichtlich das, was sie an sich am liebsten mag, denn sie kontrolliert ihr Aussehen bei jeder Gelegenheit in einem Taschenspiegel. Aber ihre Schönheit spricht mich nicht so an, wie sie hofft. Und die Tatsache, dass sie eine Lügnerin ist, zementiert nur meinen Entschluss, dass ich sie niemals als Ehefrau respektieren würde.

»Ich freue mich, dass es dir schmeckt.« Ich schaue

diskret auf meine Uhr und zähle die Minuten, bis der Abend vorbei ist.

Ihre Blicke schweifen über meinen Teller, während ich mich zurücklehne und den Rest meines *Aquavits* trinke. »Werden Sie Ihr Essen nicht beenden?«

»Ich bin nicht sehr hungrig.« Ich schiebe meine halb gegessene Mahlzeit beiseite.

»Das ist zu schade.« Ihre Stimme wird leiser und leicht kratzig. »Ich bin am Verhungern.«

Es ist nicht schwer, die Bedeutung hinter ihren Worten zu verstehen. Aber sie gibt sich zusätzliche Mühe, ihre Absichten zu zeigen, indem sie sich nach meinem Arm ausstreckt, um ihn zu streifen. Im Gegensatz zu Ellas Berührungen schickt ihre einen Schauer durch meine Adern, und ich ziehe mich ohne zu überlegen zurück. Lavinia verengt ihre Augen, aber sie hat sich schnell wieder unter Kontrolle.

»Sobald Sie fertig sind, könnten wir einen Spaziergang im Garten machen.« Ich versuche, das Tagesprogramm, das mein Vater geplant hat, in einem halsbrecherischen Tempo durchzuziehen.

Lavinia nickt, aber sie lässt sich Zeit und zieht das Essen so weit wie möglich in die Länge. In dieser Zeit trinke ich noch drei Gläser *Aquavit*, und ich bin benebelt und meine Schritte sind unsicher, als wir endlich den Speisesaal verlassen. Sie hakt ihren Arm ohne zu fragen in meinen ein, und ich bin betrunken genug, dass ich so tun kann, als ob es mir scheißegal wäre, als wir in den Garten gehen.

Der Duft von Rosen und Lavendel liegt in der Luft

und vermischt sich mit Lavinias Parfüm, was einen übelkeitserregend süßen Geruch erzeugt. Der Mond beleuchtet den Weg vor uns, wir gehen schweigend weiter, ohne in eine bestimmte Richtung zu wandern, und für eine Sekunde gelingt es mir, an nichts zu denken. Nicht einmal die Blondine, die mich in jedem wachen Moment verfolgt hat.

»Wann kann ich Ihr Anwesen sehen?«, fragt Lavinia.

Ich erinnere mich an das Programm, das mein Vater zusammengestellt hat, und erinnerte mich daran, dass dies einer der Punkte war, die ich abhaken sollte. Ein Picknick mit Lavinia. An einem weiteren Tag Theater. Und zwangsläufig auch das Anwesen. Einen Moment lang frage ich mich, was sie von der nackten Frau halten würde, die ich in meinem Gästehaus verstecke. Ich frage mich, wie Lavinia auf die Verderbtheit reagieren würde, von der sie nicht weiß, dass ich zu ihr fähig bin.

»Vielleicht nächste Woche.«

Sie hält inne, ihre Gesichtszüge sind angespannt. »Habe ich etwas getan, was Euch verärgert hat, Eure Hoheit?«

Ich nutze die Gelegenheit, um sie mit einem Schulterzucken abzuschütteln. »Was bringt Sie dazu, eine solche Frage zu stellen?«

»Sie wirken … desinteressiert.« Sie schmollt. »Sie waren den ganzen Abend still und ich frage mich, ob ich etwas tun kann, um Ihre Sorgen zu lindern, was auch immer sie sein mögen.«

»Sie meinen wie mir Ihre Muschi geben?«

Ihr Mund fällt auf, und sie schauspielert gut, als sie vorgibt, von meiner Vulgarität überrascht zu sein.

»Eure Hoheit!« Röte breitet sich über ihre Wangen aus, und ich lege meinen Kopf schief und betrachte sie.

»Das ist es, was Sie anbieten, nicht wahr?«

Sie schaut sich um, als würden wir beobachtet werden, bevor ein geheimes Lächeln ihre Lippen umspielt. »Wenn es das ist, was Sie wünschen, würde ich es Ihnen nicht abschlagen.«

»Würden Sie mir Ihren Arsch verweigern? Oder den Mund?«, frage ich mit Nachdruck. »Was ist mit Fesseln? Oder Auspeitschen? Oder Schmerz im Allgemeinen? Ich denke, es ist nur fair, dass Sie verstehen, was Sie anbieten.«

Sie zuckt sichtlich zusammen, versucht aber, es mit einem Lachen zu überspielen. »Ich hatte keine Ahnung, dass Sie so … ein böser Junge sind.«

»Das ist erst der Anfang«, sage ich zu ihr.

Ich wusste innerhalb der ersten fünf Sekunden, als ich sie traf, dass diese Frau sich niemals einem Mann unterwerfen würde. Nicht freiwillig. Aber sie dachte, sie könnte mich austricksen, und ich will sehen, wie weit sie mit ihrem Plan geht, sich einen Prinzen zu angeln. Welchen Grad an Verderbtheit wird sie bei ihrem Streben tolerieren?

»Sie sind ein willensstarker Mann.« Sie blickt mich mit einer so gespielten Bewunderung an, dass es mich anwidert. »Ein Anführer. Ein Prinz. Der zukünftige König von Norwegen. Und ich kann Euch eines sagen,

Eure Hoheit. Nichts würde mir mehr gefallen, als Euch zu befriedigen, was auch immer das beinhaltet.«

»Ihre Hingabe ist bewundernswert.« Ich schenke ihr ein kühles Lächeln. »Aber jetzt ist es wohl an der Zeit, gute Nacht zu sagen.«

»Thorsen?« Ella erwacht aus dem Schlaf, und mein Name ist ein Gebet auf ihren Lippen. Wie sehr sie sich schon an mich gewöhnt hat.

Ich sollte sie daran erinnern, was ich für sie bin. Nichts. Aber stattdessen ziehe ich die Decke von ihrem Körper und lege ihr nacktes Fleisch frei. Was für ein Anblick sie ist. Das Mondlicht aus dem Fenster taucht jede Kurve in einen blauen Heiligenschein. Die Göttin. Der Engel.

Ihre Beine fallen unter meinen Handflächen leicht auseinander, und als ich mich zwischen sie knie, liegt ihre Erregung süß wie Wildblumen in der Luft. Mein Kopf neigt sich nach vorne, und meine Finger fahren ihren Brustkorb hoch, um ihre Brüste zu berühren. Der Atem von meinen Lippen brandet gegen ihre Muschi, und sie bricht in Gänsehaut aus, wölbt unbewusst ihr Becken zu mir und bietet sich mir an.

Als meine Zunge sie wie eine Peitsche schlägt, stöhnt sie und schlägt gegen das Bett, während ich ihre Schenkel ergreife und ihre Beine zurückschiebe. Sie ist entblößt, nass und willig. Und ich sollte es besser wissen, als ihr das zu geben, wonach sie sich sehnt, aber der *Aquavit* ist mir zu Kopf gestiegen, und alles, was ich mit Sicherheit weiß, ist, dass ich auf der Stelle sterben werde, wenn ich sie nicht koste.

Ich vergrabe mein Gesicht zwischen ihren Schenkeln und ficke sie mit meinem Mund. Ella antwortet mir auf die Weise, wie nur sie es kann. Sie erwacht aus ihrem schlummernden Verlangen, ihre Finger krallen sich in die Bettdecke, und ihr Atem zischt zwischen ihren Zähnen. Ihre Wirbelsäule wölbt sich wie eine Katze nach oben, und ihre Lust ertönt wie Musik von ihren Lippen. Ich möchte dieses Stück als Dauerschleife hören.

Ich weiß nicht, was zum Teufel mit mir los ist, aber sie dringt in meinen Kopf ein. Lässt mich Dinge fühlen. Das bringt mich dazu, alles in Frage zu stellen. Und trotzdem kann ich nicht aufhören.

Ihre Brüste heben sich, als der erste Krampf durch sie hindurchreißt. Sie schreit auf, zittert an meinem Mund, und ihre Zehen krümmen sich, als ihr Kopf auf das Kissen fällt. Der Orgasmus blutet jedes bisschen Spannung aus ihrem Körper, und sie ist befriedigt, aber ich bin es nicht.

Ich bin nicht bei Sinnen, als meine Lippen die Innenseite ihrer Schenkel streifen und dort einen Kuss hinterlassen, bevor ich mich umdrehe, neben sie lege und an die Decke starre. Ich will sie mehr ficken, als ich jemals etwas gewollt habe. Aber die Dinge geraten außer Kontrolle. Ich sollte nicht mitten in der Nacht hier in ihrem Zimmer sein. Sie sollte nicht meine Gedanken während des Tages beherrschen und die

Sekunden erträglicher machen. Schon jetzt gibt es eine geflüsterte Lüge, die eine Zukunft verspricht, die niemals wahr sein könnte.

Dass sie die Dunkelheit wegnehmen könnte. Sie könnte das Gegengift für das Chaos in meinem Kopf sein.

Ich kann mich niemals in diese Falle tappen lassen. Ich denke über neue Wege nach, sie zu bestrafen, als sie sich auf die Seite rollt und zögernd nach mir greift. Ihre Finger streifen meinen Schritt, und auf meinen Lippen liegt Protest, aber ich bin zu schwach, um ihm eine Stimme zu geben. Als sie meine Erektion durch die Hose mit den Händen berührt, durchfährt mich ein Schauer, und meine Augen schließen sich. Wenn ich sie nicht sehe, kann ich so tun, als wäre ich ihrem Zauber nicht schutzlos ausgeliefert.

Der Reißverschluss meiner Hose wird heruntergezogen, und sie bedeckt mich durch meinen Slip mit ihrer Hand. Ohne es zu wollen, wiege ich mich in ihrer Handfläche und signalisiere schweigend, dass ich mehr brauche. Ella lässt mich nicht im Stich. Ihre sanften Finger gleiten an dem Saum meines Slips vorbei und legen sich um meinen angeschwollenen Schwanz, als ob er ihr gehört.

Vielleicht ist es der Alkohol in meinem Blut, aber nicht zu wissen, was als Nächstes passiert, lässt mich nicht so außer Kontrolle geraten, wie es der Fall sein sollte. Ich befehle ihr nicht, etwas zu tun. Ich schaue nicht einmal zu. Ich lasse es einfach geschehen, und es ist erschreckend, wie gut ich damit im Moment zurechtkomme.

Sie streichelt mich, als ob sie mich anbeten würde. Als wäre ich ihr Liebhaber und als wolle sie nichts mehr, als mir Lust zu verschaffen. Aber wir wissen beide, dass das nicht stimmt. Sie verschafft mir Lust für das Geld, so wie ich es nur für die Entladung zulasse. Aber für eine Minute können wir diese Wahrheiten ignorieren. Ich kann sie fallen lassen, während sie ihren Körper näher heranrücken lässt und ihr Arm gegen meinen streicht, während sie ihre Handfläche an meinem Schwanz auf und ab wandern lässt, bis die Spannung durch meine Eier explodiert.

Als meine Entladung über mein Hemd spritzt, greift Ella herüber, um es zu säubern. Meine Finger schließen sich um ihr Handgelenk, bevor sie den ersten Knopf lösen kann, und meine Stimme hat einen warnenden Unterton, als ich ihr den Befehl gebe.

»Tu es nicht.«

Ihr Arm lässt meinen los, aber sie weicht nicht zurück. Sie ist immer noch neben mir, als ich das Hemd ausziehe, es beiseitewerfe und nur meine nackte Brust und eine Verwundbarkeit, die ich nicht mag, übrigbleiben. Ich sollte mich bewegen. Ich sollte mich zwingen, aufzustehen, aber im Moment sind meine Augen zu schwer und mein Körper ist zu entspannt, um dagegen anzukämpfen.

Nur ein paar Minuten. Ein paar Minuten, und dann gehe ich zurück in mein Zimmer.

19

ELLA

Sonnenlicht dringt durch das Fenster ein und tanzt über Thorsens Wangenknochen. Sogar im Schlaf ist sein Unbehagen spürbar. Ein Teil von mir sehnt sich danach, die Hand auszustrecken und die Anspannung in seinem Gesicht nachzufahren, um sie zu lösen, aber dann erinnere ich mich daran, wie er gestern Abend zurückschreckte, als ich mich bewegte, um sein Hemd zu berühren. Das war nicht nur eine weitere seiner turbulenten Stimmungsschwankungen. Es war instinktiv. Etwas, was ich nur allzu gut erkenne. Ich bin mir jetzt sicherer als je zuvor. Etwas geschah mit ihm. Etwas Schreckliches. Thorsen maskiert sich hinter einem Mantel der Feindseligkeit, und ich versuche verzweifelt, herauszufinden, warum.

Es sollte für mich keine Rolle spielen. Ich bin nur für zwei Monate hier, und nicht, weil ich aus freien Stücken hierhergekommen bin. Aber es war immer etwas in mir, was das Kaputte reparieren und den Schmerz derer lindern wollte, die sich nicht selbst helfen können. Und ich fühle mit Sicherheit, dass Thorsen jemand ist, der sich selbst nie helfen konnte. Er wird es mir nicht leicht machen. Ich weiß das, noch bevor er die Augen öffnet, und die Temperatur im Raum sinkt.

Zuerst ist er verwirrt und blinzelt, als er seine Umgebung aufnimmt. Seine Augen flackern auf, als sie auf mir landen, und es fühlt sich an, als ob mein ganzer Körper erfriert. Wortlos setzt er sich hin und schwingt seine Beine über das Bett, während er zur Tür blickt. Die Tür, die er die ganze Nacht unverschlossen und offen gelassen hat.

»Du bist nicht weggelaufen«, murmelt er, fast zu leise, um es hören zu können. »Das war ein Fehler, Ella.«

»Wir haben einen Deal.« Ich setze mich ebenfalls hin. »Warum sollte ich weglaufen?«

»Weil du es solltest.« Er wendet sich ab.

Das Echo von sich nähernden Schritten in der Halle beendet abrupt unser Gespräch.

»Thor?«

Ein Gesicht, das ich aus den Medien kenne, erscheint, und ich weiß sofort, dass dies sein Bruder ist. Er war auch auf dem Ball, und wir trafen uns fast auf dem Rasen des Palastes, bevor ich mich davonschlich.

Ich bemühe mich, mich schnell zu bedecken, und

ziehe die Decke über meine Brust, als er sich auf mich konzentriert. Seine Augen blitzen überrascht auf, bevor er sich Thorsen zuwendet, der erstarrt ist. Irgendwann in letzter Sekunde hat er das Bett verlassen. Seinem Gesichtsausdruck nach zu urteilen wage ich, zu vermuten, dass sein Bruder unsere Abmachung nicht kennt.

»Na, ist das nicht eine nette kleine Unterhaltung?«, schmunzelt Calder. »Du hast mir etwas vorenthalten, Bruder?«

Der Muskel in Thorsens Kiefer arbeitet, während er seine Augen von mir wegzieht und sich auf seinen Zwilling konzentriert. »Calder, das ist Ella.«

»Ella«, wiederholt Calder, als ob er es für sich selbst testen würde.

Seine Augen bewegen sich über mich, und die Ähnlichkeiten zwischen ihm und Thorsen erwischen mich unvorbereitet. Ich habe es noch nie auf den Fotos in den Medien bemerkt, aber sie sehen sich wirklich ähnlich. Es gibt auch etwas unbestreitbar Intensives an Calder. Die beiden zusammen saugen den ganzen Sauerstoff aus dem Raum.

»Wo hast du sie gefunden?«, fragt Calder neugierig.

Er erkennt mich nicht aus dem Palast. Vielleicht war es die Maske oder das Kleid, oder die Tatsache, dass ich nie mit ihm gesprochen habe. Aber ich kann mich nicht entscheiden, ob diese neue Entwicklung gut oder schlecht ist.

»Ella wollte gerade duschen«, sagt Thorsen.

Calder schaut zwischen uns hin und her, als ob er versucht, etwas zu verstehen. Gleichzeitig habe ich Thorsen noch nie so verunsichert gesehen, und ich kann nicht verstehen, warum.

»Ich nehme an, wir sollten sie lassen.« Calder schmunzelt.

Thorsen lässt sein Hemd auf dem Boden liegen, als er sich zu seinem Bruder gesellt und sie zur Tür gehen. Meine Blicke schweifen zu dem soliden Muskelberg entlang seines Rückens. Es ist der erste Blick, den ich auf diese Weise auf ihn werfen konnte. Etwas, was normalerweise nicht auffallen würde, scheint bei Thorsen fehl am Platz zu sein. Ich habe nicht den Eindruck, dass er oft ohne Kleidung herumläuft. Aus der starren Haltung seiner Wirbelsäule schließe ich, dass er auch nicht oft ohne Hemd neben einer Frau aufwacht. Aber es wäre naiv von mir, zu glauben, dass er keinen Sex hatte. Laut den Zeitungen und den paar Kleinigkeiten, die ich von Lavinia gehört habe, hatte er mehrere Sexualpartner, die danach zu den Medien gegangen sind, begierig darauf, die Details ihrer verbotenen Begegnungen zu veröffentlichen.

Ich kann mir nicht vorstellen, wie das sein muss. Und als Thorsen mich über die Schulter anschaut, beginne ich zu verstehen, warum er nicht das Gefühl hat, dass er mir vertrauen kann. Er will mich immer noch vor ihm warnen, weil es für ihn am sichersten ist, alle auf Abstand zu halten.

Er hält auf der Schwelle inne, und sein Blick wandert zum Schloss. Calder bemerkt das, wartet und beobachtet seinen Bruder mit Interesse. Ich bin auch neugierig und halte den Atem an, während er entscheidet, wie er mit dieser Situation umgehen soll. Als er die Tür schließt, lausche ich aufmerksam und beobachte das Schloss. Aber es rastet nicht ein. Ein seltsamer Nervenkitzel schießt durch mich hindurch, als ich darüber nachdenke, was das bedeutet.

Wird er mir erlauben, das Anwesen zu erkunden?

Als ich mich an seine Worte über die Dusche erinnere, beschließe ich, dass es das Beste ist, die Grenzen noch nicht zu testen. Und ehrlich gesagt, nach der Begegnung von gestern Abend könnte ich wirklich eine Dusche gebrauchen. Als Thorsen in den späten Abendstunden in mein Zimmer schlich, überraschte es mich. Während ich meine Schenkel zusammendrücke, spüre ich noch immer seine Handflächen auf mir, die mich spreizen, und ihn, wie er mich kostet. Ich weiß nicht, ob ich mich jemals daran gewöhnen werde, wie er mich fühlen lässt, und ich kann nicht anders, als mich zu fragen, wie es sein wird, wenn er mich endlich entjungfert.

Ich gehe ins Badezimmer, drehe den Wasserhahn auf, kontrolliere das Wasser und stelle die Temperatur ein, bis ich sie genau richtig finde. Als der Strahl so ist, wie ich ihn mag, trete ich hinein und schrubbe meinen Körper und wasche meine Haare, während ich über die Risiken nachdenke, die es mit sich bringt, diesen Raum zu verlassen.

Will Thorsen das? Oder ist es eine Art Trick?

Ich bin einer Antwort nicht näher gekommen, als

ich meinen Körper abtrockne und mir die Haare bürste. Als ich ins Zimmer zurückkomme, bin ich überrascht, einen seidenen Bademantel noch mit Etikett zu finden, der auf dem Bett auf mich wartet. Während ich ihn betrachte, schwingt die Tür auf und erschreckt mich.

Thorsen füllt den Rahmen aus und trägt eine frische Hose und ein Button-down-Hemd. Sein Haar ist noch nass, er ist frisch rasiert, und zwischen uns liegt sein Aftershave in der Luft. Als seine Blicke über meinen in ein Handtuch gewickelten Körper wandern, weiten sich seine Pupillen.

Ist er enttäuscht? Wütend? Ich kann es nicht sagen.

»Zieh den Bademantel an und komm den Flur runter in die Küche«, sagt er. »Du wirst Calder und mir beim Frühstück Gesellschaft leisten.«

Die pulsierende Ader in seinem Hals macht mich auf die unter der Oberfläche brodelnde Spannung aufmerksam, also nicke ich. »Okay.«

Er fickt mich beiläufig für ein paar lange, verweilende Momente mit den Augen und verschwindet dann wieder.

Ich schlüpfe schnell in den Bademantel und flechte mir locker die Haare, um sie von meinem Gesicht fernzuhalten, bis sie getrocknet sind. Als ich meinen Kopf aus der Tür und in den Flur stecke, fühlt es sich immer noch an, als würde ich etwas Verbotenes tun. Aber diese Angst wird durch den Wunsch, Thorsens Anwesen zu erkunden, übertroffen.

Als mein nackter Fuß auf den glänzend weißen

Fliesenboden trifft, hallt das Geräusch von der Wand wider, und ich drehe meinen Kopf in alle Richtungen und versuche, mich zu orientieren. Ich habe zwei Möglichkeiten, aber an dem leisen Geräusch zu meiner Rechten merke ich, dass die Küche vermutlich in dieser Richtung liegt. Trotzdem ertappe ich mich dabei, wie ich aus Neugier auf Zehenspitzen in die entgegengesetzte Seite des Flures gehe.

Die erste Tür, zu der ich komme, ist auf der linken Seite, und sie ist identisch mit meiner eigenen. Aber als ich den Griff drehe und öffne, weiß ich ohne jeden Zweifel, dass dies nicht einfach ein weiterer Gästebereich ist. Zuerst trifft Thorsens würziger Duft meine Nase, dann bemerke ich die dunklen Details des Raumes. Während der Flur hell und freundlich gestrichen ist, ist dieser Raum in Grautöne gehüllt, mit schweren Vorhängen, die jegliches Eindringen von Licht durch die Fenster ausschließen. Eine melancholische Stimmung hängt in der Luft, und ich weiß, dass dies definitiv sein Zimmer ist.

Ich schaue über meine Schulter und erwarte beinahe, dass er hinter mir lauert, während ich mich weiter in den Raum wage. Aber er ist nicht da, und ich bin frei, alles zu erforschen. Was die Einrichtung betrifft, so unterscheidet sich das Zimmer nicht allzu sehr von meinem. Sein Bett ist größer, und der Schrank auch. Auf der rechten Seite der Suite führt eine Reihe von französischen Türen zu einem Balkon. Auffallend abwesend sind die Unmengen an sexuellen

Foltergeräten, die er in meinem Raum aufzubewahren scheint.

Meine Finger streifen das Bett, auf dem er normalerweise schläft, bevor sie zu seinem Nachttisch weitergehen. Ich ziehe die erste Schublade auf, aber finde nichts von Bedeutung. Die zweite Schublade bringt auch nichts, und das verwirrt mich. Er lebt hier, aber man sieht es nicht. Ich gehe in seinen Schrank und betrachte die ordentlichen Reihen von Hosen und Hemden, die dort hängen. In Thorsens Welt gibt es anscheinend nur vier Farben. Grau, schwarz, blau und weiß. An der gegenüberliegenden Wand bei seinen Schuhen im Oxford-Stil ist es ähnlich, da es diese nur in Schwarz oder Braun in verschiedenen Designs gibt.

Während ich aus dem Schrank ins Badezimmer gehe, frage ich mich, ob sein Gehirn auch so aussieht. Lebt er in einer vortechnologischen Welt, in der die Schattierungen seines Geistes so begrenzt sind, dass er Schwierigkeiten hat, etwas mit echter Lebendigkeit zu erkennen?

Das Badezimmer ist ein weiterer Hinweis darauf, dass er ein Mann ist, der nicht den exzessiven Lebensstil führt, in den er hineingeboren wurde. Während ich nicht daran zweifele, dass seine Kleidung teuer ist, fange ich an, ein Muster zu erkennen. Thorsen lebt mit dem Nötigsten, was an den wenigen Toilettenartikeln zu erkennen ist, die er in seinem Badezimmerschrank aufbewahrt. Einen Rasierer, Creme, Shampoo, Seife. In einer anderen Schublade finde ich ein Maniküreset und etwas Haargel. Es scheint nicht aufregender zu werden. Dann öffne ich die letzte Schublade am Boden, die Handtücher über Handtücher zu enthalten scheint, aber als ich diese zur Seite schiebe, bemerke ich ein kleines schwarzes Etui unter ihnen. Es sieht aus wie ein Rasierbeutel, aber es ist so zusammengefallen, dass ich mich frage, ob überhaupt etwas darin ist.

Als ich den Reißverschluss öffne, ist als einziger Gegenstand eine dunkelblaue Glasflasche mit einem handgekritzelten Etikett enthalten. *Nerium Oleander*. Ich bin mit dem Namen nicht vertraut, aber während ich sie betrachte, fühlt sich etwas daran merkwürdig an. Ist es das, was er benutzt hat, um mich unter Drogen zu setzen?

Ein Geräusch aus dem Inneren des Zimmers erschreckt mich, und ich schiebe schnell alles zurück in die Schublade und schließe sie so leise wie möglich, bevor ich um die Ecke schaue.

»Oh!« Eine verängstigte ältere Frau schaut mir entgegen. Die Uniform eines Dienstmädchens zeigt mir, dass sie zu seinem Hauspersonal gehören muss.

»Entschuldigung.« Ich schenke ihr ein schüchternes Lächeln. »Ich … ähm, habe mich verlaufen. Ich habe die Küche gesucht. Wir haben uns noch nicht getroffen, aber ich bin Ella.«

»Lisbet.« Sie blickt nervös über ihre Schulter, als sie auf den Flur zeigt. »Sie sollten nicht hier drin sein, Ella. Die Küche ist den Flur hinunter auf der rechten Seite.«

»Entschuldigung«, murmele ich erneut und husche schnell davon.

Draußen im Flur beruhigt sich mein rasendes Herz, während ich einen Fuß vor den anderen setze und so viel Abstand wie möglich zwischen Thorsens Zimmer und mir herstelle. Ich wiederhole den Namen des Etiketts auf der Glasflasche leise ein paarmal und präge ihn mir ein, damit ich ihn später nachschlagen kann.

Als ich mich dem Hauptbereich des Hauses nähere, bemerke ich einen Unterschied in der Helligkeit um mich herum. Natürliches Licht strömt aus den Fenstern herein und funkelt von jeder Oberfläche im Inneren. Als ich die Küche erreiche, bin ich von noch mehr Weiß umgeben. Die Schränke, die Insel, der Esstisch, die Stühle … alles ist weiß. Es ist schön, aber leer. Es gibt kein Zeichen von Thorsen oder Calder, aber vor mir ist eine Reihe von französischen Türen, die auf die Terrasse hinausführen. Und von dort, wo ich stehe, kann ich das sanfte Plätschern des Wassers in der Nähe hören.

Plötzlich frage ich mich, ob wir überhaupt in einem Haus sind. Ist das vielleicht nur eine riesige Yacht? Ich erinnere mich daran, dass Lavinia etwas darüber erwähnte, dass die königliche Familie ihre Yacht liebt. Aber nein, das kann sie nicht sein. Ich hätte gefühlt, wie sie sich bewegte. Und ich hätte das Wasser vor meinem Fenster gehört, wenn es direkt unter mir gewesen wäre.

»Da bist du ja.« Calder schiebt seinen Kopf durch die französischen Türen, und seine Augen betrachten mich mit beiläufigem Interesse. »Wir essen draußen. Es ist ein schöner Tag. Komm zu uns.«

Ich folge ihm und blinzele ins Sonnenlicht, als ich die Terrasse betrete. Es wird sofort klar, dass wir definitiv nicht auf einem Schiff sind, sondern in einem Haus auf einem Hügel, mit Blick auf die Bucht. Es ist atemberaubend und surreal. Ein Stück norwegisches Paradies.

Thorsen beobachtet mich aufmerksam, während ich mich zum Tisch begebe und meine neue Umgebung aufnehme. Ich fühle mich aus dem Gleichgewicht gerissen und unsicher. Er hat die Grenzen meiner neu gefundenen Freiheit noch nicht festgesetzt, und ich vermute, das liegt an der Anwesenheit seines Bruders. Aber das heißt nicht, dass es keine ungeschriebenen Regeln gibt, an die ich mich noch halten muss.

»Nimm Platz.« Calder zieht einen Stuhl für mich heraus und Thorsen beobachtet unsere Interaktion mit einer Intensität, von der sich mir der Magen zusammenzieht.

»Bitte, nimm, was immer du möchtest.« Calder deutet zum Tisch, der voll ist mit einer großen Auswahl an Fleisch und Käse und Roggenbrot.

Ich entscheide mich für eine der leichteren Optionen, Joghurt und Müsli, zusammen mit einer Handvoll seltsam aussehender Beeren, die ich noch nicht identifizieren konnte. Die Männer dagegen nehmen Räucherlachs und Brot.

»Kein Lachs?« Calder hält mir den Teller als Angebot hin, und ich schüttele den Kopf.

»Ich bin Vegetarier.«

Thorsen hält inne und schaut mich mit einem seltsamen Gesichtsausdruck an, fast so, als ob er irritiert wäre, dass ich diese Information seinem Bruder verraten habe. Er hat mir Mahlzeiten serviert, die Fleisch enthalten haben, und ich habe es einfach auf dem Tablett liegen lassen. Entweder hat er es nicht bemerkt, oder er hat nicht daran gedacht, zu fragen.

»Ah, ich verstehe.« Calder legt das Tablett mit einem Nicken zur Seite. »Das kann ich verstehen.«

Wir essen unser Frühstück in Stille und schauen schweigend über das Wasser. Zu Thorsens Anwesen gehört auch ein Privatstrand. Es gibt einen Pfad, der zu ihm hinunterführt, und ich frage mich gerade, ob er mir jemals erlauben wird, diese Gegend zu erforschen, als Calder meine Gedanken unterbricht.

»Mein Bruder hat mir gerade von eurem Arrangement erzählt.«

Meine Augen weiten sich, während ich Thorsen um Bestätigung bittend ansehe. Er verrät nichts, während er weiter kaut, und sein Kiefer arbeitet, während er mich mit seinem stahlgrauen Blick durchbohrt.

»Was ist mit unserem Arrangement?«, frage ich vorsichtig.

Calder lehnt sich in seinem Stuhl zurück und legt einen Arm über die Seite, als er sich meinen Augen zuwendet. »Thorsen und ich haben keine Geheimnisse. Er sagt mir alles.«

Seine Aussage ist resolut, aber die Anspannung, die von Thorsen ausstrahlt, ist greifbar. Ich glaube nicht, dass es für ihn ebenso gilt wie für seinen Bruder.

»Also, er hat dir gesagt, dass er mich entführt hat?«, fordere ich ihn heraus, und fühle mich für einen Moment lang mutig.

Calder zieht eine Augenbraue hoch. »Ist es wirklich eine Entführung, wenn du zugestimmt hast, zu bleiben? Ich glaube nicht, dass du noch hier wärst, wenn du es nicht wolltest.«

Ich verstehe. Also sind sie beide abgefuckt.

Trotzdem kann ich zugeben, dass er nicht ganz Unrecht hat. Thorsen sagte mir, ich hätte die Wahl. Vielleicht wollte ich das einfach nicht als Tatsache akzeptieren, weil es leichter zu glauben war, dass ich gegen meinen Willen hier war. Ansonsten müsste ich mir eingestehen, dass ich mich schlicht und ergreifend für dreitausend Pfund pro Tag verkaufe.

Der Joghurt vor mir wirkt plötzlich nicht mehr so anziehend, und als ich ihn beiseiteschiebe, scheint Thorsen etwas dagegen zu haben. Frustration sickert in seine Gesichtszüge, aber bevor er etwas sagen kann, erscheint die Haushälterin aus seinem Zimmer.

»Es tut mir leid, Ihr Frühstück zu unterbrechen, Eure Hoheit.« Lisbets Augen huschen nervös umher, als sie spricht, als würde sie sich gleich auf eine Granate werfen. »Aber Hayes hat heute Morgen mehrmals angerufen, und ich bin angewiesen worden, Ihnen zu sagen, dass er selbst hierherkommen wird, wenn Sie jetzt seinen Anruf nicht beantworten.«

Thorsen schiebt seinen Stuhl zurück, der über die Steinfliesen kratzt, und wirft seine Serviette auf seinen

Teller. Er murmelt etwas auf Norwegisch, und Calder lacht.

»Das Leben eines Thronfolgers.«

Thorsen schaut zwischen uns beiden hin und her, fast so, als würde er zögern, zu gehen, aber als Calder zu ihm aufblickt, sagt er nichts weiter. Ich schaue ihm zu, wie er geht, falte dann meine Hände im Schoß und fühle mich ein wenig seltsam, während ich mir einen Moment Zeit nehme, um darüber nachzudenken, dass dies meine Realität ist. Vor einer Woche habe ich noch auf Händen und Knien Böden geschrubbt, und jetzt frühstücke ich mit zwei königlichen Prinzen auf einem der unglaublichsten Anwesen, das ich je gesehen habe.

»Ich war überrascht, dich heute Morgen hier zu sehen«, sagt Calder. »Thorsen hat normalerweise nicht die Angewohnheit, alleine Frauen nach Hause zu bringen.«

Normalerweise? Heißt das, dass er das schon mit anderen Frauen gemacht hat? Etwas kribbelt in mir, als ich mir Thorsen mit all den anderen vorstelle. Wie viele gab es vor mir? Fühlt sich so Eifersucht an?

»Es ist nur ein beiläufiges Arrangement«, antworte ich mit einem Anflug von Bitterkeit, den ich nicht verbergen kann.

»Wie dem auch sei, ich glaube nicht, dass ich dir sagen muss, dass alles, was in diesem Haus passiert, in diesem Haus bleibt.«

Etwas hat sich an Calder verändert. Ich bemerke es an der Enge um seine Augen. Aber ich verstehe nicht genau, was er zu sagen versucht.

»Wie meinst du das?«

»Du wirst nicht zu den Medien gehen«, sagt er. »Das ist es, was ich meine.«

»Das würde ich nie tun.« Ich schüttele den Kopf, ein wenig beleidigt, dass er überhaupt denkt, dass ich so etwas tun würde.

»Es wäre nicht das erste Mal, dass eine Frau dieses Versprechen gebrochen hat.« Er zuckt mit den Schultern.

»Nun, ich bin nicht so.« Ich verschränke meine Arme. »Was auch immer die anderen Frauen getan haben, hat nichts mit mir zu tun.«

Nach einem angespannten Moment nickt er, anscheinend zufrieden mit meiner Antwort, und dann kehrt seine leichtherzige Natur zurück.

»Hat er schon Sex mit dir gehabt?«

»Was?« Hitze blüht über meine Wangen, und ein Bild von Thorsen, der mich in den Arsch fickt, kommt mir in den Sinn, aber das werde ich nicht verraten.

»Das hätte ich nicht gedacht.« Calder blickt über das Wasser. »Thor hat dir das wahrscheinlich noch nicht erzählt, aber er teilt gerne. Es ist einfacher für ihn, wenn ich auch dabei bin.«

»Du meinst … ihr beide …?«

»Wir teilen die Frauen.« Seine Augen betrachten mich mit einer Hitze, die mich so sehr an Thorsen erinnert, dass es mich verwirrt.

»Hast du es schon einmal versucht?«, fragt er. »Mit zwei Männern zur gleichen Zeit zusammen zu sein?«

»Nein«, antworte ich erstickt, und ich bin mir

ziemlich sicher, dass mein Gesicht in Flammen steht. Aber wenn es so ist, scheint Calder es nicht zu bemerken.

»Wenn du ihn glücklich machen willst, dann solltest du darüber nachdenken. Thorsen war noch nie sehr gut darin, allein mit Frauen umzugehen. Ich bin ehrlich gesagt überrascht, dass er überhaupt die Initiative ergriffen hat, dich hierherzubringen.«

»So, ihr beide macht das also oft?« Meine Stimme fühlt sich angespannt an, und ich hoffe, dass es nicht offensichtlich ist.

»Normalerweise bringe ich die Frauen zu ihm.« Calder nimmt einen Schluck von seinem Kaffee. »Er ist nicht gut in Beziehungen.«

Ich weiß nicht, ob es der plötzliche Biss der Brise oder etwas anderes ist, was mich unruhig und kalt werden lässt, aber als Thorsen zurückkommt, scheint auch er die Veränderung der Atmosphäre zu bemerken. Calder und ich sehen ihn beide so an, wie es die Leute oft tun, wenn sie dabei erwischt werden, wie sie über einen reden. Nur, dass ich weiß, dass er eigentlich gar nichts gehört haben kann.

»Was war los?«, fragt Calder.

»Mein Zeitplan.« Thorsen kehrt an seinen Platz zurück. »Hayes wollte diese Woche einige Veränderungen vornehmen. Ich werde unsere Pläne für Donnerstag absagen müssen. Der König hat mich gebeten, den Prinzen von Brunei zu einem Polospiel zu begleiten, während er zu Besuch ist.«

»Ah … nun, in diesem Fall können wir vielleicht das Beste aus dem heutigen Tag machen.« Calder grinst.

Als die Vene in Thorsens Hals zuckt, habe ich das Gefühl, dass sie nicht nur von einem faulen Sonntag reden, bei dem man im Haus abhängt.

»Uuuh.« Ich tausche gierig das leere Schnapsglas gegen das Wasser vor mir aus, während Calder lacht. Währenddessen beobachtet mich Thorsen mit einer faulen sexuellen Besessenheit, die ich tief zwischen meinen Schenkeln spüre. Er sitzt mit einem Glas des starken Getränks, das sie *Aquavit* nennen, in der Hand und einem regelrechten Raubtierhunger in den Augen auf dem Sofa.

Er beobachtet mich schon den ganzen Nachmittag auf diese Weise, während Calder sich neue Wege ausdenkt, um uns zu unterhalten. Zuerst war es ein Kartenspiel, das er mir beibringen wollte. Irgendwann entwickelte sich daraus dann eine Debatte zwischen den beiden Brüdern über die Regeln, die sich schnell vom Englischen ins Norwegische verlagerte. Jetzt hat Calder Thorsens Schnapsschrank überfallen und sich entschieden, Barkeeper zu spielen, während er mir Kostproben ihrer lokalen Lieblingsgetränke anbietet.

»Du magst ihn nicht?« Calder gießt sich noch einen ein.

»Er ist … intensiv.« Meine Augen brennen immer noch, und meine Kehle auch.

»Wir Norweger sind intensiv.« Er lächelt mich an, und der Hunger in seinen Augen ist auch zurückgekehrt. Ich frage mich, ob Thorsen ihn sehen kann. Ich frage mich, ob es das ist, was er will, genau wie Calder sagte.

»Was trinkst du dann normalerweise?«, fragt Calder.

»Nichts, eigentlich.« Ich zucke mit den Schultern. »Ich habe bisher erst einmal etwas getrunken. Meine Freundin Charlotte hat mir an meinem achtzehnten Geburtstag eine Flasche Champagner geschenkt. Und aus der habe ich mir auch nichts gemacht.«

Calder zieht ein kleines Tütchen aus seiner Tasche. »Vielleicht ist sie in der Stimmung für etwas Süßeres. Was denkst du, Thor?«

Der Muskel in Thorsens Kiefer arbeitet, während sich unsere Augen verbinden, und eine Minute lang sagt niemand etwas. Ich halte meinen Atem an und frage mich, was er sagen wird. Ich bin nervös und vielleicht auch ein bisschen aufgeregt. Ich habe nie etwas Verrücktes getan. Und ich weiß nicht, ob es der Alkohol ist, der meinen Bauch wärmt, oder Thorsens räuberischer Blick, der mich dazu bringt, etwas Verrücktes tun zu wollen.

»Wie Ella möchte«, sagt er schließlich.

Ich betrachte die kleine rosa Pille mit dem Smiley-Gesicht darauf. »Was ist das?«

»Ecstasy.« Calder öffnet den Beutel, nimmt ein paar Pillen heraus und bietet mir eine an. »Du schluckst es einfach runter.«

»Was bewirkt es?« Ich drehe sie zwischen meinen Fingern.

»Es macht dich glücklich.« Er wirft sich seine auf die Zunge und spült sie mit einem Schluck seines Getränkes herunter.

Ich kann nicht sagen, was Thorsen von mir will. Er sagte, es sei meine Entscheidung, aber ist es das wirklich? Erwartet er, dass ich es nehme? Oder will er, dass ich Nein sage? Ich habe wirklich keine Ahnung, und im Moment ist er so verschlossen, dass ich ihn nicht durchschauen kann.

Ich gehe das Risiko ein, werfe die Pille auf meine Zunge und nehme sie mit einem Schluck Wasser. Sie rutscht mir leicht den Hals hinunter, und als ich die Augen wieder öffne, gießt Thorsen sich noch ein Getränk ein.

»Willst du keine nehmen?«

»Er mag sie nicht«, sagt Calder.

»Oh.« Das beantwortet meine Frage.

»Lass uns etwas Musik auflegen, während wir warten.« Calder nimmt eine Fernbedienung vom Couchtisch, drückt ein paar Knöpfe, und die Deckenlautsprecher erwachen zum Leben. Es ist ein Instrumentalstück, das die Stille zwischen uns füllt, während Calder sich gegen das Sofa lehnt und die Augen schließt. Ich folge seinem Beispiel, und mein Kopf ist nur wenige Zentimeter von Thorsens Oberschenkel entfernt.

Irgendwann wird die Musik schneller, hektischer. Oder vielleicht ist das mein rasendes Herz. Ich weiß nicht, wie lange es her ist, dass ich die Pille genommen habe, aber als ich meine Finger bewege, fange ich bereits an, die Wirkung der Pille zu spüren. Mein ganzer Körper ist warm und entspannt, und alles scheint so viel intensiver zu sein. Die Noten der Musik, das Aufeinandertreffen der Trommeln, der Duft von Thorsens Aftershave so nah, dass ich es fast schmecken kann. Ich möchte seine Haut lecken und sein Salz schmecken, und die Intensität dieses Verlangens baut sich in mir auf, als sich Calders Hand auf meinen Rücken legt. Seine Finger streifen über meine Schultern, und es fühlt sich an, als wäre ich auf einer Achterbahn der Empfindungen, als sich Gänsehaut auf meiner Haut ausbreitet.

»Fühlt es sich gut an?« Seine Stimme vibriert in meinem Schädel, und ich nicke.

»Unglaublich gut.«

Er streicht meine Haare zur Seite und massiert meine Schultern, während ich nach Thorsen greife. Ich merke nicht einmal, dass ich es tue, bis sich meine Finger in den seinen verschlingen. Und dieses Mal hält er mich nicht auf. Er ist ein wunderschöner Schrecken. Eine hypnotische Aura von Schwarz und Rot. Ich habe noch nie etwas so sehr gewollt.

Calders Finger fallen weg, und er sagt mir, ich soll tun, was sich gut anfühlt, als er aufsteht und sich neben seinem Bruder auf das Sofa setzt. Das Einzige, woran ich denken kann, ist, mich auf Thorsens Schoß zu setzen, also tue ich das.

»So viel Anspannung«, murmele ich, als meine

Finger hochkommen, um sein Gesicht zu berühren. »Lass sie mich wegnehmen.«

Eine Sekunde lang fallen ihm die Augen zu, und er zittert an meinen Fingerspitzen. Es fühlt sich an, als würde ich ihn zum ersten Mal in den lebhaftesten Farben sehen. Alles ist schärfer, kantiger. So viele Details und Schönheit in einem komplizierten Mann.

Ich reibe mich an seinem Schwanz, und ich könnte schwören, es ist die welterschütterndste Erfahrung meines Lebens, als ich seine Finger zwischen meine Schenkel ziehe. Ich bin feucht für ihn, und ich will, dass er es weiß. Sein Gesicht ist so ernst, dass ich all seine Sorgen wegspülen möchte. Aber ich komme zu nahe, und Thorsen wird das nicht zulassen. Er dreht den Spieß um und streicht mit dem Daumen über meine Klitoris.

»Heilige Scheiße«, zische ich leise, während ein fiebriger Durst durch meinen Körper brennt.

Was auch immer ich gerade eben noch getan habe, ist längst vergessen, als er mit seinen Fingern durch meine Erregung gleitet. Es fühlt sich an, als würde er jeden Nerv treffen, während seine andere Hand in den Bademantel gleitet und meine Brust berührt. Calder beobachtet uns mit einer Fixierung, die mir das Gefühl gibt, dass ich spontan in Flammen aufgehen werde. Mein ganzer Körper singt ein Loblied auf Thorsens meisterhafte Berührung, während ich meine Finger in sein Haar kralle und mein Gesicht in seinem Nacken vergrabe. In langen, tiefen Schlägen rolle ich mein Becken gegen seine Hand, und mein Orgasmus rast mit der Geschwindigkeit eines Güterzuges auf mich zu.

Zu früh explodiert er in mir und löscht alle Hemmungen aus, die ich vielleicht noch hatte. Nichts ist tabu, als ich auf die Erde zurückkehre. Ich bin warm und gesättigt, aber ich bin verzweifelt begierig darauf, diese Achterbahn noch einmal zu fahren. Meine Augen wandern zu Calder, und ich erinnere mich, was er vorhin sagte. Sie teilen alles, und gerade jetzt wollen sie mich teilen.

»Denkst du darüber nach, wie es sein würde?«, fragt Calder. »Uns beide in dir zu haben?«

Mein Blick schweift zu Thorsen, und etwas hat sich in ihm verändert. Oder vielleicht ist es meine Einbildung. Ich frage ihn, was er will, aber mir fällt auf, dass ich ihn nur in meinem Kopf gefragt habe. Seine Augen sind wieder geschlossen und verbergen seine Emotionen. Er ist hier, aber er ist es nicht. Was will dieser Mann von mir? *Was will ich von ihm?*

»Ich möchte dich glücklich machen.« Ich hauche die Worte an seine Lippen. »Ich weiß, was dich glücklich machen wird.«

Ich sinke in den Raum zwischen den beiden Männern, knote meinen Bademantel auf und öffne ihn, so dass beide Zugang zu meinem Körper haben. Ich bin mir nicht sicher, wie das funktioniert, und ich denke, man kann es sehen. Aber Calder beruhigt mich, indem er das seidige Material von meinen Schultern streift und meine Brüste enthüllt.

Meine Brustwarzen sind hart, und als er mit seinen

Fingern über eine von ihnen streicht, lässt mich das erschaudern. Thorsen beobachtet die Interaktion mit dunklen, brutalen Augen, als Calder seinen Kopf nach vorne taucht und meine Brustwarze mit seiner Zunge peitscht.

Ich wölbe mich ihm entgegen und stöhne, während meine Finger sich auf die Beule in Thorsens Hose legen. Er ist so hart für mich, aber er bewegt sich nicht. Oder spricht. Oder blinzelt. Und ich kann nicht herausfinden, ob ich etwas falsch mache.

»Wie willst du mich?«, frage ich ihn.

Calder ist derjenige, der antwortet, indem er meine Brustwarze aus seinem Mund befreit und meinen Kopf in Thorsens Schritt drückt. »Lutsch seinen Schwanz. Das gefällt ihm.«

Ich fummele an dem Reißverschluss seiner Hose, während die Musik in meinem Kopf hämmert. Calder richtet meinen Körper quer über das Sofa aus und hebt meinen Arsch in die Luft, während seine Finger über meine Wirbelsäule wandern und eine Spur von Gänsehaut hinterlassen.

Alles fühlt sich so verrückt an. Die kleinste Berührung ist wie ein Orgasmus auf Steroiden. Aber ich will Thorsens Berührung mehr als alles andere. Als ich endlich seine Hose aufbekomme, schaue ich ihn an, während ich seinen Schwanz durch seine Unterhose ergreife. Er ist so bewegungslos wie eine Statue. Ich kann nicht einmal sagen, ob er atmet. Da bemerke ich seine Finger, die leise gegen sein Glas klopfen.

Klopf. Klopf. Klopf. Klopf.

Ich erkenne es jetzt. Die Sache, die er den ganzen Abend gemacht hat.

»Vier«, flüstere ich.

Er zuckt zusammen und blickt mich an, als hätte ich gerade in seine Seele gesehen. Es gibt einen Moment zwischen uns, in dem nichts anderes existiert, und ich denke, dass ich vielleicht zu ihm durchdringe. Und dann peitscht Calders Zunge gegen meine Muschi, und ein ersticktes Geräusch vibriert in meiner Kehle. Ich taumele vorwärts, stöhnend, kurz bevor ich mein Gesicht gegen Thorsens harten Schwanz drücke. *Konzentriere dich. Konzentriere dich.* Ich versuche mich daran zu erinnern, während ich ihn durch den Stoff küsse, und dann lasse ich meine niederen Instinkte überhand nehmen und beiße auf den schwarzen Baumwollstoff.

Er saugt einen Atemzug ein, seine Finger verheddern sich in meinem Haar, und er reibt mein Gesicht über seinen Schwanz. Aber seine Augen sind nicht mehr auf mich gerichtet. Sie sind auf Calder hinter mir fixiert. Er fickt mich mit seiner Zunge, gräbt seine Finger in meine Hüften. Es ist so intensiv, dass ich glaube, dass ich gleich schreien werde.

Aber Thorsen. *Ich will Thorsen gefallen.*

Ich ziehe ihm den Slip herunter und stecke ihn unter seine Eier, was den sofortigen Effekt hat, dass sein ohnehin schon massiver Schwanz noch größer wird, als er aus der Enge seiner Hose ragt.

Meine Zunge huscht heraus, um die salzige Flüssigkeit aufzusaugen, die bereits in der Spitze ausgetreten ist. Dadurch fühle ich mich betrunken oder high oder beides. Ich weiß nur, dass ich ihn lecken will, als wäre er meine Lieblingssüßigkeit, also mache ich das. Er verstärkt den festen Griff an meinen Haaren, und sein Körper wird mit jeder Sekunde steifer.

Calder knabbert an meiner Klitoris, und ich zucke stöhnend, als eine weitere Lustwelle über mich hereinbricht. Die Spannung baut sich wieder tief in meinem Unterleib auf. Ich werde mit Calders Gesicht zwischen meinen Schenkeln und Thorsens Schwanz, der tief in meinem Hals steckt, explodieren.

Der Spaß und die Spiele sind vorbei, als Thorsen die Kontrolle übernimmt und meinen Kopf auf seinen Schwanz zwingt, bis ich würge. Er lässt mich für eine Sekunde zum Atmen hochkommen und macht es dann noch einmal. Ich winsele wegen seiner Rauheit, aber das ist nicht seine normale Dominanz. Er versucht, mich zu bestrafen, und ich verstehe das nicht. Warum ist er so verdammt sauer?

Denn genau das ist er. In den nebligen Tiefen meines Geistes kommt es mir in den Sinn, dass er wütend ist. Nicht nur wütend, sondern geladen.

Meine Nägel graben sich in seine Oberschenkel, und Calder drückt mein Becken gegen sein Gesicht und schickt mich in ein kaleidoskopisches Vergessen mit so vielen Farben, dass sie aussehen wie ein Feuerwerk, das durch den Nachthimmel streift.

Ich kann kaum atmen, als ich auf Thorsen zusammenbreche, und er reißt das Gesicht von seinem Schwanz und starrt mich an wie ein betrogener Mann.

Ich greife hoch, um entschuldigend sein Gesicht zu berühren, als Calder hinter mir den Reißverschluss seiner Hose aufmacht.

Dann passiert etwas in ihm. Es geht alles so schnell, dass ich es kaum begreifen kann. In der einen Minute liege ich mit dem Gesicht nach unten in Thorsens Schoß, und in der nächsten ist er auf den Beinen und schlägt seinen Bruder. Calder taumelt zurück und klammert sich an seinen Kiefer, während er seinen Bruder mit wilden, verwirrten Augen anstarrt.

»Thor?«

»Fick dich«, brüllt Thorsen und sieht uns an, als hätten wir ihn betrogen. »Fickt euch beide.«

Er geht den Flur hinunter und lässt mich mit Calder zurück, der aussieht, als wäre er mit eiskaltem Wasser übergossen worden. Ich weiß es, weil ich es auch fühle.

»Wer bist du?«, murmelt Calder ungläubig.

Wir sagen nichts weiter. Wir können uns kaum noch anschauen. Er zieht seine Hose wieder hoch und schließt den Reißverschluss, und das ist das letzte Bild, das ich von ihm habe, während ich Thorsen hinterherjage.

Meine Füße klatschen gegen den Boden, das Gefühl vibriert bis hinauf zum Schädel. Als ich seine Tür erreiche, schleudere ich sie auf und mache mir nicht die Mühe, sie hinter mir zu schließen. Ich finde ihn im Badezimmer stehend und in den Spiegel starrend. *Er scheint so verdammt gebrochen zu sein.*

Tränen fließen auf meine Wangen, bevor ich sie

zurückhalten kann. Ich stürme auf ihn zu, gebe ihm nur eine Sekunde der Warnung, bevor ich in seine Arme springe und ihn zwinge, mich aufzufangen. Er stolpert rückwärts, stößt gegen den Waschtisch, und ich klammere mich an ihn und zwänge sein Gesicht zwischen meine Handflächen. Meine Lippen prallen auf seine, und er erstarrt und faucht, als ich an seiner Lippe sauge, bis sie blutet.

»Küss mich«, flehe ich. »Ich weiß, dass du mich auch schmecken willst.«

Er versucht zu widerstehen, aber ich bin ein wildes Tier, das nicht kontrolliert werden kann. Ich kralle mich in sein Hemd, in seine Hose, überall, wo ich hinkommen kann, verzweifelt danach, sein Fleisch auf meinem Fleisch zu spüren.

»Ich will dich«, sage ich. »Ich will nur dich.«

Sein Widerstand fällt weg, er schiebt meinen Arsch unter seinen Unterarm, zieht mich zu seinem Bett und lässt mich darauffallen. Seine Finger bewegen sich zu den Knöpfen an seinem Hemd, und in seiner Frustration, sie schnell zu öffnen, zieht er den Stoff mit seinen Händen auseinander, so dass die Knöpfe zu allen Seiten wegfliegen.

Er öffnet seine Hose wieder, während ich meine Beine für ihn spreize. Thorsen legt seinen Schwanz frei und macht sich nicht die Mühe, den Rest seiner Kleidung auszuziehen. Mit seiner Hose, die an seinen Hüften hängt, kommt er zu mir, heiß und dunkel und gottgleich in meinen pochenden, verzweifelten Augen.

Er besteigt mich, spreizt meine Beine so weit wie

möglich, um seinen massiven Körper aufzunehmen. Sein Schwanz ist eine wütende Bestie gegen meine Hüfte, als er nach unten greift und mein Gesicht in seine Hände nimmt. Seine Augen sind wild vor Donner, ich kann sehen, wie verwirrt er ist. Aber er lässt seinem Verstand keine Stimme, auch wenn er es verzweifelt will.

Ich hebe meine Hand, um sie auf seine Wange zu legen, und für einen Moment mildert sie den Krieg in ihm.

»Nur dich«, flüstere ich die Worte, die sich immer wieder in meinem Kopf wiederholen.

Er knurrt seine Zustimmung, senkt seinen Kopf, um meine Lippen zu beanspruchen, während sein Schwanz gegen mich stößt. Ich will ihn so sehr. Ich möchte ihn in mir spüren, an dem Ort, an dem noch nie ein Mensch gewesen ist. Der Tempel nur für ihn. Ich will, dass er mich fickt, bis sein Körper aufgibt.

Ich ziehe meine Nägel über seine Schultern, und er erzittert. Er greift zwischen uns, richtet seinen geschwollenen Schwanz aus und lässt ihn Zentimeter für Zentimeter in mich gleiten. Es ist langsam und unerträglich heiß. Wenn es Schmerz gibt, wird er durch den Blitzsturm in meinen Adern weggespült. Er macht mich so high, wie es keine Chemikalie kann. Eine Naturgewalt, wie sein Namensvetter. Er ist der Gott des Donners. Und als er tief in meinem Körper Zuflucht findet und ich mich um seine pochende Männlichkeit ausdehne, setzt sich etwas in meinen Knochen fest, was ich nie erwartet hätte.

Vollständigkeit. Ein Balsam auf die einsame Existenz, die ich vor ihm lebte. Er ist nicht nur in meinem Körper. Er ist in meinem Kopf. Meinem Blut. Meinem schlagenden Herzen. Und als ich in seine schönen, gequälten Augen aufblicke, weiß ich nicht, wie ich ihn jemals überleben soll.

Ich lege meine Hand auf sein Herz, und Thorsen bewegt seine Hüften gegen mich, sein Kopf fällt zurück, und seine Lippen öffnen sich. In diesem Moment bin ich mir sicher, dass er die göttlichste Illusion ist, die je existiert hat. Ich möchte mich für immer so an ihn erinnern. Der Mann, der meine Jungfräulichkeit nahm und die Flamme in meiner Seele entfachte. Ich will es auch in ihn eingebrannt haben. Diesen Moment für immer in seinen Kopf eingebrannt haben, als die heiligste Erfahrung, die er je gemacht hat.

Mein Körper schmilzt für ihn, zieht ihn näher an sich heran, Finger graben sich in seinen Arsch, während er sich in mich drängt. Er bohrt seine Zähne in meine Brust und nimmt mich in Besitz, während er meine Haut mit seinem Zeichen brandmarkt. Meine Lippen vibrieren an seiner Kehle und atmen den süchtig machenden Duft seines Schweißes und seiner Aromen ein. Ich möchte meinen Körper über sein ganzes Fleisch reiben und mich für die Ewigkeit in diesem Mann baden.

Die Sekunden scheinen sich ewig auszudehnen. Ich bin wund, geschwollen und vollkommen verbraucht, als er mich schließlich wieder kommen lässt. Der

Orgasmus ist noch wahnsinniger als die letzten beiden, er zerreißt meinen Körper wie ein Schrapnell und lässt mich splittern. Als ich die Augen wieder öffne, bin ich begnadet von dem Anblick, wie Thorsen sich auflöst. Seine Muskeln spannen sich an, sein Körper verkrampft sich, und sein Hals arbeitet, während er sich mit einem Stöhnen in mir vergräbt. Sein Schwanz pulsiert in mir, spritzt in meine Gebärmutter, bis ich so voll bin, dass er zwischen meinen Schenkeln auszuströmen beginnt.

Der schöne Gott stürzt sich auf seine Unterarme und drückt mich gegen das Bett. Für einen langen Moment bleibt er dort und holt Luft, während sein Schwanz in mir weich wird. Und irgendwo in der Spanne von ein paar Minuten beginnen die Schwingungen in meinem Schädel zu verblassen, die Realität bedroht die Ränder meines Sichtfeldes.

Ich komme herunter von meinem High, und im Moment will ich vor allem, dass er mir sagt, dass alles gut werden wird. Ich möchte, dass er mich in die Arme nimmt und mich festhält. Aber Thorsen macht nichts davon. Stattdessen rollt er sich neben mich und schaut mich an, als wäre ich der Feind, bevor er seinen Unterarm über sein Gesicht wirft und seufzt.

Eine Träne läuft aus meinem Auge, und ich trauere um meinen zerstörten dummen Wunsch. Ich bin voll von seiner Lebenskraft, aber meine Seele ist leer. Ich fange an, etwas für diesen gestörten Mann zu fühlen. Was diese Gefühle sind, weiß ich noch nicht oder verstehe sie nicht. Aber sie sind da, verweilen unter der

Oberfläche. Und ich fange an, mich zu fragen, ob ich mich jemals an eine Zeit erinnern werde, die vor ihm existierte, wenn er mit mir fertig ist.

Während ich das Profil seines Gesichts studiere, die Linien und Kurven, die den kompliziertesten Mann ausmachen, den ich je getroffen habe, dann ist nur eines sicher. Er wird mich zerstören.

20

THORSEN

»Thorsen.« Dr. Blom schließt die Bürotür hinter sich und nimmt gegenüber von meinem Schreibtisch Platz.

Ich ziehe ein Stück des Hecks aus meinem Haufen, betrachte es und versuche herauszufinden, wie ich es am besten in den vorgesehenen Raum manövrieren kann.

»Ich sehe, Sie haben noch eines«, bemerkt er. »Wie viele sind es jetzt?«

»Zehn.«

Zehn Schiffe desselben Modells. Keines hat länger als eine Woche gehalten. Ich glaube, es geht nicht mehr so sehr um das Endergebnis, sondern eher um eine Ablenkung von diesen Sitzungen. Wenn ich damit durchkommen könnte, das Schiff in all seinen Einzelteilen zu den restlichen Meetings die ganze Woche über zu schleppen, würde ich es tun.

»Ich habe gestern mit Calder gesprochen«,

informiert Dr. Blom mich. »Er hat mir erzählt, was zwischen Ihnen passiert ist.«

Ich werfe das Stück, bei dem ich mir nicht ganz sicher bin, weg und suche den Haufen nach etwas anderem ab. Etwas Vertrauterem.

»Würden Sie gerne Ihre Gedanken mit mir teilen?«, will er wissen.

»Nicht wirklich.«

Für eine Minute ist der Klang der Uhr das einzige Geräusch im Raum. Aber ich weiß, dass Dr. Blom noch nicht fertig ist. Nicht einmal annähernd.

»Er sagte, Sie haben ihn geschlagen.«

Meine Finger erstarren, sind komplett unbeweglich, als der Anblick des Entsetzens auf dem Gesicht meines Bruders wieder in mein Gedächtnis zurückkehrt. Ich habe ihn noch nie geschlagen. Sogar als wir jung waren und er mich wütend gemacht hat, habe ich nie daran gedacht, ihn wirklich zu verletzen. Aber als ich sah, wie er versuchte, mir Ella wegzunehmen, wollte ich ihn ermorden. Ein Teil von mir möchte glauben, dass alles nur ein Traum war. Das ist der einzige Weg, wie ich es rationalisieren kann.

»Das wollte ich nicht.« Meine Brauen ziehen sich zusammen. »Es ist einfach passiert.«

»Weil es ein Missverständnis gab?«, antwortet Dr. Blom. »Er dachte, mit dieser neuen Frau sei alles wie immer. Dass Sie beide das tun würden, was Sie immer getan haben. Aber das hat Sie gestört, und Sie haben es ihm nicht gesagt.«

Ich ziehe am Kragen meines Hemdes und frage

mich, was Ella jetzt gerade macht. Ich habe sie gestern in meinem Bett gelassen, und sie schlief dort die ganze Nacht. Heute Morgen gab ich Lisbet die Anweisung, ihr das Frühstück zu bringen, und ich ließ die Tür für sie offen. Sie kann jetzt frei durch das Haus streifen, aber die Frage ist immer noch da. Wird sie versuchen, mich zu verlassen?

»Mögen Sie dieses Mädchen, Thorsen?«, dringt Dr. Blom in meine Gedanken ein. »Haben Sie sich deshalb gezwungen gefühlt, Ihrem Bruder wehzutun?«

»Nein.« Ich starre auf den verschwommenen Haufen von Stücken vor mir. »Ich fühle gar nichts.«

»Es ist okay, wenn Sie das tun«, sagt er. »Ich verstehe, wie diese neuen Gefühle beängstigend für Sie sein können. Ich glaube, Sie haben es sich schon sehr lange nicht mehr erlaubt, jemanden zu mögen.«

Meine Aufmerksamkeit lässt nach, und ich vergesse, wo ich das Stück zwischen meinen Fingern platzieren muss. Ich schaue noch einmal in die Anleitung, aber die Worte sind nur verschwommene Formen. Dr. Blom liegt falsch. Ich empfinde nichts für Ella. Sie ist nur hier, weil ich das Tierheim bezahle. Wenn ich das nicht tun würde, wäre sie schon weg.

»Calder sagt, Sie lassen sich von ihr berühren.«

Hitze kriecht mir in den Nacken, als ich ihn ansehe. »Sie war high.«

»Aber Sie waren es nicht.« Er zieht eine Augenbraue hoch. »Normalerweise lassen Sie sich von Frauen nicht so berühren. Nur wenn Sie die Kontrolle haben.«

»Ich hatte immer noch die Kontrolle«, lüge ich.

Es gab nichts Kontrolliertes an meinen Gedanken oder Gefühlen, als Ella auf meinen Schoß kam und mich auf diese Weise berührte. Als ob sie ohne mich nicht atmen könnte. Als ob sie genau dort sterben würde, wenn ich sie mich nicht fühlen ließe. Ich habe noch nie einer Frau erlaubt, mich so frei zu berühren. Aber es fühlte … sich *gut an*. Und eine Sekunde lang konnte ich so tun, als ob es echt wäre. Dass es die authentischste Erfahrung war, die ich je gemacht habe. Bis Calder sie auch berührte. *Bis sie auch für ihn kam.*

»Wollen Sie mir von Ella erzählen?«, fragt Dr. Blom.

Ich starre ihn wütend an. Ich will ihm nicht von Ella erzählen. Ella gehört mir und niemandem sonst. Aber ich kann ihm das nicht sagen, weil es keinen Sinn ergibt, nicht einmal für mich. Sie ist kein Teil meines Plans. Ich habe nur begrenzte Zeit mit ihr. Zwei Monate, und dann lasse ich sie gehen. Druck pocht in meinen Schläfen, und ich fange an zu reden, weil ich mich nicht darauf konzentrieren will.

»Sie mag Tiere. Sie kümmert sich um sie.«

»Also ist sie nett«, bemerkt er.

»Sie ist abgefuckt.« Ich begegne seinem Blick. »Wie ich. Das ist der Grund, warum sie hier ist. Deshalb ist sie bei mir.«

Er seufzt und schüttelt den Kopf. »Denken Sie, jemand könnte sich nicht um Sie kümmern, wenn er nicht auch gebrochen ist?«

»Sie ist gebrochen«, beharre ich darauf. »Sie

kümmert sich zu sehr um andere Dinge. Um andere Menschen. Sie sollte es nicht tun.«

»Meinen Sie damit, dass Sie ihr egal sein sollten?«

»Das bin ich«, knurre ich und werfe das Stück Plastik in meiner Hand zur Seite. »Wir benutzen uns nur gegenseitig.«

»Doch Ihr Vater lässt Sie eine andere Frau im Palast treffen.« Er runzelt die Stirn, als ob das problematisch wäre. »Jemanden, von dem er möchte, dass Sie ihn heiraten.«

»Sie spielt keine Rolle.«

»Glauben Sie, es würde etwas bringen, ein ernsthaftes Gespräch mit Ihrem Vater zu führen?«

Ich blicke ihn ausdruckslos an.

»In Ordnung.« Er zuckt mit den Schultern. »Dann sollten Sie vielleicht über Ihre Optionen nachdenken. Macht es Ihnen etwas aus, das Thema Verzicht auf den Thron noch einmal aufzugreifen?«

»Das ist nicht nötig.«

»Warum nicht?« Er betrachtet mich mit einer vorsichtigen Intensität.

Weil ich es nie auf den Thron schaffen werde. Aber das kann ich ihm nicht sagen. Ich kann niemandem sagen, wie meine Pläne aussehen.

»Es ist meine Pflicht«, antworte ich kühl. »Und nichts kann dem im Wege stehen.«

»Du siehst wunderschön aus, *Mor.*«

»Danke, Thorsen.« Sie lächelt mich aus ihrem Rollstuhl an. »Ich hoffe, es macht euch nichts aus, dass ich euch heute Abend bei den Cocktails Gesellschaft leiste. Ich habe mich heute einfach so gut gefühlt, dass ich dachte, ich sollte den Moment nutzen.«

»Das macht mir gar nichts aus.« Ich setze mich neben sie. »Das weißt du doch.«

Lavinia bietet uns ein gezwungenes Lächeln an. »Sie beide sind so süß zusammen.«

»Er ist etwas ganz Besonderes.« Meine Mutter nickt. »Er war schon immer so anders. Als Junge hat er mir immer Blumen aus dem Garten gebracht. Das trieb den Gärtner in den Wahnsinn. Und er hat so niedlich gestottert. Er brauchte jahrelang eine Sprachtherapie, um das zu überwinden.«

Meine Lungen brennen, und ich spüre, wie die Farbe aus meinem Gesicht weicht, als ich mich nach dem Arm meiner Mutter ausstrecke und ihn berühre. Sie starrt in die Ferne, ihre Augen sind glasig, und als sie ihre Aufmerksamkeit wieder auf mich richtet, verändert sich ihr Gesichtsausdruck.

»Oh, Liebling, ich habe es vergessen. Ich sollte niemandem davon erzählen, nicht wahr?«

»Es ist in Ordnung.« Meine Stimme ist angespannt. »Lass uns einfach über etwas anderes reden.«

Sie denkt, dass sie mich in Verlegenheit gebracht hat, und als sich ihre Augen mit Schamgefühl füllen, fühle ich mich noch mehr wie ein Arschloch.

»Es ist alles in Ordnung, *Mor*.«

»Ich fürchte, ich habe den Abend verdorben, nicht

wahr?« Ihr Körper sackt im Rollstuhl zusammen. »Ihr zwei solltet jetzt zu eurem Date gehen. Ich bin sehr müde.«

»Ja, wir sollten wirklich gehen«, stimmt Lavinia zu.

»Lass mich dich zurück in dein Zimmer bringen.« Ich stehe auf, und Lavinia bewegt sich, um mir zu folgen, bevor ich meine Augen in ihre Richtung verenge. »Ich bin gleich zurück.«

Sie presst ihre Lippen zusammen, als ich sie dort stehen lasse, den Stuhl meiner Mutter umdrehe und sie in Richtung ihres Zimmers drehe. Sie ist nachdenklich, als ich sie den Flur hinunterschiebe, und ich weiß auch nicht, wie ich diese Angespanntheit zwischen uns beheben soll.

In ihrem Zimmer helfe ich ihr in ihr Bett, und sie blickt mich mit mehr Liebe an, als ich je verdient habe. »Es tut mir leid, dass ich dein Stottern erwähnt habe. Ich wollte dich nicht verärgern.«

Ich nehme neben ihr Platz. »Du hast mich nicht verärgert.«

»Lüg mich nicht an«, schimpft sie. »Mein Gehirn mag verrotten, aber wage es nicht, mich anzulügen.«

»Es geht nicht um das Stottern.« Ich seufze.

»Worum dann?« Sorge liegt in ihren Augen.

Eine Sekunde lang überlege ich, wie es sich anfühlen würde, die Wahrheit zu gestehen, die ich all die Jahre in mir getragen habe. Die Wahrheit, mit der ich zuerst hätte zu ihr gehen sollen. Aber auch als erwachsener Mann bleibt diese Frage immer noch bestehen. *Würde sie mir glauben?*

Trotzdem wäre es selbstsüchtig, ihr jetzt solche Finsternis einzugestehen. Es könnte dazu führen, dass sie sich nur noch hilfloser fühlt, in einer bereits hilflosen Situation. Was ich ihr wirklich sagen möchte, ist, dass sie mir den Mut gegeben hat, das zu tun, was ich schon immer wollte. Wenn sie weg ist, kann ich auch gehen.

»Es ist nichts«, versichere ich ihr. »Ich mag es einfach nicht, dass die Leute von der Therapie wissen.«

»Du brauchst dich für nichts zu schämen.« Sie schüttelt den Kopf. »Aber ich werde es nicht wieder erwähnen. Ich werde es mir auch gleich aufschreiben, damit ich es nicht vergesse. Könntest du mir jetzt einen Gefallen tun?«

»Welchen?«

»Geh und genieß deine Nacht mit Lavinia.«

Ich schlucke alle Gründe herunter, warum ich das nicht kann, und nicke. »Das werde ich.«

21

ELLA

Nachdem ich heute Morgen allein in Thorsens Bett aufgewacht war, wanderte ich unter dem Deckmantel einer Erkundungstour durch das Haus. Aber in Wirklichkeit wollte ich sehen, wo er war und was er machte. Ich schaffte es nur bis zur zweiten Etage, bevor Lisbet mich entdeckte und mich fest entschlossen umdrehte. Sie führte mich von der geschlossenen Tür hinter ihr weg, und ich dachte mir, dass Thorsen dahinter gewesen sein musste.

Hatte er ihr gesagt, dass sie mich wegschicken sollte, oder wollte sie nur auf mich aufpassen? Sie scheint so ängstlich zu sein, und ich habe das Gefühl, dass sie in Thorsens Nähe nervös ist. Aber wenn ich jetzt darüber nachdenke … Wer ist das nicht? Er wirkt kühl und rau, und ich glaube wirklich, dass er will, dass die Leute das glauben. Aber ich weiß es besser. Ich habe einen flüchtigen Blick auf den Mann darunter geworfen. Den Mann, der mich letzte Nacht so leidenschaftlich verwüstet hat, dass die Bilder für immer in meinen Geist eingebrannt sein werden.

Es gibt ein Feuer in Thorsen Lykken. Er will nur, dass jeder glaubt, dass es verloschen ist.

Als der Nachmittag in den Abend übergeht und Lisbet zu verschwinden scheint, nutze ich die Gelegenheit, um meine Erkundungen wiederaufzunehmen. Mein Ziel ist es, einen Computer oder ein Telefon zu finden, damit ich Charlotte kontaktieren und eine Google-Suche nach dem Namen auf Thorsens mysteriöser blauer Flasche durchführen kann. Aber wie sich herausstellt, scheint es nirgendwo einen Festnetzanschluss zu geben, den ich entdecken kann. Oder einen Computer. Zumindest nicht im Erdgeschoss.

Als ich in die zweite Etage zurückkehre, ist das Haus so ruhig, dass es mich ein wenig nervös macht. Wenn Thorsen mich dabei erwischt, wie ich so herumschleiche, wird er wahrscheinlich wütend sein. Aber er ist jetzt schon seit Stunden weg, und ich muss zugeben, dass ich ein bisschen neugierig bin, wo er sein könnte. Ist es möglich, dass er noch jemanden versteckt hält und sie auch besucht?

Ich tue den Gedanken als lächerlich ab und drehe den Türknauf um, von dem mich die Haushälterin vorhin weggeführt hat. Die Tür ist nicht abgeschlossen, und als ich hineingehe, bin ich überrascht, ein Büro vorzufinden. Es ist dunkler als sein Schlafzimmer, und auf dem Holztisch steht ein erst teilweise zusammengebautes Schiffsmodell. Als ich herumgehe und mich auf seinen Stuhl setze, kann ich ihn mir vorstellen, wie er die Stücke sorgfältig betrachtet, während er sie zusammensetzt. Ich lehne mich zurück, lasse den Raum auf mich wirken und nehme die Details von Thorsens Welt in mir auf. Ich muss zugeben, dass ich hungrig auf diese Informationen bin. Dieses intime Wissen über einen Mann, der so vielen wie ein Mysterium erscheint.

Sein Büro hat ein paar Bücherregale, aber die meisten Titel sind auf Norwegisch, also bin ich mir nicht sicher, was er gerne liest. An der gegenüberliegenden Wand sind ein paar Fotos zu sehen. Eines von ihm und seinem Bruder, und ein anderes von einer Frau, von der ich weiß, dass sie seine Mutter ist. Sie ist eine schöne Frau, und ich kann eine Menge von Calder in ihr sehen. Aber Thorsen hat dunklere Züge, von denen ich vermute, dass er sie von seinem Vater geerbt hat.

Abgesehen von einer Pflanze und einem Aktenschrank gibt es hier nichts von großer Bedeutung. Aber ich habe das Gefühl, dass er sehr viel Zeit in diesem Raum verbringt. Dies fühlt sich wie sein Raum an.

Zu meiner Enttäuschung scheinen seine Schreibtischschubladen nicht viel mehr als das Nötigste zu enthalten. Stifte, Bleistifte, Büroklammern, Heftklammern. Aber in der mittleren Schublade finde ich einen ledernen Ordner. Als ich ihn öffne, denke ich, es ist ein Tablet, aber in Wirklichkeit ist es nur ein elektronischer Kalender. Nachdem ich ein paar

Buttons auf dem Bildschirm gedrückt habe, schaffe ich es, die Worte ins Englische zu übersetzen. Plötzlich ertappe ich mich dabei, dass ich beim Lesen des Tagesablaufs eines Prinzen von den Details hingerissen bin. Anstatt mit dem heutigen Tag anzufangen, klicke ich ein paar Seiten zurück und blättere durch die Meetings und Tee-Termine und Sportveranstaltungen, an denen er teilnehmen muss. Es gibt so viele, dass es schwierig ist, den Überblick zu behalten, und ich kann mir nicht einmal vorstellen, wie er von einer Sache zur nächsten kommt. Aber das, was mich am meisten überrascht, sind all die Wohltätigkeitsveranstaltungen, an denen er teilzunehmen scheint. Jede Woche gibt es mindestens drei Tage, die der Unterstützung seiner ausgewählten Wohltätigkeitsorganisationen gewidmet sind. Es steht so im Widerspruch zu dem, was die Medien über ihn sagen, und ich muss mich fragen, ob sie diese Seite überhaupt kennen oder sie einfach ignorieren wollen.

Auf dem Programm für heute steht ein Vermerk, dass er ein Treffen mit Dr. Blom am Morgen hat. Und ich erkenne diesen Namen als einen, der auch in der Woche davor aufgetaucht ist. Warum sollte Thorsen jede Woche zum Arzt gehen müssen? Es erscheint seltsam, aber es sind keine Erklärungen in die Kästchen getippt. Jede Woche zur gleichen Zeit. Ohne Änderungen.

Aber es ist sein Programm für diesen Abend, das mich wirklich neugierig macht. Es trägt den Namen *Eugen Onegin* mit dem Osloer Opernhaus als Vermerk darunter. Was würde Thorsen in der Oper machen? Und die wichtigere Frage ist … mit wem?

Abwesend klicke ich mich durch den Rest der Tage in den kommenden Wochen und suche nach Hinweisen. Aber es gibt keine Namen, außer denen der Personen des öffentlichen Lebens, mit denen er sich regelmäßig trifft. Trotzdem klicke ich weiter, bis in den nächsten Monat hinein, bis ich ein Quadrat sehe, das mich kalt erwischt.

Ella zurückbringen.

Das ist alles, was es sagt. Als ob ich nur ein weiterer Punkt auf seiner To-do-Liste wäre. Aber hätte ich etwas anderes erwarten sollen? Das war der Deal, den wir gemacht haben, richtig? Warum fühlt sich meine Kehle dann so rau an, wenn ich schlucke? Und warum tut es schlimmer weh, als ich es mir je hätte vorstellen können, wenn ich daran denke, nach Hause zu dem einzigen Leben zurückzukehren, das ich je gekannt habe? Narcissa wird mich wahrscheinlich abweisen, bevor ich überhaupt einen Fuß in die Tür setzen kann.

Die Hoffnungslosigkeit droht mich ganz zu verschlingen, während ich auf die nächste Woche im Zeitplan klicke und nicht wirklich auf die leeren Stellen achte, bis ich eine Woche nach dem Ende unserer Zeit ein Datum sehe.

Aokigahara?

Noch etwas Seltsames. Hat er vor, in den Urlaub zu fahren?

»Was machst du da?«

Mein Kopf schnellt beim Klang von Thorsens

Stimme hoch, und die Luft in meinen Lungen scheint zu verdampfen, als ich seinem stürmischen Blick begegne. Er trägt einen schicken schwarzen Anzug mit Fliege, und seine Haare sind so kunstvoll zerzaust gestylt, so dass er aussieht, als hätte er gerade jemandem das Hirn herausgefickt. Ich will einfach nicht glauben, dass das wahr ist.

»Wie viele von uns gibt es?«, frage ich.

»Was?« Er kommt in den Raum und ragt über dem Schreibtisch auf, als er das Lederetui aus meiner Hand nimmt und es zuschlägt.

»Mit wie vielen anderen Frauen machst du das?« Meine Stimme zittert und verrät die Emotionen, die ich mir noch immer nicht eingestehen kann. »Hast du noch andere Frauen in verschiedenen Häusern versteckt? Gehst du zu ihnen, und dann kommst du hierher zurück zu mir?«

Er starrt mich an, und sein Gesichtsausdruck ist leer, als ob er versucht, etwas für sich selbst herauszufinden. »Was spielt das für eine Rolle?«

»Es spielt eine Rolle.« Ich ziehe den Bademantel, den er mir gegeben hat, um meinen Körper, während ich aufstehe, da meine plötzliche Unsicherheit mich bloßzustellen droht. Ich bin den Tränen nahe, und ich weiß nicht einmal, warum. Aber ich gab mich ihm hin. Ich gab ihm meinen Körper und vielleicht auch ein Stück meiner Seele. Und jetzt steht er hier, emotional bankrott, und fragt mich, warum das wichtig ist.

»Hast du Sex mit anderen Frauen?«, verlange ich zu wissen.

»Was würdest du sagen, wenn ich dir sagen würde, dass ich das habe?« Sein Gesicht ist eine Mischung aus Neugierde und Irritation, und ich kann nicht sagen, ob er mich provozieren will oder ob er mich einfach nur für verrückt hält.

»Ich würde sagen, dass ich auf der Stelle gehe.« Ich schlucke.

Schatten tanzen unter seinen Augen, während er den Schreibtisch umkreist, und ich in die entgegengesetzte Richtung zurückstolpere. Ich weiß nicht einmal, warum ich es tue, aber es ist einfach der Instinkt, der mich rennen lässt. Raus aus dem Büro, die Treppe hinunter und auf die Küche zu. Ich kann seine Schritte hinter mir hören, schnell und hart. Er muss nicht rennen, um mitzuhalten. Seine Beine sind lang, und das Raubtier in ihm ist zuversichtlich. Er wird mich fangen, und er wird mich verschlingen.

Ich schaffe es bis zu den Terrassentüren, bevor er mich von hinten packt und in die Arme nimmt. Er geht den Flur hinunter in mein Zimmer und wirft mich auf das Bett. Ich krieche zum gegenüberliegenden Rand, und er packt mich am Knöchel und reißt mich zurück. Mit dem Gewicht seines Körpers drückt er mich gegen die Matratze, greift unter mich und reißt den Stoff meines Bademantels auseinander. Ich winde mich gegen ihn, als er seine Finger zwischen meine Oberschenkel schiebt und seinen harten Schwanz an meinem Arsch reibt.

»Du wirst mich nicht verlassen, Ella«, knurrt er mir ins Ohr. »Wir haben eine Abmachung.«

»Ich werde dich nicht mit jemand anderem teilen.« Diese Worte kommen von meinen Lippen, bevor ich sie filtern kann, und Thorsen erstarrt hinter mir.

Seine Berührung ist überraschend sanft, als er mir die Haare aus dem Gesicht streicht. Als er mich in seinen Armen zu sich dreht und seine Hüften zwischen meine Beine drückt, kann ich der Intensität in seinen Augen nicht entkommen.

»Das musst du nicht«, murmelt er so leise, dass ich mir nicht einmal sicher bin, ob ich ihn richtig verstanden habe.

Im nächsten Atemzug sind seine Lippen auf meinen. Küssen mich. Schmecken mich. Schüren dieses Verlangen nach ihm, das ich nicht länger leugnen kann. Er fummelt mit dem Reißverschluss an seiner Hose und holt seinen Schwanz heraus, während er eine Spur heißer Küsse über meinen Hals und schließlich meinen Brustwarzen hinterlässt.

Als er meine Brust zwischen seinen Zähnen einsaugt, finden meine Hände Zuflucht in den dunklen, seidigen Strähnen seines Haares. Ich bin wund, aber ich will ihn. Nein, ich brauche ihn wieder in mir. Als ich mit meinen Fingern über seine Schultern fahre, stößt er mit dem Kopf seines Schwanzes gegen mich.

Ich mache einen Atemzug und erzittere, als er beginnt, sein dickes, hartes Fleisch in mich zu drücken. Er ist so verdammt groß, überall. Seine Hände, sein Schwanz, sein Gladiatorenkörper. Er könnte mich zerquetschen. Mich erdrücken. Mich ersticken. Aber im Moment ist er nicht Thorsen, der dunkle Prinz. Es ist Thorsen, der sanfte Liebhaber, der mein Gesicht küsst, während er darauf wartet, dass mein Körper ihm nachgibt. Ich kann nicht einmal so tun, als gäbe es eine andere Möglichkeit, während ich unter seiner Berührung zerschmelze. Wie wenig es braucht, damit er mich seinem Willen beugen kann.

»*Min gudinne.*« Sein Atem kitzelt mein Ohr.

Mit seinen Handflächen spreizt er meine Oberschenkel weiter auseinander und rückt seinen Körper eng an den für ihn geschaffenen Raum. Mit quälender Langsamkeit füttert er mich mit seinem Schwanz, während seine Lippen auf die meinen treffen. Und so beginnen und enden wir. Er bewegt sich in mir, wiegt seine Hüften und stößt zu, während sein Anzug über meine Brustwarzen kratzt. Er ist Poesie in Bewegung, und jeder Winkel erregt immer wieder meine Aufmerksamkeit. Er fickt mich so, wie ich mir vorstelle, dass jede Frau gefickt werden will. Es ist weich, und dann rau, alles verzehrend, Feuer und Leidenschaft.

Ich klammere mich verzweifelt an ihn und bete, dass es niemals endet, während seine Zähne über meinen Hals, mein Schlüsselbein und die empfindlichsten Stellen meines Körpers fahren. Er saugt an meiner Haut, schmeckt mich, während er tief in mich eindringt und außer Kontrolle gerät.

»Komm für mich.« Seine Hand bewegt sich zwischen meinen Schenkeln, und in wenigen Sekunden entzündet er eine Explosion.

Die Nachbeben krachen immer noch durch mich

hindurch, als er mit einem Knurren seinen Schwanz vergräbt und sich wieder in mir entlädt. Seine Fingerspitzen kommen hoch, um mein Gesicht ehrfürchtig zu küssen, und als seine Augen auf meine treffen, ändert sich etwas zwischen uns. Die Erde hört auf, sich zu bewegen, und alles wird ruhig und still. Merkt er es auch? *Weiß er, dass er gerade Liebe mit mir gemacht hat?*

Als ich nach oben greife, um sein Gesicht zu berühren, fallen seine Augen zu. Für einen glückseligen Moment gibt er mir nach, lehnt sich abgehackt atmend gegen meine Handfläche. Wie lange hungert er schon nach dieser Zuneigung? Wie lange ist er schon ohne?

»Thorsen«, flüstere ich.

Er öffnet seine Augen wieder, und im Bruchteil einer Sekunde ändert sich alles. Er verschließt sich, und welche Weichheit ich auch immer in ihm sah, wird in die dunkelste Grube seiner Seele verbannt.

»Was glaubst du, was du da tust?« Er greift nach meiner Hand und zieht meine Finger weg.

Ich blinzele, erschrocken von der rohen Wut in seiner Stimme.

»Ich will dich berühren«, krächze ich. »Ich mag es, dich zu berühren.«

»Du willst mich austricksen«, beschuldigt er mich.

Eine Million verschiedener Emotionen ziehen im Zeitraum einer Sekunde durch seine Augen. Furcht, Misstrauen, Zweifel, Verwirrung.

»Das ist kein Trick.« Meine Stimme zittert. »Nicht alles ist eine Bedrohung. Am wenigsten von mir.«

Seine Nasenlöcher beben, und welches Vertrauen ich auch immer zu gewinnen hoffte, wird ausgelöscht, als er seinen Schwanz aus mir herauszieht. Innerhalb von Sekunden schleppt er mich durch den Raum und zurück zum Kreuz. Er dreht mich absichtlich gegen das Holz, so dass ich ihn nicht sehen kann, und ich merke, während er meine Hände und Füße festbindet, dass dies sein Verteidigungsmechanismus ist. Er lässt niemanden an sich heran. Er muss die Kontrolle haben. Er muss eine Störung haben. Ist das der Grund, warum er jede andere Frau mit Calder geteilt hat?

»Wer hat dich verletzt?«, frage ich ihn.

Thorsen erstarrt mit seinen Händen auf meinem Knöchel, und für eine Sekunde denke ich sogar, er könnte mir antworten. Aber dann schließt er die Handschellen fest und sichert mich für die Strafe, die ich seiner Meinung nach verdiene, weil ich ihm unter die Haut gegangen bin.

Seine Schritte nähern sich der Wand mit allen Schmerz- und Foltergeräten, und ich verrenke meinen Hals, um ihn bei der Auswahl eines Paddels zu beobachten. Als sein Blick wieder auf den meinen trifft, ist er so leer, dass es mir Angst macht.

»Niemand kann mir wehtun, Ella«, sagt er, als er hinter mir stehen bleibt. »Am wenigsten du.«

Er peitscht mir das Paddel gegen den Arsch und zwingt meinen Körper gegen den Holzrahmen, während ich scharf einatmen muss. Es bleibt nicht einmal Zeit, darüber nachzudenken, als er mich noch dreimal schlägt, und ich merke schnell, dass sich ein

Muster entwickelt. Schlag. Schlag. Schlag. Schlag. Immer Vierergruppen. Selbst wenn er sadistisch ist, ist er rituell.

Er hält sich nicht zurück, und das ist nicht wie die Peitsche. Das Holz beißt mit jeder Verlängerung seines starren Armes in meine Haut, und Wärme breitet sich über meinem Hintern aus, während Blut an die Oberfläche rauscht. Es ist intensiv, und die Vibrationen des Paddels so nahe an meinem Geschlecht hinterlassen das Verlangen, seinen Schwanz wieder ganz haben zu wollen, selbst als sein Samen meine Schenkel hinuntertropft. Meine kranke Seite in mir findet Trost in dem Schmerz, während ich beschließe, ihn seinen Standpunkt nicht beweisen zu lassen. Er kann mir auch nicht wehtun. Während der ganzen Zeit mache ich kein einziges Geräusch, auch nicht, als er mich härter schlägt, und ich glaube, dass es das ist, was ihn am meisten nervt.

»Du hältst dich für so clever.« Seine Finger kneifen in die rohe Haut und tasten meine Arschbacke ab, als er das Paddel wegwirft. »Lass uns ein Spiel spielen, Ella. Wir werden sehen, wie clever du wirklich bist.«

Er verschwindet wieder und durchstöbert den Schrank an der Wand, bis er findet, was er braucht. Mein schlagendes Herz verlangsamt sich für nur eine Sekunde, während ich zu Atem komme und meine Entschlossenheit stärke. Es spielt keine Rolle, mit was er auf mich zukommt. Es gibt nichts, was er tun kann, um mich wirklich zu verletzen. Das will ich ihm sagen. Aber dann höre ich das vertraute Schnipsen eines

Feuerzeuges, und all meine Tapferkeit geht in Flammen auf.

»Thorsen?« Ich verrenke verzweifelt meinen Hals, aber er schaut mich nicht an.

Seine Augen sind auf die Kerze gerichtet. Und ich bin nicht mehr stark. Mein Körper prallt gegen die Fesseln, als ich anfange, meine Proteste zu murmeln.

»Bitte nicht das«, flüstere ich. »Irgendetwas anderes. Irgendetwas anderes. Nur das nicht.«

Ich weiß nicht, was er vorhat, aber in meinem Kopf ist das einzige Szenario, das sich wiederholt, die Flamme, die mein Fleisch entzündet. Gleißender Schmerz. Versengte Nerven. Der brennende Geruch. Es kommt alles zu mir zurück, verzehrt meine Gedanken und raubt mir den Atem.

Ich kneife meine Augen zusammen und sage immer und immer wieder dasselbe. Bitte. Aber Thorsen hört nicht zu, oder wenn er es tut, antwortet er nicht. Und ich merke, dass ich so falschlag. Er hat die Macht, mich zu verletzen, weil er meine Angst kennt, und ist wild entschlossen, sie auszunutzen.

»Thorsen, bitte …«

Hitze leckt an meinem Rücken, brennt einen Weg bis hinunter zu meinem Arsch, und ich stoße einen markerschütternden Schrei aus, während ich mich gegen den Rahmen wölbe und verzweifelt versuche, loszukommen. Ein weiterer Pfad entzündet sich, diesmal über meinem Oberschenkel, bevor ein weiterer meinen Arm hinunterrieselt. Und dann nimmt der wahre Terror überhand.

Ich kann fühlen, wie es geschieht, bevor ich mir dessen wirklich bewusst bin. Die leiseren Geräusche um mich herum. Der explosive Rhythmus meines Herzens. Und schließlich der Elefant auf meiner Brust, der die Luft aus meinen Lungen drückt.

Meine Sicht verengt sich auf einen Punkt, und ich versuche nach meiner Kehle zu greifen, als die Panikattacke mich verzehrt, nur um festzustellen, dass ich immer noch ans Kreuz gefesselt bin. Dunkelheit droht, und ich schwanke, bevor meine Füße zusammenbrechen und mein Gesicht auf dem Holzrahmen aufkommt. Das Letzte, was ich in meinem bewussten Zustand höre, ist Thorsens erschrockene Stimme.

»Ella?«

22

THORSEN

»Ella.« Meine Finger rutschen zur Schnalle um ihre Fessel, und ich fluche leise vor mich hin, als ich einen Knöchel befreie, dann den nächsten. Meine Hände zittern. Mein Hals fühlt sich heiß an. Ich verstehe nicht, was mit mir passiert, während ich kämpfe, um ihre Handgelenke frei zu bekommen.

Hitze leckt meine Kehle entlang, als sie mich zwischen meinen Beinen berührt und ihre Nägel über meinen Penis zieht. Sie mir sagt, dass es sich so gut anfühlt, und wie glücklich ich mich schätzen kann, dass sie mir beibringt, wie man ein Mann ist. Säure überzieht meine Zunge, und ich versuche, sie zurückzuwürgen, aber ich kann es nicht. Als ich mich übergebe, flucht sie und greift nach dem Besenstiel, den sie neben ihrem Schreibtisch stehen hat.

»B-b-bitte, nein.« Ich schüttele verzweifelt den Kopf.

Sie sagt mir, dass dies die einzige Möglichkeit ist, mich zu heilen, bevor sie mich umdreht und mich über den

Schreibtisch schubst. Tränen laufen aus den Augenwinkeln, und der Schmerz fährt splitternd die Länge meiner Wirbelsäule entlang, als sie den Besenstiel in mich schiebt. Ich würge wieder, aber diesmal kommt nichts hoch.

Sie dreht den Griff um, zieht ihn dann wieder heraus und peitscht mich auf den Rücken. Der donnernde Knall hallt von den Wänden wider, und meine Sicht verschwimmt, während ich nach links schwanke. Bevor ich fallen kann, stößt sie mich wieder auf den Stuhl und klettert auf mich, zwingt meinen Kopf zurück, während sie ihren Rock hebt. Mein Kopf klappt gegen den Stuhl zurück, und sie zwingt mich in sich hinein.

»Das ist gut«, lobt sie, während ich meine Augen zudrücke und darauf warte, dass es vorbei ist. »Du magst das, Thorsen.«

»Ella.« Ich nehme ihren schlaffen Körper in meine Arme und streiche mit meinen Fingern über ihr Gesicht. »Wach auf, *min gudinne.*«

Sie rührt sich, verwirrt und dann erschrocken, als sie auf ihren Arm hinunterblickt. Als ich den roten Wachs wegwische, rollt sie sich zusammen und zerfällt mit Schluchzern, die ihren ganzen Körper erschüttern. Ich habe ihr das angetan. Ich bin ein emotionaler Terrorist, und ich glaube, ich habe sie einfach verdammt nochmal gebrochen.

Ich ziehe sie an meiner Brust hoch und streiche ihr die Haare aus dem Gesicht, küsse die Tränen auf ihren Wangen, während ich versuche, die Worte zu finden, die sie trösten.

»Es ist nur Wachs.« Meine Stimme ist rau und roh. »Nur Wachs, Ella. Es geht dir gut.«

Aber ich weiß, dass es ihr nicht gut geht. Ich habe sie nicht wirklich verbrannt, aber sie dachte, ich täte es. Ich wusste genau, was ich tat, als ich in meinem Moment der Schwäche ihre Ängste manipulierte. Alles nur, weil ich zu feige war, zuzugeben, dass sie mir verdammt viel Angst macht. Ich wollte sie dafür bestrafen, dass ich mich so fühlte. Sie sollte nur ein Spielzeug sein. Jemand zum Benutzen und Kontrollieren, in den ich den brodelnd heißen Druck in mir entladen konnte. Aber Ella macht alles kaputt. Die Art, wie sie mich ansieht, mich berührt, und noch schlimmer … die Tatsache, dass sie sich weigert, mich zu hassen, egal was ich ihr antue. Das ist alles zu viel.

Ich möchte ihr sagen, dass sie gehen sollte. Die Dinge sind bereits verwirrend zwischen uns, und die Zeit wird die Dinge nur noch komplizierter machen. Aber der Gedanke, dass sie jetzt weggeht, ist nichts, was ich akzeptieren kann. Sie hat mir zwei Monate versprochen. Wenn sie vorüber sind, muss ich sie verlassen. Ich muss die einzige Sache tun, die jemals Sinn gehabt hat.

»Es ist nicht in Ordnung.« Ella schüttelt ihren Kopf gegen mich, während sie sich an meinem Anzug klammert. »Du machst mir Angst, Thorsen. Du bist so verdammt kaputt, und ich weiß nicht, ob ich dich überleben kann.«

»Ich weiß.« Meine Augen fallen zu, und mein Griff

um sie wird fester. »Und ich kann nicht versprechen, dass du es tun wirst.«

Ihr Körper zittert, während sie weiter weint, und irgendwann merke ich, dass ich ihren Arm reibe. Es fühlt sich unvereinbar mit all den ungeschriebenen Regeln an, die ich bei Frauen habe, aber selbst als ich darüber nachdenke, kann ich nicht aufhören. Ich will es nicht.

»Es muss eine Art Grenze geben«, sagt sie schließlich mit schwacher, aber entschlossener Stimme. »Wenn ich dir sage, dass etwas zu viel ist, dann musst du das akzeptieren. Stoß mich nicht wieder über meine Belastungsgrenze, Thorsen.«

Ich möchte ihr versprechen, dass ich es nicht tun werde, aber ich kenne mich selbst besser. Was auch immer diese Sache zwischen uns ist, sie ist zu explosiv für mein eigenes Wohl. Sie entzündet mich auf eine Art und Weise, wie niemand sonst es jemals getan hat. Meine Emotionen sind derart verstärkt und intensiv, dass ich nicht mit ihnen umgehen kann. Seit zwanzig Jahren kenne ich nur Taubheit, aber ich fürchte, dass Ella mich wieder zum Leben erweckt.

»Ich muss die Kontrolle haben.« Meine Lippen streichen gegen die Schale ihres Ohres, und sie erschaudert. »Es ist der einzige Weg.«

»Hab ruhig deine Kontrolle«, flüstert sie an mir. »Aber provoziere nicht meine Ängste, weil du verärgert bist.«

Meine Finger bahnen sich einen Weg über die Linien ihres Gesichts, und sie ist so weich, dass es mich überrascht, dass sie auch hart sein kann. Es ist nicht üblich, dass Frauen mich auf diese Weise herausfordern, und es bringt mich dazu, Ellas Motive vollständig zu hinterfragen.

»Ist es das wirklich wert?«

»Was?« Sie blinzelt mir zu.

»Das Geld.« Meine Stimme fühlt sich brüchig an. »Ist es zwei Monate in der Hölle mit mir wert?«

Sie runzelt die Stirn, und sie ist so lange still, dass es meine Frustration nur noch verstärkt. Ich mag ihr Schweigen nicht. Ich will ihre Gedanken. Ich möchte sie alle in ihrer rohesten, ungefiltertsten Form haben.

»Ich möchte, dass du das Tierheim rettest.« Sie spielt mit dem Saum meines Anzuges. »Das ist alles, was ich seit Monaten wollte. Aber ich will auch nicht so über unser Arrangement denken. Ich möchte nicht, dass du mich nur als die Person siehst, die du dafür bezahlst, dass sie hier ist. Denn so denke ich nicht von dir.«

Ihre Worte legen sich über uns, sind zu voll mit Landminen, um sicher zu navigieren.

»Es muss so anstrengend sein, alles so intensiv zu fühlen«, murmele ich.

»Das ist mein Fluch.« Sie legt ihren Kopf mit einer Vertrautheit an meine Schulter, die mich nervös macht. »Aber ich weiß, dass du auch Dinge fühlst, Thorsen. Auch wenn du es nicht zugeben kannst.«

»Wir reden nicht über mich.«

»Warum tust du das?«, fragt sie trotzdem nach.

»Warum willst du, dass alle denken, du seist so herzlos? Ich weiß, dass das nicht wahr ist.«

»Du weißt gar nichts«, beiße ich heraus.

»Ich weiß, dass es viel mehr in dir gibt, als die Leute dir zutrauen. Ich habe deinen Zeitplan gesehen. All die Arbeit, die du für Wohltätigkeitsorganisationen und dein Land tust. Du bist fähig, Gutes zu tun, und du tust jede Woche Gutes, du willst nur nicht, dass die Leute es wissen.«

»Es ist meine Pflicht. Nichts weiter.«

»Du hast keine Ahnung, wie viel Macht du hast.« Sie schüttelt frustriert den Kopf. »All die Dinge, die du ändern könntest. Die Leben, die du bereits verändert hast.«

»Ella.« Meine Stimme ist eine Warnung. »Das steht nicht zur Diskussion.«

Ihre Lippen werden flach, und sie schweigt, aber ich habe das Gefühl, dass dies nicht das letzte Mal ist, dass ich von ihr davon höre. Es ist besser, wenn sie die Dinge einfach so akzeptiert, wie sie sind. Wenn sie die Welt anschaut und Möglichkeiten sieht, muss sie verstehen, dass in mir keine sind. Ich bin eine ausgedörrte Wüste, in der nichts wachsen kann, und sie könnte jeden Tag ihr Licht auf mich regnen lassen, aber das würde nichts ändern. Da bin ich mir sicher.

»Lass uns dich sauber machen.« Ich trage sie ins Badezimmer, fülle erneut die Badewanne und teste das Wasser, bevor ich sie hineinsetze.

Als ich nach der Seife greife, hält sie meinen Arm fest

und schlingt ihre zarten Finger um mein Handgelenk, während sie mit den blauesten Augen, die ich je gesehen habe, zu mir aufschaut. »Ich möchte dich waschen.«

Das Wort Nein liegt mir schon auf der Zunge. »Ella …«

»Bitte«, bettelt sie. »Nur dieses eine Mal. Ich werde mich beeilen.«

Noch bevor ich ihr antworten kann, schiebt sie ihre Hände in meine Jacke und zieht sie mir über die Schultern. Ich sollte ihr nicht ihren Willen lassen, aber ich bin neugierig, was sie sich davon verspricht, wenn sie meinen Körper wäscht.

Ihre Finger bewegen sich als Nächstes geschickt über die Knöpfe meines Hemdes und ziehen es aus meiner Hose. Ich erledige den Rest und werfe die Kleidung auf den Badezimmerboden. Als ich nackt vor ihr stehe, meinen Schwanz auf Augenhöhe, fällt mir wieder auf, wie klein sie ist. Dennoch hat sie keine Angst vor mir. Sogar nachdem ich ihren Arsch mit dem Paddel versohlt und sie mit dem Wachs gequält habe. Ihr Mut ist zurückgekehrt und schwankt keine Sekunde im Angesicht des Monsters, als sie es zu sich ruft.

Ich steige in die Wanne, und sie schiebt ihren Körper nach vorne und überlässt mir die Rückseite. Wasser schwappt gegen die Seiten und über die Ränder, als ich mich hinsetze und meinen Rücken gegen das glatte Porzellan lehne. Ella verlagert ihr Körpergewicht auf die Knie, während sie ihren Körper zwischen meine gespreizten Oberschenkel klemmt. Ich habe das noch nie mit jemandem gemacht, und ich bin mir ihrer überaus bewusst, als sie meinen Körper mit ihren Augen erforscht. Sie ist eine hungrige kleine Göttin, und ich habe mich nie mehr als Beute gefühlt.

Ella drückt etwas Seife in ihre Hände, schäumt sie auf und fängt bei meinen Füßen an. Ein Zittern durchzieht mich, während sie meine Fußsohlen massiert, ihre kleinen Finger eine Magie wirken, von der ich nie wusste, dass es sie gibt. Sie erzeugt eine chemische Reaktion in meinem Gehirn, eine Ladung Dopamin auf Steroiden. Meine Augen fallen zu, und eine Schwere breitet sich in meinen Knochen aus, als sie mich mit einer Aufrichtigkeit berührt, von der ich glauben möchte, dass sie echt ist. Selbst nachdem ich sie gefoltert habe, hat sie mir nur Gutes zu geben. Gutes, das ich nicht verdiene.

»Fühlt sich das gut an?«, fragt sie zögernd.

Ich seufze als Antwort, ohne mir die Mühe zu machen, meine Augen zu öffnen, und ich kann fast ihr Lächeln spüren, während sie mich beobachtet. Noch ein paar Sekunden. Das ist alles, was ich ihr geben werde. Aber dann bewegt sie sich an meinen Beinen hoch und massiert meine Waden. Ich wusste nicht, dass es dort so viel Anspannung gab. Aber wie es sich herausstellt, gibt es überall Anspannungen, und Ella findet sie. Ich weiß nicht einmal, wie lange das so weitergeht. Sie badet mich. Reibt mich. Kümmert sich um mich. Und ich lasse sie, weil ich in ihrem Bann stehe. Sie sieht Dinge in mir, die niemand sonst je gesehen hat, und das plagt mich.

Vier.

Ihre geflüsterte Beobachtung, als sie auf Ecstasy war, kommt zu mir zurück, als sie meinen Körper mit derselben Anzahl von Strichen wäscht. Ich sollte ihr sagen, dass sie aufhören soll. Ich sollte sie warnen, dass ich genau weiß, was sie vorhat. Aber es fühlt sich zu gut an. Nichts hat sich jemals so gut angefühlt.

Ellas Finger schieben sich durch die Haare auf meinem Kopf, drücken sich in meinen Schädel, während sie sich auf mich setzt und ihre Muschi an meinem Schwanz reibt. Ich bin wieder hart für sie, aber ich will mich nicht bewegen. Ich möchte für immer in diesem Traum bleiben, in dem uns nichts diesen Moment rauben kann.

Sie neigt meinen Kopf nach hinten, und ich öffne meine schweren, betäubten Augen, um in die ihren zu sehen. So hübsch. So blau. Sie klammert mein Gesicht zwischen ihre Handflächen und wiegt ihren Körper an mich, während ihre Lippen die meinen finden. Ich küsse sie zurück, faul und besitzergreifend, während sich meine Finger in ihre Hüften krallen.

Irgendwann schiebt sie meinen Schwanz in sich hinein und badet mich in ihrer Wärme. Es fühlt sich wie der Himmel an, und ich kann nicht herausfinden, was an ihr so besonders ist. Warum hat sich keine der anderen jemals so angefühlt?

Ella scheint meine Gedanken zu lesen, indem sie meinen Kopf zurück gegen die Wanne drückt, so dass ich einen direkten Blick auf sie habe, während sie ihren Körper auf meinem Schwanz bewegt. Sie greift nach meinen Händen und schiebt ihre Finger durch meine, bevor sie sie über meinen Kopf hebt und sie gegen die Kachel hinter mir drückt. Ihre Augen sind dunkel und heiß, wild vor Lust, während sie mich fickt. Sie versucht nicht, mich zu kontrollieren; sie versucht, mich zu besitzen. Und ich lasse sie gewähren, weil ich in diesem Moment erkenne, dass ich ihr gegenüber wehrlos bin.

Ich könnte leicht die Kontrolle übernehmen. Sie umdrehen und von hinten in sie einhämmern. Aber das will ich nicht. Ich will zusehen, wie diese Feuergöttin mich erweckt. Ich will zusehen, wie sie mir eine Lust bereitet, wie ich sie noch nie gekannt habe.

Sie beißt sich auf die Lippe, um ein Stöhnen zu unterdrücken, und verliert dabei den Griff um meine Handgelenke. Als sie auf mir zusammenbricht, ziehe ich mit meinen Zähnen an ihrer Brustwarze, und sie quetscht meinen Schwanz mit ihrem Körper. Der erste Krampf lässt sie nach Luft schnappen, und ich schlinge meine Arme um sie und halte sie als Geisel, während ich von unten in sie hineinfahre.

Überall spritzt Wasser, und Ellas Hände rutschen den Rand der Wanne hinunter, während sie immer und immer wieder schreit. Als sie anfängt, meinen Hals zu küssen, an meiner Haut zu saugen und mich mit ihren Zähnen zu quälen, ist alles vorbei für mich. Sie wippt mit ihren Hüften gegen mich und nimmt jede Erschütterung meines Schwanzes in Besitz, die ich in ihr entfessle. Wir fallen ineinander, atemlos, und tauchen einige Minuten lang nicht wieder auf. Als ich das tue, bin ich mir der Tatsache bewusst, dass meine Arme immer noch um sie geschlungen sind und mein Schwanz schlaff, aber im Heiligtum ihres Körpers versenkt ist.

Was machst du mit mir?

Ich möchte sie fragen, aber ich bringe es nicht über mich, zuzugeben, dass irgendetwas anders ist. Stattdessen greife ich nach der Seife und führe mechanische Schritte durch, indem ich ihren Körper wasche. Aber es hat nichts Mechanisches an sich, als sie erzittert, ihre Augen schließt und ihr Gesicht mit einem zufriedenen Seufzer an meine Brust lehnt. Sie könnte genau hier leben, und ich könnte genau hier sterben.

»Sag mir, was wirklich passiert ist.« Meine Stimme ist rau, als meine Finger über die Narben an ihren Armen fahren.

Als Ella die Augen wieder öffnet, wirken sie gequält, und ich weiß nicht, was mich erwartet. Sie könnte mich wieder anlügen. Sie könnte die Frage abtun, so wie ich es normalerweise tue. Oder sie könnte mir die Wahrheit sagen. So oder so, ich bin entschlossen, es aus ihr herauszubekommen, aber wie sich herausstellt, muss ich nichts weiter tun.

»Meine Mutter starb, als ich jung war«, sagt sie leise. »Und als ich neun Jahre alt war, beschloss mein Vater, wieder zu heiraten. Er zog mit uns nach London, um bei meiner neuen Stiefmutter und ihren Töchtern zu leben. Aber wir waren überhaupt nicht lange da, als auch er starb.«

»Wie?«, frage ich.

»Wir wurden ausgeraubt, während wir auf den Zug warteten.« Sie senkt ihre Wimpern und weicht meinem Blick aus. »Er versuchte, mich zu beschützen. Sie wollten unseren ganzen Schmuck, und wir hatten ihnen alles gegeben, außer der Halskette, die ich trug. Sie gehörte meiner Mutter, und ich weiß, dass er sie nur für mich behalten wollte. Aber die Männer griffen ihn an, und einer von ihnen stach auf ihn ein. Er starb so schnell … es gab nichts, was wir tun konnten.«

Als ich schlucke, fühlt es sich an, als hätte ich Nägel im Hals. Das Bild einer jungen Ella, die hilflos zusieht, wie ihr Vater vor ihr an solcher Gewalt stirbt, ist beinahe unfassbar. Aber ich weiß, dass es nicht so ist. Das Böse ist überall in dieser Welt. Man braucht nur die Augen zu öffnen, um es zu sehen.

»Haben sie dir auch wehgetan?«, frage ich mit rauer Stimme.

»Nein.« Sie schüttelt den Kopf. »Sie rannten weg. Die Polizei fand sie schließlich, und sie wurden verurteilt, aber das änderte nichts an den Tatsachen. Mein Vater war fort, und ich blieb mit einer Frau zurück, die mich hasste.«

»Deine Stiefmutter?«

Sie nickt. »Sie hat mir immer die Schuld für diesen Tag gegeben, und wenn ich ehrlich bin, gebe ich mir auch die Schuld. Sie haben mein ganzes Leben damit verbracht, mich dafür zu bestrafen, und ich habe es einfach zugelassen, weil ich dachte, dass ich es wahrscheinlich verdient habe.«

Ihr Geständnis ist so offen, dass es mich sprachlos macht. Wie konnte sie jemals so wenig von sich selbst halten? Und wie konnte das Schicksal so grausam sein, ihr in so jungen Jahren alles wegzunehmen?

»Wie auch immer, über die Jahre gab es Zwischenfälle«, fährt sie fort. »Meistens mit meiner Stiefmutter. Aber auch meine Stiefschwestern. Eine von ihnen ist schlimmer als die andere. Sie ist völlig verwöhnt, und wenn die Dinge nicht so laufen, wie sie will, schlägt sie um sich. Das passierte eines Abends, als ich mich weigerte, ihre Hausaufgaben zu machen. Sie stieß mich ins Feuer und sagte dann ihrer Mutter, dass ich hingefallen war. Ich habe nie etwas anderes gesagt, weil ich das Gefühl hatte, dass sie einfach etwas noch Schlimmeres tun würde.«

Sie beendet ihre Geschichte mit einem ohrenbetäubenden Schweigen, und ich weiß nicht, was ich sagen soll. Es gab nie Worte, die mich getröstet haben, und ich nehme an, dass ich auf diese Weise emotional verkrüppelt bin. Ich habe auch keine Worte für Ella. Aber auf meine eigene abgefuckte Art und Weise will ich, dass sie weiß, dass es mir leidtut. Es tut mir leid, was sie bereits durchgemacht hat, und es tut mir leid, dass sie jemals meinen Weg gekreuzt hat. Denn mehr als alles andere braucht sie jemanden, der sie rettet, und das bin nicht ich.

Ich bürste ihr das nasse Haar wieder über die Schultern, nehme ihren Hinterkopf in meine Hand und küsse sie mit einer Brutalität, die das verrät, von dem ich mir immer wieder sage, dass ich es nicht will. Sie akzeptiert sie. Jede chaotische Sekunde meiner unausgesprochenen Lügen und schönen Worte. Und als ich damit fertig bin, ihr Dinge in meinem Kopf zu versprechen, die ich niemals laut aussprechen kann, trockne ich sie ab und trage ihren nackten Körper zurück in mein Bett.

23

ELLA

Ich bin mir nicht ganz sicher, wie spät es ist, als Thorsen mich verlässt. Ich weiß nur, dass es spät ist, als er zurückkommt und in das Bett eintaucht, während er auf der anderen Seite sitzt und etwas in seiner Hand betrachtet. Im Schein des Lampenlichts kann ich eine blaue Flasche erkennen. Sie ist wie die Flasche, die ich in seiner Badezimmerschublade versteckt gefunden habe.

»Was ist das?«, frage ich schläfrig.

Er richtet seine Wirbelsäule auf und dreht sich um, um mich anzusehen. »Es ist ein Schlaf-Elixier.«

»Ist es das, was du mir gegeben hast? Im Tierheim?«

Er schraubt den Deckel wieder darauf, schüttelt den Kopf und stellt die Flasche auf den Nachttisch. Die Muskeln in seinem Körper scheinen unruhig zu sein, und ich beginne zu verstehen, dass er nicht viel Schlaf bekommt. Aber ich wünschte, er würde mir genug vertrauen, um mir zu sagen, was ihn nachts wach hält.

Er wirft seine Schuhe ab und legt sich auf die gegenüberliegende Seite des Bettes, ohne sich die Mühe zu machen, den Rest seiner Kleidung auszuziehen. Wir sind eine Armlänge voneinander entfernt, aber es können genauso gut getrennte Kontinente sein, und ich bin nicht bereit, das zu akzeptieren.

Als er sich vorbeugt und das Licht ausmacht, rutsche ich Zentimeter für Zentimeter näher heran, bis die Seite meines Körpers gegen seine stößt. Er versteift sich, und ich traue mich nicht, zu atmen, bis er schließlich anfängt, sich wieder zu entspannen. Wir sagen kein Wort mehr zueinander. Aber als ich die Augen schließe und seine Wärme an mir spüre, bin ich zufrieden.

Etwas rührt mich aus meinem Schlaf, und als ich die Augen öffne, sehe ich Thorsen, der versucht, sich von meinem Körper zu befreien. Irgendwie haben sich in der Nacht unsere Arme und Beine verschlungen, während mein Gesicht auf seiner Brust ein Zuhause fand.

Als unsere Blicke aufeinanderprallen, bin ich mir sicher, dass ich ihn noch nie so nervös gesehen habe. Er ist verwirrt und nur leicht verärgert. Aber er hält eine Sekunde inne und schüttelt dann seine Gedanken ab, was auch immer sie sind, bevor er seinen Körper von meinem entfernt.

Das Bett ist kalt ohne ihn, und ich fühle ein seltsames Gefühl von Verlust, als er sich umdreht und auf das Badezimmer zugeht. Ich bin mir nicht wirklich sicher, was ich mit mir selbst anfangen soll, also warte ich dort, während er duscht, genieße den Luxus seines Bettes und den schwachen Hauch seines Duftes, der immer noch verweilt.

Als er wieder auftaucht, ist er frisch rasiert und angezogen, wieder sein typisch unnachgiebiges Selbst.

»Lisbet wird dir heute Morgen ein vegetarisches Frühstück machen«, sagt er. »Ich muss auswärts essen.«

»Okay.«

Er geht auf die Tür zu, aber ich rufe ihn, und er dreht sich wieder um.

»Kann ich mein Handy haben?«

»Warum?« Seine Augenbrauen ziehen sich zusammen. Das ist ein Problem für ihn. Er traut mir immer noch nicht, dass ich nicht zu den Medien gehe und ihnen alle wilden Geschichten über ihren nicht so geliebten Prinzen erzähle.

»Ich will Charlotte anrufen«, sage ich. »Und auch Olivia. Ich will wissen, wie es den Tieren geht.«

Er zögert, und ich bin mir ziemlich sicher, dass er einfach Nein sagen wird. Aber er überrascht mich, als er steif nickt. Die Resignation in seinen Augen sagt mir, dass er voll und ganz erwartet, dass ich ihn irgendwie verraten werde. Jetzt bin ich noch eifriger, ihm zu beweisen, dass ich es nicht tun werde.

»Ich lege es für dich auf den Küchentisch«, sagt er.

»Vielen Dank.« Ich lächele ihn an, und er bewegt sich unbehaglich.

»In deinem Schlafzimmer wartet Kleidung auf dich«, sagt er mir. »Solltest du sie wollen.«

Ich bekomme keine Gelegenheit, ihm zu danken, denn sobald er die Worte ausspricht, verschwindet er um die Ecke, und seine Schritte hallen den Korridor hinunter.

Klamotten und ein Telefon? Ist es möglich, dass ich tatsächlich Fortschritte mit Thorsen mache? Ich will mir keine Hoffnungen machen, also versuche ich, nicht zu viel darüber nachzudenken, während ich über die Bettkante rolle und mich aufrichte.

Auf dem Nachttisch liegt immer noch Thorsens Glasflasche, und aus Neugierde hebe ich sie auf, um sie mir anzusehen. Sie ist identisch mit der anderen Flasche, nur dass diese ein anderes Etikett hat. Es ist ein Schlaf-Elixier.

Als ich die Nachttischschublade an seiner Seite des Bettes öffne, finde ich noch mehr davon. Entschlossen, genau herauszufinden, was sie sind, schnappe ich mir die Flasche von oben und gehe dann in sein Badezimmer, wo ich herumstöbere, um auch die andere zu nehmen, die dort versteckt ist. Mit beiden in der Hand mache ich mich auf den Weg zurück in mein Zimmer und suche mir einen Platz, um sie zu verstecken.

Da bemerke ich, dass die Tür des Schrankes offen steht, und sich Kleidung in ihm befindet, genau wie Thorsen gesagt hat. Ich schaue hinein, und eine überwältigende Flut von Angst überspült mich, als ich merke, wie viel es ist. Es sieht nicht nur so aus, als hätte er die Hälfte der Kleidungsvorräte der Stadt gekauft, sondern auch noch teure Marken. Es ist viel zu viel, und das ist noch nicht einmal das Schlimmste daran. Es gibt auch Schuhe und Handtaschen, was seltsam erscheint, weil es nicht so ist, dass wir zusammen irgendwo hingehen würden, wie ich feststellen muss.

Ich schiebe diese Gedanken beiseite, schnappe mir eine Umhängetasche und lasse die beiden Flaschen in ein Fach mit Reißverschluss fallen. Dann beginne ich, mir die Kleidung für den heutigen Tag herauszusuchen. Nach zwanzig Minuten des Zögerns entscheide ich mich für eine einfache weiße Bluse und eine enge Jeans, der Rest ist zu kompliziert zu kombinieren. Ich habe Jahre in meiner Secondhand-Kleidung verbracht, und ich habe fast Angst, einige der schöneren Sachen anzufassen. Es fällt mir wieder ein, dass ich solche Dinge nicht verdiene, und ich kann mir nur vorstellen, was Narcissa sagen würde, wenn sie mich jetzt sehen würde.

Nachdem ich geduscht und meine Haare geflochten habe, gehe ich in die Küche, um zu sehen, dass Lisbet bereits eine Auswahl an Dingen auf den Tisch gelegt hat.

»Ist es in Ordnung, hier zu essen?«, fragt sie mit einem neugierigen Schimmer in ihren Augen, während sie mich betrachtet. »Oder bevorzugen Sie draußen?«

»Hier drinnen ist in Ordnung.« Ich lächele sie an. »Sie haben den Tisch bereits gedeckt.«

»Es ist kein Problem, das zu ändern«, sagt sie schnell.

»Ich esse gerne drinnen«, bestehe ich darauf.

Nach einer Minute des Zögerns nickt sie und zeigt dann auf die Lebensmittel, die sie zusammengestellt hat. Obst, Joghurt, Müsli und Brot.

»Vielen Dank, Lisbet.« Ich verbeuge mich unbeholfen vor ihr, weil ich mir ehrlich gesagt nicht sicher bin, wie ich sie ansprechen soll. Niemand hat mich jemals zuvor so bedient, und ich fühle mich ein wenig schuldig, dass sie es tun muss. »Das sieht unglaublich gut aus.«

»Lassen Sie mich wissen, wenn ich Ihnen noch etwas bringen kann«, sagt sie, und die Anspannung in ihrem Gesicht lockert sich etwas auf. »Seine Königliche Hoheit hat auch ein Telefon für Sie hinterlassen. Dort drüben.«

Ich nehme das vertraute Handy in die Hand und setze mich. Lisbet verschwindet, und ich erwecke das Display zum Leben und stelle fest, dass das Handy voll aufgeladen ist. Ich frage mich, ob Thorsen mein Telefon durchsucht hat, aber andererseits ergibt es nur Sinn, dass er es getan hat. Er wusste von Charlotte, offensichtlich aus meiner Kontaktliste, die eigentlich nur aus ihr und Olivia besteht.

Obwohl das Frühstück lecker aussieht und mein Magen schon knurrt, bin ich gespannt auf meine Anrufe, während Thorsen noch in Geberlaune ist. Wer weiß, wie das Wetter sein wird, wenn er heute zurückkommt?

Die erste Person, die ich anrufe, ist Olivia, und sie antwortet beim zweiten Klingeln.

»Ella?« Ich kann ihr Lächeln durch den Lautsprecher praktisch sehen. »Bist du das?«

»Ja, ich bin's.« Ich lächele zurück, obwohl sie mich nicht sehen kann.

»Oh, mein Gott. Was in aller Welt geht hier vor? Ich habe jeden Tag Einzahlungen erhalten. Ist das wirklich von dir?«

Ich halte für einen Moment inne und überlege, wie ich diese Frage am besten beantworten kann. »Ja, ich … arbeite für jemanden«, erkläre ich ihr. »Und es ist ein Zwei-Monats-Vertrag, also solltest du noch viel mehr bekommen.«

»Ella, ich kann dir nicht einmal ansatzweise danken. Ich weiß nicht, was ich sagen soll.«

»Ich will nicht, dass du irgendetwas sagst.« Ich greife nach einer Scheibe Brot und lege sie auf meinen Teller. »Ich will nur sicherstellen, dass die Tiere versorgt werden. Das ist alles.«

»Nun, dank dir haben sie Essen in ihren Bäuchen«, sagt sie. »Und wenn es so weitergeht, sollte ich die Tierarztrechnungen in einer Woche abbezahlen können.«

»Das sind großartige Neuigkeiten.« Ich seufze vor Erleichterung. »Dann wirst du die Dinge am Laufen halten können?«

»Wenn das so weitergeht, dann ja«, antwortet sie vorsichtig. »Aber ich muss fragen, Ella. Was für einen

Job machst du, wo du jeden Tag so viel Geld verdienst?«

Ich breche eine Ecke des Brotes ab und zerbrösele es zwischen meinen Fingern. Ich will Olivia nicht anlügen, aber ich kann ihr auch nicht genau die Wahrheit sagen.

»Ich kann nicht viel darüber sagen. Nur, dass ich für einen wohlhabenden Mann arbeite, der sehr großzügig ist.«

Es gibt eine Pause am anderen Ende der Leitung, und Olivias Stimme ist von offensichtlicher Sorge erfüllt, als sie weiterspricht. »Ist das legal?«

»Ja.« Ich schlucke.

»Behältst du etwas Geld für dich?«, fragt sie.

»Ich brauche wirklich nicht sehr viel.«

»Ella«, schimpft sie. »Du musst etwas für dich behalten.«

»Das Einzige, was ich will, ist Alfred«, sage ich ihr. »Bitte kümmere dich einfach für mich um ihn, bis ich ihn wieder sehen kann.«

»Er geht nirgendwohin«, versichert sie mir. »Er vermisst dich sehr.«

»Danke, Olivia. Ich sollte dich gehen lassen. Ich muss auch Charlotte anrufen, solange ich kann.«

»Okay«, stimmt sie zu. »Melde dich, sobald du kannst. Du weißt, ich mache mir Sorgen um dich.«

»Ich melde mich wieder.«

»Ach, Ella«, hält sie mich auf, bevor ich auflege. »Kannst du mir wenigstens den Namen des Schiffes sagen, auf dem du arbeitest? Nur für den Fall, dass ich nichts von dir höre, oder wenn es einen Notfall gibt?«

Meine Augen huschen durch den Raum und suchen nach Inspiration für einen Schiffsnamen, als mir einer einfällt. »Donnergott.«

»Wirklich?«, murmelt sie. »Was für ein ungewöhnlicher Name.«

»Ich rufe dich bald wieder an, okay?«

»Okay, meine Liebe. Pass auf dich auf.«

Nachdem ich aufgelegt habe, rufe ich Charlotte per Video an und erkläre alles noch einmal. Aber sie ist nicht ganz so leicht zu überzeugen. Sie kann eine zweifelhafte Geschichte aus einer Meile Entfernung riechen, und ich muss ihr versprechen, dass ich mit ihr wöchentlich in Kontakt bleibe, egal was passiert. Schuldgefühle nagen an mir, als sie mir erzählt, wie besorgt sie war. Aber was noch besorgniserregender ist, ist, dass sie zum Haus ging, um nach mir zu sehen, und festgestellt hat, dass Narcissa und die Mädchen weg sind.

Sie können doch unmöglich draußen sein und nach mir suchen, oder?

Ich tue die Idee als lächerlich ab, und sobald ich das Gespräch mit Charlotte beendet habe, versuche ich, das Herrenhaus anzurufen. Aber … oh … wie Charlotte gesagt hat, klingelt das Telefon einfach und schaltet dann auf die Mailbox. Es hat keinen Sinn, und je mehr ich darüber nachdenke, desto verwirrter werde ich.

Narcissa hat keine andere Familie, also wohin würden sie gehen? Diese Frage beschäftigt mich während des gesamten Frühstücks. Aber da ich keine Antworten finde, entscheide ich mich, es für den Moment beiseitezulegen und mich auf das zu konzentrieren, was ich tun muss, solange ich noch mein Handy habe.

Ich rufe einen Inkognito-Browser auf, gebe *Nerium Oleander* in die Suchmaschine ein und warte auf die Ergebnisse. Nachdem ich die ersten Absätze durchgelesen habe, komme ich zu dem Schluss, dass es sich um einen blühenden Strauch handelt, was meine Verwirrung nur noch verstärkt. Warum sollte Thorsen das in einer Flasche haben? Ist es eine Art flüssiges Konzentrat? Und was hat er damit vor?

Nachdem ich noch ein paar weitere Artikel durchsucht habe, lässt mir die Antwort einen Schauer über den Rücken laufen. Die Oleanderpflanze ist für ihre Kardiotoxizität bekannt, und ich vermute, dass die Konzentration in dieser blauen Flasche wahrscheinlich tödlich ist. Ich weiß nicht einmal, wie ich anfangen soll, diese Informationen zu verarbeiten.

Der erste anfängliche Gedanke, den ich habe, ist, dass er vorhat, es an jemandem zu benutzen, aber das tue ich schnell als eine verrückte Vorstellung ab. Thorsen hat mich unter Drogen gesetzt, um mich hierherzubringen, aber es ist unmöglich, dass er mich wirklich vergiften würde. Oder irgendjemand anderen, was das betrifft. Aber die Alternative ist etwas zu düster, um sie in Betracht zu ziehen.

Und dann erinnere ich mich an diese Notiz in seinem Kalender, nachdem er mich nach Hause geschickt hat. Aokigahara. Als ich ihn zum ersten Mal sah, dachte ich, er würde in Urlaub fahren. Aber was, wenn es nicht so ist? Was ist, wenn es etwas so Unheimliches ist, dass mein Verstand die Möglichkeit nicht einmal in Betracht ziehen kann?

»Thor?«

Das Telefon in meiner Hand fällt auf den Tisch, als ich Calder entdecke, der im Eingang steht, und wir erstarren beide.

»Ich habe nach Thor gesucht«, sagt er, und seine Augen wenden sich ab.

»Er ist nicht hier.« Ich schließe den Browser auf meinem Handy und schalte den Bildschirm aus. »Er sagte, er müsse heute Morgen auswärts essen.«

Calder runzelt die Stirn. »Es stand nichts auf seinem Terminplan.«

»Es tut mir leid. Ich weiß nicht, wo er hin ist.«

Wir schweigen beide, und ich denke, er wird einfach gehen, was wahrscheinlich das Beste wäre. Es ist jetzt mehr als unangenehm zwischen uns, und aus dem schrecklichen Ausdruck auf seinem Gesicht schließe ich, dass Thorsen noch immer nicht mit ihm gesprochen hat.

»Du bist das Mädchen vom Ball in London«, sagt er schließlich. »Stimmt's?«

»Ja«, gebe ich zu.

Er geht um den Tisch herum und entscheidet sich, am anderen Ende Platz zu nehmen, weit weg von mir. »Ich hätte es wissen müssen.«

»Ich hätte es dir sagen sollen, als du mich nicht

erkannt hast«, sage ich. »Oder Thorsen fragen sollen, was er an diesem Abend wollte. Ich habe einfach angenommen …«

»Du nahmst an, dass sein Bruder dir zuverlässige Informationen gab.« Calder schüttelt den Kopf. »Ich schwöre, ich hätte nie etwas getan, wenn ich gewusst hätte, dass er so fühlt. Er hat nie jemanden für sich selbst gewollt. Es hat mich einfach … es hat mich überrascht. Ich dachte, ich würde ihm mit dir helfen.«

»Ich denke, er hat es ziemlich gut im Griff.«

»Das habe ich jetzt verstanden«, sagt er. »Aber er hat immer noch nicht mit mir gesprochen. Ich habe angerufen und SMS geschrieben. Wir haben noch nie so lange nicht miteinander geredet.«

»Es tut mir so leid.« Ich konzentriere mich auf meinen Teller und hasse es, dass die ganze Situation so abgelaufen ist, wie sie abgelaufen ist. »Ich wollte ihn auch nicht verletzen.«

»Es wäre nicht das erste Mal, dass er das hört«, bemerkt Calder.

»Wenn du mir etwas vorwerfen willst, dann sag es ruhig«, fordere ich ihn heraus. »Bis jetzt habe ich nichts getan, um ihn zu verletzen. Mein Telefon ist genau hier, und du siehst noch keine Medienberichte über ihn, oder?«

Er betrachtet mich, versucht herauszufinden, ob ich vertrauenswürdig bin, und seufzt dann. »Vertrau mir, wenn ich sage, dass ich nicht versuche, ein Arschloch zu sein, aber du musst verstehen, wie viele Leute ihn schon einmal ausgenutzt haben. Viele Leute scheinen vertrauenswürdig zu sein, aber das bedeutet nicht unbedingt etwas.«

»Ich hab's kapiert.« Mein Ton wird weicher. »Ich habe die Zeitungen gesehen. Und ich weiß, dass Thorsen nicht der Mann ist, als den sie ihn darstellen.«

»Du bist wahrscheinlich die erste Frau, die das sagt und es auch wirklich meint.« Calder lächelt. »Ich kann verstehen, warum er dich mag.«

»Ich meine es ernst. Ich würde es nicht sagen, wenn ich es nicht täte. Aber ich weiß auch, dass Thorsen kaputt ist. Und manchmal glaube ich nicht, dass er jemals einen Ausweg aus dieser Verzweiflung finden wird.«

Calder starrt auf seine gefalteten Hände hinunter. »Ich sollte dir das wahrscheinlich nicht sagen, aber es ist sowieso öffentlich bekannt. Er hatte einmal eine Freundin, vor sechs Jahren. Sie war seine erste.«

Eifersucht keimt in mir auf, und ich finde mich nach vorne gelehnt wieder, verzweifelt, jedes Wort über diese Frau zu hören. »Was ist passiert?«

»Sie hat mit ihm gespielt«, antwortet er. »Es war die erste Frau, der er vertraute, nachdem … na ja, nachdem einige wirklich schreckliche Dinge passiert waren. Ich dachte nicht, dass er jemals jemandem vertrauen würde. Aber er traf Anja, und er dachte, sie wäre eine, die anders sein könnte.«

»Und dann hat sie ihn verraten?«, flüstere ich.

»Sie fütterte die Medien mit Informationen und scheffelte Gehaltsschecks.« Der Schmerz in seiner Stimme ist bitter, und ich weiß, dass es nicht nur

Thorsen war, der durch diese Situation verletzt wurde. Calder sorgt sich so sehr um seinen Bruder, dass er seinen Schmerz ebenfalls fühlt.

»Das ist schrecklich.« Ich blinzele meine Tränen zurück. »Ich hatte keine Ahnung.«

»Es hat ihn kaputtgemacht«, sagt Calder. »Er würde nicht wollen, dass du das weißt, aber ich denke, es ist wichtig, dass du es weißt. Wenn er versucht, dich wegzustoßen, dann nur, weil er Angst hat. Aber die Tatsache, dass er dich hierhergebracht hat, bedeutet etwas. Er sieht etwas in dir, und ich will, dass du mir schwörst, dass du ihm niemals auf diese Weise wehtun wirst, Ella.«

»Das werde ich nicht«, schwöre ich, die Abwehrhaltung aufgebend, die ich nur wenige Augenblicke zuvor gespürt habe. »Ich weiß, es klingt wahrscheinlich verrückt, aber … ich habe Gefühle für ihn.«

»Es ist nicht verrückt.« Er zuckt mit den Schultern. »Thorsen ist leicht zu lieben. Er hasst sich einfach selbst.«

Ich bin versucht, ihn nach der Giftflasche zu fragen, aber ich will ihn nicht unnötig beunruhigen. Zumindest noch nicht.

»Unsere Mutter liegt im Sterben«, sagt Calder leise. »Das hat er wahrscheinlich auch nicht erwähnt.«

»Nein.« Mein Hals zieht sich zusammen. »Hat er nicht.«

»Ein Hirntumor«, sagt er. »Er ist bösartig. Die

Ärzte sagen, dass es nicht mehr lange dauern wird, bis sie stirbt.«

»Es tut mir so leid.« Die Worte sprudeln aus meinem Mund.

»Thorsen steht ihr nahe, und ich mache mir Sorgen um ihn. Er wird dich brauchen, Ella. Du kannst ihm da durchhelfen. Ich glaube, das ist der Grund, warum er dich hierhergebracht hat. Er weiß, was auf ihn zukommt, und er braucht jemanden, der ihn da durchbringt.«

»Natürlich, das werde ich.« Ich nicke. »Ich werde für ihn da sein, egal was passiert.«

»Er wird dich wegstoßen. Er wird uns alle wegstoßen. Aber vielleicht kannst du zu ihm durchdringen.«

»Ich werde mich nicht von ihm wegstoßen lassen«, sage ich bestimmt. »Das werde ich nicht zulassen.«

Es ist ein bewundernswerter Gedanke, aber an der Angst auf Calders Gesicht kann ich erkennen, dass es nicht so einfach sein wird. Er hat diesen Weg schon einmal mit Thorsen beschritten. Etwas Schreckliches ist in seiner Vergangenheit passiert, und er kämpft immer noch jeden Tag gegen diese Dämonen.

»Hat er jemals … versucht, sich selbst zu verletzen?«

Calder richtet seine Aufmerksamkeit wieder auf mich, und ich weiß, dass ich recht habe, bevor er überhaupt etwas sagt. »Warum fragst du mich das?«

»Ich habe gerade ...«

»Was zum Teufel glaubt ihr, was ihr da tut?«

Thorsens Stimme erwischt uns beide unvorbereitet, und wir wenden uns ihm mit übereinstimmenden Schuldgefühlen zu. Ich bin entsetzt, als ich das gleiche Gefühl von Verrat und Schmerz in seinen Augen brennen sehe.

»Thor.« Calder schiebt seinen Stuhl zurück und steht auf. »Ich muss mit dir sprechen.«

»Warum bist du hier?« Seine Augen huschen zwischen uns hin und her. »Warum bist du mit Ella zusammen?«

»Er hat nach dir gesucht«, sage ich ihm. »Das ist alles.«

Aber ich weiß, dass das noch nicht alles ist. Er sieht aus, als würde er gleich durchdrehen, und er nimmt schon das Schlimmste an, auch wenn es nicht logisch ist.

»Verschwinde.« Thorsen blickt seinen Bruder an.

Calder seufzt und verweilt eine Minute, bevor er beschließt, dass es das Beste ist, ihn nicht zu provozieren. Er wirft mir einen entschuldigenden Blick zu, verschwindet dann und lässt mich mit dem donnernden Gott allein. Ich halte den Atem an und warte auf das, was als Nächstes kommt, aber wie sich herausstellt, hat er nur eine Sache zu sagen.

»Auf die Knie!«

24

THORSEN

Ella krabbelt auf mich zu, ihre Finger berühren den kalten Fliesenboden, während ihre Augen vor Reue glänzen. Sie versteht die Bedeutung des Wortes nicht. Noch nicht.

Als ihre Knie gegen meine Schuhe stoßen, greift sie mit zitternden Händen nach oben und öffnet unaufgefordert meine Hose. Sehr zu meiner Verärgerung müssen ihre Finger nur über die Wölbung in meiner Unterhose streichen, um mich schmerzhaft hart für sie zu machen.

»Es ist nichts passiert, Thor«, sagt sie mit einer solchen Vertrautheit, dass es mich nur noch wütender macht. »Wir haben nur geredet.«

»Befriedige mich.« Ich schiebe meine Finger in ihr Haar und zwinge ihren Kopf zurück. »Dafür bist du hier. Oder hast du es vergessen?«

Sie versucht zu nicken, aber mein Griff ist zu fest, und ich kann nicht nachgeben. Denn in meinem Kopf stelle ich es immer noch in Frage. Ella versucht, mich zu beruhigen, indem sie meinen Schwanz herauszieht und ihn in ihren Mund saugt. Meine Augen fallen zu, und ich gebe mich ihr eine Sekunde lang hin. Aber es mildert meine Frustrationen nicht.

Ich will sie so lange ficken, bis sie völlig kaputt ist, ihre Haut geschwollen und errötet ist und nach mir riecht. Das stört mich nur noch mehr. Es gibt keinen Platz für diesen Hunger in mir. Aber je mehr ich sie schmecke, fühle, besitze, desto mehr will ich. Sie ist wie eine Droge, und sie bringt mich dazu, meinen Verstand in Frage zu stellen.

Ich reiße ihren Kopf zurück, und mein Schwanz fällt ihr aus dem Mund. Sie schaut verwirrt zu mir auf, aber ich sage nichts, als ich sie vom Boden hochziehe und zum Küchentisch zurückzerre. Die Chancen stehen gut, dass Lisbet noch da ist, aber das ist mir im Moment wirklich scheißegal.

Ella bückt sich, ich öffne den Reißverschluss ihrer Jeans, ziehe sie über ihre Hüften und enthülle ihre glitzernde rosa Muschi, die darauf wartet, von mir zerstört zu werden. Wenn ich meine Finger durch ihre Erregung gleiten lasse, kann ich das Stöhnen aus meinem Mund nicht unterdrücken.

»Ist das für mich?«

»Nur für dich.« Sie haucht die Worte so aufrichtig gegen den Tisch.

Ich klatsche auf ihre Muschi, und sie schreit kurz auf, bevor ich mit einer Zufriedenheit, die ich wahrscheinlich nie wieder erfahren werde, meinen

Schwanz bis zu meinen Eiern in sie hineinschiebe. Sie ficke, weil sie mich so fühlen lässt.

Ich blicke sie an, reibe ihr Haar über ihr Gesicht, damit sie mich nicht beobachten kann. Meine Finger krallen sich in ihre Hüften, und ich ficke sie auf den Tisch, benutze sie wie eine Puppe, während ich an nichts anderes denke, als mich selbst zu befriedigen. Sie ist still wie eine Heilige, beißt sich auf die Lippe und versucht, gut zu sein, während sie sich von mir wie ein Tier nehmen lässt. Ich klatsche ihr ein paarmal auf den Arsch und brandmarke die cremige Haut mit meinen Handabdrücken, und trotzdem macht sie keinen Mucks. Als mir das misslingt, lehne ich meinen Körper über ihren, reiße ihr die Bluse auseinander und ziehe sie herunter, bis ihre Schultern entblößt sind. Sie versucht, mich wieder anzuschauen, und ich halte ihren Kopf mit meiner Handfläche unten auf dem Tisch. Als meine Zähne in ihre Schulter sinken, gibt sie mir endlich, was ich will. Ein Schrei, der wie Musik in meinen verdammten Ohren klingt, während mein Schwanz in ihr wogt und sie mit meinem Sperma vollstopft.

»Meine«, knurre ich und merke erst zu spät, dass ich das laut gesagt habe.

Ella erzittert in meinem Griff, zieht sich um mich zusammen und saugt meinen Schwanz in sich hinein, während sie mich trockenmelkt. Ich glaube, sie mag es, voll von meinem Sperma zu sein. Ich glaube, es gefällt ihr so gut, dass ich mir vorstellen könnte, wie es sich anfühlen würde, sie zu schwängern.

Dieser Gedanke lässt mich abrupt innehalten. Ich ziehe meinen nassen Schwanz aus ihr heraus und lasse sie dort auf der Tischkante liegen. Dreckig und schmutzig und mein. Dieses Wort hallt immer wieder in meinem Kopf nach, und ich muss dafür sorgen, dass es aufhört. Mein Blick wandert über sie, und ich versuche herauszufinden, was ich als Nächstes tun soll, als Calder wieder nach mir ruft.

Er biegt vom Hauptflur um die Ecke, und als seine Augen auf Ella landen, wendet er seinen Blick schnell ab.

»Calder«, knurre ich.

»Es ist *Mor*«, würgt er heraus. »Du musst jetzt kommen.«

»Sie hatte schon mehrere Anfälle«, erklärt Astrid. »Das ist nicht ungewöhnlich.«

»Wann?« Meine Augen bewegen sich über die gebrechliche Frau, die im Bett meiner Mutter liegt. Sie sieht ihr nicht ähnlich. Ihr Blick ist so unkonzentriert, dass sie uns nicht einmal bemerkt hat.

»Die ganze Nacht hindurch«, antwortet Astrid.

»Warum wurde ich nicht sofort informiert?«

Sie fummelt an dem Infusionsbeutel, an den meine Mutter angeschlossen ist. »Das ist nicht meine Entscheidung.«

»Wo zum Teufel ist der König?«, frage ich.

Calders Lippen sind in eine grimmige Linie gesetzt, ein sicheres Zeichen, dass er etwas verbirgt.

»Was?«

»Lass uns nach draußen gehen.« Er versucht, mich von unserer Mutter wegzuführen. »Wir können es dort besprechen.«

Ich zögere, aber Astrid beruhigt mich schnell. »Sie muss sich ausruhen. Wenn sie wieder zu sich kommt, werde ich es Ihrem Vater sofort mitteilen.«

»Wenn?«, frage ich erstickt.

Sie schaut mich mitleidig an und möchte mit Sicherheit ihr Mitgefühl ausdrücken, aber das hilft mir wenig. Diese Frau ist unsere Mutter, und wir sollten eigentlich mehr Zeit zusammen haben.

»Bei dieser Krankheit können sich die Dinge schnell ändern«, sagt Astrid. »Zeitrahmen sind nur Schätzungen. Nach meiner Erfahrung ist es nicht untypisch, dass so etwas aus heiterem Himmel geschieht. Es ist im Allgemeinen kein langsamer Übergang.«

»Thor.« Calder streckt die Hand nach mir aus, aber ich schüttele ihn mit einem Schulterzucken ab.

Ich wusste, dass dies geschehen würde, aber ich bin noch nicht bereit dafür. Und ich habe Angst, dass ich nie wieder ein zusammenhängendes Gespräch mit ihr führen werde. Als ich um das Bett herumgehe und ihre Hand in meine nehme, scheint sie es nicht einmal zu bemerken. Ihre Augen sind auf die Decke gerichtet, unbeweglich, bis sie sich schließen und so bleiben.

»Sie ist erschöpft und steht unter Medikamenten«,

sagt Astrid. »Ich denke, nach etwas Ruhe werden Sie mehr von ihrem Besuch haben.«

Ich will sie nicht verlassen, aber ich weiß, dass sie recht hat. Sie muss sich ausruhen, und ich muss mit Calder darüber sprechen, warum unser Vater nicht in der Lage ist, seine sterbende Frau zu besuchen.

Nachdem wir beide ihr einen Kuss auf die Wange gegeben haben, gehen Calder und ich in den Flur hinaus. Er fährt sich mit der Hand durch sein Haar, und unruhige Energie brennt in seinen Augen.

»Zuerst möchte ich mich für Ella entschuldigen«, sagt er schnell und hält seine Hand hoch, bevor ich widersprechen kann. »Das war mir nicht klar, Thor. Ich dachte, ich würde dir helfen, aber ich sehe jetzt, dass ich das nicht getan habe. Und ich möchte, dass du weißt, dass es nie wieder passieren wird. Sie gehört dir. Ich verstehe das. Ich werde niemals zwischen euch beide kommen, und ich hoffe, dass du es in deinem Herzen finden kannst, mir zu verzeihen.«

Als ich nicht antworte, setzt er das Gespräch widerwillig fort. »Was unseren Vater betrifft, ist mir etwas aufgefallen, aber ich wollte dich nicht verärgern.«

»Was?«

Seine Aufmerksamkeit schweift den Flur hinunter, und er zögert eine Sekunde, bevor er mir eine Geste macht, damit ich ihm folge. »Vielleicht ist es besser, wenn ich es dir einfach zeige.«

Er führt den Weg in die Suite unseres Vaters, und ich folge wortlos an seiner Seite und versuche, die gegensätzlichen Gefühle in meinem Kopf zu verarbeiten. Es sind zu viele, um sie zu identifizieren, und überhaupt fühle ich zu viel. Ich will mich nur noch betrinken. Ich weiß, dass es nichts lösen wird, aber zumindest würde ich mich nicht so fühlen.

»Ist er hier?«, frage ich, als Calder den Knauf an der Tür zur Suite des Königs dreht.

Er schüttelt den Kopf, und ich folge ihm hinein. Das Zimmer ist genau so, wie ich es in Erinnerung habe, obwohl ich keine Gelegenheit gefunden habe, diese Suite zu betreten, seit ich vor vielen Jahren im Palast lebte. Alles ist immer noch so dekoriert, wie meine Mutter es bevorzugte, in Weiß- und Goldtönen. Aber an Stelle der Sachen meiner Mutter sind die Sachen von jemand anderem eingedrungen. Ich brauche eine Minute, um sie alle zu registrieren. Der Bademantel drapiert über dem Stuhl. Ein Paar schwarze Absatzschuhe. Eine goldene Halskette auf dem Nachttisch.

»Wem gehören die?« Mein Herz schlägt protestierend gegen meine Rippen.

»Narcissa.« Calder blickt auf die beleidigenden Gegenstände. »Es scheint, als seien die beiden sich ziemlich nahe gekommen.«

Ich fühle mich, als hätte man mir in den Bauch geschlagen. Ich will nicht glauben, dass er unserer Mutter so etwas antun würde. Nicht, während sie im Sterben liegt. Aber meine Verleugnung macht es nicht weniger wahr.

»Nein.« Ich schnappe mir die Halskette vom

Nachttisch und schleudere sie gegen die Wand. »Das werde ich nicht dulden!«

»Thor.« Calder versucht, mich zurückzuhalten, als ich auf die Tür zugehe. »Denk darüber nach, was du tust. Er wird dich aus dem Palast verbannen. Du wirst *Mor* nicht mehr sehen können.«

Was er sagt, ergibt Sinn, aber ich bin noch nicht fertig. Meine Faust segelt in die Wand und hinterlässt ein klaffendes Loch als Geschenk für meinen Vater, wenn er zurückkommt.

»Fühlst du dich besser?«, fragt Calder.

»Nein.«

»Ich finde es auch nicht gut«, sagt er. »Und ich traue keinem von ihnen. Aber wir müssen klug vorgehen.«

»Wo sind die Frauen jetzt?«, zwinge ich schneidend heraus.

»Ich weiß es nicht. Vater rief mich heute Morgen an und erzählte mir von *Mor*, und er sagte nichts weiter, als dass er nicht hier sein würde. Er musste an einem Mittagessen teilnehmen.«

»Natürlich musste er das.«

»Was wirst du tun?«, ruft Calder hinter mir her, während ich den Flur hinunterlaufe.

Ich lasse ihn mir folgen, als ich die Tür zum Büro meines Vaters öffne, um den Schreibtisch herumgehe und nach der Fernbedienung für die Monitore an der Wand greife. Calder schließt die Tür hinter uns und sieht zu, wie ich mich durch die Räume des Palastes bewege. Es dauert einige Minuten, aber schließlich finde ich die Frauen im östlichen Salon. Sie trinken gerade Nachmittagstee, aber so wie es aussieht, ist keine von ihnen glücklich.

Ich stelle den Ton an, und Calder und ich hören ihrem Gespräch aufmerksam zu.

»Hör auf, so theatralisch zu sein, Lavinia«, züchtigt Narcissa ihre Tochter. »Es ist nicht meine Schuld, dass du den Prinzen nicht für dich gewinnen konntest.«

»Ich brauche mehr Zeit«, zischt sie. »Du kannst nicht einfach hereinplatzen und übernehmen.«

»Du bist nur sauer, weil sie Königin wird und nicht du«, spöttelt Magnolia.

»Mädchen.« Narcissa senkt ihre Stimme. »Was spielt das für eine Rolle? Wir müssen das große Ganze im Auge behalten. Auf die eine oder andere Weise werden wir im Palast leben. Entweder durch meine Hand … oder durch Lavinias, wenn sie den Prinzen jemals dazu bringen kann, seine Meinung zu ändern.«

Magnolia kichert, und Lavinias Gesicht ist rot gefärbt, als sie aufsteht und ihre Serviette auf den Tisch wirft. »In dieser Sache ist das letzte Wort noch nicht gesprochen.«

Sie stürmt davon, und Narcissa zuckt nur mit den Schultern, als sie und Magnolia ihre Teetassen wieder aufnehmen. Ich schalte den Bildschirm wieder stumm und stelle ihn zurück auf den Hauptkanal.

»Die Königin ist noch nicht einmal im Grab, und Narcissa glaubt bereits, dass sie sie ersetzen wird«, qualmt Calder.

»*Mor* ist hier nicht sicher.« Ich laufe im Raum auf und ab. »Wir müssen etwas tun.«

»Er wird sie niemals gehen lassen«, sagt Calder. »Und sie wird auch nicht gehen wollen. Sie hat keine Ahnung, was da unten im Flur vor sich geht.«

Ich weiß, dass er recht hat, aber ich will das nicht akzeptieren. Wir können sie nicht einfach hierlassen, während dies direkt vor ihrer Nase geschieht.

»Wir können in Schichten arbeiten«, schlägt Calder vor. »Ich kümmere mich einen Teil des Tages um sie und du einen Teil, und wir können Tante Runa rufen. Jetzt, wo die Zeit naht, wird sie sowieso bei ihr sein wollen.«

»Vater wird sie nicht abweisen«, stimme ich zu. »Und er wird seinen Schwanz in der Hose behalten müssen, während sie hier ist.«

»Ich werde sie jetzt anrufen.« Calder fischt sein Handy aus seiner Tasche. »Du hast heute Abend ein Date mit Lavinia, richtig?«

Ich erschaudere bei der Erwähnung ihres Namens. »Ja.«

»Sag nicht ab. Du wirst Vater nur provozieren, wenn du das tust. Und erwähne noch nichts von Narcissa«, rät er mir. »Im Moment denken sie, dass sie die Oberhand haben, und es ist am besten, es dabei zu belassen, während wir uns einen Plan überlegen.«

»Ich werde heute Abend zurückkommen, um bei *Mor* zu bleiben.«

»Komm einfach morgen früh«, sagt er. »Du hast Ella bei dir zu Hause. Es gibt nichts, was mich zu

Hause hält. Ich werde heute auf sie aufpassen, und Tante Runa wird wahrscheinlich morgen früh hier sein.«

»Okay.«

»Thor«, ruft Calder mir nach, während ich mich umdrehe, um zu gehen. Als ich zurückblicke, ist sein Gesichtsausdruck grimmig. »Wir werden das durchstehen.«

25

THORSEN

»Dinner auf einer Yacht«, kräht Lavinia, während sie sich hinsetzt. »Wie romantisch.«

»Mein Vater hat es geplant.«

Ihre Augen funkeln, und es scheint, als ob mein Temperament ihr endlich den letzten Nerv raubt.

»Ach ja, dein armer Vater«, sagt sie. »Ich kann mir nur vorstellen, was diese Situation mit deiner Mutter seinem Herzen antut.«

Der Steward kommt, um unsere Getränke einzuschenken, aber meine Augen bewegen sich nicht von ihrem Gesicht weg. »Sein Herz?«

»Oh, ja.« Sie bringt eine Hand an ihre Lippen und gibt Schüchternheit vor, aber es fühlt sich an, als ob sie mich verspottet. »Ich nehme an, ich hätte nichts sagen sollen. Ich habe Sie nicht verärgert, indem ich es erwähnt habe, oder? Es ist nur, dass er uns von seinen eigenen gesundheitlichen Problemen erzählt hat, und ich nahm an, Sie wussten es bereits.«

Der Steward versucht zu gehen, nachdem er mir ein paar Finger *Aquavit* eingeschenkt hat, und ich winke ihn zurück und nehme ihm die Flasche aus der Hand. »Die können Sie hierlassen.«

Lavinia lächelt, als der Steward verschwindet, und stößt einen zufriedenen kleinen Seufzer aus, als sie mit einem langen, roten Nagel den Zinken ihrer Gabel nachspürt. »Also, Thorsen, wie geht es Ihnen mit Ihrer Mutter? Würden Sie gerne darüber reden?«

»Wie geht es Ihnen mit Ihrer Mutter?« Ich seziere die Linien ihres Gesichts und stelle fest, wie hart sie im Vergleich zu Ellas sind. Sie könnte durchaus aus Eis geformt sein.

Es überrascht mich nicht, dass sie meine Frage nicht beantwortet, aber im Laufe des Abends kann ich mich des Eindrucks nicht erwehren, dass sie mich zu provozieren versucht. Eine dumme Frage jagt die nächste, und sie hört nicht auf, selbst als ich ihr nicht mehr antworte. Zu diesem Zeitpunkt merke ich, dass ich viel zu viel *Aquavit* hatte, und als wir gehen, ist jedes Wort, das sie sagt, eine Herausforderung für meine schlechte Laune.

Erst als wir auf der Gangway sind, beginnt sich das Mosaik zusammenzusetzen. Der erste Blitz blendet mich, gefolgt von einer Flut von anderen.

»Prinz Thorsen, stimmt es, dass Sie mit dieser Frau verlobt sind?«, ruft einer der Paparazzi.

»Ja, das stimmt.« Sie packt meinen Arm und zeigt

einen Ring, von dem ich nicht einmal gemerkt habe, dass sie ihn trägt. Aber jetzt ist es unmissverständlich. Dieser Ring gehört meiner Mutter.

»Was zum Teufel machen Sie da?«, zische ich ihr ins Ohr, während die Fotografen weiter Fotos schießen und uns mit Fragen bombardieren.

Lavinia zögert nicht eine Sekunde lang, mein Gesicht zurück in die Kameras zu drehen, während sie sich an mich lehnt. Ich reiße sie vom Ort des Geschehens weg, gerade als Han, der Chef meines Sicherheitsteams, zu uns eilt.

»Es tut mir leid, Eure Hoheit. Wir wussten nicht, dass Sie das Schiff verlassen.«

»Bringen Sie uns zum Auto«, fordere ich.

Er geht voran, während der Mob uns verfolgt. Sobald wir sicher hinten im Auto sind, spreche ich mit dem Fahrer auf Norwegisch und bitte um etwas Privatsphäre. Er nickt und schließt die Trennwand zwischen uns, und als ich mich Lavinia zuwende, sieht sie aus, als hätte sie gerade in der verdammten Lotterie gewonnen.

»Was zum Teufel hast du gerade getan?« Ich schlinge meine Finger um ihre Kehle, versucht, das Leben aus ihr herauszuquetschen. Ihre Hände kommen zu meinen, und Nägel graben sich in mein Fleisch, während sie mich wütend anstarrt.

»Das würde ich an deiner Stelle nicht tun«, droht sie. »Du würdest nicht wollen, dass die Medien alles darüber hören, wie du deine zukünftige Frau schlägst, oder?«

»Du wirst nie meine Frau werden.« Ich schiebe sie zurück, und ein giftiger Dunst legt sich über ihre Augen.

»Im Gegenteil, ich glaube, das werde ich. Siehst du, Thorsen, es hat einen Vorteil, im Palast zu sein. Du kannst dir nicht vorstellen, was ich alles höre. Gespräche zwischen deinen Eltern. Das Bettgeflüster zwischen deinem Vater und meiner Mutter. Es gibt so viele Details, in die ich eingeweiht wurde. Details, von denen ich mir sicher bin, dass du sie nicht in der Öffentlichkeit wissen möchtest.«

Ich weiß, ich sollte es nicht tun, aber ich schlucke ihren Köder. »Zum Beispiel?«

»Wie zum Beispiel deine psychologischen Probleme und deine kleinen Besuche bei einem gewissen Dr. Blom. Sagt dir das etwas?«

Ich kann fühlen, wie mir das Blut aus dem Gesicht läuft, als sie sich mir nähert, als sei ich ein Insekt, das in ihrem Netz gefangen ist. Sie sollte das nicht wissen. Es ist unmöglich, dass mein Vater es nach all den Jahren noch erwähnen würde. Ich will es nicht glauben, aber Lavinia ist noch nicht einmal annähernd fertig.

»Es ist lustig, weißt du.« Sie streckt ihre Hand aus, um den Ring an ihrem Finger mit einem Lächeln zu betrachten, das nur ein Psychopath haben würde. »So wie dein Vater es erzählt, bist du weinend zu ihm gekommen, weil eine Frau dir beigebracht hat, wie man ein Mann ist. Er sagte, du hättest darüber glücklich sein sollen, so eine heiße Frau zu haben. Hattest du eine Ahnung, dass er gut zehn Jahre lang glaubte, du könntest nicht einmal herausfinden, wie du deinen Schwanz benutzen kannst? Bis deine Freundin auftauchte. Wie hieß sie nochmal? Anja irgendwas oder so?«

»Fick dich.« Ich ziehe die Flasche *Aquavit* aus meiner Jacke und nehme vier Schlucke.

»Deine Probleme interessieren mich nicht wirklich.« Sie lehnt sich mit einer Leichtigkeit in den Sitz zurück, die verrät, wie zuversichtlich sie ist, dass sie gewonnen hat. »Ich will nur den Titel. Du musst mich nicht ficken. Du musst mich nicht einmal mögen. Du musst mich nur heiraten, sonst plaudere ich vor der ganzen verdammten Welt. Und wenn ich fertig bin, wird dein Ruf als der abgefuckteste Mann Norwegens für immer zementiert sein.«

»Du denkst, du hast alles im Griff.« Ich nehme noch einen Schluck aus der Flasche, als der Fahrer vor dem Eingang des Palastes zum Stehen kommt.

»Du wirst zustimmen.« Lavinia hebt ihr Kinn an. »Es ist nur eine Frage der Zeit.«

Sie greift nach der Tür, und ich beuge mich schnell über sie und schnappe mir ihre Hand.

»Was zum Teufel machst du da?«, kreischt sie.

»Gib mir den Ring meiner Mutter«, brülle ich ihr ins Gesicht. »Oder, so wahr mir Gott helfe, ich werde dir jeden einzelnen deiner gottverdammten Finger brechen, um ihn abzubekommen.«

Ihre Tapferkeit bricht ein, und sie schaut den Fahrer an, aber er befolgt meine Befehle und ignoriert uns, bis ich ihn anderweitig anweise.

»Hier gibt es niemanden, der dich retten kann.« Ich schiebe den Ring von ihrem knochigen Finger und stecke ihn in die Tasche. »Vielleicht solltest du das bedenken, bevor du Pläne schmiedest, vor den Traualtar zu treten.«

»Ich werde dich zerstören«, schreit sie mir ins Gesicht. »Du hast keine Ahnung, wozu ich fähig bin.«

»Und du hast keine Ahnung, wozu ich fähig bin.« Ich öffne die Tür und schiebe sie hinaus. »Aber fordere mich noch einmal heraus, und du wirst es herausfinden.«

MEINE SÜẞE, KLEINE FEUERSPEIENDE GÖTTIN SCHLÄFT in meinem Bett, als ich nach Hause komme. Als ich die Decke zurückziehe, rührt sie sich und blinzelt mich mit verschlafenen Augen an. Und dann lächelt sie und macht alles kaputt.

Ich kam hierher, um sie zu bestrafen. Auf dem gesamten Heimweg waren Visionen von mir, wie ich ihren Arsch rotschlug, das Einzige, was die Wut in meiner Seele milderte. Ich wollte sie hassen, ficken und quälen und die ganze Schwärze verschwinden lassen. Aber jetzt ist sie so zufrieden, dass ich bei ihr bin, dass ich mich nicht dazu bringen kann, es zu tun. Dafür habe ich sie nicht hergebracht. Sie soll mich nicht auf diese Weise anschauen, und ich soll mich nicht *so* fühlen.

Ich bin berauscht, aber es ist nicht der Alkohol in

meinen Adern, der mich so aus dem Gleichgewicht gebracht hat. Hitze krabbelt mir die Wirbelsäule hinauf und droht, mir die Luft zu nehmen. Wie kann sie es wagen, mir das anzutun? Wie kann sie es wagen, mich fühlen zu lassen?

»Thorsen?«, flüstert sie. »Kommst du ins Bett?«

Kommst du ins Bett?

Glaubt sie wirklich, dass sie mich domestiziert hat? Und schlimmer noch, warum sage ich ihr nicht Nein? Warum sage ich ihr nicht, dass sie in ihrem eigenen Zimmer, in ihrem eigenen Bett sein sollte?

»Geh wieder schlafen«, knurre ich und stolpere zur Tür. »Und lass mich verdammt nochmal in Ruhe.«

26

ELLA

Etwas stimmt nicht. Ich kann es in meinen Knochen spüren.

Calders Worte von vorhin kommen mir wieder in den Sinn. *Er wird dich wegstoßen. Er wird alle wegstoßen.*

Das kann ich nicht zulassen. Ich bin schon zu tief drin, schwimme in Gefühlen, die weitläufiger sind als ein Ozean. Vielleicht macht mich das krank im Kopf, aber es gibt im Moment nur zwei Möglichkeiten. Thorsens Dämonen gewinnen lassen und beweisen, dass er allein auf dieser Welt ist, oder ihm zeigen, dass, egal was er tut, es immer jemanden geben wird, der für ihn da ist, ob es ihm gefällt oder nicht.

Ich ziehe meinen müden Körper vom Bett hoch, werfe mir den Seidenbademantel über und binde den Gürtel zu. Der erste Ort, den ich überprüfe, ist sein Büro, aber er ist nicht da. Danach wandere ich wie ein Geist durch das Haus, verfolgt von der Angst in meinem Herzen.

Nerium Oleander.

Ich weiß, dass die Flaschen immer noch in meiner Tasche sind, wo ich sie heute Nachmittag hineingetan habe, als er weg war. Aber es krallt sich immer noch ein Gefühl der Verzweiflung in mich, während ich das Haus durchsuche und nichts finde. *Wo ist er?*

Das Mantra wiederholt sich in meinem Kopf, während ich in der Mitte der Küche stehe und meine Augen schließe und auf ein Geräusch lausche. Irgendein Geräusch. Aber alles, was ich höre, ist das Plätschern des Wassers gegen das Ufer draußen.

Draußen.

Ich gehe auf die Terrasse, öffne die französischen Türen, und als ich ihn dort ins Mondlicht getaucht sitzen sehe, glaube ich nicht, dass ich jemals so erleichtert war. Er sieht genauso gequält aus, wie ich mich fühle, und sein Profil starrt in den sternenübersäten Himmel.

Wortlos krieche ich auf seinen Schoß und greife sein Gesicht zwischen meine Hände und finde in seinen trüben Augen die Bestätigung, die ich brauche. Er ist betrunken und emotional. Aber als ich seinen Kopf an meinem schlagenden Herzen zur Ruhe bringe, protestiert er nicht.

»Thor.« Ich küsse seine Stirn und schiebe mit meinen Fingern durch sein Haar. »Ich gehe nirgendwohin.«

Seine Finger krümmen sich in mein Gewand und halten mich als Geisel, während ich ihn auf die einzige Weise tröste, die ich kenne. Ich berühre ihn sanft und küsse sein Gesicht mit einer Ehrfurcht, die ich wirklich fühle. Sogar in seinen dunkelsten oder grausamsten Momenten verzaubert er mich, und ich glaube nicht, dass er eine Ahnung davon hat. Aber ich will, dass er eine bekommt.

»*Min Gud*«, murmele ich ihm ins Ohr und benutze dabei den Satz, den ich heute bei Google gelernt habe. Wenn ich seine Göttin bin, dann ist er ganz sicher mein Gott.

»Ella.« Er hält mich in einem schmerzhaften Griff. »Verlass mich niemals.«

»Zwing mich nicht dazu«, flüstere ich.

Er greift nach meinem Hinterkopf und zwingt meine Lippen auf seine. Er schmeckt nach *Aquavit* und Feuer, und ich bin fiebrig, als ich daran arbeite, seine Hose aufzuknöpfen, während er meinen Bademantel öffnet und den Stoff beiseiteschiebt. Ein frenetischer, verzweifelter Hunger wirbelt zwischen uns, als wir zusammenkommen und ich auf seinen Schwanz hinabsinke. Thorsen stöhnt in meinen Nacken, und ich drücke seinen Kopf zurück, so dass er mich ansehen muss.

Als sich unsere Blicke treffen, gibt es keine andere Möglichkeit, es zu beschreiben. Es ist ein Donnerschlag. Ein *Coup de foudre*. Elektrizität knistert in der Luft zwischen uns, und mein Herz scheint zu schweben. Es ist intim und roh und kraftvoller, als es Mutter Natur selbst hervorbringen könnte.

Er bewegt mich. Er zerschmettert meine Welt. Und ich verstehe es in diesem Moment, klarer als die Sterne am Himmel über uns. Irgendwann habe ich mich in diesen wunderbar gebrochenen Mann verliebt. Es ist befreiend und erschreckend, und ich denke, ich weiß tief in meiner Seele, dass dies eine Selbstmordmission ist. Er wird nie in der Lage sein, meine Liebe zu erwidern.

Kann er es in meinen Augen sehen? Kann er verstehen, was ich fühle, während wir auf der Terrasse unter dem norwegischen Himmel eins werden?

»Ich fühle dich.« Ich lege seine Hand über mein Herz. »Hier drinnen.«

Als er erstarrt, bedecke ich seine Lippen mit meinen Fingern und schüttele meinen Kopf. »Glaub es nicht. Ignorier es einfach. Aber ich musste es dir einfach sagen, bevor es mich von innen heraus vergiftet.«

Er beobachtet mich mit einer Intensität, die mein rasantes Herz zum Schwelen bringt, während ich mich gegen ihn bewege, seinen Kopf nach hinten nehme und in den einzigen komfortablen Rhythmus falle, den wir kennen. Blut pulsiert, Herzen klopfen, Fleisch auf Fleisch. Wir leben für diese gestohlenen Momente. Ob es nun Strafe oder Leidenschaft ist, dies ist unsere Therapie. Die Sekunden werden zu Minuten, unsere Augen sind aufeinander gerichtet, und keiner von uns ist mutig genug, um wegzuschauen.

Er kommt für mich, und ich reite ihn so lange, bis auch ich um ihn herum zerbreche. Als ich schließlich gegen seine Schulter kollabiere, bin ich zu erschöpft, um mich zu bewegen, und Thorsen bittet mich auch nicht darum. Ich lege meine Arme um ihn, und er seine um mich, und wir bleiben so lange dort, bis unsere Glieder taub werden und die kühle Luft unsere entblößte Haut prickeln lässt.

»Aokigahara«, flüstere ich in seinen Nacken. »Sag mir, dass du niemals dorthin gehen wirst.«

Sein Körper verwandelt sich unter meinem in Stahl. »Woher kennst du diesen Namen?«

»Es stand in deinem Kalender.« Ich schließe die Augen und erzittere. »Und heute habe ich es nachgeschlagen. Ich weiß, was dieser Ort ist. Ich weiß, was die Leute dort tun.«

Seine Finger graben sich in meinen Kiefer, und er beugt sich näher zu mir und atmet mich ein, während er seine Augen schließt. »Du könntest es nie verstehen.«

»Erklär es mir.«

Er steht still, der Klang seines Atems ist das Einzige, was zwischen uns steht. Es fühlt sich an, als hätten wir heute Nacht eine unsichtbare Barriere überquert, aber ich weiß nicht, was mich erwartet. Er könnte mich ausschließen, und ein Teil von mir stellt sich schon darauf ein, aber er tut es nicht.

»Mein Gehirn ist wie ein Radio, das ständig versucht, den richtigen Kanal zu finden«, sagt er. »Eine Werbeanzeige, Texte, statisch. Es hört nie auf. Aber ich kann dafür sorgen, dass es aufhört.«

»Nein.« Ich drücke sein Gesicht zusammen und zwinge ihn, mir zuzuhören. »Das lasse ich nicht zu.«

»Du kennst mich nicht so gut, wie du denkst, *gudinne*. Du siehst etwas in mir, das nicht existiert.«

»Dann lass mich rein«, flehe ich. »Vertrau mir genug, um mir etwas Echtes zu erzählen. Gib mir eine Chance, zu beweisen, dass ich dich nicht verraten werde.«

»Etwas Echtes?« Er schluckt. »Was will die feuerspeiende Göttin wissen?«

Ich klopfe mit den Fingern auf seine Brust und schaffe mir den Mut, das zu sagen, was ihn am meisten provozieren könnte. Aber er ist gerade betrunken genug, und müde genug, und gut gefickt genug, dass ich denke, er könnte es mir endlich sagen.

»Wer hat dich verletzt?«

Ein frostiges Lachen hallt aus seiner höhlenartigen Brust, er schüttelt den Kopf, und seine Augen sind leer. »Niemand, Ella. Ich hatte Glück.«

»Inwiefern?«, frage ich.

»Ich hatte das Glück, eine Frau zu haben, die mir beibrachte, wie man ein Mann ist. Ihr Unterricht war eindringlich, und es stellte sich heraus, dass man eine Sprachbehinderung mit Grausamkeit heilen kann.«

Mir dreht sich der Magen um, als ich beginne, den Sinn seiner Worte zu erfassen, und meine Lippen sind so trocken, dass ich sie ablecken muss, bevor ich wieder Worte bilden kann. »Wie alt warst du?«

»Zehn.«

Ich höre ihn kaum. Er driftet weg, schläft ein, und ich kann ihn nicht loslassen.

»Thor.« Ich streiche mit meinen Fingern an seinen zusammengekniffenen Brauen entlang, und er öffnet seine Augen wieder. Als er die Verzweiflung in den meinen sieht, schiebt er sich unter mich, und seine Muskeln spannen sich an.

»Ich habe nur einen Witz gemacht.«

»Nein, das hast du nicht.« Meine Stimme zittert, und die Schleusen meiner Emotionen krachen auf, bevor ich sie eindämmen kann. Das Bild von ihm als Kind, auf diese Weise missbraucht, verletzt mich so tief, dass es sich anfühlt, als würde ich hier verbluten. Eine Spur von Tränen beginnt, über meine Wangen zu laufen, und mein Herz zersplittert, während ich um ihn trauere.

Ich bin getroffen, und ich kann es nicht verbergen. Thorsen weiß nicht, was er tun soll, und das ist peinlich offensichtlich, als er versucht, mich zu trösten. Seine Handfläche legt sich auf meinen Rücken, und das macht es nur noch schlimmer, denn ich sollte ihn trösten.

»Ich habe gelogen«, sagt er wieder. »Es ist nicht wahr.«

»Es ist wahr.« Ich berühre sein schönes Gesicht. »Ich habe dich gehört. Ich habe die ganze Zeit zugehört, also leugne es nicht. Nicht vor mir.«

Er vergräbt sein Gesicht in meinem Nacken und nickt mir zu, und lange sitzen wir einfach nur da, ineinander verschlungen. Sein Geständnis fühlt sich bedeutsam an, weil er sich mir gegenüber geöffnet hat, und ich glaube nicht, dass Thorsen sich seit sehr langer Zeit für irgendjemanden geöffnet hat. Aber der Krieg ist nicht vorbei, und in vielerlei Hinsicht spüre ich, dass er gerade erst beginnt.

»Lass uns zu Bett gehen«, murmelt er, während ich mich an seinem Körper festhalte.

Er zieht seine Hose hoch und bedeckt mich mit meinem Bademantel und trägt mich dann durch das Haus in sein Schlafzimmer. Nachdem er meinen Körper auf die Mitte des Bettes drapiert hat, zieht er seine Schuhe aus, kriecht hinter mich und zieht mich an sich.

»Nur für heute Nacht«, flüstert er in mein Haar.

»Heute Nacht«, flüstere ich zurück. *Und jeden Tag für den Rest unseres Lebens, wenn ich etwas zu sagen hätte.*

27

THORSEN

»Wie geht es ihr?«, frage ich.

Calder nimmt einen Schluck von seinem Kaffee und nickt nach oben. »Sie ist jetzt wach und nimmt ihre Umgebung gut wahr. Sie hat vor zwanzig Minuten nach dir gefragt.«

»Du solltest etwas schlafen«, sage ich zu ihm.

»Ich bleibe noch eine Weile, wenn es dir recht ist.«

Ich nicke, und wir gehen zusammen in die Suite unserer Mutter. Ich bin mir nicht sicher, was ich erwarten soll, aber als wir eintreten, liegt sie in ihrem Bett, und es scheint, dass sie sich komplett von gestern erholt hat.

»Thorsen«, sagt sie mit rauer Stimme. »Da bist du ja.«

Ich setze mich neben sie, und Calder holt einen weiteren Stuhl von der anderen Seite des Raumes zu uns.

»Wie fühlst du dich?« Ich betrachte sie mit verschwommenen Augen.

»Heute besser«, sagt sie. »Diese Medikamente machen mich so benommen, dass es schwierig ist, zu wissen, was vor sich geht. Ich habe Astrid gesagt, dass ich nichts nehmen will, bis du heute kommst.«

»Du solltest deine Medikamente nehmen. Ich werde für eine Weile nirgendwo hingehen.«

»Hast du deine Termine abgesagt?« Sie runzelt die Stirn.

»Ja.« Sehr zum Ärger meines Sekretärs. Ich bezweifele nicht, dass der König auch dazu etwas zu sagen haben wird.

»Tante Runa ist auf dem Weg«, informiert uns Calder. »Sie wird heute Nachmittag hier sein.«

Eine trostlose Akzeptanz fliegt über das Gesicht unserer Mutter. Sie ist sich bewusst, dass wir die Truppen aus einem bestimmten Grund versammeln.

»Ihr Jungs habt mich immer beschützt«, flüstert sie. »Habt ihr Angst um mich, meine lieben Söhne? Steht ihr deshalb an meinem Bett Wache?«

Calder und ich sehen uns an, und Mutter lacht.

»Es ist in Ordnung. Ich habe vielleicht einen Tumor im Kopf, aber ich bin nicht hirntot. Jedenfalls noch nicht. Ich weiß, was hier vor sich geht.«

»Tust du das?« Calder versteift sich neben mir.

»Dein Vater war schon immer ein rastloser Mann. Er hat nicht die Geduld, mit so etwas umzugehen. Er hat Trost gefunden, wo er kann, nehme ich an, so wie er es im Laufe der Jahre schon oft getan hat. Damit habe ich meinen Frieden geschlossen.«

»Wir dachten nicht, dass du es weißt«, sagt Calder leise.

»Ich weiß mehr, als du mir zutraust.« Sie lächelt, aber es vergeht, als sie mich ansieht. »Es gibt nur wenige Dinge, die mir über die Jahre entgangen sind.«

Die Tür zur Suite schlägt auf und erschreckt uns alle, und als ich mich umdrehe, steht mein Vater mit einem wütenden Gesichtsausdruck auf der Schwelle.

»Thorsen!«, brüllt er. »Was hast du diesmal gemacht?«

»Warum sagst du es mir nicht?« Ich seufze.

Er stürzt in den Raum, und Lavinia, Magnolia und Narcissa sind ihm dicht auf den Fersen. Als ich Lavinia sehe, zieht sich mein Magen zusammen. Sie hat ein zerschrammtes Gesicht, das sicherlich nicht da war, als ich sie gestern Abend verlassen habe, aber ich vermute, ich weiß schon, wohin das führt.

»Hast du dich gestern Abend betrunken und sie geschlagen?«, fragt der König.

»Es ist okay, Eure Hoheit.« Lavinia lächelt mich an, bevor sie den Kopf senkt. »Er hatte eine schwierige Zeit und die Dinge im Schlafzimmer gerieten einfach außer Kontrolle.«

Calder springt auf, um mich zu verteidigen, aber meine Mutter schneidet ihm den Weg ab.

»Thorsen?«

Als ich ihren alarmierten Gesichtsausdruck sehe, dringt die Müdigkeit in meine Knochen, und ich weiß einfach, dass ich sie verdammt nochmal nicht mehr anlügen kann. Ich kann den Bösewicht in diesem Szenario nicht spielen, selbst wenn es das Beste wäre.

»Das ist nicht wahr, *Mor.*«

»Schwachsinn.« Mein Vater stampft auf mich zu und schüttelt seinen Finger, während die Vene auf seiner Stirn pocht. »Ich sollte dich aus dieser Familie ausstoßen! Ich hätte dich als Kind wegschicken sollen. Du hast immer nur Ärger gemacht. Du wertlose, erbärmliche Ausrede eines Mannes. Du bist nicht geeignet, König zu sein!«

»Dann nimm deine Krone und schieb sie dir in den Arsch.« Ich schleudere meinen Stuhl zurück und trete herausfordernd auf ihn zu. »Ich will sie verdammt nochmal nicht. Gib sie Calder.«

»Ich will sie auch nicht.« Mein Bruder stellt sich an meine Seite. »Lass den Familiennamen mit uns sterben.«

»Dafür werde ich dich zerstören!« Mein Vater kommt auf mich zu und zieht seinen Arm zurück, während meine Mutter ihn anschreit, aufzuhören. Ich warte auf den Schlag, aber Calder schlägt zuerst zu und überrascht uns alle, als er den König mit einem einzigen Schlag zu Boden schlägt.

Bevor ich blinzeln kann, stürzt er sich mit einer angestauten Wut auf unseren Vater, von der ich niemals geahnt habe, dass sie in ihm existiert. Ich bin wie erstarrt, als ich dabei zusehe, wie Calder Elias Lykken immer und immer wieder ins Gesicht schlägt.

»Du hast ihn nie beschützt«, knurrt er. »Das ist alles deine Schuld!«

»Calder.« Ich ziehe ihn von unserem geschlagenen Vater weg, und er stößt mich weg. Als Elias auf seine Füße stolpert, ist er atemlos und schockiert, während sich seine Augen zwischen uns beiden hin- und herbewegen.

»Was meinst du, Calder?«, fordert meine Mutter. »Was meinst du damit, dass er ihn nie beschützt hat?«

Calders Augen haben ein Eigenleben entwickelt. All die Jahre hat er mein Geheimnis gehütet, und ich wusste nie, wie sehr es ihn belastet hat, bis jetzt.

»Es ist Zeit, Thor«, sagt er. »Wenn du es nicht hören willst, schlage ich vor, dass du den Raum verlässt. Aber so oder so, ich sage es ihr jetzt. Sie verdient es, die Wahrheit zu erfahren.«

Mein Protest erstirbt auf meinen Lippen, als ich meine Mutter ansehe. Sie klammert sich verzweifelt an jedes Wort, und Calder hat gerade bestätigt, was sie schon immer vermutete. Etwas ist geschehen, und sie wird jetzt nicht ruhen, bis sie die Wahrheit kennt.

Ich wende mich ab und gehe zur Tür, schiebe mich an meinem Vater und Lavinia vorbei. Als ich den Flur hinunter in die Küche stolpere, überlege ich, den Schnaps zu plündern, aber ich kann mir nicht vorstellen, dass er mir in dieser Situation nutzen wird. Stattdessen finde ich einen ruhigen Platz im Salon, wo ich mich zurücklehne und an die Decke starre.

Einen Moment lang wünschte ich mir, Ella wäre hier, aber dann bereue ich das. Ich will nicht, dass sie

Zeuge all dieser Hässlichkeit wird. Ich möchte nur, dass sie mich getrennt von meinem Vater kennenlernt, damit er niemals trüben kann, für wen sie mich hält. Denn selbst wenn ich grausam zu ihr bin, schaut sie mich immer noch an, als wäre ich ihr Held.

Ich schließe die Augen und erlaube der Stille, mich zu verzehren, aber innerlich ist mein Kopf wieder laut. Diese dunklen Gedanken bleiben bei der Wiederholung stecken. *Ein Messer in der Küche. Ein Dach auf dem Palast. Ich könnte einfach ins Auto steigen und wegfahren, einmal sehen, was passiert.*

»Thorsen.« Dr. Bloms Stimme erschreckt mich, und als ich die Augen öffne, sehe ich ihn und Calder.

»Ich dachte, es wäre am besten, wenn Dr. Blom uns mit dieser Situation hilft«, sagt Calder leise. »Er ist bereit, mit dir zu gehen. *Mor* will dich sehen.«

Meine Augen richten sich auf den Mann mit der Drahtgestellbrille. Jahrelang hat er versucht, mir zu helfen, und jahrelang habe ich ihn weggestoßen. Ich konnte nie herausfinden, warum er immer wieder auftauchte, scheinbar mit einem echten Interesse an meinem Leben und meinem Wohlbefinden. Ich war immer nur ein elender Bastard für ihn. Aber gerade jetzt wird etwas so schmerzhaft offensichtlich, dass ich mich schäme, dass ich mir nie erlaubt habe, es vorher zu bemerken.

Er sorgt sich um mich. Er will wirklich das Beste für mich. Dieses Gefühl ist genau da in seinen benebelten Augen. Er hält diese Emotion meinetwegen zurück, weil er weiß, dass dies schwer für mich sein wird. Vielleicht einer der härtesten Tage meines Lebens.

»Ich werde Ihrer Mutter alles sagen, was Sie wollen«, sagt er. »Wenn Sie mir die Erlaubnis geben, frei über unsere Sitzungen zu sprechen. Ich denke, das ist die richtige Entscheidung. Ich denke, Sie werden überrascht sein, was für eine Last dieses Geheimnis gewesen ist.«

»Okay.«

Beide sind überrascht, aber als ich mich vom Stuhl erhebe, eilen sie zur Tür und bereiten sich darauf vor, dass ich meine Meinung jede Sekunde ändere. Es hat keinen Sinn, jetzt dagegen anzukämpfen. Calder hat ihr bereits das Schlimmste gesagt. Ich kann es an seinen fleckigen, roten Augen erkennen.

Wir gehen schweigend zur Suite meiner Mutter, und es ist kein Zeichen meines Vaters in Sicht.

»Er ist mit Narcissa gegangen.« Calder liest meine Gedanken. »Ich bezweifele, dass sie in nächster Zeit zurückkommen werden.«

Mit einem Nicken bereite ich mich auf das vor, was jetzt kommen wird, als Dr. Blom die Tür zum Zimmer meiner Mutter öffnet und uns mit einer Geste hineinbittet. Sie sitzt wieder in ihrem Stuhl, und ich weiß nicht, wie sie es überhaupt schafft, aufrecht zu bleiben, so schwach, wie sie jetzt gerade ist.

»Du solltest im Bett sein.« Ich knie mich vor sie.

»Oh, Thorsen.« Mit zitterndem Arm greift sie nach mir und zieht mich zu sich heran, während sie ein herzzerreißendes Schluchzen ausstößt. »Ich habe dich enttäuscht. Mein Gott, ich habe dich enttäuscht.«

»Nein.« Ich schaue zu ihr auf. »Du hast nie etwas falsch gemacht.«

»Ich hätte es wissen müssen.« Ein Fluss von Tränen fließt über ihre Wangen. »Ich hätte mehr auf Antworten drängen sollen.«

»Ich hätte es dir nicht gesagt«, entgegne ich bestimmt. »Es hätte keine Rolle gespielt, was du getan hättest.«

»All die Jahre warst du so wütend, und ich habe nie verstanden, was passiert ist.« Ihr Körper zittert unter der Last ihrer Trauer. »Warum konntest du nicht zu mir kommen?«

»Ich wollte dich nicht verärgern.«

»Mich verärgern?« Ihre Stimme versagt. »Thorsen, ich bin deine Mutter. Es war meine Aufgabe, dich zu beschützen.«

»Es tut mir leid.« Ich senke meinen Kopf und versuche, den tobenden Sturm darin zu beruhigen.

»Du bist zu deinem Vater gegangen?«, fragt sie. »Und er hat dir nicht geglaubt?«

Als ich nicht antworte, greift Dr. Blom ein.

»Darf ich?« Er deutet auf den leeren Platz neben uns, und ich nicke.

»Eure Hoheit …«

»Bitte, nennt mich einfach Frida.«

»Frida«, stimmt er zu. »Es ist nicht ungewöhnlich, dass Kinder unter diesen Umständen den Missbrauch geheim halten. Thorsen ging zu jemandem, den er für seinen Beschützer hielt, und er wurde dafür bestraft. In Thorsens Kopf steigerte das seine Schande nur noch mehr. Ich denke, es wäre für jeden sehr schwierig, darauf zu vertrauen, dass ihm nach einem solchen Vertrauensbruch jemand glauben oder ihm helfen würde. Vielleicht würde das erklären, warum er nicht das Gefühl hatte, es jemand anderem erzählen zu können.«

»Calder sagte, er hat dich verspottet.« Die Faust meiner Mutter krümmt sich auf ihrem Schoß, und ich glaube, ich habe sie noch nie so wütend gesehen. »Ist das wahr?«

»Du weißt, wie er ist«, sage ich. »Ich will nicht mehr darüber reden.«

Ihr Gesicht zerknittert und ihre Tränen vervielfachen sich, wodurch ich mich wieder wie ein Arschloch fühle.

»Ich bin nicht sauer auf dich, Thor«, versichert sie mir, während Calder ihr ein paar Taschentücher reicht. »Ich … Ich würde alles geben, um dies zu ändern. Um zurückzugehen und es für dich zu reparieren.«

»Aber du kannst es nicht. Es war vor langer Zeit.«

»Ist das der Grund?«, fragt sie mit rauer Stimme. »Hast du deshalb schon einmal versucht, dich selbst zu verletzen?«

Als ich nicht antworte, greift Dr. Blom ein. »Möchten Sie, dass ich es ihr sage, Thorsen?«

»Bitte«, fleht sie mich an. »Ich muss es wissen.«

Meine Schultern sind steif, aber ich zwinge mich

zum Nicken und versuche dann, das anschließende Gespräch auszublenden. Es funktioniert nicht.

»Thorsen hat sich Ihnen gegenüber nie offen über seine Diagnose geäußert, weil er Sie nicht beunruhigen wollte. Aber ich denke, vielleicht wird es Ihnen helfen, zu verstehen. Er hat eine eigenartige Form von Zwangsstörung. Es bringt ihn dazu, häufig zwanghafte Gedanken über Selbstverletzung zu haben.«

Meine Mutter bringt eine unruhige Hand an ihren Mund und erstickt ein Schluchzen. »Sie meinen … er hat immer noch … jeden Tag diese Gedanken?«

»Sie können sich unkontrollierbar anfühlen«, antwortet Dr. Blom. »Aber sie sind handhabbar, wenn der Patient bereit ist. Thorsen hat ein Medikament, das hilfreich sein könnte, wenn er es nehmen würde.«

Ich blicke ihn finster an und fühle mich durch seine scharfe Beobachtung verraten.

»Ich habe seit der Diagnose Ihrer Mutter eine Veränderung bemerkt«, sagt er. »Sie haben nicht mehr mitgearbeitet. Sie haben mir gesagt, was ich hören will. Und ich vermute, dass Sie Pläne schmieden.«

Calder starrt mich an, und meine Mutter bricht wieder in Hysterie aus. Dr. Blom schafft es, sie mit einigen sanften Worten zu beruhigen, aber das ändert nichts an der Tatsache, dass sie es jetzt weiß.

»Mein Oleanderkonzentrat«, flüstert sie. »Du hast es genommen, nicht wahr?«

Als ich nicht antworte, nickt sie, als ob sie anfängt, zu verstehen.

»Dein Vater sagte mir, dass ich mir Dinge

einbildete, aber ich wusste, dass es verschwunden war.«

»Wo ist es?«, fordert Calder.

»Das ist egal«, sagt meine Mutter. »Denn Thor wird es entsorgen, und er wird mir ein Versprechen geben.«

Ich stehe auf, wende mich ab und kämpfe gegen den Drang an, hin und her zu gehen. Dr. Blom beobachtet mich, während meine Mutter ihr Urteil fällt.

»Versprich mir, dass du nirgendwohin gehst, mein Liebling. Egal was passiert, selbst an deinen härtesten Tagen wirst du weiterkämpfen. Kannst du das für mich tun? Kannst du mir dein Wort geben?«

Als ich nichts sage, macht sie weiter.

»Ich werde keinen Frieden haben, bis ich weiß, dass es dir gut geht. Ich kann dich nicht einfach so zurücklassen. Bitte, mein Liebling.«

Ich kneife die Augen zu, und ich wünschte, ich könnte diesen Tag noch einmal von vorne beginnen. Ich wünschte, Calder hätte es ihr nie erzählt. Aber es ist nicht nur sie. Es ist auch Ella. Die Schuldgefühle nagen an mir. Die beiden haben meinem Plan einen Strich durch die Rechnung gemacht, und alles ist völlig im Arsch, und ich weiß nicht, was es sonst noch zu sagen gibt. Wenn ich ihr dieses Versprechen gebe, breche ich das Versprechen, das ich mir selbst gegeben habe. Aber ich sehe keine andere Alternative.

»Ich kann nur versprechen, es zu versuchen.«

»Das wirst du«, sagt sie ohne jeden Zweifel. »Und mach dir keine Sorgen um deinen Vater, ich werde mich um ihn kümmern. Was Lavinia betrifft …«

Meine Aufmerksamkeit schnellt zu ihr zurück.

»Ich habe einen Fehler gemacht«, sagt sie. »Das ist schmerzhaft offensichtlich geworden. Ich möchte es jetzt und hier klar und deutlich machen, dass ich nicht möchte, dass du dieses Mädchen heiratest, Thorsen. Versprich mir, dass du das nicht tun wirst.«

Calder lacht, und trotz des Ernstes der Situation kann sogar ich darin einen gewissen Humor finden.

»Ich werde sie nicht heiraten«, verspreche ich.

»Alles, was ich für dich möchte, mein Sohn, ist, dass du deinem Herzen folgst. Wohin auch immer dich das führen mag.«

Calder nagelt mich mit seinem Blick fest und fügt hinzu: »Ich glaube, du weißt schon, wo das ist.«

28

ELLA

»Thorsen?«

Meine Augen schweifen über den Schatten, der über dem Bett lauert, aber das Zimmer ist so dunkel, dass es unmöglich ist, seine Gesichtszüge zu erkennen. Ich stehe kurz davor, Angst zu bekommen, als er die Decken wegreißt und die Nachttischlampe anschaltet. Er sieht in dem weichen orangefarbenen Schein gequält aus, und es ist offensichtlich, dass er, was auch immer heute Abend passiert ist, durch die Hölle gegangen ist.

»Geht es deiner Mutter gut?« Ich setze mich auf und strecke die Hand aus, um ihn zu berühren, aber er schiebt mich zurück auf das Bett.

Wie er da steht, mit brennenden Augen, bin ich mir nicht ganz sicher, ob ich weglaufen oder um Gnade betteln soll. Aber als er nach meinem Gesicht greift, ist seine Berührung voller Ehrfurcht.

»Ich will dich nur anschauen«, murmelt er. »Manchmal denke ich, dass ich dich mir nur einbilde.«

»Tust du nicht.« Ich lehne mich an ihn. »Ich bin hier.«

Er knöpft sein Hemd auf, zieht es langsam aus und lässt es auf den Boden fallen, bevor er mit seiner Hose weitermacht. Seine Unterhose fehlt noch, als er auf mich steigt, und seine Hände auf meinen Kopf legt. Er fällt auf mich und küsst mich mit mehr Leidenschaft, als er jemals zuvor gezeigt hat.

Er schiebt seine Hände an meinem Körper hoch und zieht mein seidenes Nachthemd mit. Ich biege mich ihm entgegen, und Thorsen stöhnt und findet seinen Weg in mich hinein. Mein Körper ist seine Kirche. Sein Ort der Anbetung. Und er fühlt sich heute Abend besonders fromm. Wir kommen zusammen mit einem manischen Verlangen, das niemals gesättigt werden wird. Ich muss es auch von ihm hören. Ich muss wissen, dass ich nicht die Einzige bin, die Sehnsucht nach diesem Ort hat, wenn wir nicht zusammen sind. Entgegen aller Vernunft bin ich in ihn verliebt. Kann er jemals einen Weg finden, auch meine kaputten Teile zu lieben?

Er küsst mich überall. Schmeckt meine Haut und atmet mich ein. In einer Sekunde fickt er mich, und in der nächsten macht er Liebe mit mir. Und irgendwo zwischen Dunkelheit und Morgendämmerung finden wir beide unsere Erlösung, und er bricht auf mir zusammen und kämpft darum, trotz seiner Erschöpfung sein eigenes Körpergewicht zu halten. Als er sich umdreht, nimmt er mich mit, so dass wir einander zugewandt Seite an Seite liegen. Unsere Beine und Hände und unser Atem sind immer noch ineinander verschlungen.

Ich lege meine Finger auf sein schlagendes Herz. Die Worte sind stumm, aber er liest sie in meinen Augen.

Ich fühle dich.

Thorsen greift nach meiner Hand und bringt die Handfläche zu seinen Lippen, damit er sie küssen kann. Dann legt er seine Handfläche über mein Herz. Ein Versprechen in der Dunkelheit, mit Worten, die zu verletzlich sind, um sie auszusprechen. Und für ein paar glückselige Minuten, während wir so einschlafen, fühlt es sich an, als würde endlich alles gut werden.

29

THORSEN

»Thorsen.«

Etwas stupst meinen Arm an, und ich stöhne.

»Dein Telefon«, murmelt Ella. »Calder ruft dich immer wieder an. Er hat schon dreimal angerufen.«

Ich öffne die Augen und treffe auf ihren Blick. Sie ist halb aufgestützt, aber immer noch in meinen Armen gefangen, als sie auf den Nachttisch zeigt.

Ein paar Sekunden der Stille vergehen, bevor das Telefon wieder zu klingeln beginnt, und als ich drangehe, wirbelt ein ekelhaftes Gefühl in meinem Bauch.

»Calder?«

»Du musst in den Palast kommen«, sagt er. »Jetzt.«

Mein Puls pocht mir in den Ohren, als ich durch die Palasttore fahre, und die Reifen über den Kies knirschen, bevor das Auto zum Stehen kommt. Draußen ist ein Team von medizinischem Personal versammelt, und ein Fahrzeug fällt mir besonders ins Auge. Es ist das des Gerichtsmediziners.

Mein Körper fühlt sich an, als wäre er aus Blei, als ich auf den Eingang zurenne. Calder wartet dort schon auf mich, und sein Gesichtsausdruck ist düster.

»Wo ist sie?« Ich versuche, mich an ihm vorbeizuschieben. »Wo ist sie?«

»Es geht ihr gut.« Er hält mich zurück und zwingt mich, ihn anzuschauen. »*Mor* ist in Ordnung.«

»Es geht ihr gut?« Meine Lungen füllen sich mit dem ersten vollen Atemzug seit er mich vor dreißig Minuten angerufen hat. »Was ist dann los?«

»Es ist Vater«, sagt er.

»Vater?«, wiederhole ich. »Was ist mit ihm?«

Seine Augen sind leer, völlig emotionslos, als er die Nachricht überbringt. »Er ist tot, Thor.«

Die Erde unter mir schwankt, und ich stolpere einen Schritt zurück. Calder streckt die Hand nach mir aus und stützt mich mit seiner Hand.

»Tot?«, keuche ich.

»Sein Herz«, sagt er bitter. »Sie denken, dass es im Schlaf einfach aufgehört hat zu schlagen.«

Was er mir erzählt, erscheint mir zu surreal. Zu einfach. Dieser elende Bastard kann nicht einfach weg sein. Nicht so einfach. Er sollte noch jahrelang da sein und unser aller Leben zur Hölle machen.

»Ist er noch hier?«, frage ich.

Calder nickt. »Er ist oben in seinem Bett.«

Ich schiebe mich an ihm vorbei, und er begleitet mich im Gleichschritt. »Thor, ich glaube nicht, dass das eine gute Idee ist.«

»Ich muss es mit eigenen Augen sehen.«

Calder strengt sich an, mit mir Schritt zu halten, während ich durch den Palast, die Treppe hinauf und den Flur hinunter zu seiner Suite laufe. Als wir den Eingang erreichen, sind ein paar Sanitäter drinnen und laden einen bleichen, leblosen Körper auf eine Trage.

Das Erste, was mich trifft, ist, wie äußerst unzufrieden er aussieht, sogar im Tod. Und das Zweite ist eine Welle der Trauer, die so tief ist, dass sie mich fast in die Knie zwingt. Aber ich kann nicht verstehen, warum. Ich hasste ihn. Ich habe ihn schon immer gehasst.

»Es ist in Ordnung, etwas zu fühlen«, sagt Calder leise. »Schließlich war er immer noch unser Vater.«

»Er hat mich nie gemocht.« Ich blinzele und versuche, die Unschärfe in meinen Augen zu zerstreuen. »Es sollte keine Rolle spielen.«

Calder schweigt neben mir, und es gibt nichts mehr zu sagen, während wir zusehen, wie die Sanitäter ihn auf uns zurollen. Sie sprechen uns ihr Beileid aus und fragen, ob wir gerne etwas Zeit hätten, um uns zu verabschieden.

»Nein.« Ich wende mich ab. »Ich muss nach *Mor* sehen.«

»Sie schläft.« Calder folgt mir hinaus in die Halle.

»Es war ein schwieriger Morgen. Ich denke, es ist das Beste, wenn wir sie im Moment nicht stören.«

»Ich muss sie einfach nur sehen.« Ich bleibe unbeirrbar. »Ich werde sie nicht wecken.«

In Mutters Zimmer finden wir sie schlafend vor, genau wie er es gesagt hat. Tante Runa steht an ihrem Bett, und sie begrüßt uns beide mit Umarmungen und Beileid, während wir uns zu ihr gesellen. Planlos lasse ich mich auf einen der Stühle sinken, und Calder nimmt einen der anderen. Für eine lange Zeit sitzen wir einfach nur da, verloren in unseren eigenen Gedanken.

»Glaubst du wirklich, dass sein Herz einfach aufgegeben hat?«, frage ich in den Raum.

Tante Runa sieht mich neugierig an. »Es war nur eine Frage der Zeit, nicht wahr?«

»Die Ärzte sagten, er hätte noch Jahre vor sich.«

Sie nimmt einen Schluck von ihrem Tee und zuckt mit den Achseln. »Ärzte wissen nicht alles.«

»Hast du den Verdacht, dass es etwas anderes war?« Calder runzelt die Stirn.

Lavinias beiläufige Bemerkung über sein Herz kommt mir in den Sinn, aber es scheint weit hergeholt zu sein, sie zu beschuldigen. Würde sie die Dinge wirklich so weit treiben? Und wenn nicht sie, dann vielleicht die Frau, die jede Nacht in seinem Bett schlief.

»Wo sind Narcissa und ihre Töchter?«, frage ich.

Runa schaut nach, ob meine Mutter schläft, und senkt

ihre Stimme auf ein Flüstern. »Sie haben heute Morgen ein ziemliches Spektakel veranstaltet, ohne Respekt und Anstand. Narcissa hatte einen hysterischen Anfall, und es gab kaum eine andere Wahl in dieser Angelegenheit. Ich ließ sie vom Sicherheitsdienst gewaltsam entfernen und in einem Hotel unterbringen, bis Hayes ihre Reisevorbereitungen nach Hause treffen kann.«

Ein Klopfen an der Tür stört uns, und Hayes steckt seinen Kopf mit einem entschuldigenden Gesichtsausdruck herein. »Es tut mir so leid, Eure Hoheit. Aber könnte ich Euch bitte kurz sprechen?«

Ich drücke mich vom Stuhl hoch und folge ihm mit Calder auf den Fersen in die Halle.

»Was ist los?«, frage ich.

»Ich verstehe, dass dies eine schrecklich schwierige Zeit für Euch sein muss«, sagt er. »Aber der Sekretär Eures Vaters und ich haben miteinander gesprochen, und wir glauben, dass es unbedingt notwendig ist, dass wir Euch sofort über Eure Pflichten informieren, damit wir mit der Presse umgehen können, bevor die Sache durchsickert.«

»Meine Pflichten?« Die Worte klingen hohl, als sie meinen Mund verlassen.

»Ja, Eure Majestät. Seit heute Morgen seid Ihr der König von Norwegen.«

»Thor.« Calder tritt neben mich. »Du musst das nicht jetzt gleich tun.«

»Aber er wird es tun.« Die schwache Stimme meiner Mutter spricht von hinter uns.

»Solltest du nicht im Bett liegen?«, bemerkt Calder, als Tante Runa sie in die Halle schiebt.

»Mir geht es gut«, antwortet sie stur, und ihre Augen richten sich auf mich. »Thorsen, ich weiß, die letzten paar Tage waren schwierig, aber die Zeit ist gekommen. Dafür wurdest du geboren.«

»Wofür wurde ich geboren?« Ich lache humorlos. »Das ganze Land verachtet mich.«

»Sie kennen dich einfach nicht«, beharrt sie darauf. »Du hast dich gut versteckt, aber jetzt ist es an der Zeit, sie dich so sehen zu lassen, wie du bist, und sie werden dich lieben, genauso wie wir alle dich lieben.«

Ich weiß, was sie tut. Sie muss mir nicht sagen, warum sie das forciert. Sie denkt, diese Wendung der Ereignisse wird mich in eine andere Richtung zwingen und mir einen Sinn und Zweck geben.

»Gib dem Ganzen eine Chance«, fleht sie. »Das ist alles, worum ich bitte.«

Hayes beschleunigt den Prozess, indem er weiteres Öl ins Feuer gießt.

»Eure Hoheit, wir haben nicht viel Zeit. Ich fürchte, es ist sehr wahrscheinlich, dass Narcissa sich gegenüber den Medien äußern wird. Wir müssen ihr voraus sein. Es ist jetzt Eure Aufgabe, die Sache zu kontrollieren.«

»Wie lange haben wir noch?« Ich seufze und wünsche mir, diese furchtbare Frau und ihre Familie würden einfach verschwinden.

Er schaut auf seine Uhr. »Ab jetzt, etwas unter vierzig Minuten.«

Nachdem wir die offizielle Pressemitteilung zusammengestellt hatten, führt mich Hayes zu einem Treffen mit dem Rat, das bis in die späten Abendstunden dauert. Nach allem, was passiert ist, weigere ich mich, dass Narcissa meine Mutter als ihren letzten Abschiedsschuss erniedrigt. Dieser nagende Gedanke ist es, der mich den Flur hinunter zum Büro meines Vaters treibt.

Jetzt, da ich die Schlüssel habe, kann ich auf seine Dateien zugreifen. Als ich mich an den Schreibtisch setze und seine Schubladen aufschließe, dauert es nicht lange, bis ich finde, was ich suche. Neben den Dossiers der vielen Menschen in unserem Leben gibt es einen Ordner für Narcissa und ihre Töchter.

Ich lege die Akte auf den Schreibtisch, öffne sie und gehe die profanen Details ihres Lebens durch. Schulzeugnisse, Geburtsdaten, Jobs, Beziehungen. Genau bei diesem Punkt fällt mir etwas auf, und ich bin beinahe überzeugt, dass ich vor Erschöpfung wahnhaft sein muss, denn das kann nicht stimmen. Aber egal, wie oft ich blinzele, der Name in der Datei ändert sich nicht. Unter Narcissas Verwandten ist eine Stieftochter aufgeführt, die sie nie erwähnt hat, mit dem Namen Ella Bellerose Laurent.

Mein Kopf dreht sich, und ich fühle mich, als würde ich krank werden, während sich diese Information in meinem Bewusstsein festsetzt. Ich kann das nicht akzeptieren. Es ist unmöglich, dass Ella jemals mit ihr verwandt sein könnte. Ich will es nicht glauben. Aber je mehr Zeit ich damit verbringe, durch die Seiten zu blättern, desto offensichtlicher wird es, dass es die erschreckende Wahrheit ist. Es gibt Bilder von ihr in diesem Ordner. Ein Familienfoto aus der Zeit, als ihr Vater noch lebte, zusammen mit einem einsamen Ausweisfoto. Die blauen Augen, die mich anstarren, sind unverkennbar. Dieselbe Frau ist in meinem Haus. In meinem Bett. Und noch schlimmer, sie ist in meinem Kopf.

Ich kann die Verbindung zwischen ihnen nicht leugnen, und meine Paranoia wächst wie Krebs in mir. Sie hat mir nie gesagt, wer ihre Familie war. Sie hat Lavinia oder Narcissa nie namentlich erwähnt, und jetzt gibt es nur eine Schlussfolgerung, die ich ziehen kann. Hat sie auch mit mir gespielt? War das alles ein ausgeklügelter Plan zwischen ihnen? Sie kamen zum Ball, um einen Prinzen zu jagen, und ich war der einzige, der dumm genug war, den Köder zu schlucken. Sie fütterte mich häppchenweise mit einer Geschichte, die in ihrer Verzweiflung viel zu bequem war. Niemand ist so selbstlos. Niemand würde die Vereinbarung, die sie mit mir getroffen hat, treffen, wenn nicht etwas für sie drin wäre.

Ich fühle dich.

Als ich die Augen schließe, kann ich immer noch sehen, wie sie diese Worte im Mondlicht flüstert. Sie fühlten sich so echt an. Aber jetzt wirken sie wie ein Verrat der schlimmsten Art.

Hitze leckt an meiner Kehle, und die Feuchtigkeit

auf meinen Lippen verdunstet und versengt meinen Mund mit einer Bitterkeit, die ich nicht schlucken kann. Sie hat mich ausgetrickst. Sie hat mich angelogen. Ich hatte recht, ihr nicht zu vertrauen. Aber sie besiegte mich mit einer Vorstellung, die listiger war als alle anderen. Und jetzt wird sie dafür bezahlen.

30

ELLA

Etwas kracht und rüttelt mich aus dem Schlaf. Als ich mich aufrichte, ist mein erster Gedanke, dass es ein Sturm ist. Und es stellt sich heraus, dass ich recht habe. Es ist ein Sturm, den ich sehr gut kenne, und sein Name ist Thorsen.

Glas zerbricht am Boden, als seine Schritte wie Schüsse von den Wänden widerhallen. Das Kunstwerk im Flur klingt nicht so, als hätte es überlebt, und jeder Instinkt in mir schreit mich an, wegzulaufen. Ich bin schon halb aus dem Bett aufgestanden, als die Tür aufbricht und der Donnergott selbst durch sie hindurchtritt.

»Thorsen?« Ein kalter Schauer läuft mir den Rücken hinauf. »Was ist los?«

Er kommt zu mir, dunkel und furchterregend, und seine Augen glühen, während seine Finger sich um meine Kehle schlingen. »Wer bist du?«

»Was?« Meine Augen bewegen sich über sein

Gesicht und versuchen, die Situation zu erfassen. Hat er wieder getrunken?

»Wer zum Teufel bist du?«, brüllt er. »Sag mir die Wahrheit!«

»Du kennst mich«, flüstere ich.

»Ich kenne dich verdammt nochmal nicht.« Er lässt mich los, als hätte ich ihn verbrannt, und starrt mich mit solchem Hass an, dass es mich bis auf die Knochen schneidet. Aber ich bin entschlossen, der Sache auf den Grund zu gehen. Etwas ist passiert. Ich muss nur herausfinden, was es ist, damit wir es gemeinsam angehen können.

»Bitte sag mir, was hier los ist«, flehe ich.

Er schnappt sich mein Handy vom Nachttisch und blättert durch Apps, als ob er nach meinem schmutzigen kleinen Geheimnis sucht. Ich bin gelähmt vor Ungewissheit, und ich stelle mir vor, dass es sich so für eine Maus anfühlen muss, wenn sie eine Katze beobachtet. Ich habe ihn noch nie so gesehen. So wütend. So betrogen. Seine Augen blinzeln, als hätte er etwas gefunden, aber ich weiß, dass das nicht möglich ist. Ich habe nichts zu verbergen.

Er lässt das Telefon wieder auf den Nachttisch fallen, geht in sein Badezimmer, zieht Schubladen auf und wirft den Inhalt auf den Boden. Als er wieder in der Tür erscheint, pocht sein Hals, wie ich es noch nie zuvor gesehen habe.

»Wo ist es?«, fragt er.

»Wo ist was?«

»Der Oleander!«

Ich atme ein und schüttele den Kopf. »Das sage ich dir nicht.«

»Das ist kein Spiel«, knurrt er. »Welchen Teil davon verstehst du nicht?«

Als er wieder zu mir kommt, krabbele ich über das Bett, aber ich bin nicht schnell genug. Er packt mich am Knöchel und zieht mich zurück, drückt mich mit seinem Körpergewicht, während er mein Gesicht zwischen seinen Fingern zerquetscht.

»Wo ist er?«

»Ich habe ihn in die Bucht geworfen«, lüge ich.

Seine Kehle arbeitet von der Kraft seiner Wut, und ich weiß nicht, wie ich das reparieren soll.

»Ist deiner Mutter etwas passiert?«, flüstere ich. »Ist es das, was los ist?«

»Sprich nicht über meine Mutter.«

Er reißt mich vom Bett hoch, und ich schlage in seinen Armen um mich, während er mich den Flur hinunter in mein Zimmer trägt. Das Zimmer, in dem ich nicht mehr war, seit er mich in seines gelassen hat.

»Thor, bitte.« Tränen laufen mir über die Wangen, als er mich auf das Bett wirft und einige Fesseln von der Wand greift. »Bestraf mich, wenn du musst, aber schließ mich nicht aus. Sprich mit mir. Sag mir, was hier los ist.«

Er zwingt meinen Knöchel in eine Fessel und befestigt ihn am Bettpfosten.

»Hat es dir gefallen?«, fragt er und wiederholt den Vorgang am anderen Knöchel. »Hast du es genossen, als ich dich gefickt habe, oder war das alles auch eine Lüge?«

»Nichts war eine Lüge.« Ich greife nach ihm, als er sich über mich beugt, und er schiebt meine Hand weg.

»Du darfst mich nicht anfassen.«

Seine Worte fühlen sich wie ein Schlag in die Eingeweide an, und ich versuche immer noch, mich zu erholen, als er seinen nächsten Schlag austeilt.

»Morgen kannst du von mir aus zu deinem erbärmlichen kleinen Bauernhof zurückkehren und in der Scheune leben.«

»Thorsen, bitte …«

»Ich bin nicht mehr Thorsen.« Er zieht die letzte meiner Fesseln fest und lässt mich quer über das Bett gestreckt zurück. »Ich bin der König von Norwegen, und du warst immer nur ein Fickspielzeug.«

Ich bin der König von Norwegen. Der König von Norwegen. Der König von Norwegen.

Die ganze Nacht haben diese Worte meinen Geist geplagt. Ich denke immer wieder, dass ich mich irren muss, aber es gibt nur eine Schlussfolgerung, die Sinn ergibt. Thorsens Vater ist tot, und er hat den Thron bestiegen.

Trauer. Das ist es. Es gibt keine andere Erklärung.

Die Uhr auf dem Kaminsims tickt vor sich hin, eine Minute mündet in die nächste, bis die Stunden wie ein endloser Abgrund erscheinen, dem ich nie entkommen werde. Er ist nicht zurückgekommen. Selbst am nächsten Morgen, als Licht durch die Fenster hereinströmt, kommt er immer noch nicht zu mir.

Irgendwann öffnet Lisbet die Tür, und als sie mich ans Bett gefesselt vorfindet, wird ihr Gesicht blass, und sie huscht davon, während sie etwas auf Norwegisch murmelt. Ich rufe ihr nach, aber sie kommt nicht zurück. Weitere Minuten vergehen. Und dann Stunden. Bis ich meine Blase nicht mehr halten kann.

Ich sage mir, ich könnte alles ertragen, was er mir an den Kopf wirft, aber je länger er mich hierlässt, desto mehr stelle ich es in Frage. Alles scheint hoffnungslos, als die Sonne draußen hoch am Himmel aufgeht. Wo ist er? Wann wird er zu mir kommen, damit wir darüber reden können? Weil es das ist, was wir tun. Wir kämpfen, und er arbeitet seine Probleme heraus, und dann ist alles in Ordnung. Es kommt immer in Ordnung. Aber heute ist das nicht der Fall. Denn als sich die Tür öffnet und ich endlich aufatme, wird meine Erleichterung abrupt durch Furcht ersetzt, als ich das Gesicht sehe, das mich anstarrt.

»Lavinia?« Ich zucke instinktiv gegen meine Fesseln, aber es hilft mir wenig.

»Oh, mein verdammter Gott.« Ihr Mund klappt auf, und ihr böser Blick schweift mit einem Hass über mich, der so tief ist, dass er mein Fleisch von neuem versengt. »Das ist es also, was er die ganze Zeit versteckt hat?« Sie lacht, als ob es völlig unglaubwürdig wäre. »Ihr wollt mich wohl verarschen.«

»Was machst du hier?«, frage ich.

»Nein, Aschenputtel.« Sie knallt die Tür hinter sich zu. »Was zum Teufel machst du im Haus meines Verlobten?«

»Verlobten?«

Mein Herz steht still, und die Zeit scheint sich zu verlangsamen, während ein gefühlloses Lächeln ihre Lippen krümmt. »Oh, hat er dir das nicht erzählt?«

»Du lügst. Das ist nicht wahr.«

»Oh, aber das ist es.« Sie kommt näher, um sich neben mich auf das Bett zu setzen und mich mit ihren Augen lebendig zu häuten.

»Nein«, bestehe ich darauf. »Er ist hier bei mir gewesen. Ich weiß nicht, wie du mich gefunden hast, aber was du behauptest, ist unmöglich.«

»Mein Gott, bist du doof.« Sie starrt mich wütend an. »Was glaubst du, wo er jeden Tag hingeht? Was glaubst du, wo er gewesen ist, wenn er nicht da war? Er war bei mir, du blöde Kuh.«

Ein Bild von Thorsens Kalender kommt mir in den Sinn, und ich denke an den Abend mit der Oper zurück. Ich erinnere mich an den Streit, den wir hatten, als er im Anzug nach Hause kam und ich ihn fragte, ob er mit jemand anderem Sex habe. Er hatte mir gesagt, ich müsste ihn nicht teilen. Hatte er mich angelogen?

Mein Magen rebelliert, und ich fühle mich, als würde ich mich heftig übergeben müssen, als Lavinia einen Artikel auf ihrem Handy aufruft und ihn mir vors Gesicht hält. Es ist ein Foto von ihnen. Thorsen und Lavinia vor der Yacht seiner Familie. Sie lässt einen riesigen Stein an ihrem Finger funkeln, und die Überschrift sagt alles.

Prinz Thorsen verlobt mit geheimnisvoller britischer Schönheit.

»Was ist denn los, Aschenputtel?«, spottet Lavinia. »Hat eine Katze deine Zunge gefressen?«

»Geh weg!«, schreie ich sie an. »Lass mich verdammt nochmal einfach in Ruhe!«

»Das hättest du wohl gern.« Sie steckt das Telefon wieder in ihre Tasche und steht auf. »Wenn du denkst, du kannst alles ruinieren, wofür ich so hart gearbeitet habe, dann hast du dich geschnitten.«

Sie blickt sich im Raum um, und ihre Augen weiten sich vor Freude, als sie auf Thorsens Folterwand landen.

»Lavinia, nein.« Ich kämpfe gegen die Fesseln, aber es ist zu spät. Sie geht bereits auf sie zu, mit dem gleichen glasigen Gesichtsausdruck wie damals, als sie mich ins Feuer drückte.

»Du bedeutest ihm nichts, weißt du?« Ihre Finger fahren über einen Flogger, bevor sie sich zu einem Paddel bewegen. Sie nimmt es in die Hand, betrachtet es und legt es dann beiseite. »Du bist nur ein Spielzeug. Er würde diese Dinge niemals mit mir machen.«

»Lass mich gehen.« Ich kneife die Augen zusammen. »Ich werde gehen. Du wirst mich nie wiedersehen müssen.«

»Nein, das glaube ich nicht.«

Als ich die Augen wieder öffne, starrt sie auf die ledergeflochtene Peitsche, die an der Wand hängt, und mein Blut gefriert, als sie danach greift. »Dir muss eine Lektion erteilt werden.«

»Überleg dir gut, was du tust.« Ich winde mich und schaue zur Tür. *Ist Thorsen hier? Weiß er, dass sie hier ist?*

Lavinia holt einen Knebel aus dem Schrank, betrachtet ihn und kommt dann zu mir. Ich schlage gegen die Fesseln, schreie markerschütternd und bete, dass Lisbet mich hören kann, wo auch immer sie ist. Lavinia stürzt sich auf mich und packt mich an den Haaren, während sie mir den Knebel in den Mund drückt. Ich versuche, gegen sie anzukämpfen, aber es ist sinnlos. Ohne den Einsatz meiner Gliedmaßen hat sie die alleinige Kontrolle, und es dauert nur wenige Sekunden, bis sie das Band um meinen Kopf befestigt hat.

Als sie fertig ist, lehnt sie sich zurück, um ihr Werk zu inspizieren, und ich versuche mit ihr um den Knebel herum zu reden, aber es ist unmöglich. Alles kommt so gedämpft heraus. Selbst wenn Lisbet direkt vor der Tür stünde, würde sie mich nicht hören.

»Ich werde dich so hässlich machen, dass Thorsen dich nie wieder anschauen will.«

Lavinia schwingt probehalber die Peitsche in ihrer Hand. Sie ist klein genug für sie, um sie zu kontrollieren, und tödlich genug, um das zu zerstören, was von mir übriggeblieben ist. Es gibt nichts, was ich tun kann, außer zuzusehen, wie sie ein Gefühl dafür bekommt. Nichts kann mich jetzt noch retten. Nicht einmal mein Gott des Donners.

Tränen laufen mir über das Gesicht, als sie ihr

Handgelenk ausstreckt und mich mit dem ersten Schlag auspeitscht. Der Schmerz pflügt in mich hinein, lässt meine Nerven platzen und zwingt mich zu einem Schrei aus der Tiefe meines Bauches. Es bleibt keine Zeit für auch nur einen Atemzug, bevor sie erneut zuschlägt, und immer und immer wieder so heftige Qualen auf mich regnen, dass ich davon überzeugt bin, dass ich so sterben werde.

Die Lederschlange schneidet in mein Fleisch und hinterlässt Striemen und Blutspuren, wo sie die Haut spaltet. Ich ringe nach Atem, ersticke an meinem Knebel und bin völlig hilflos angesichts ihrer Bösartigkeit. Sie verbrennt mich wieder lebendig, und als ich die Augen schließe, ist das alles, was ich sehen kann. Feuer berührt jeden Teil von mir. Dieser Tod ist der langsamste, qualvollste Weg, den ich gehen konnte. Und bald werde ich nichts als Asche sein.

Durch die Gnade des Schicksals schrumpfen meine Pupillen auf einen Punkt zusammen, und der Raum verengt sich und droht zu verschwinden. Ich schwebe weg, in eine andere Zeit und einen anderen Raum. An einen Ort, wo es keinen Schmerz mehr gibt. Ich gebe mich ihm hin, und schließlich verzehrt mich die Schwärze.

31

THORSEN

»Ich muss gehen, Hayes.« Ich verkeile das Telefon zwischen Ohr und Schulter, während ich die Haustür aufschließe. »In einer Stunde werde ich wieder im Palast sein.«

»Vergessen Sie das Meeting um drei nicht«, sagt er angespannt und klingt dabei so abgelenkt, wie ich mich fühle. »Für Beerdigungsvorbereitungen.«

»Ich habe es nicht vergessen.« Ich massiere mir den Nasenrücken, als ich das Haus betrete und meine Schlüssel auf den Tisch fallen lasse. »Wir sehen uns in Kürze.«

Er beendet den Anruf, und ich stecke mein Handy ein und schaue nach der Zeit. Es ist bereits Mittag. Als ich heute Morgen um sechs Uhr ging, hatte ich nicht erwartet, so lange weg zu sein, und die Schuldgefühle haben den ganzen Tag an mir genagt. Ella ist immer noch im Gästequartier ans Bett geschnallt, und ich muss mir noch überlegen, was ich mit ihr machen will.

Letzte Nacht war ich überzeugt, dass ich keine andere Wahl hatte, als sie wegzuschicken. Aber den gesamten Morgen, während ich mich mit verschiedenen Parlamentsmitgliedern traf, ging ich jede andere Alternative durch, die beinhaltete, dass sie bleiben würde. Jede Option war lächerlicher als die andere. Ich könnte sie fesseln. Sie für immer im Gästezimmer eingeschlossen halten. Sie knebeln, damit sie nie wieder sprechen und mich nie wieder dazu bringen könnte, ihre Lügen zu glauben.

Aber waren es wirklich Lügen gewesen? Ich hatte wild von einer Gewissheit zur nächsten geschwankt. Natürlich hatte sie gelogen. Warum hätte sie das nicht tun sollen? Das war alles, was ich je gekannt habe. Aber ich hatte mich selbst davon überzeugt, dass sie anders war. Ich hatte meine Deckung aufgegeben, nur um wieder blind zu sein.

Als ich mich ihrem Zimmer nähere, ist meine Entscheidung noch immer nicht klarer. Das Haus ist ruhig, und Lisbet ist in der Nachmittagspause. Aber etwas fühlt sich komisch an, als ich die Tür zu Ellas Zimmer erreiche und bemerke, dass sie offen steht. Ich erinnere mich deutlich daran, dass ich sie gestern Abend geschlossen habe. Aber hatte ich sie abgeschlossen?

Ich schiebe sie auf und rechne fast damit, dass Ella mit einer weiteren Lampe auf mich zufliegt. Aber der Raum ist totenstill. Als ich um die Ecke gehe und das Bett in Sichtweite kommt, bleibt die ganze Welt verdammt nochmal stehen.

»Ella?« Ich versuche, den Anblick vor mir wegzublinzeln. Der blutig geschlagene Körper der Frau, die ich liebe.

Liebe.

Ich liebe sie. Diese tiefe Erkenntnis trifft mich wie ein Ziegelstein auf den Kopf, als ich vorwärtsstolpere und mein Herz gegen meinen Brustkorb hämmert. Sie bewegt sich nicht, und ich habe eine Scheißangst, dass ich schon zu spät bin. Ihre leeren Augen sind zur Decke gerichtet, und ich brauche eine Minute, um mich davon zu überzeugen, dass sie überhaupt geblinzelt hat.

Als ich bei ihr ankomme, weiß ich nicht, was ich tun soll. Der Anblick ist zu schrecklich für Worte. Es sieht aus, als wäre sie mit einem Messer bearbeitet worden, denn ihre Haut ist am ganzen Körper aufgeschlitzt.

»*Gudinne*«, sage ich erstickt, als ich auf das Bett krabbele und auf sie zu krieche. »Wer hat dir das angetan?«

Sie versucht nicht, um den Knebel in ihrem Mund herum zu sprechen, auch nicht, nachdem ich ihn entfernt habe. Sie schaut mich nicht einmal an, als ich meine zitternden Hände zwinge, ihre Fesseln zu lösen. Es ist ein mühsamer, langsamer Prozess, weil ihre Hand- und Fußgelenke genauso offen und blutig sind wie der Rest von ihr. Meine süße Göttin kämpft um ihr Leben. Sie hat so hart gekämpft, dass mir die Tränen in die Augen steigen, während ich versuche, herauszufinden, wie ich ihr verdammt nochmal helfen kann. Ich habe Angst, sie zu berühren, sie zu bewegen, aber ich will sie einfach nur halten.

»Ella.« Meine Finger geistern über ihr Kinn und neigen ihren Blick zu mir. Sie blinzelt, aber erkennt mich nicht. »Sag mir, was passiert ist. Bitte.«

Nichts. Sie starrt mit leeren Augen durch mich hindurch.

Ich greife nach meinem Telefon und kämpfe mich durch meine Kontakte, um den Namen meines persönlichen Arztes herauszusuchen. Er antwortet unverzüglich, und ich erteile ihm meine Anweisungen mit belegter Stimme.

»Sind Sie okay, Thorsen?«, fragt er, bevor ich auflege.

»Kommen Sie einfach schnell.«

Ein weiterer Moment vergeht, und ich nehme Ellas Hand in meine. Das ist alles, was ich im Moment für sie tun kann. Ich habe mich in meinem ganzen Leben noch nie so verdammt hilflos gefühlt. Die Sekunden ziehen vorbei, und dann lange Minuten, bis ich schließlich höre, dass Dr. Hansen vor der Tür steht. Ich rufe ihm zu, dass die Tür offen ist, und treffe ihn dann im Flur.

»Geht es Ihnen gut?«, fragt er wieder.

»Nein.« Ich drehe beinahe durch, verdammt. »Tut es nicht. Aber hier geht es nicht um mich.«

Er folgt mir den Flur entlang in Ellas Zimmer, und als er sie sieht, läuft ihm die Farbe aus dem Gesicht.

»Oh, Thorsen. Das ist übel.«

Nachdem ich Ella vorsichtig auf die sauberen Laken meines Bettes verlegt habe, brauchen Dr. Hansen und sein Zwei-Krankenschwestern-Team drei lange Stunden, um sie zu säubern und ihre Wunden zu verbinden. Sie hatte mehrere Schnittwunden, die genäht werden mussten, eine davon im Gesicht. Während des gesamten Prozesses fühlte ich, wie der Arzt mich beobachtete, während er sie fragte, was passiert war. Aber sie weigerte sich auch bei ihm, zu reden.

»Sie ist traumatisiert«, sagt er mir im Flur. »Ich habe bereits Dr. Blom gerufen. Er ist auf dem Weg. Aber es ist gut möglich, dass sie für eine Weile überhaupt nicht spricht. Sie muss sich ausruhen.«

»Was kann ich für sie tun?«

»Im Moment müssen Sie ihr nur Zeit geben. Meine Krankenschwester wird hierbleiben und mir über ihre Fortschritte berichten. Dr. Blom und ich werden auch miteinander sprechen, sobald er sie sich angesehen hat und wir entscheiden können, wie wir am besten vorgehen.«

Ich nicke, aber mein Herz hat sich noch nie so schwer angefühlt.

»Sie haben keine Ahnung, wer das getan haben könnte?«, fragt er müde, und ich kann die unausgesprochene Frage in seinen Augen sehen. Er will fragen, ob ich etwas damit zu tun habe.

»Ich weiß es nicht.« Ich unterdrücke den Drang,

etwas kaputt zu machen. Den ganzen Nachmittag lang habe ich mir genau diese Frage gestellt. Und bis ich es sicher weiß, ist meine Wut in mir gefangen und wartet auf ein Ziel. »Meine Sicherheitsleute überprüfen gerade alle Kameras.«

Es gibt keine Kameras im Anwesen, weil ich sie nie wollte. Eine Entscheidung, die ich nach dem heutigen Tag bereue.

»Rufen Sie mich an, wenn Sie weitere Fragen haben«, instruiert Dr. Hansen mich. »Ansonsten komme ich morgen wieder, um nach ihr zu sehen.«

Ich begleite ihn nicht extra bis zur Tür, aber es dauert nicht lange, bis Dr. Blom erscheint und ich ihn hereinlassen muss. Als er Ella sieht, wendet er sich sofort zu mir.

»Thorsen …«

»Ich habe das nicht getan«, knurre ich.

Er sucht mich nach Anzeichen einer Lüge ab und seufzt dann. »Es tut mir leid, aber Sie wissen, dass ich fragen muss.«

»Sie will nicht sprechen.« Meine Blicke bewegen sich über Ella, gequält von dem Ausdruck auf ihrem Gesicht. Ich kann nicht mehr sicher sein, dass sie überhaupt noch da drin ist. Nicht, bevor sie mit mir spricht. »Ich weiß nicht, wie man das repariert.«

»Wer ist sie?«, fragt Dr. Blom neugierig.

»Ich traf sie auf dem Ball in London. Es ist dieselbe Frau, nach der Sie mich gefragt haben.«

Den Teil, dass ich sie entführt habe, lasse ich weg, obwohl ich nicht daran zweifele, dass Ella es ihm wahrscheinlich sowieso selbst sagen wird. Ich will sie einfach nicht verlieren.

»Geben Sie mir etwas Zeit mit ihr«, sagt Dr. Blom. »Ich lasse Sie wissen, wenn ich fertig bin.«

Ich zögere, und er beobachtet mich genau. Er weiß, es sieht mir nicht ähnlich, so beschützend zu sein, aber mit Ella ist es anders. Das weiß ich jetzt, und es ist mir egal, ob er es auch weiß. Aber bevor wir dazu kommen können, klopft der Sicherheitschef an meine Tür und unterbricht uns.

»Eure Hoheit, wenn Ihr einen Moment Zeit habt, würde ich Euch gerne etwas zeigen.«

»Gehen Sie, Thorsen.« Dr. Blom zeigt auf die Tür. »Im Moment ist es das Einzige, was Sie tun können, um zu helfen.«

Nachdem ich einen letzten Blick auf Ella geworfen habe, schließe ich mich widerwillig meinem Sicherheitsteam an, das Kameraaufnahmen auf einem Laptop in meinem Büro aufruft.

»Wir konnten die Person nicht identifizieren«, bemerkt Han, »aber wir haben mehrere Bilder gefunden. Vielleicht erkennt Ihr sie?«

Meine Augen konzentrieren sich auf den Bildschirm, während die Person in den Aufnahmen zur Haustür geht. Wer auch immer sie ist, sie trägt einen ausgebeulten blauen Kapuzenpulli, eine Sonnenbrille und schwarze Jeans. Sie scheint sich auch der Tatsache bewusst zu sein, dass sich über ihr eine Kamera befindet, weil sie die ganze Zeit den Kopf unten hält.

»Ist es ein Mann?« Ich kneife die Augen zusammen, um besser sehen zu können.

»Es könnte ein Mann sein«, antwortet Han. »Oder eine Frau von mittlerer Größe. Bei der Kleidung ist das schwer zu erkennen. Aber seht Euch das an.«

Das Video geht weiter, und die Person auf dem Bildschirm schließt die Tür mit einem Schlüsselbund auf.

»Was zum Teufel …?«, murmele ich.

Wie ist das überhaupt möglich? Es gibt nur drei Personen außer mir, die einen Schlüssel zu meinem Haus haben. Calder, meine Mutter und Lisbet.

»Euer Bruder und Eure Mutter waren beide im Palast«, antwortet Han auf meine unausgesprochenen Gedanken. »Calder hat seine Schlüssel, und er sucht gerade nach den Schlüsseln Eurer Mutter. Was Lisbet betrifft, so ging sie gegen elf Uhr in die Pause. Wir haben uns bereits bestätigen lassen, dass sie in einem Café war. Sie ist jetzt auf dem Weg hierher.«

»Spielen Sie es nochmal ab«, befehle ich.

Han spielt die Aufnahmen mehrere Male ab, bevor ich ihn aufhören lasse, und in meinem Bauch habe ich dieselbe Vorahnung, die ich hatte, als ich die Nachricht von meinem Vater bekam. Ist es zu weit hergeholt, sich vorzustellen, dass Lavinia die Informationen über sein Herz aus einem bestimmten Grund preisgegeben hat? War das eine Drohung, die ich einfach übersehen habe? Und ist es möglich, dass sie Ella wirklich so sehr verletzen würde?

»Das Feuer«, flüstere ich.

»Was, Sir?«, fragt Han.

»Sie sagte, ihre Stiefschwester habe sie ins Feuer gestoßen.« Meine Finger graben sich in meine Stirn, als es mir wieder einfällt. Die Antworten waren die ganze Zeit direkt vor meinen Augen. Ella erzählte mir von ihrer Familie, ihrer Geschichte mit Narcissa und ihren Schwestern, aber ich entschied mich bequemerweise dafür, das zu vergessen, als ich gestern Abend auf dem Kriegspfad war und sie eines abscheulichen und lächerlichen Verrats beschuldigte.

»Verfluchte Scheiße!«

Ich schicke das Schiff auf meinem Schreibtisch mit einem Schlag quer durch den Raum, und Han zuckt zusammen. Aber das ist nicht genug. Also schlage ich viermal auf den Schreibtisch, bis meine Knöchel aufplatzen und bluten.

»Eure Hoheit?« Han sieht mich an, als ob ich den Verstand verloren hätte.

»Das ist alles meine Schuld«, sage ich ihm. »Ich habe ihr nicht zugehört.«

Er weiß nicht, wovon ich spreche, also bleibt ihm nichts anderes übrig, als mir dabei zuzusehen, wie ich ausraste. Ich will Lavinia mit meinen verdammten bloßen Händen ermorden. Ich will ihr das Leben aus der Kehle quetschen und sie direkt in die Hölle schicken. Sie muss es gewesen sein. Es gibt keine Alternative.

»Wo wohnen Narcissa und ihre Töchter?«, frage ich Han.

»Sie sind heute Nachmittag abgereist.« Er holt sein

Telefon heraus und sieht im Kalender nach. »Vor zwanzig Minuten. Sie sind gerade im Flugzeug.«

Meine Aufmerksamkeit richtet sich auf die Figur auf dem Bildschirm, und je länger ich sie betrachte, desto überzeugter bin ich. Ella erzählte mir, dass ihre Schwester eine Psychopathin ist. Die Beweise sind unbestreitbar. Lavinia hätte meiner Mutter leicht die Schlüssel stehlen können, genauso wie sie ihren Ring gestohlen hat. Die Sicherheitsvorkehrungen auf meinem Anwesen waren nie so streng gewesen wie im Palast, weil ich es so bevorzugte. Ich wollte mich nicht so fühlen, als würde ich in einem Gefängnis leben, aber jetzt wünschte ich mir, ich hätte es getan. Ich wünschte, ich hätte mein ganzes Leben hinter Gittern verbracht, nur damit dieser Nachmittag nie stattgefunden hätte.

»Habt Ihr den Verdacht, dass sie etwas damit zu tun haben?«, fragt Han.

Ich überdenke meine Antwort sorgfältig, im Bewusstsein, dass ich an einem Abgrund stehe. Es gibt zwei Möglichkeiten, mit dieser Situation umzugehen. Den königlichen Weg … und meinen Weg. Und ich werde das nicht auf sich beruhen lassen, bis Lavinia mit Blut bezahlt hat.

»Nein.« Ich drehe mich auf der Ferse um und gehe zur Tür. »Ich glaube nicht, dass sie etwas damit zu tun hatten. Lassen Sie mich wissen, wenn Sie noch etwas finden.«

»Hat sie etwas zu Ihnen gesagt?«

Dr. Blom schüttelt den Kopf, als ich ihm durch den Flur folge. »Nein. Leider nicht.«

»Was können wir tun?«

»Geben Sie ihr Zeit«, schlägt er vor.

»Sie sind der Arzt.« Ich starre ihn wütend an. »Sie sollten in der Lage sein, sie zu reparieren.«

»Thorsen, Sie wissen, dass es nicht so einfach ist.«

Ich ziehe eine Hand durch mein Haar und schaue zurück in den Raum.

»Sie mögen dieses Mädchen wirklich, nicht wahr?«

Seine Frage erwischt mich unvorbereitet, und in meinem abgefuckten Geisteszustand kann ich meine spontane Reaktion nicht unterdrücken.

»Ich liebe sie.«

Dr. Blom starrt mich einen Moment lang an, sichtlich verunsichert von meiner Beichte. »Sie lieben sie?«

»Ja.«

»Beruht das Gefühl auf Gegenseitigkeit?«, fragt er.

»Das tat es.« Ich senke meinen Kopf unsicher. »Aber jetzt weiß ich es nicht mehr.«

Nach der letzten Nacht und den Ereignissen von heute ist es wahrscheinlich, dass Ella nie wieder mit mir sprechen will. Und das ist es, was mir am meisten Angst macht.

»Das ist nicht Ihre Schuld«, besänftigt mich Dr. Blom.

»Doch, ist es«, widerspreche ich. »Ich habe sie ans

Bett gefesselt. Wer auch immer ihr das angetan hat, tat dies aus freien Stücken, meinetwegen.«

Seine Augenbrauen ziehen sich zusammen, und die Sorge in seinem Gesicht überzeugt mich nur, dass ich gefickt bin. Ella wird mich hassen. Sie wird sich nie davon erholen.

»Nehmen wir einen Tag nach dem anderen.« Dr. Blom zieht eine Flasche meiner Tabletten aus seiner Hemdtasche und klappert mit ihr. »Der erste Schritt ist, dass Sie auf sich selbst aufpassen, damit Sie sich um Ella kümmern können, wenn sie bereit ist.«

Meine Finger sind taub, als ich nach der Flasche greife, die ich so lange gemieden habe. Nachdem ich aufgehört hatte, meine Tabletten zu nehmen, verliebte ich mich in die Dunkelheit meiner Gedanken, und ich schwor mir, dass ich sie nie wieder brauchen würde. Aber meine Liebe zu Ella ist kein Vergleich. Sie ist die tanzende Flamme in meiner ewigen Nacht. Ihre Liebe, Wärme und Reinheit haben mich an einen anderen Ort geführt. Einen Ort, an dem alles möglich ist, wenn ich es nicht für uns beide ruiniere.

Ich drehe den Deckel, kippe mir eine der Tabletten in die Hand und starre sie viel zu lange an. Dr. Blom hat recht. Der erste Schritt, um zu beweisen, dass ich ihrer würdig bin, ist, unserer Zukunft mit einem klaren Verstand entgegenzusehen.

Ich werfe sie mir in den Mund und schlucke sie herunter.

Für Ella.

32

ELLA

Eine ganze Woche vergeht, bis ich mich ohne die quälende Erinnerung an Lavinias unverdünnte Wut bewegen kann. Danach dauert es noch eine ganze Woche, um wieder auf die Beine zu kommen. Mich selbst reinigen zu können. Mich selbst anziehen zu können. Eigenständig zu essen. Diese kleinen Errungenschaften sind eine willkommene Erleichterung, nachdem eine Vollzeitkrankenschwester die grundlegendsten Funktionen für mich übernommen hatte.

Thorsen kommt und geht, seine Erschöpfung ist spürbar, aber er ist immer hoffnungsvoll, dass ich sprechen werde. Jeden Tag wartet er darauf, dass ich etwas sage, aber ich kann es nicht. Nicht zu ihm.

Auch wenn ich leise bin, sind meine Gedanken laut. Ich frage mich, wo Lavinia jetzt ist und warum er nicht bei ihr ist. Diese Fragen sind alles, woran ich die meiste

Zeit denken kann, weil das Festhalten an meiner Wut der einzige Weg ist, geistig gesund zu bleiben.

Jede Nacht breche ich in stille Tränen aus, wenn Thorsen kommt, um sich neben mich in sein Bett zu legen. Er ist immer nah und doch weit weg. Er hat Angst davor, mich zu berühren. Das ist der einzige Grund, warum ich die Kraft gefunden habe, mich dagegen zu wehren, mit ihm in dieses selbstzerstörerische Muster zurückzufallen. Ich kann es mir nicht erlauben, Trost in seiner Gegenwart zu finden, oder seinen Duft, oder seine Wärme, wenn er nah genug herankommt, um gefühlt zu werden. Ich liebe ihn, aber er hat mich zerstört. Und zum ersten Mal seit vielen Jahren wird mir klar, dass ich Besseres verdiene. Ich habe ihm alles gegeben, und wenn er nicht bereit ist, dasselbe zu tun, dann kann ich das nicht ändern. Ich bin es leid, mich für Dinge zu bestrafen, die ich nicht kontrollieren kann, und ich weigere mich, seine Zweitbeste zu sein. Es gibt nur eine Sache, die ich tun kann, und mein Entschluss ist bereits gefasst.

»Ella?«, murmelt er neben mir in der Dunkelheit. »Bist du noch wach?«

Ich kneife die Augen zusammen und zwinge meinen Atem zur Ruhe, in der Hoffnung, dass er nicht noch einmal versuchen wird, mich zu trösten. Es wäre so einfach, wieder in seine Umlaufbahn gezogen zu werden, und dafür hasse ich ihn. Ich hasse ihn dafür, dass er mich hierhergeholt und mich dazu gebracht hat, mich in ihn zu verlieben, nur damit er mich zerstören konnte.

»Ich weiß, dass du wach bist«, sagt er mit gequälter Stimme. »Bitte rede mit mir. Ich weiß nicht, wie viel mehr davon ich noch ertragen kann.«

Seine Worte lösen Angst in meinem Herzen aus, denn das ist der eine Gedanke, mit dem ich nicht umgehen kann. Wenn ich weg bin, wird Thorsen versuchen, seinen Plan auszuführen? Wird er versuchen, sich selbst zu verletzen? Ich möchte glauben, dass er das nicht tun würde. Nicht jetzt. Ich habe eine Veränderung in ihm gesehen, seit ich hier bin. Er ist beständiger. Entschlossener. Und er hat seine Rolle als König mit einem Pflichtbewusstsein übernommen, von dem ich möchte, dass es so bleibt.

Heute, als ich mit meinen Beobachtungen Dr. Blom gegenüber herausplatzte, schien er der gleichen Meinung zu sein. Ich habe ihn in den letzten Wochen besucht, nachdem er versprochen hatte, nichts von dem, was zwischen uns gesagt wurde, preiszugeben. Er war freundlich, und er hat sein Bestes getan, um mich zu beruhigen, aber er sagte mir, dass Thorsens Zukunft letztendlich von ihm abhinge. Er muss derjenige sein, der entscheidet, was er in diesem Leben will. Er ist der Einzige, der seine Dämonen bekämpfen kann. Keiner von uns kann es für ihn tun, egal wie sehr wir ihn lieben.

Ich weiß, dass er recht hat. Und das ist der Grund, warum ich gehen muss.

Als ich Dr. Blom meinen Wunsch gestand, sagte er,

er würde mir helfen, wenn es das wäre, was ich wirklich wollte. Auch wenn die Schuldgefühle mich verzehren, glaube ich, dass es die richtige Entscheidung ist. Es ist die schwerste Entscheidung, die ich je für mich selbst getroffen habe.

»Ella«, flüstert Thor wieder, und seine Finger streichen gegen meinen Arm.

Der Schock seiner unerwarteten Berührung erschreckt mich, und ein gequältes Geräusch von Trauer entweicht meinem Mund.

»Was ist los, *gudinne*?« Er lehnt sich nach oben, schaltet die Lampe an und betrachtet mein tränenüberströmtes Gesicht. »Du hast geweint?«

Er sieht so völlig gebrochen aus, und ich kann es nicht verstehen. Wie kann er so über mich denken, wenn er mich doch gebrochen hat?

»Bitte sag etwas«, bettelt er. »Sag mir, was ich tun kann, um es wiedergutzumachen.«

»Nichts.« Meine Stimme fühlt sich rostig an, als ich ihm endlich antworte. »Es gibt nichts, was du tun kannst, um das wiedergutzumachen.«

»Nein.« Er beugt sich über mich und legt seine Stirn gegen meine. »Ich werde das in Ordnung bringen. Sag mir einfach, wie. Ich muss wissen wie.«

»Ich hatte Unrecht.« Eine weitere Träne läuft mir aus dem Augenwinkel. »Ich dachte, ich könnte allem widerstehen, was du mir entgegenwirfst, aber das kann ich nicht. Ich kann dich nicht überleben.«

»So darfst du nicht reden.« Er bringt mich mit seinen Lippen zum Schweigen.

Ich lasse ihn mich küssen und erlaube mir, ihn zum letzten Mal zu fühlen. Es wäre so einfach, sich wieder von seiner berauschenden Macht mitreißen zu lassen. Er ist für mich die Verkörperung der Sucht. Aber ich kann nicht weiter für etwas kämpfen, wenn ich die Einzige bin, die dafür kämpft.

»Ich will nur, dass du glücklich bist«, flüstere ich ihm zu.

Ob es mit mir oder ohne mich ist.

»Ella …«

»Ich bin sehr müde.« Ich schließe die Augen und drehe mich von ihm weg. »Ich muss jetzt schlafen.«

THORSEN SCHLÜPFT MORGENS FRÜH AUS DEM BETT, so wie er es in den letzten zwei Wochen jeden Tag getan hat. Normalerweise höre ich ihn in diesen frühen Morgenstunden telefonieren, während er im Flur hin und her geht. Er geht nicht gerne weg, aber unweigerlich rufen ihn seine Pflichten für den größten Teil der Nachmittage weg. Es ist ein schwer zu begreifendes Konzept, dass sich die Dinge in so kurzer Zeit so sehr verändert haben. Er ist jetzt der König, und er sollte im Palast sein, sein Leben leben und die Situation dort in den Griff bekommen. Doch jede Nacht ist er hier bei mir.

Wir haben nicht über den Tod seines Vaters gesprochen, und ein Teil von mir fühlt sich dafür schuldig. Ich konnte nicht geistig anwesend sein zu einer Zeit, als er mich wirklich brauchte. Aber ich bin im Moment emotional bankrott, oder zumindest fühlt es sich so an. Ich glaube, der Teil, der am meisten wehtut, ist das, was er mir selbst gesagt hat. Ich war nie mehr als ein Spielzeug für ihn. Jetzt ist er mit Lavinia verlobt, und selbst wenn ich ihm helfen könnte, gäbe es keinen Platz für mich in dieser Konstellation.

Es ist dieses Gefühl, das mich aus dem Bett lockt, nachdem er heute Morgen gegangen ist. Ich funktioniere wie ferngesteuert, als ich ein paar Outfits aus dem Schrank in meiner Gästesuite nehme und sie in einen von Thorsens Rucksäcken stopfe. Als ich damit fertig bin, schnappe ich mir die Handtasche, die ich bei mir hatte, als er mich hierherbrachte, und die Kuriertasche mit den zwei blauen Flaschen.

Als ich mich in dem Raum umsehe, in dem alles begann, fühlt es sich an, als würde meine Brust auf mich einstürzen. Ich glaube nicht, dass ich jemals über ihn hinwegkommen werde, und so verletzt ich auch bin, es kostet mich immer noch all meinen Mut, wegzugehen. Ich vergieße eine letzte Träne für meinen Verlust. Einen so großen Verlust, dass ich mir nicht sicher bin, ob ich jemals wieder genesen werde.

Aus meiner Tasche hole ich den Brief, den ich gestern geschrieben habe und in dem ich meine Handlungen erkläre. Er ist chaotisch und wirr, mit durchgestrichenen Sätzen, wo ich versucht habe, ihm mit Lavinia alles Gute zu wünschen. Wie sich herausstellt, ist alles, was ich geschrieben habe, eine Lüge. Ich kann nicht verstehen, warum er das getan tat.

Und ich kann ihm nicht sagen, dass ich ihm verziehen habe, weil er mich nicht um Verzeihung gebeten hat. Am Ende ist das Einzige, was ich sagen kann, dass ich weggehen will. Vielleicht die größte Lüge von allen.

Mit unruhiger Hand lasse ich den Brief für ihn auf dem Bett liegen, trete auf den Balkon hinaus und werfe meine Sachen über das Geländer. Ich will keine Aufmerksamkeit erregen, indem ich mit meinen Sachen an Lisbet vorbeigehe. Aber zu meinem Glück scheint sie sich sowieso nicht allzu sehr darum zu kümmern, was ich tue. Als ich in die Küche komme, steht sie am Tresen und bereitet das Essen vor.

»Guten Morgen.« Sie wendet ihren Blick ab, nachdem sie mich hereinkommen hört. Ein Teil von mir fragt sich, ob sie sich schuldig fühlt, weil sie mich im Bett zurückgelassen hat, als ich sie um Hilfe bat, aber das spielt jetzt keine Rolle mehr. Ich kann nicht ändern, was passiert ist, und so schrecklich es auch war, ich glaube, es geschah aus einem bestimmten Grund.

»Möchten Sie frühstücken?«, fragt sie.

»Nein, danke. Ich bin im Moment nicht hungrig.«

Sie nickt und geht zurück an ihre Arbeit, und ich trete auf die Terrasse hinaus und schließe die Tür hinter mir. Ich folge dem Feldweg und gehe auf den Abhang unter Thorsens Balkon zu. Als ich meine Sachen eingesammelt habe, mache ich im Geiste ein letztes Bild von dem Haus, das angefangen hatte, sich wie ein Zuhause anzufühlen. In meinen Augen schwimmen unvergossene Tränen, aber ich versprach mir selbst, dass ich nicht mehr weinen würde. Also drehe ich mich weg, hebe mein Kinn an und gehe zum Strand.

Nachdem Dr. Blom mir etwas Geld gegeben hatte, das ich widerwillig annahm, machte er eine beiläufige Bemerkung. Thorsen hat ein Ruderboot, das er manchmal benutzt, um die Bucht zur anderen Seite der Stadt zu überqueren. Ich fragte ihn nicht nach weiteren Details, aber ich vermutete, dass es seine Art war, mir zu sagen, dass es einen Ausweg für mich gab, wenn ich einen suchte. Er wollte Thorsen nicht verletzen, aber er wollte auch nicht, dass ich das Gefühl hatte, ich hätte keine andere Wahl. Es war eine schwierige Entscheidung für ihn, das hatte ich bemerkt, aber ich bin dankbar, als ich das Ruderboot leicht finde.

Es entpuppt sich als ein kleines Boot, gerade groß genug für mich und meine Sachen. Nach ein paar Augenblicken, in denen ich damit kämpfe, es ins Wasser zu bekommen, und mich dabei nass mache, klettere ich an Bord und setze mich.

Die einzige Erfahrung, die ich beim Rudern eines Bootes gemacht habe, war mit meinem Vater, als ich noch ein Kind war, aber ich habe den Dreh schnell raus. Zwei schmerzende Arme und eine Stunde später erreiche ich die andere Seite. Es gibt einen Bootsanleger, an dem ich festmache, und von dort aus sind es fünf Minuten zu Fuß zum Busbahnhof. Jede Sekunde, die vergeht, habe ich mehr Angst, dass Thorsen entdecken wird, dass ich weg bin. Wird Lisbet ihn alarmieren, wenn ich nicht von draußen zurückkomme? Wird sie es überhaupt bemerken?

Nach dem Vorfall war sein Sicherheitsdienst damit beschäftigt, Kameras im Inneren des Anwesens zu installieren. Aber ich weiß nicht, wie oft er sie überprüft und wie viel Vorsprung ich haben werde. Alles, was ich tun kann, ist, mich auf einen Atemzug nach dem anderen zu konzentrieren, während ich der Route folge, die ich in den letzten Tagen sorgfältig ausgearbeitet habe. Dreißig Minuten und zwei Buswechsel später stehe ich am Fährterminal und kaufe mein Ticket. Aber erst draußen auf dem offenen Meer kann ich endlich wieder atmen.

Die Reise zurück nach London ist ereignislos, aber lang, mit Fähre und Zug dauert sie fast zwei Tage. Als ich endlich wieder einen Fuß auf die vertrauten Straßen von Cranbrook setze, fühlt es sich an, als hätte sich alles verändert. Aber ich glaube, es liegt nur an mir.

Ich habe nicht wirklich einen Plan für danach, aber ich weiß, was ich tun will. Nachdem ich aus dem Zug ausgestiegen bin, gehe ich zu Olivia. Sie ist nicht zu Hause, als ich ankomme, und Alfred muss im Haus sein, also besuche ich die Pferde und suche dann einen bequemen Platz zum Ausruhen in der Scheune, bis sie zurückkommt.

Ich wollte Charlotte anrufen, aber ich musste mein Telefon zurücklassen. Thorsen könnte es aufspüren oder es als einen Weg benutzen, um mich zu kontaktieren, und dafür bin ich einfach noch nicht stark genug.

Ich lege mich ins Heu, starre auf das verwitterte Holzdach und denke darüber nach, wie mein Leben jetzt aussehen wird. Ich weiß bereits, dass ich nicht zurück zu Narcissa gehen kann. Das kommt überhaupt nicht in Frage. Es hat sich zu viel verändert, und ich bin jetzt ein anderer Mensch. Als ich meine Augen schließe und versuche, von der Zukunft zu träumen, fühlt sie sich leer und hohl an, aber ich schaffe es, etwas Frieden zu finden, zumindest lange genug, um einzuschlafen.

Etwas kitzelt meinen Fuß, und meine Augen fliegen auf. Um mich herum liegt ein stechender Geruch in der Luft, und als ich nach unten schaue, ist mein Hemd durchweicht. Ich dachte, ich hätte vergessen, wo ich war, aber das habe ich nicht. Ich bin immer noch hier, in Olivias Scheune, aber es ist nicht Olivia, die vor mir steht.

»Lavinia.« Ich verfluche ihren Namen, während ich mich aufrichte und ihrem Blick begegne. »Was zum Teufel machst du da?«

Meine Augen wandern über den verstreuten Inhalt meiner Tasche auf dem Boden, und es ist offensichtlich, dass sie meine Sachen durchsucht hat. Wie lange ist sie schon dort? Wie lange war ich ihr völlig schutzlos ausgesetzt, bevor ich überhaupt merkte, dass ein Raubtier direkt vor mir stand? Mittlerweile kenne ich sie gut genug, um zu verstehen, dass sie aus einem bestimmten Grund hierherkam. Die Frage ist, warum.

»Deine Wunden sind gut verheilt.« Sie schmunzelt. »Aber ich nehme an, die Narbe auf deinem Gesicht war eine schöne Erinnerung an mich.«

»Warum bist du hier?« Ich stolpere auf meine Füße, während Adrenalin meine Adern durchflutet.

»Glaubst du, ich wusste nicht, dass du hierher zurückkommen würdest?« Sie rollt mit den Augen. »Dieser erbärmliche kleine Bauernhof ist alles, was du hast. Ich dachte, es wäre passend, wenn du dabei zusiehst, wie er in Flammen aufgeht.«

Ihre Augen huschen zu der weißen Flasche, die auf dem Boden liegt, und ich brauche eine Sekunde, um zu verstehen, dass es Feuerzeugbenzin ist.

»Du bist völlig psychotisch!« Ich blicke an ihr vorbei und versuche, meine Optionen abzuwägen, während mein Puls zu rasen beginnt. Aber der einzige Ausweg führt an ihr vorbei. Sie hat mich in die Ecke gedrängt, und nach dem Geruch um mich herum zu urteilen wird diese ganze Scheune in Sekundenschnelle hochgehen, wenn sie sie anzündet.

»Was könntest du noch von mir wollen?«, frage ich. »Ich habe Thorsen verlassen. Du hast bekommen, was du wolltest.«

»Was ich will, ist, dich sterben zu sehen«, zischt sie. »Du hast alles ruiniert, und jetzt wirst du dafür bezahlen.«

Meine Augen huschen auf der Suche nach einer Waffe durch die Scheune. Etwas, mit was ich sie umhauen kann. Aber es gibt nichts in meiner Nähe. Das hier fühlt sich wie eine weitere hoffnungslose Situation an, bis es das nicht mehr tut. Bis ich begreife, dass ich es leid bin, dass Lavinia mich terrorisiert. Die unterdrückte Feindseligkeit eines Jahrzehnts kocht an die Oberfläche und setzt sich in meinen geballten Fäusten fest. Nur eine von uns kommt hier heute lebend heraus, und dieses Mal werde ich es sein.

»Ich lasse dir die Wahl.« Lavinia zieht ein Feuerzeug aus der Tasche und langsam ihren Nagel über die Rillen des Zündschalters. Sie will ihre Folter hinauszögern und mich zappeln lassen. Aber ich bin nicht dasselbe hilflose Mädchen, das in Norwegen ans Bett gefesselt war.

»Wenn du das tust, kommst du hier niemals lebend raus«, verspreche ich ihr. »Dafür werde ich sorgen, auch wenn es das Letzte ist, was ich tue.«

Ihr Kopf fällt vor Lachen zurück, und sie bekommt einen hysterischen Anfall bei der Vorstellung, dass ich mich jemals wehren könnte. Solange ich sie kenne, habe ich ihr die Oberhand gelassen. Ich habe mich wegen des Todes meines Vaters gequält, und ich habe vergeblich gekämpft, um mich ihrer Liebe würdig zu erweisen. Aber in meinem Herzen ist für keine von ihnen mehr Liebe übrig, und Lavinia hat mich zum letzten Mal terrorisiert.

Den Moment ihrer Ablenkung nutze ich, um mich auf sie zu stürzen und sie zu Boden zu werfen. Ihr Kopf knallt mit einem ekelhaften Aufprall auf den Boden, und sie ist so lange betäubt, dass ich ihr das

Feuerzeug aus den Fingern reißen und es zur Seite werfen kann.

Für den Bruchteil einer Sekunde habe ich einen Vorteil, und ich lasse ihn nicht ungenutzt. Ich war noch nie in einen Kampf auf Leben und Tod verwickelt, aber genau so fühlt es sich an, als ich ihr so brutal ins Gesicht schlage, wie ich nur kann. Ihr Kopf peitscht zur Seite, und ich ziehe meinen Arm wieder zurück und schlage erneut zu. Rot bedeckt nach und nach ihre Haut, als Blut von ihrer Lippe läuft, und es fühlt sich so verdammt gut an. Aber mein Sieg ist nur von kurzer Dauer.

Lavinia schreit wie eine Dämonenbrut aus der Hölle, als sie ihre eisigen Finger um meine Kehle schlingt und mir die Luftzufuhr abschnürt. Instinktiv nähern sich meine Hände den ihren und versuchen, sie wegzuziehen, aber die Kraft, die sie aus ihrer Wut zieht, fühlt sich übermenschlich an.

Als ich es nicht schaffe, ihr die Finger wegzureißen, schleudere ich ihr wieder meine Faust ins Gesicht. Aber mein Körper leidet bereits unter dem Sauerstoffmangel. Ich bin schwach und träge, und Panik nimmt den Platz des rationalen Denkens ein, als ich versuche, von ihr wegzukriechen. Ihre Arme sind wie Stahlstangen um mich geschlungen und halten mich fest. Ich trete und schlage und setze alles in meiner Macht Stehende ein, um mich zu wehren, aber jede Sekunde, die verstreicht, scheint nur mein Schicksal zu besiegeln.

Ich kann nicht atmen. Sie würgt das Leben aus mir

heraus. Ohne Luft habe ich nicht die Kraft, sie abzuwehren, aber ich habe immer noch meine Hände, und ich weiß, was ihr am wichtigsten ist. Ich grabe meine Nägel in ihre Stirn, kratze ihr das Gesicht entlang und hinterlasse Blutspuren, während sie schreit, als würde sie ermordet werden. Ihre Hände lösen sich von meinem Hals, und ich hole tief Luft, während sie entsetzt ihr Gesicht berührt.

Ich habe keine Zeit zum Verschnaufen. Ich habe gerade das beschädigt, was ihr am wertvollsten ist, und sie wird jetzt nicht aufhören, bis ich tot bin. Ich krabbele von ihr weg, krieche auf das Feuerzeug zu, aber kaum habe ich meine Finger darum geschlungen, stürzt sie sich wieder auf mich.

Sie schiebt mein Gesicht in den Dreck, reißt mich an den Haaren zurück und versucht, mir das Feuerzeug aus der Hand zu reißen. Ich stoße ihr meinen Ellenbogen in den Bauch, und sie stöhnt und krümmt sich auf mir. Ich werfe das Feuerzeug so weit wie möglich aus ihrer Reichweite, drehe mich zu ihr um, und innerhalb von Sekunden ringen wir wieder im Dreck. Zwischen den Faustschlägen und Ohrfeigen und den Treffern gegen den Kopf schwindet meine Energie. Welche Hoffnung ich auch immer gehabt haben mag, heute lebendig aus dieser Sache herauszukommen, sie verschwindet langsam. Mein ganzer Körper fühlt sich wie Gelee an, und ich kann meine Gliedmaßen kaum noch kontrollieren.

Als Lavinia mich wieder auf den Rücken rollt und ihre Hände erneut um meinen Hals legt, fällt mir nur noch eine andere Sache ein, die ich tun kann. Während ich darum kämpfe, mich an mein Bewusstsein zu klammern, bringe ich meine Hände zu ihrem Gesicht und grabe meine Daumen in ihre Augen, mit dem letzten bisschen Kraft, das ich noch habe. Sie kreischt, und ich ersticke fast, als sie zurückfällt und ihre zitternden Hände zu ihren blutigen Augen zieht.

»Du verdammte Schlampe!«, schreit sie. »Dafür wirst du sterben!«

Ich versuche wegzukriechen, aber es ist zu spät. Als sie mich wieder auf den Rücken drückt, drückt sie ihre Knie in meine Ellenbogen und zieht etwas aus ihrer Tasche. Eine vertraute blaue Flasche. Sie dreht den Deckel vom Oleanderextrakt ab und wirft ihn beiseite, während sie versucht, sich mit ihren geschwollenen Augen zu konzentrieren. Ich drehe meinen Kopf zur Seite, aber die Kraft hat mich verlassen. Meine Sinne schwinden schnell, und der einzige Trost, den ich habe, während sie meinen Kopf zurückdreht, ist, dass ich ihr wahrscheinlich für das ganze Leben Narben hinterlassen habe.

Sie sagt mir, dass sie gewonnen hat, als sie mir die Flasche an die Lippen setzt und zwischen die Zähne zwingt. Während sich die Flüssigkeit über meine Zunge ergießt und in meiner Kehle gurgelt, frage ich mich, ob sie mich noch in Brand setzen wird, wenn sie geht. Das ist der letzte flüchtige bewusste Gedanke, den ich habe.

33

THORSEN

Der Schlag meines Herzens hallt durch die Stille des Schlafzimmers, das ich mit Ella teilte, aber jetzt fühlt es sich einfach wie ein Sarg an. Kalt, erstickend und schmerzhaft leer.

Es ist zwei Tage her, seit ich sie das letzte Mal gesehen habe. Als ich zurückkehrte in ein leeres Haus, hat es mich verdammt nochmal fast zerstört. Innerhalb einer Stunde hatte ich alle mir zur Verfügung stehenden Ressourcen versammelt. Ich ließ die königlichen Wachen die Straßen von Oslo durchkämmen, während ich persönlich die Flughäfen und Bahnhöfe kontrollierte, obwohl es keinen Sinn ergab. Ella hatte kein Geld. Und jetzt hatte sie nicht einmal ein Telefon, da sie ihres zurückließ.

Ich war an diesem Abend gleich nach London geflogen. Aber es gab keine Passagierscheine mit ihrem Namen darauf, und sie tauchte weder im Tierheim noch im Herrenhaus auf. Ihre Freunde hatten auch nichts von ihr gehört. Weder die Wachen noch meine Sicherheitsleute hatten etwas Nützliches gefunden.

Der letzte Blick, den ich habe, ist, dass sie in ein Ruderboot steigt, um mich zu verlassen. Sie sagen mir, dass sie auf der Fähre sein könnte, aber selbst das scheint mir nicht wahrscheinlich. Auch dafür würde sie Geld brauchen. Ich weiß nicht, wo sie sein könnte, und je länger ich hier sitze und mich das frage, desto zerstörerischer werde ich.

Die Flure sind bereits mit den Beweisen meiner Frustration übersät. Löcher in den Wänden. Zerbrochene Bilderrahmen. Lisbeth verschwand, kurz nachdem ich sie verhört und zum Weinen gebracht hatte, und ist seitdem nicht mehr zurückgekommen.

Alle sehen mich an, als wäre ich verrückt geworden, und ich nehme an, das bin ich auch. Aber was erwarten sie? Sie hat mich verlassen. Und alles, was bleibt, ist ihr Lügenbrief.

Dr. Blom hat mich schnell daran erinnert, dass die Art und Weise, wie ich mit dieser Herausforderung umgehe, den Weg für meine Zukunft ebnen wird. Ich war schnell dabei, ihn mit wütenden Worten und Anschuldigungen, von denen ich vermute, dass in ihnen zumindest ein wenig Wahrheit liegt, wegzustoßen. In meinem Innersten weiß ich, dass er Ella geholfen haben muss. Sie muss ihm gesagt haben, dass sie mir entkommen wollte, und ich denke, das ist es, was am tiefsten einschneidet.

Ich habe jede Möglichkeit in Betracht gezogen, wie die Zukunft von hier aus aussieht, aber egal, durch welche Brille ich schaue, sie erscheint mir unmöglich düster. Ohne sie an meiner Seite könnte ich immer nur der kalte König sein, den alle erwarten. Der ein Leben in Isolation mit dem Geist an ihre Erinnerung führen würde. Würde ich das tun, was ich immer gesagt habe? Das dunkle Ende, auf das meine Gedanken seit vielen Jahren beharrten? Nein, das glaube ich nicht. Der Wald, der mich früher in meinen Träumen getröstet hat, scheint kalt und kahl zu sein, seit ich Ellas Wärme kenne.

Die einzige Lösung, die Sinn ergibt, ist, sie mit Gewalt zurückzubringen. Ich könnte sie dazu bringen, mich wieder zu lieben. Aber zuerst muss ich sie finden. Und ich weiß nicht, wie ich das machen soll, wenn mir jede Spur zu fehlen scheint.

Als ich die Antworten nicht in einer Flasche *Aquavit* finde, schließe ich die Augen und versuche zu schlafen, aber der Schlaf kommt nicht. Es gibt keinen Frieden, wenn ich nicht weiß, ob sie sicher und geborgen ist. Sie muss gewusst haben, dass das passieren würde, als sie ging. Sie muss gewusst haben, was sie tat. Sie riss mir das Herz heraus und nahm es mit. Das kann ich nicht akzeptieren.

Jede Sekunde jeder Stunde kann ich nur an sie denken. Die Qualen gehen nicht weg, und sie sind ganz anders als das, was ich vorher gekannt habe. Es ist Leere. Eine Leere der Schwärze, aus der ich niemals herauskriechen werde.

Ich werfe meine Füße über die Bettkante und reiße die Nachttischschublade auf. Darin befinden sich sechs

Flaschen mit dem Schlaf-Elixier meiner Mutter. Eine würde reichen, um mich auszuschalten, wenn ich es wirklich wollte. Aber während ich die Kappe in meinen Händen drehe, schweifen meine Augen wieder zu Ellas Brief. Ich werfe die Flasche weg, lese die Zeilen zum hundertsten Mal, während ich auf die verblichene Tinte starre und mir vorzustellen versuche, was sie zwischen den Zeilen sagt.

Als mir das nicht gelingt, nehme ich mein Telefon und frage Han, ob er Neuigkeiten hat. Aber er sagt mir, dass es keine gibt, und versichert mir, dass er mich umgehend wissen lassen wird, sobald er etwas findet. Ich schreibe auch ihrer Freundin Charlotte wieder eine SMS, aber sie antwortet nicht. Es ist spät in London, und ich bezweifele, dass ich vor morgen früh von ihr höre.

Ich gehe in den Fluren auf und ab, und als ich dessen müde werde, gehe ich auf die Terrasse hinaus und starre auf die Bucht. Aber egal, wie oft ich nach ihr suche, sie ist nicht da.

Ich bin mir nicht ganz sicher, was meine Beweggründe sind, als ich meinen Fahrer rufe, der mich auf meine Bitte hin zum Palast bringt. Ich gehe auch dort durch die Flure, bevor ich an der Tür zum Kräuterzimmer meiner Mutter lande. Als ich hineingehe und die Regale voller Elixiere finde, erinnere ich mich an das Versprechen, das ich meiner Mutter gegeben habe. Aber was ist mit dem Versprechen, das Ella mir gegeben hat? *Ich gehe nirgendwohin, Thorsen.*

Ich schnappe mir eine Handvoll Flaschen aus dem Regal und betrachte sie. Vielleicht trüben die Medikamente meine Sinne oder vielleicht hatte Dr. Blom recht. Dies war immer ein Zwang. Der Gedanke, all meine Probleme zu lösen, aber er war immer nur eine Phantasie.

»Thor?«

Meine Mutter erschreckt mich, und ich fühle mich sofort schuldig, als ich sehe, dass sie in der Türschwelle steht und mich beobachtet.

»Warum bist du nicht im Bett?«, frage ich.

»Deine Tante Runa hat dich hereinkommen hören.« Sie sieht die Flaschen in meiner Hand an. »Ich bat sie, mich hierherzurollen.«

»Sie hätte dich nicht wecken sollen.«

»Ich habe nicht geschlafen«, sagt sie, und ich kann an ihrem verkniffenen Gesichtsausdruck erkennen, dass sie Schmerzen hat. Aber trotzdem ist sie hier.

»Ich hatte nicht wirklich vor, es zu tun«, sage ich ihr.

»Ich weiß.« Sie benutzt ihren einen guten Arm, um sich weiter in den Raum zu rollen.

»Woher weißt du das?«

Sie schenkt mir ein sanftes Lächeln. »Das würdest du mir nicht antun.«

Ich nicke und lege die Flaschen beiseite, und plötzlich fühle ich mich so verdammt müde. Ich habe diese Scharade satt. Bin müde von dieser Dunkelheit in meinem Kopf. Ich bin es leid, alle zu enttäuschen, denn das ist es, was sie von mir erwarten.

»Ich weiß, dass die letzten zwei Wochen schwierig für dich waren«, sagt meine Mutter. »Der Tod deines Vaters war hart für dich, aber ich habe eine Veränderung in dir gesehen, die ich schon lange vermutet habe. Das erdrückende Gewicht seiner Erwartungen ist weg, und ich denke, das ist erschreckend für dich, weil du nie erfahren hast, wie es ist, frei zu sein.«

Ich kann nicht begreifen, wie es möglich ist, dass sie immer noch so scharfsinnig sein kann, während sie dahinsiecht. Es gab Momente in den letzten Monaten, in denen sie über die einfachsten Dinge verwirrt war, aber im Moment ist ihr Geist so klar, wie ich ihn noch nie erlebt habe.

»Habe ich recht?«, fragt sie.

»Ja«, gebe ich zu. »Du hast immer recht.«

Sie seufzt, und ich habe sie noch nie so erleichtert gesehen. »Ich habe mir einige Zeit lang Sorgen gemacht, dass ich vielleicht das Falsche getan habe. Ich wollte nicht, dass du dir die Schuld gibst.«

»Wie meinst du das?«

Schatten tanzen über ihr Gesicht, während sie ihren Kopf senkt. »Du hattest Fragen über den Tod deines Vaters. Verdächtigungen. Und du hattest recht, Thor.«

»Lavinia?« Der Name fühlt sich an wie Gift auf meiner Zunge.

»Nein.« Sie hebt ihr Kinn, um meinem Blick zu begegnen. »Das war ich.«

Eine ganze Minute lang bin ich davon überzeugt, dass ich sie falsch verstanden habe. Ihr Geständnis hat den ganzen Sauerstoff aus dem Raum verbraucht, und es ist zu unmöglich, dass das der Wahrheit entspricht. Sie war immer der netteste Mensch, den ich kenne. Aber die Entschlossenheit in ihren Augen ist nicht von der Hand zu weisen, und ich weiß, dass sie nicht verwirrt ist. Nicht darüber.

»Du hast ihn vergiftet?«

Sie nickt mit einer Endgültigkeit, die mir zeigt, dass sie mit ihrer Entscheidung Frieden geschlossen hat. »Es wird niemals herauskommen.«

»Warum?« Ich betrachte sie und versuche, sie zu verstehen.

»Es war das Einzige, was Sinn machte.« Ihre Stimme wird härter. »Er hat meinen Sohn im Stich gelassen, und das konnte ich ihm nicht verzeihen. Ich würde dich nicht hier bei ihm lassen, Thor. Ich konnte es nicht. Das war das Letzte, was ich tun konnte, um dich zu beschützen, und ich würde es wieder tun.«

Als ich nicht antworte, bricht ihre Stimme, und sie bricht auch mich.

»Bitte versteh, dass ich keine Angst vor den Folgen meiner Handlungen habe. Ich habe nur Angst, dass du mir nicht verzeihen wirst.«

»Ich vergebe dir.« Ich präge mir ihre Gesichtszüge ein, damit ich sie nie vergessen werde. »Ich hatte keine Liebe für ihn in meinem Herzen. Das ist mir jetzt klar. Es war immer nur der Wunsch, geliebt zu werden.«

»Oh, Thorsen.« Sie bringt eine zitternde Hand an ihre Lippen und hält ihren Schmerz zurück. »Es tut mir so leid, dass er nicht in der Lage war zu sehen, wie viel Glück wir hatten, einen Sohn wie dich zu haben.«

»Ich will dich nicht aufregen.«

»Du brauchst dich nicht zu entschuldigen«, sagt sie. »Ich möchte, dass du mir immer die Wahrheit sagst. Auch wenn es mir wehtut. Besonders, wenn es wehtut. Versprich mir, dass du es von nun an tun wirst.«

»Ich verspreche es.«

Durch die Tränen in ihren Augen kann ich wieder Licht sehen. »Können wir die Sache jetzt hinter uns lassen?«

Ich beuge mich vor und küsse sie auf die Wange, bevor ich sie zur Tür drehe, damit ich sie zurück in ihr Zimmer bringen kann.

»Es gibt etwas, was ich zuerst tun muss.«

Charlotte hat meine SMS oder Anrufe nicht beantwortet, und ich frage mich langsam, wie sehr sie wirklich mit Ella befreundet sein kann. Olivia hat sich auch nicht bei mir gemeldet, und mein Ärger wird nur noch größer, als das Flugzeug auf der Landebahn ausrollt.

Han hat mich heute Morgen angerufen, um mir mitzuteilen, dass er endlich etwas hat. Ein Hafendokument, aus dem hervorgeht, dass Ella heute früh die Fähre in London verlassen hat. Sobald der Jet bereit war, war ich darin. Aber das plötzliche Schweigen ihrer Freunde lässt mich mit mehr Fragen als Antworten zurück. Jetzt, wo ich in London bin, fühlt sich etwas komisch an, und ich kann den Grund für dieses anhaltende Engegefühl in meiner Brust nicht erkennen. Erst als ich den Flugmodus meines Handys ausschalte, strömt eine ganze Reihe von Benachrichtigungen herein.

Es gibt drei verpasste Anrufe von Olivia und zwei von Charlotte, zusammen mit einer Handvoll Nachrichten mit der Bitte, dass ich eine von ihnen anrufe. Der Tonfall ist unmissverständlich dringend, und ich kann Charlotte anscheinend nicht schnell genug kontaktieren.

»Hallo?«, schnieft sie am anderen Ende der Leitung.

»Ich bin es«, sage ich ihr. »Wo ist sie?«

»Ella ist im Krankenhaus!«, schluchzt sie.

Mein Herzschlag verlangsamt sich, und das Telefon rutscht mir fast aus der Hand. »Was?«

»Sie hat etwas genommen. Olivia fand sie im Tierheim, und neben ihr lag eine Flasche Nerium-Oleander.«

Meine Sicht verschwimmt, und ich fühle meinen Körper schwanken, als das Flugzeug zum Stillstand kommt. Das kann nicht wahr sein. Ich schüttele den Kopf, aber die Worte kommen nicht, und als ich sie schließlich herauszwinge, erkenne ich meine eigene Stimme nicht mehr.

»Ella würde das nicht tun.«

»Hat sie aber!« Charlotte weint am anderen Ende der Leitung.

Ich atme tief ein und versuche, mich auf das zu

konzentrieren, was ich tun muss. Was ist der nächste logische Schritt? Weil ich im Moment zu taub bin, um klar zu denken.

»Welches Krankenhaus?«, frage ich erstickt.

»Hawkhurst«, antwortet Charlotte.

»Wie lange ist es her?«

»Ich weiß es nicht.« Ihre Stimme erhebt sich. »Olivia hat sie vor dreißig Minuten gefunden. Wir wissen nicht, wie lange davor sie es genommen hat.«

»Ich bin auf dem Weg.«

Ich lege auf, ohne auf eine Antwort zu warten, treffe den Fahrer, als ich das Flugzeug verlasse, und gebe ihm die Anweisung, mich sofort nach Hawkhurst zu bringen. Als ich im Auto bin, rufe ich die Krankenschwester meiner Mutter an. Nach einem kurzen Streit mit ihr darüber, ob sie meine Mutter wecken soll, holt sie sie ans Telefon.

»Thorsen?«, fragt sie schläfrig. »Ist alles in Ordnung?«

»Das Gegenmittel.« Meine Worte sind steif, kaum hörbar. »Was ist das Gegenmittel für den Oleander?«

»Thorsen, nein!« Sie schluchzt traurig.

»Es ist nicht für mich, aber ich muss es jetzt sofort wissen. Bitte, *Mor* … ich habe keine Zeit.«

»Aktivkohle wäre die erste Option«, antwortet sie mit rasselnden Atemzügen zwischen den Worten. »Dann intravenös Magnesium, eventuell Atropin. Aber diese haben ihre eigenen Risiken, besonders wenn das Herz betroffen ist. Es hängt von der Dosierung ab. Bei der ganzen Flasche ist es höchst unwahrscheinlich, dass eines dieser Dinge helfen wird. Wer hat den Oleander genommen?«

»Ich werde es später erklären«, entschuldige ich mich. »Ich muss los. Aber … mach dir keine Sorgen um mich.«

Ich beende den Anruf und schicke Charlotte die Informationen per SMS, während ich den Fahrer frage, wie weit wir entfernt sind. Er sagt mir, dass wir immer noch vierzig Minuten benötigen werden, und ich glaube nicht, dass ich mich jemals so verdammt nutzlos gefühlt habe. Als ich Charlotte erneut anrufe, antwortet sie atemlos.

»Sie haben ihr schon Aktivkohle gegeben«, sagt sie. »Und ich habe dem Arzt gesagt, was Sie gesagt haben, aber sie wollen uns keine weiteren Informationen geben.«

»Ich werde so schnell wie möglich da sein.«

»Sind Sie wirklich ihr Boss?«, fragt Charlotte, scheinbar verwirrt. »Woher wissen Sie so viel über den Oleander?«

Ich starre aus dem Fenster und wünschte mir, dass das, was ich sagen werde, nicht stimmen würde. »Sie hat ihn von mir.«

Das andere Ende der Leitung verstummt, und ich zweifele nicht daran, dass ihre Freundin mich bereits verurteilt hat, und zwar zum Tode. Aber keiner ihrer Gedanken könnte schlimmer sein als das, was ich selbst schon denke. Ich habe es versaut, und ich hasse mich dafür. Aber mehr als das habe ich schreckliche Angst um Ella.

»Bitte halten Sie mich auf dem Laufenden. Ich werde in Kürze da sein.«

»Okay«, antwortet Charlotte hölzern.

Wir beenden den Anruf, und die nächsten fünfunddreißig Minuten vergehen quälend langsam. Als der Fahrer endlich in die Krankenhauseinfahrt einbiegt, bin ich schon halb aus der Tür, bevor das Auto überhaupt zum Stehen kommt.

Drinnen folge ich den Schildern zur Notaufnahme, und es dauert nicht lange, bis ich Charlotte und Olivia mit nervösem Gesichtsausdruck im Flur wartend finde.

»Wo ist sie?«, frage ich. »Ich muss sie jetzt sehen.«

Charlottes Kinnlade fällt herunter, und sie starrt mich in betäubter Stille an, bevor sie reagiert. »Oh, mein Gott. Thorsen, wie in Thorsen Lykken, dem frisch gekrönten König von Norwegen? Mit dem habe ich gesprochen? Für Sie hat Ella gearbeitet?«

Ich schaue mich um und suche nach jemandem, der mir Informationen geben kann.

»Sie kamen vor fünf Minuten heraus und sagten, dass sie wach ist«, informiert mich Olivia. »Sie werden bald wiederkommen, um uns auf den neuesten Stand zu bringen.«

»Wach?«, wiederhole ich ungläubig. Wie ist das möglich?

Benommen bewege ich mich auf die Schwesternstation zu, und die Frau hinter dem Schreibtisch kritzelt etwas auf einen Notizblock und macht sich nicht die Mühe, aufzuschauen. »Was kann ich für Sie tun?«

»Ich muss Ella Laurent sehen, sofort. Zeigen Sie mir, wo sie ist.«

»Der Arzt wird bald kommen, um Ihnen ein Update zu geben …«

»Er ist der König von Norwegen«, zischt Charlotte über den Schreibtisch, als sie neben mir auftaucht. »Sie tun besser, was er sagt.«

Die Krankenschwester hebt ihr Kinn an, Wiedererkennen dämmert in ihren Augen, und sie blinzelt mehrmals, bevor sie sich von ihrem Schock zu erholen scheint.

»Oh mein Gott.« Sie wirft ihren Stift weg und steht sofort auf. »Es tut mir so leid, Eure Hoheit. Das habe ich nicht bemerkt.«

»Bringen Sie mich zu Ella«, sage ich knapp. »Ich muss sie jetzt sofort sehen.«

Sie nickt und läuft um den Schreibtisch herum und gestikuliert, dass wir ihr folgen sollen. Charlotte läuft neben mir her, und Olivia stößt auf dem Weg den Flur hinunter zu uns. Es fühlt sich wie der längste Weg meines Lebens an, bevor die Krankenschwester endlich einen Vorhang zur Seite zieht und ich sie sehe.

Sie liegt mit Kissen hinter sich auf dem Bett und kämpft damit, die Augen offen zu halten, während der Arzt ihr Fragen stellt. Als er uns sieht, verengt sich sein Blick auf mich.

»Sie dürfen nicht hier sein.«

»Ich werde nicht gehen.« Ich starre ihn wütend an, während ich mich auf Ella zubewege.

»Er ist der König von Norwegen«, flüstert die Krankenschwester.

Die Augenbrauen des Arztes schießen in seinen Haaransatz, und einen Moment später schüttelt er resigniert den Kopf. Er weiß es besser, als eine Szene zu machen. Dies ist vielleicht nicht mein Land, aber ich könnte seine ganze Welt mit ein paar einfachen Anrufen königlich versauen.

Ich nehme meinen rechtmäßigen Platz an Ellas Bett ein, und als ihre trüben Augen die meinen finden, streckt sie die Hand aus, um mich zu berühren, als wäre ich nicht real.

»Thorsen?«

Ich nehme ihre Hand und führe sie zu meiner Brust, und es hat den sofortigen Effekt, dass sich mein ganzer Körper entspannt.

»*Gudinne,* was ist passiert?«

Sie ist zusammengeschlagen und verletzt, und es sieht aus, als wäre sie noch einmal durch die Hölle gegangen. Aber als sie die Qualen in meinen Augen sieht, reagiert sie, wie nur Ella es kann, und versucht mich zu trösten, selbst wenn sie von der Schwelle des Todes zurückkehrt. Sie drückt meine Hand, ihre Wärme ein Balsam auf die rohe Wunde, die sich wie eine eingesperrte Bestie in mir anfühlt. Sie ist wach, und sie lebt, aber wie? Ich verstehe es immer noch nicht.

»Ich habe den Oleander nicht genommen«, sagt sie

mir. »Ich habe ihn weggekippt, nachdem ich ihn dir weggenommen hatte, und ihn mit Öl aus deiner Küche ersetzt, bevor ich das Etikett mit dem des Schlafelixiers getauscht habe.«

Das erstickende Gewicht auf meiner Brust verdunstet, und ich küsse ihre Hand tausendmal und danke jedem Gott im Universum, dass das Schicksal sie mir nicht entrissen hat. Meine feuerspeiende Göttin ist immer noch hier. Sie lebt weiter.

»Warum hättest du das tun sollen, Ella?«, fragt Charlotte, die sich an das Fußende des Bettes gestellt hat. »Warum solltest du das Schlafelixier nehmen? Du hast uns heute allen einen Herzinfarkt verpasst. Wir dachten …« Ihre Stimme versagt, Emotionen ersticken ihre Fähigkeit, zu sprechen, während Olivia versucht, sie zu trösten.

»Es tut mir leid.« Ella senkt ihren Kopf und ich kann sehen, dass sie etwas verbirgt. »Ich wollte nicht, dass so etwas passiert, und ich werde euch alles erklären. Aber können wir später darüber reden?«

»Du kannst darüber reden, wenn du bereit bist«, versichert Olivia.

»Okay.« Ella nickt mit schweren Augen.

»Sie muss sich ausruhen«, sagt der Arzt. »Wir bringen sie heute Nacht zur Beobachtung in ein Zimmer.«

»Ich bleibe bei ihr«, informiere ich ihn.

Er seufzt, aber als Ella nicht protestiert, gibt er auf.

»Sollen wir auch bleiben?«, fragt Charlotte.

»Bitte macht euch keine Umstände«, sagt Ella. »Ich

kann euch morgen früh anrufen, wenn es mir besser geht.«

Beide Frauen umarmen sie und verabschieden sich widerwillig von ihr, bevor der Arzt wieder darauf besteht, dass Ella sich ausruht. Sobald sie weg sind, rollt die Krankenschwester Ella in ein Zimmer, während ich ihr an ihrer Seite folge. Es dauert weitere zwanzig Minuten, bis sie ihre Vitalwerte überprüft und ihr einen neuen Infusionsbeutel gegeben haben, und zu diesem Zeitpunkt schläft sie wieder fest.

Das Gewicht des Tages lässt auch mich erschöpft zurück, und als ich mich in den Stuhl neben dem Bett fallen lasse, findet mein Kopf ein Zuhause auf ihrem Schoß, während meine Augen zufallen. Irgendwann legen sich ihre Finger in mein Haar, und ihre Gegenwart wiegt mich in einen friedlichen Schlaf.

34

THORSEN

Der Arzt kommt, um noch einmal nach Ella zu sehen, und fragt sie nach mehr Details über das, was heute passiert ist. Als sie ihm eine vage Antwort gibt, warnt er sie, dass er sie im Krankenhaus behalten könnte, bis sie untersucht und für geistig gesund befunden wurde.

»Das ist nicht nötig«, erwidere ich. »Sie hat einen Psychiater zu Hause in Norwegen. Sie können mit ihm sprechen, und er wird es bestätigen.«

»Thorsen.« Ella berührt meine Hand und versucht, mich zu beruhigen. »Es ist in Ordnung. Der Arzt macht nur seine Arbeit, und ich verstehe ihn. Aber ich kann Ihnen versichern, Dr. Hobbs, es war einfach nur ein Versehen.«

»Bitte erklären Sie es mir.« Er zieht eine Augenbraue hoch.

Ella erzählt ihm eine schwachsinnige Geschichte

darüber, dass sie nicht gut geschlafen hat und sie sich zu Hause ausgesperrt hatte, weshalb sie zum Tierheim ging. Sie erzählt ihm, dass sie dort oft ein Nickerchen macht und sie diesmal die ganze Flasche der Schlafhilfe genommen hatte, weil sie dachte, es sei eine einzige Dosis darin.

»Ich verstehe.« Der Doktor betrachtet sie. »Und was ist mit Ihren Verletzungen? Oder dem Feuerzeugbenzin? Wie erklären Sie das?«

Bei der Erwähnung des Feuerzeugbenzins revoltiert mein Magen mit einer ekelerregenden Erkenntnis.

»Ich weiß nicht mehr, wie das passiert ist«, lügt Ella. »Ich glaube, ich war vielleicht verwirrt. Vielleicht bin ich in der Scheune gestürzt. Das ist schwer zu sagen.«

Dr. Hobbs kauft ihr die Geschichte nicht ab, aber er schreibt eine letzte Notiz in seine Akte und seufzt. »Ich muss mit Ihrem Arzt in Norwegen sprechen, bevor ich irgendwelche Entscheidungen treffe.«

»Ich gebe Ihnen seine Kontaktinformationen.« Ich greife zu Block und Stift auf dem Tisch und kritzele Dr. Bloms Namen und Telefonnummer darauf.

Dr. Hobbs nimmt die Informationen und geht zur Tür. »Ich werde morgen früh wiederkommen, um nach Ihnen zu sehen.«

Sobald er weg ist, schließe ich die Tür hinter ihm und wende mich Ella zu. Die Sanftheit in ihren Augen verrät ihre Nervosität.

»Sag mir, was wirklich passiert ist, Ella. Keine Lügen.«

»Du zuerst.« Sie starrt mich wütend an. »Warum bist du überhaupt hier? Warum bist du nicht bei Lavinia?«

»Lavinia?« Ich verziehe mein Gesicht. »Warum sollte ich bei …«

Plötzlich fällt mir ein, dass Lavinia Ella von unserer sogenannten Verlobung erzählt haben muss. Es ist etwas so Einfaches, aber es ist mir nie in den Sinn gekommen, da Lavinia kaum in meinem Bewusstsein war, bis ich von Ellas Verbindung zu ihr erfuhr.

»Ich habe die Zeitungen gesehen.« Ellas Lippe zittert, und sie schaut weg. »Ich weiß, dass du mit ihr verlobt bist. Du kannst mir die Wahrheit sagen. Bitte lüg mich nicht mehr an.«

»*Min gudinne.*« Ich drehe ihr Gesicht zu meinem zurück. »Ist es das, was du denkst? Glaubst du wirklich, dass ich sie jemals heiraten würde?«

»Was sollte ich denn sonst denken?« Sie wischt sich ein paar verirrte Tränen aus den Augenwinkeln. »Du warst bei ihr. Sie hatte einen Ring an ihrem Finger. Ich habe das Foto gesehen.«

»Aber du kennst die Geschichte nicht.« Ich schüttele den Kopf, frustriert, dass ich mich nie damit befasst habe, obwohl ich es hätte tun sollen.

»Willst du mir sagen, dass es nicht wahr ist?«

»Natürlich ist das nicht wahr.«

»Ich brauche mehr als das«, sagt sie. »Erklär es mir.«

Mit einem Seufzer falle ich in den Sitz neben ihr.

»Als ich dich nach dem Ball suchte, habe ich meinen Sekretär um Hilfe gebeten. Er meldete diese Information an meine Eltern, und sie glaubten, dass Lavinia die Frau war, die ich gesucht hatte. Sie luden Narcissa und deine beiden Schwestern ein, einen Monat lang im Palast zu bleiben. Mein Vater war fest entschlossen, dass ich sie heiraten sollte, weil ich bereits zwei seiner früheren Auswahlen abgelehnt hatte. Er befahl mir, drei Tage in der Woche mit ihr zu verbringen, und ich tat es, weil er mir sonst den Zugang zu meiner Mutter verwehrt hätte.«

»Also bist du mit ihr ausgegangen?« Bitterkeit färbt Ellas Tonfall, und es hat den unglücklichen Effekt, mich daran zu erinnern, dass ich einen Schwanz habe, den ich gerade jetzt gerne tief in ihr vergraben würde.

»Ich ging mit ihr aus, weil ich musste«, sage ich. »Diese Verabredungen bedeuteten mir nichts, und die ganze Zeit, die ich mit ihr zusammen war, konnte ich nur daran denken, zu dir nach Hause zurückzukommen.«

»Du hast mir gesagt, ich sei nichts für dich«, flüstert Ella.

»Ich weiß.« Ich greife nach ihrer Hand und verschlinge meine Finger mit ihren, verzweifelt danach, ihre Wärme zu spüren. »Ich habe dich angelogen, weil ich wütend war, und nicht klar gedacht habe. Das werde ich mir nie verzeihen, Ella. Es tut mir leid, dass ich dich verletzt habe. Das alles tut mir leid. Ich habe dich so viel durchmachen lassen, und du bist bei mir geblieben. Du hast dich nie von mir wegstoßen lassen. Du bist die einzige Frau, die ich will, und ich kann dich nicht gehen lassen. Auch wenn du mich hasst. Ich werde einen Weg finden, damit du wieder andere Gefühle für mich empfindest.«

»Ich möchte dir glauben.« Sie senkt ihre Wimpern. »Du hast keine Ahnung, wie sehr ich dir glauben möchte. Aber wie kann ich sicher sein, dass du nicht eine Hochzeit mit Lavinia planst, wie sie sagt?«

»Weil sie sich den ganzen Plan ausgedacht hat«, knurre ich. »Sie stahl den Ring meiner Mutter aus ihrem Zimmer und sagte den Medien, wo wir sein würden. Ich hatte keine Ahnung, was sie tat, bis sie selbst damit herausplatzte. Glaube mir, wenn ich dir sage, dass ich keine Zuneigung für irgendjemanden deiner sogenannten Familie habe. Während Lavinia verzweifelt versuchte, einen Titel zu bekommen, hatte deine Stiefmutter eine Affäre mit meinem Vater.«

Ella erschrickt, und ich kann sagen, dass dies nicht das erste Mal ist, dass ihr das Verhalten ihrer Familie peinlich ist.

»Aber du hast mich vor deiner Familie versteckt«, wirft sie ein. »Du hättest es ihnen sagen können, aber das hast du nicht getan. Hast du dich für mich geschämt?«

»Mich für dich schämen?« Meine Stimme klingt hohl. »Nein, *gudinne*. Ich könnte mich niemals für dich schämen.«

»Warum dann?«, will sie wissen. »Warum hast du mich versteckt?«

»Du weißt genau, warum.« Ich lasse meinen Kopf hängen. »Ich sollte dich nur für zwei Monate haben. Das war alles.«

Ihr Gesicht wird weicher. »Hast du echte Gefühle für mich?«

Um ihre Frage zu beantworten, lege ich ihre Hand an mein Herz. »Ich liebe dich, Ella.« Die Worte sind schwach und verletzlich, aber deswegen nicht weniger bedeutungsvoll. »Ich werde dich niemals gehen lassen. Das musst du wissen.«

»Ich will nicht, dass du das tust.« Tränen schwappen über ihre Augenlider, als sie mir das schönste Lächeln schenkt, das ich je gesehen habe. »Ich liebe dich auch, Thorsen. Sehr.«

Ich beuge mich vor, ergreife ihr Gesicht und küsse sie so lange, bis wir beide atemlos sind. Als sie mich zurückküsst, fühle ich mich wieder ganz, und ich bin versucht, in ihr Bett zu klettern und die Krankenhausregeln zu ficken, indem ich sie ficke. Aber nicht auf diese Weise. Sie muss sich ausruhen, und wir haben noch etwas Wichtiges zu besprechen. Widerwillig ziehe ich mich zurück, und Ella schaut mit einem benommenen Gesichtsausdruck zu mir auf.

»Du bist dran.« Ich streiche ihr die Haare aus dem Gesicht. »Sag mir, was heute passiert ist, *gudinne*. Keine Lügen mehr.«

Sie stößt einen zittrigen Atemzug aus und versinkt in ihr Kissen, während sie zur Decke hinaufstarrt. »Lavinia fand mich im Tierheim, während ich auf Olivia wartete. Ich war eingeschlafen, und als ich aufwachte, war sie da. Es wurde schlimm. Sie hatte mich mit Feuerzeugbenzin übergossen, mit der Absicht, es zu Ende zu bringen. Wir kämpften, und sie goss das Elixier in meinen Hals, weil sie dachte, dass es das Gift sei.«

Ein nervöses, zuckendes Gefühl ergreift mich, während sich meine Sicht trübt. Was Ella gerade beschrieben hat, ist zu grauenhaft, um es zu verstehen. Und gerade jetzt rüttelt das Biest in mir an seinem Käfig und verlangt, dass ich es herauslasse. Seine Gedanken sind laut, unterbrochen von gewalttätigen Bildern von Folter und Mord. Ich will, dass sie alle bezahlen, und ich werde keinen Frieden haben, bis sie es tun. Erst als Ella die Hand ausstreckt, um mich zu berühren, merke ich, dass ich immer noch nicht gesprochen habe.

»Es tut mir leid«, flüstere ich. »Es tut mir leid, dass ich nicht da war, um dich zu beschützen.«

»Du konntest es nicht wissen.« Sie zuckt mit den Schultern. »Ich habe so viele Jahre lang Entschuldigungen für sie gefunden. Aber es gibt nichts mehr zu beschönigen. Sie ist psychotisch.«

»Warum hast du den Arzt angelogen?«, frage ich.

»Ich wollte nicht, dass die Polizei eingeschaltet wird«, sagt sie. »Ich habe sie auch verletzt, und ich hatte Angst, dass sie alles verdrehen würde, um die ganze Schuld auf mich zu schieben. Zu der Zeit war ich mir ziemlich sicher, dass sie mit dir verlobt war, und ich wusste nicht, was passieren würde, wenn ich die Wahrheit sagen würde.«

»Glaubst du wirklich, ich würde es zulassen, dass du für so etwas bestraft wirst?« Ich kann den Schmerz in meiner Stimme nicht verbergen.

»Ich wusste nicht, was ich denken sollte«, antwortet sie leise. »Alles, was ich wusste, war, was sie mir erzählt und was ich in dem Artikel gesehen hatte. Du hast es nie mit mir besprochen, also war die einzige Schlussfolgerung, die ich ziehen konnte, dass es wahr sein musste.«

»Es ist meine Aufgabe, dich zu beschützen«, sage ich ihr. »Und das kann ich nicht tun, wenn wir beide Geheimnisse haben. Du wirst von nun an immer nur meine Ehrlichkeit haben, und ich will das Gleiche von dir.«

»Okay«, stimmt sie zu. »Das will ich auch.«

Sie sieht endlich so aus, als hätte sie ihren Frieden, und ich will das nicht zerstören, aber da ist noch eine Sache, die ich wissen muss.

»Was ist mit dem Auspeitschen? War das auch Lavinia?«

»Ja.« Sie berührt abwesend die Narbe in ihrem Gesicht. »Das war sie auch.«

Wir sitzen für einige Augenblicke in Stille, jeder von uns in seinen eigenen Gedanken verloren, bis ich sie auf die Stirn küsse und ihr sage, dass sie sich etwas ausruhen soll.

»Gehst du irgendwo hin?«, fragt sie.

»Nachdem du schlafen gehst, aber ich werde zurück sein, bevor du aufwachst.«

»Was wirst du tun?«

»Ich werde das beenden, *gudinne*. Das ist nicht mehr dein Kampf.«

35

THORSEN

Das Herrenhaus ist ruhig und dunkel. Narcissa und ihre Töchter sind längst zu Bett gegangen. Ich habe bis in die frühen Morgenstunden gewartet, um meinen Plan auszuführen, und ausnahmsweise ist die Dunkelheit in meinem Geist ein solider Begleiter.

In meinem Herzen gibt es kein Mitgefühl für die Frau, die sich über die Jahre hinweg eisern geweigert hat, Ella wie ihre eigene Tochter zu behandeln. Was die Ausgeburten betrifft, die sie dazu erzogen hat, um genau wie sie zu sein, können von mir aus im Hades verbrennen. Ella hat immer nur Leid durch ihre Hand erfahren, und heute Abend wird die Waage der Gerechtigkeit wieder ins Gleichgewicht kommen.

Ich arbeite systematisch und übergieße jedes Fenster und jeden Türrahmen mit Benzin. Als ich mit meiner Arbeit zufrieden bin, hole ich die Flaschen hervor, die ich in den letzten zwei Stunden gebastelt habe. Manche nennen sie Benzinbomben. Manche nennen sie Molotow-Cocktails. Ich nenne sie Vergeltung.

Ich habe nicht viel Zeit, das zu tun und zurück zum Auto zu gehen. Die Bomben sind zwar Brandbomben und nicht explosiv, aber das zersplitternde Glas wird Lärm machen, und es wird nicht lange dauern, bis die Rauchmelder anspringen. Die Frauen werden bei ihrem Fluchtversuch erkennen, dass es nur einen Ausweg gibt, und zwar direkt durch den feurigen Geburtskanal der Hölle.

Ich bin nicht allzu besorgt darüber, dass die Nachbarn den Lärm schnell hören, wenn man bedenkt, dass das Herrenhaus auf einem großen Stück Land liegt. Aber ich habe auch nicht vor, hierzubleiben.

Ich schaue ein letztes Mal auf das Haus, das Ellas Zuhause hätte sein sollen. Ich weiß nicht, ob sie irgendwelche glücklichen Erinnerungen daran hat, aber ich hoffe, dass sie mir verzeiht, wenn sie in Flammen aufgehen. Ich beginne meine Arbeit auf der linken Seite des Hauses und werfe die erste Flasche durch das größte Panoramafenster, zusammen mit dem leeren Benzinkanister, zur Sicherheit. Von dort aus arbeite ich mich methodisch nach hinten vor. Der ganze Prozess dauert wahrscheinlich nur ein paar Minuten, aber das Adrenalin, das meinen Körper durchflutet, lässt es mich wie zehn wahrnehmen.

Es dauert nicht lange, bis blutrünstige Schreie im Inneren ertönen, als die Frauen aufwachen und erkennen, was geschieht. Aber ich habe nicht das

Privileg eines VIP-Platzes für diese Show. Sie werden ihren eigenen Weg nach draußen finden müssen.

Ich verlasse sie und gehe über das Feld zu meinem Auto zurück. Von meinem Fahrersitz aus sehe ich zu, wie die erste feurige Gestalt aus dem Panoramafenster springt und sich auf dem Rasen herumwälzt. Zwei weitere orange-geflammte Silhouetten folgen und drücken sich gegen den Boden, während sie um den Verlust der einzigen Sache trauern, die ihnen wichtig ist. Ihre Eitelkeit.

Als in der Ferne Sirenen ertönen, schleiche ich mich auf die dunklen Straßen zurück und fahre zu einer verlassenen Tankstelle. Dahinter parke ich, entsorge mein Hemd im Müllcontainer und wasche mich schnell mit einer Flasche Wasser und etwas Handseife. Es ist schon nach vier Uhr morgens, und ich muss zurück zu Ella.

Das Krankenhaus ist ruhig, als ich ankomme. Nur ein paar Krankenschwestern sitzen im Schwesternzimmer, einschließlich der, mit der ich gestern gesprochen habe. Sie erkennt mich sofort und hält mich auf meinem Weg zu Ellas Zimmer an.

»Sie waren weg?«, fragt sie.

»Ich musste ein paar Sachen für Ella besorgen.« Ich halte die schwarze Tasche in meiner Hand hoch.

»Das ist so aufmerksam von Ihnen.« Sie lächelt, aber ich bin mir ziemlich sicher, dass sie schon über Wege nachdenkt, dies an die Medien durchsickern zu lassen, sobald Ella entlassen wird. Wie auch immer, das ist mir im Moment egal. Solange ich sie mit nach

Hause nehmen kann, ist es mir eigentlich egal, was die Presse sagt.

Als ich in Ellas Zimmer komme, schläft sie immer noch fest, und das bleibt auch so, während ich in ihrem angrenzenden Badezimmer ausgiebig dusche. Sobald ich angezogen und frisch rasiert bin, überfällt mich plötzlich die Erschöpfung, und ich schaffe es kaum noch zurück auf den Stuhl neben ihr, bevor sich meine Augen schließen und ich in den ruhigsten Schlaf falle, den ich hatte, seit sie weg war.

Die Krankenschwester weckt uns beide, als sie am Morgen kommt, um Ellas Vitalwerte zu überprüfen. Ella setzt sich auf und blickt mich an, als wäre sie immer noch ein bisschen desorientiert.

»Du bist immer noch hier.«

»Ich gehe nirgendwohin.«

Die Krankenschwester lächelt uns an, kontrolliert dann Ellas Augen und bittet sie, eine Reihe von Tests durchzuführen. Als sie fertig ist, gibt sie einige Notizen in den Computer ein.

»Wie fühlen Sie sich heute Morgen? Irgendwelche Übelkeit, Schwindelgefühle, Schmerzen?«

»Mir geht es gut«, antwortet Ella. »Abgesehen davon, dass ich mich ein bisschen verkatert fühle, geht es mir sehr gut.«

»Gut.« Die Krankenschwester nickt. »Dr. Hobbs

macht gerade seine Runde, also sollte er bald hier sein.«

»Okay.« Ella streicht mit ihrem Finger über das Pflaster an ihrer Hand. »Vielen Dank.«

Die Krankenschwester geht, und Ella sieht mich an.

»Bist du letzte Nacht irgendwo hingegangen, oder habe ich das geträumt?«

»Ich hatte ein paar Besorgungen zu machen.« Ich halte meine Antwort vorerst vage. »Und ich habe dir ein paar Klamotten gekauft, in denen du heute nach Hause gehen kannst.«

»Nach Hause?«, murmelt sie.

»Mein Zuhause, Ella. Unser Zuhause.«

»Du willst mich also zurück nach Norwegen bringen«, sagt sie. »Und was dann?«

»Nun … das Anwesen gehört uns, aber wir werden Vollzeit in den Palast einziehen müssen.«

»Du willst, dass ich in den Palast einziehe?« Ihre Augen weiten sich.

»Ja.«

»Und was werde ich dort tun?«

»Was immer du willst.« Ich schenke ihr ein, wie ich hoffe, beruhigendes Lächeln. »Ich dachte, vielleicht würdest du gerne etwas Wohltätigkeitsarbeit mit Tieren machen, da du sie gern magst. Mein Sekretär kann dir einige Möglichkeiten näher an zu Hause verschaffen.«

Sie ist ruhig, und ich glaube, ich weiß, was sie zurückhält. Olivia wartete darauf, es ihr zu sagen, aber ich denke, jetzt ist auch ein guter Zeitpunkt.

»Natürlich werden wir auch regelmäßig Cranbrook besuchen.«

»Werden wir?« Sie lebt auf.

»Wenn man bedenkt, dass wir die stolzen neuen Besitzer vom Hilliard-Tierheim sind, könnte es schlecht aussehen, wenn wir es nicht tun.«

Ella kreischt, und ich glaube, ich habe sie noch nie so erleichtert gesehen. »Meinst du das ernst?«

»Ich habe den Deal mit Olivia bereits abgeschlossen. Sie wird es immer noch leiten, und wir können es besuchen, wann immer du möchtest.«

Sie blickt mich mit Tränen in den Augen an. »Ich kann nicht glauben, dass du das alles für mich tust.«

»Ich liebe dich«, sage ich ihr noch einmal. »Du hast mir etwas gegeben, wofür es sich zu kämpfen lohnt, und ich kämpfe. Komm mit mir nach Hause, Ella. Denn ich will dich wirklich nicht wieder unter Drogen setzen müssen.«

Sie lacht, und ich lächele, und es fühlt sich so natürlich zwischen uns an, ich weiß nicht, warum ich mich so lange dagegen gewehrt habe. Diese Frau versteht mich. Wir sind beide abgefuckt, aber wir funktionieren irgendwie zusammen. Und trotz allem liebt sie mich immer noch. Den elenden Bastard und alles, was ich sonst noch bin.

»Ich werde mit dir nach Hause kommen, Thorsen.« Sie beugt sich vor, um ihre Lippen auf meine zu legen. »Aber du musst mir versprechen, dass du weiterkämpfen wirst. Sogar an deinen dunkelsten Tagen. Versprich mir, dass wir die harten Zeiten zusammen durchstehen werden. Dass du mich nicht mehr wegstoßen wirst.«

»Ich verspreche es«, knurre ich an ihre Lippen und grabe meine Finger in ihr Haar. Ich muss sie fühlen. Ich muss wieder in sie eindringen und den Stress der letzten zwei Wochen wegficken. Aber bevor ich es überhaupt versuchen kann, öffnet sich die Tür, und Dr. Hobbs betritt den Raum.

»Sie fühlen sich besser, wie ich sehe?« Er zieht eine Augenbraue in die Höhe, und Ella errötet, als wir uns trennen.

»Ja, heute Morgen geht es mir viel besser. Danke.«

Er blickt auf ihre Akte und stützt sich gegen das Bettende. »Ich habe gestern ausführlich mit Dr. Blom gesprochen, und er versicherte mir, dass er nicht den Eindruck hat, dass Sie eine Gefahr für sich sind. Also bin ich bereit, Sie zu entlassen, unter der Bedingung, dass Sie sich zur Nachsorge mit ihm treffen, sobald Sie nach Norwegen zurückkehren.«

»Das werde ich«, versichert Ella ihm. »Wir werden ihn sofort kontaktieren.«

Er nickt, kritzelt seine Unterschrift auf einige Papiere und legt sie auf den Tisch neben Ellas Bett. »In diesem Fall, Fräulein Laurent, steht es Ihnen frei, zu gehen. Bitte passen Sie auf sich auf.«

»Danke, Herr Doktor.« Ich nicke ihm zu, und Ella wiederholt meine Worte, bevor er geht.

Sobald die Tür geschlossen ist, schwingt sie ihre Beine über das Bett, und ich helfe ihr, aufzustehen, obwohl sie aussieht, als würde es ihr gut gehen. »Ich muss Olivia und Charlotte anrufen. Und ich muss noch duschen, bevor wir gehen.«

»Ich habe ein paar Klamotten für dich im Badezimmer«, sage ich ihr. »Geh duschen, und dann kannst du aus dem Auto deine Freundinnen anrufen und mit ihnen einen Besuch für heute Nachmittag vereinbaren.«

Ihr Gesichtsausdruck erwärmt sich, als sie sich mir zuwendet und als sie nach meinem Gesicht greift, um es zu berühren, stürze ich mich wieder auf ihre Lippen. Aber eine Kostprobe reicht nicht aus, und schon bald berühren wir uns gegenseitig, verzweifelt nach mehr. Ich umfasse ihre Brüste unter dem Krankenhauskittel und reibe meine Erektion an ihrer Hüfte, während sie misstrauisch auf die Tür schaut.

»Glaubst du, sie werden es merken?«

Ich nehme sie bei der Hand, ziehe sie ins Badezimmer und schließe die Tür hinter uns ab.

»Was, wenn sie uns erwischen?«, flüstert sie.

»Du brauchst Hilfe beim Duschen.« Ich stelle das Wasser an und helfe ihr aus ihrem Krankenhauskittel, bevor ich mit meiner eigenen Kleidung weitermache und sie so schnell wie möglich ausziehe.

Sobald wir beide nackt sind, ziehe ich sie in meine Arme, trete in die Dusche und drücke sie mit dem Rücken gegen die Fliesen. Sie wölbt sich mir entgegen, wimmert, als ich an ihren Nippeln sauge und meinen Schwanz an ihre feuchte Muschi schiebe.

»Oh Gott, Thorsen.« Sie zerzaust meine Haare, als ich in sie eindringe.

»Du fühlst dich so verdammt gut an«, stöhne ich in ihren Nacken.

Ihre Nägel graben sich in meinen Rücken, und ich ficke sie gegen die Wand, wobei meine Hände in ihren Po drücken, um sie hochzuhalten. Es ist brutal und voller Verlangen, und wir beide rasen mit einer Dringlichkeit auf die Entladung zu, die verrät, wie sehr wir sie brauchen.

»Oh, Scheiße.« Ihre Augen fliegen auf, und ich erstarre.

»Was?«

»Mein Pflaster. Ich habe es nicht mehr, seit der Arzt es abgenommen hat, als er in Norwegen meine Wunden gereinigt hat.«

Mein Schwanz wogt mit ursprünglicher Besessenheit in ihr, während meine Finger sich in ihren Körper graben. »Das ist mir egal *min gudinne*. Ich komme in dir.«

Ihr Mund öffnet sich, ich küsse sie wieder, und meine Zähne knirschen gegen ihre, während mein Schwanz in ihr anschwillt. Sie kommt zuerst um mich herum und melkt mein steifes Fleisch, bis ich mich bis zu meinen Eiern in ihr vergrabe und ihren Schoß mit meinem Samen überschwemme. Der Höhlenmensch in mir schlägt sich auf die Brust. Ich möchte die Wärme ihres Körpers nicht verlassen, aber mehr als alles andere möchte ich sie wieder nach Hause bringen, in unser Bett, wo ich das alles noch einmal machen kann. Als ich sie auf die Füße stelle, schaut Ella zwischen ihren Schenkeln nach unten und beobachtet das Sperma, wie es aus ihr herausläuft.

»Bist du dir da sicher?«, fragt sie.

Ich kippe ihr Kinn hoch und zwinge sie, mich anzusehen, damit es zwischen uns keine Missverständnisse geben kann. »Sicherer, als ich je war. Jetzt machen wir dich sauber.«

36

ELLA

»Ich möchte Narcissa und die Mädchen sehen, während wir in Cranbrook sind.«

Thorsens Kiefer arbeitet, während er mich vom Fahrersitz aus ansieht. »Warum?«

»Ich habe ein paar Dinge, die ich ihnen sagen möchte, bevor ich gehe.«

Er ist für einen langen Moment ruhig, und ich bekomme das Gefühl, dass dies ein Kampf wird, aber er überrascht mich.

»Zuerst möchte ich dir etwas zeigen.«

»Was?«

»Ich bringe dich jetzt dorthin.«

Das ist alles, was ich aus ihm herausbekomme, und ich bin mir nicht wirklich sicher, was ich denken soll, während er durch die vertrauten Straßen meiner alten Nachbarschaft steuert. Es ist seltsam, dass ich die meiste Zeit meines Lebens hier gelebt habe, aber es sich jetzt wie alles andere als zu Hause anfühlt. Je näher wir dem Herrenhaus kommen, desto schwerer kann ich atmen. Die Konfrontation mit Narcissa und den Mädchen wird nicht einfach sein, aber sie ist längst überfällig.

Ich denke über all die Dinge nach, die ich ihnen sagen will, als Thorsen den Wagen anhält und parkt. Wir sind in der Nähe des Feldes, das ich normalerweise auf meinem Rückweg vom Tierheim durchquere. Ich bin diesen Weg schon unzählige Male gegangen, aber ich verstehe nicht, warum er hier angehalten hat. Erst als er über das Feld hinausschaut und ich seinem Blick folge. Ich schaue direkt auf das Herrenhaus, aber es ist kein Herrenhaus mehr.

Ein kalter Schauer schießt mir über die Wirbelsäule, während meine Blicke über die geschwärzte Hülle meines ehemaligen Zuhauses wandern. Thorsen wendet seine Augen nicht von mir ab. Er beobachtet mich zu genau, und ich versuche immer noch, das zu verarbeiten, was ich sehe. Aber dann fallen mir seine Worte von gestern Abend wieder ein. Ich dachte, ich hätte geträumt, dass er sagte, er würde gehen. Ich war erschöpft und überwältigt, aber ich weiß jetzt, dass es kein Traum war. Er muss mir nicht sagen, was ich in seinen Augen sehen kann. *Er hat das für mich getan.*

»Sind sie … tot?« Ich erschaudere.

Als Antwort entsperrt er sein Telefon und gibt es mir. Auf dem Bildschirm ist ein Artikel über das Feuer zusammen mit ein paar Fotos. Meine Augen wandern wie betäubt über den Text, und alles wirkt zu surreal.

Aber die Details sind genau da, in Schwarz-Weiß. Lavinia, Magnolia und Narcissa haben alle schlimme Verbrennungen erlitten und sind im Krankenhaus.

»Sag etwas.« Thorsen ergreift meine Hand, als ich ihm das Telefon zurückgebe.

Ich lehne meinen Kopf zurück gegen den Sitz und schließe die Augen. Mein Geist ist ein verworrenes Durcheinander, und ich weiß nicht einmal, wo ich anfangen soll. Nach allem, was sie getan haben, kann ich es nicht in mir finden, Mitleid mit ihnen zu haben, und ich denke, das ist es, was mich am meisten schockiert. Als ich endlich ausatme, fühlt es sich an, als wäre ein Tausendkilogewicht von meinen Schultern gehoben worden. Jede Grausamkeit, die sie je austeilten, jedes spöttische Wort. Sie alle brechen weg und entfesseln eine Flut von Emotionen, die ich so lange vergraben hatte. Mein Körper zittert, und dann fange ich an, gleichzeitig zu lachen und zu weinen.

»Es ist das, was sie verdient haben.« Thorsen streichelt meine Wange und wischt meine Tränen weg.

»Ich weiß.«

Er dreht mein Gesicht zurück zu seinem. »Sie haben gelitten, Ella. Und sie werden weiter leiden. Ich möchte, dass du verstehst, dass sie dich nie wieder verletzen können. Ich werde immer tun, was nötig ist, um dich zu beschützen. Von jetzt an werden sie immer nur noch Schmerz kennen.«

Meine Aufmerksamkeit schweift zurück zum Haus, und der morbide Teil von mir überlegt, wie es gewesen sein muss, sie brennen zu sehen. Sich vorzustellen, wie

Lavinia sich vor Schmerz windet und denselben Schlag erleidet, den sie mir versetzt hat, ist fast zu poetisch für Worte. Bei den dreien kann ich mir nicht vorstellen, wie sie eine solche Wendung des Schicksals jemals überleben sollen. Sie werden jetzt keine andere Wahl haben, als mit den Narben zu leben, für die sie mich auf Schritt und Tritt verspottet haben.

»Ich verstehe, warum du es getan hast«, sage ich zu Thorsen. »Das ist das Schlimmste, was ihnen je passieren konnte. Jetzt werden sie den Rest ihres Lebens äußerlich genauso hässlich leben, wie sie innerlich sind.«

»Das ist nur der Anfang.« Er küsst mich zärtlich.

»Wie meinst du das?«

»Narcissa hat seit Jahren keine Versicherung für das Haus«, sagt er. »Es ist alles weg. Sie werden nichts mehr haben. Jeden Trost, den sie dir jemals verweigert haben, jede Strafe, die sie dir jemals angedroht haben, sie werden diese bittere Realität jetzt auf einer intimen Ebene kennenlernen.«

»Ich liebe dich.« Ich lehne mich an seinen Körper und atme ihn ein. »Dafür, dass du mich genug liebst, um etwas so Verrücktes und seltsam Süßes zu tun.«

»Ich liebe dich auch, *min gudinne*«

Er vergräbt seine Finger in meinem Haar, unsere Lippen finden sich, und ich frage mich, ob dieses berauschende Hochgefühl jemals enden wird. Aber in seinen Augen erkenne ich die Flamme in seiner Seele, die auch für mich brennt, und ich weiß, dass sie es nicht tun wird. Wir waren immer dazu bestimmt, zusammen zu sein. In diesem oder im nächsten Leben hätte ich ihn gefunden.

»Fortsetzung folgt«, meint er, während er die wachsende Erektion in seiner Hose zurechtrückt.

Ich lächele zustimmend. »Ich freue mich schon darauf.«

Er lässt mich los und startet den Wagen wieder. »Ich bringe dich zu ihnen, wenn du das willst.«

»Ja, bitte.«

Die Fahrt ist ereignislos, aber ich bin überraschend ruhig, als Thorsen am Chelsea and Westminster Hospital in London parkt. Für eine Weile sitzen wir einfach auf dem Parkplatz, keiner von uns sagt etwas. Er wartet darauf, dass ich ihm Bescheid gebe, dass ich bereit bin, und als ich es tue, gehen wir Hand in Hand zusammen hinein.

Thorsen überlässt mich meinen Gedanken, während er die Kontrolle über die Situation übernimmt und mit der Krankenschwester spricht. Er erklärt, dass ich zur Familie gehöre, und sie informiert uns, dass alle drei Frauen in den frühen Morgenstunden notoperiert werden mussten. Sie sind bei Bewusstsein, aber unfähig, zu sprechen.

Als er nach ihrer Prognose fragt, sagt sie ihm, dass sie überleben werden, wenn keine Infektionen auftreten. Aber sie werden für den Rest ihres Lebens körperlich entstellt sein. Ihr Schicksal ist besiegelt, und es ist eine Bestätigung von Thorsens Versprechen. Es ist schwer zu glauben, dass jemand so viel für mich tun würde, aber ich weiß, dass ich für ihn dasselbe tun würde. Als die Krankenschwester uns durch den Flur in das Zimmer führt, und ich sie endlich sehe, glaube ich nicht, dass sich Gerechtigkeit jemals so romantisch angefühlt hat.

Der Geruch von verkohltem Fleisch und Desinfektionsmittel brennt in meiner Nase, während ich ihre blutgetränkten Verbände betrachte. Es gibt keinen Ort, den das Feuer nicht berührt hat, und die Gesichtszüge der drei sind nicht mehr zu unterscheiden. Drei Paare leerer brauner Augen starren mich an. Die Frauen, die nie ein freundliches Wort zu sagen hatten, können jetzt überhaupt nichts mehr sagen. Sie sind in dieser Hölle eingefroren. Drei keuchende Säcke verstümmeltes Fleisch.

Ich hatte so viel, von dem ich dachte, ich müsste es sagen, als ich hierherkam, aber ich denke, ihr Leiden drückt alles aus. Sie werden in der elenden Existenz leben und sterben, die sie für sich selbst geschaffen haben. Und ich bin mir sicher, sobald ich aus diesem Zimmer gehe, werde ich nie wieder an sie denken müssen. Ich gehe einen Schritt näher heran, und dann noch einen weiteren, bis schließlich kein Zweifel mehr besteht, wen sie anschauen oder was ich zu sagen habe.

»Ich hoffe, ihr erinnert euch an mich«, sage ich ihnen. »Jedes Mal, wenn ihr in den Spiegel schaut. Bei jedem qualvollen Schmerz, den ihr fühlt. Jedes Mal, wenn ihr mit einem entsetzten Blick angeschaut werdet während die Kinder schreien und wegrennen. Erinnert euch, wie ihr gelacht habt. Wie ihr euch lustig gemacht habt. Wie ihr euer Leben mit völliger

Missachtung für jeden außer euch selbst gelebt habt. Und wisset dies. Ich werde mit meinem Leben weitermachen, und ihr werdet meinen Verstand und mein Herz nicht mehr verpesten. Die Schnur ist durchtrennt, und das Einzige, was euch nachts warm halten wird, ist das Zeichen der Schande, das ihr für den Rest der Ewigkeit tragen werdet.«

Thorsen schlingt beruhigend seinen Arm um meine Taille, während ich gefühlt den ersten richtigen Atemzug meines Lebens mache. Denn nun bin ich frei von meinen Ketten. Von meinen Schuldgefühlen. Von diesen schrecklichen Frauen, deren Namen ich schon vergessen habe.

»Eine Sache noch«, sagt Thorsen ihnen, und sein Gesicht ist so kalt und gefühllos wie ein Wintertag. »Wenn ihr jemals wieder versucht, mit Ella Kontakt aufzunehmen, bringe ich euch eigenhändig um.«

»ELLA, WIE FÜHLST DU DICH?« OLIVIA ZIEHT MICH IN eine Umarmung, sobald ich aus dem Auto gestiegen bin.

»Mir geht es gut.« Ich drücke sie ebenfalls und wiederhole dann dasselbe mit Charlotte.

Nachdem ich sie heute Morgen angerufen und ihnen erklärt hatte, was gestern passiert war, haben wir uns im Tierheim verabredet. Jetzt, wo wir hier sind, ist es ein wenig unangenehm, gelinde gesagt. Wir hatten ein schwieriges Gespräch, und ich enthüllte schließlich all meine Wahrheiten über die Qualen, die ich durch die Hände von Narcissa und den Mädchen ertragen musste. Obwohl Olivia und Charlotte beide bestätigen, dass sie das vermutet hatten, behandeln sie mich immer noch, als wäre ich aus Glas. Und zu allem Überfluss kann Charlotte nicht aufhören, Thorsen anzustarren. Sie brennt darauf, mich zu fragen, was zum Teufel hier los ist, aber sie versucht, sich zu beherrschen.

»Warst du schon im Herrenhaus?«, fragt Olivia vorsichtig.

»Waren wir.« Ich nicke. »Wir haben es gesehen, bevor wir sie im Krankenhaus besuchten.«

»Was um alles in der Welt glaubst du, was passiert ist?«, fragt Charlotte.

»Wer weiß.« Ich nehme Thorsens Hand in die meine.

»Nun, es war kein Geheimnis, dass sie in dieser Gegend mehr Feinde als Freunde hatten«, sagt Olivia. »Ich hörte, dass die Polizei ziemlich damit beschäftigt war, die Anrufe aller wütenden Frauen entgegenzunehmen, denen Narcissa jemals etwas angetan hat. Ich denke, alle drei müssen mit praktisch jedem Ehemann in Kent geschlafen haben. Dann gibt es natürlich Gerüchte, dass die Frauen seit ihrer Rückkehr miteinander zerstritten waren. Anscheinend waren Narcissa und Lavinia wie Hund und Katze aufeinander losgegangen. Einige der Nachbarn spekulieren sogar, dass es eine von ihnen gewesen sein könnte, die den Ort abgefackelt hat.«

»Sie waren nicht besonders beliebt«, stimme ich zu. »Das würde ich ihnen zutrauen.«

»Nun, wenn du mich fragst, ich denke, sie haben bekommen, was sie verdient haben«, zischt Charlotte. »Elende, böse Frauen. Nach allem, was sie dir angetan haben, und dann gestern …« Sie erschaudert. »Ich kann kein Mitleid für sie empfinden. Ich bin nur froh, dass Thorsen mich gebeten hat, deine Sachen aus dem Herrenhaus zu holen. Wenigstens hast du noch das, was von den Habseligkeiten deiner Eltern übriggeblieben ist.«

»Du hast meine Sachen abgeholt?« Ich schaue zwischen ihnen hin und her.

»Ja«, strahlt Charlotte. »Es war gar nicht so schwer, wenn man bedenkt, dass Lavinia sie alle auf den Rasen geworfen hatte. Anscheinend hast du sie wirklich verärgert.«

»Nun, wir müssen ihr nicht mehr Sendezeit in unserem Leben einräumen, als sie bereits hatte«, sagt Olivia. »Möchtet ihr auf eine Tasse Tee reinkommen?«

»Das wäre schön, danke.«

Wir folgen ihnen in Olivias Haus, und die überwältigende Erleichterung, die ich über die Vertrautheit dieses Ortes empfinde, rührt mich beinahe zu Tränen. Seit so vielen Jahren hat sie auch für mich einen Rückzugsort geschaffen. Für das streunende Nachbarsmädchen, das keine eigene Familie hatte. Sie ließ mich in diesen magischen Raum und zeigte mir, dass Güte noch immer existierte und dass Liebe für uns alle gefunden werden konnte, selbst in den dunkelsten aller Zeiten.

Als sie einen Stuhl am Tisch für mich herauszieht, umarme ich sie noch einmal und zerfalle fast zu einem schluchzenden Haufen. Niemand sagt ein Wort, während Olivia mich tröstet und mich mit all der Kraft umarmt, für die ich sie immer bewundert habe.

»Jetzt ist alles gut, Ella«, flüstert sie mir ins Ohr. »Ich glaube, du hast dein Zuhause gefunden.«

Wir lachen beide, und ich wische die Feuchtigkeit, die aus meinen Augen austritt, weg, während ich nicke. Wenn Thorsens Gesicht irgendein Hinweis ist, dann kämpft er mit diesem neuen Konzept, mich zu teilen. Er will meine Tränen abwischen und sich um mich kümmern, wie er es versprochen hat. Aber er weiß auch, dass ich das hier brauche.

»Okay, tut mir leid.« Ich winke mit den Händen vor meinem Gesicht, während ich mich hinsetze. »Ich musste das einfach wirklich loswerden. Ich versuche immer noch, alles zu verarbeiten. Aber ich bin so froh, dass das Tierheim weiterbestehen wird.«

Thorsen legt seinen Arm über meine Schulter, spielt mit meinen Haarsträhnen, und das lässt mich an den richtigen Stellen erzittern.

»Es ist wirklich erstaunlich.« Olivia nickt dem Mann zu, den ich liebe. »Ich bin noch nie so gesegnet gewesen.«

»Es war alles Ella«, sagt er, und seine Stimme ist voller Wärme für mich.

»Ja, es ist wirklich großartig.« Charlotte wirft mir

einen Blick zu, der mir sagt, dass sie unbedingt mehr Informationen haben will. »Würdest du uns jetzt bitte sagen, wie das alles überhaupt passiert ist?«

Olivia lacht, als sie zum Teekessel geht, um den Tee zuzubereiten, und es uns überlässt, die Details aufzuklären.

»Wir haben uns auf dem Ball getroffen«, gebe ich zu. »Es war mir zu peinlich, es dir zu sagen, nach all der Mühe, die du dir gemacht hast, um mir ein Ticket zu besorgen. Ich bin in die falsche Schlange geraten. Oder zumindest dachte ich das. Aber jetzt weiß ich, dass es definitiv die richtige war.«

Thorsen streift meine Wange mit einem sanften Kuss, und ich kann Charlotte von hier aus praktisch in Ohnmacht fallen hören.

»Dann bist du also für ihn arbeiten gegangen?«, fragt sie. »Auf einem Schiff?«

Mist. Ich bin nicht darauf vorbereitet, diese Fragen zu beantworten, und ich versuche, mir eine Antwort auszudenken, als Thorsen uns mühelos deckt.

»Nein, es war nicht wirklich auf einem Schiff. Aber Ella hatte eine Geheimhaltungsvereinbarung. Sie konnte niemandem sagen, wo sie war und was sie tat.«

»Oh.« Charlotte blinzelt. »Ich nehme an, das macht Sinn.«

»Und dann habt ihr zwei euch verliebt?« Olivia kehrt mit einer Handvoll Tassen und Untertassen zurück und zieht fragend eine Augenbraue hoch, während sie in meine Richtung schaut. Ich weiß, alles, was sie wirklich hören muss, ist, dass ich glücklich bin, und dass das wirklich das ist, was ich will.

»Ja.« Ich seufze glücklich. »Wir haben uns verliebt, und es war verrückt, aber ich würde es nicht anders haben wollen.«

»Was jetzt?«, fragt Charlotte. »Olivia sagte, du gehst zurück nach Norwegen.«

Thorsen und Olivia tauschen einen Blick aus, und ich vermute, dass sie über mehr als nur den Verkauf des Tierheims gesprochen haben.

»Ich gehe mit Thor zurück nach Norwegen«, antworte ich. »Aber wir kommen so oft wie möglich wieder, um euch zu besuchen.«

»Thor.« Charlotte errötet. »Ich kann nicht glauben, dass du den König von Norwegen Thor nennst. Und mit ihm in einem verdammten Palast leben wirst. Das ist so verrückt.«

»Charlotte liest alle königlichen Klatschspalten«, erkläre ich Thorsen.

»Tue ich nicht!« Ihre Stimme wird lauter, und wir alle lachen. »Okay, gut, vielleicht ein bisschen. Also, wann kann ich dich dann besuchen kommen?«

»Wann immer du willst«, sagt Thorsen. »Solange Ella das möchte.«

»Natürlich, das will ich.« Mein Herz schlägt bei dem Gedanken vor Freude schneller. »Und das Gleiche gilt auch für dich, Olivia.«

Dann fällt mir noch etwas anderes ein, und mein Magen flattert vor Nervosität. Ich bin mir nicht sicher, wie ich das ansprechen soll, und ich bin mir nicht einmal sicher, ob Katzen im Palast erlaubt sind, aber ich gehe nirgendwo ohne ihn hin.

»Alfred wird sein neues Zuhause lieben.« Olivia stellt den Wasserkocher auf den Tisch und bereitet den Tee zu.

»Welches neue Zuhause?« Ich runzele die Stirn.

»Den Palast, offensichtlich.« Sie lächelt und schüttelt den Kopf. »Wer hätte gedacht, dass er es in ein paar Monaten von der Straße ins Königshaus schaffen würde?«

Als ich Thorsen ansehe, zuckt er nur mit den Schultern. »Anscheinend kommt auch ein Pferd.«

»Oh mein Gott!«, rufe ich und erschrecke alle. »Mabel kommt auch?«

»Sie gehört zu dir«, sagt Olivia. »Sie wird diese Woche mit dem Schiff abreisen, und zwei königliche Wachen werden auf sie aufpassen.«

Ich stoße fast den Tisch um, als ich mich auf Thorsen stürze und meine Arme um seinen Hals werfe. Ich war noch nie so beschwingt, und wenn das ein Traum ist, will ich nicht daraus erwachen.

»Ich freue mich so sehr für dich, Ella.« Auch Charlotte wischt sich eine kleine Träne aus dem Auge. »Das hast du verdient. Du verdienst die ganze Welt.«

37

THORSEN

»Sei nicht nervös«, sagt Calder.

»Das bin ich nicht.«

Aber ich lüge.

»Du bist es.« Er lacht. »Ich habe dich noch nie so angespannt gesehen, und das sagt eine Menge aus. Versuch dich einfach zu entspannen, mach es *Mor* zuliebe. Schau, wie glücklich sie ist.«

Meine Augen haben sich den ganzen Abend nicht von Ella und meiner Mutter abgewandt. Es ist merkwürdig, wie natürlich es für sie ist, jemanden zu treffen, sogar auf dessen Sterbebett, und ihn zu beruhigen. So ist es jeden Abend gewesen, seit ich sie vor drei Wochen in den Palast gebracht habe.

Meine Mutter liebte Ella von dem Moment an, als sie sie sah, und noch nie hat sich in meinem Leben etwas so richtig angefühlt. Jeden Abend kommen wir zu einem Besuch in ihr Zimmer. Manchmal erzählt Calder ihr Geschichten über seine letzten

Missgeschicke, und manchmal berichte ich ihr von den Aufgaben, an die ich mich langsam gewöhne. Aber oft, wenn es eine Stille gibt, spricht Ella mit ihr über die Kräutermischungen, denen sie ihr Leben gewidmet hat. Sie macht sich Notizen, während meine Mutter glücklich ihr Wissen weitergibt. Es ist bittersüß, aber wir verpassen diese Gelegenheiten nie, denn die Ärzte sagen uns, dass es wahrscheinlich nicht mehr lange dauern wird.

»Ich glaube, sie ist einverstanden«, sage ich zu Calder.

»Ich glaube, das sind wir alle«, sagt er. Ich bin dankbar, dass sowohl er als auch Ella ihr peinliches erstes Treffen scheinbar hinter sich gelassen haben.

»Die Meinung der Medien über dich ist auch besser geworden, seid du dich mit ihr in der Öffentlichkeit gezeigt hast«, fügt er hinzu. »Das muss eine schöne Abwechslung sein.«

Ich erschaudere bei der Erinnerung an das Chaos, das entstand, als ich verkünden musste, dass ich in Wirklichkeit nicht mit Lavinia verlobt war. Die Nachwirkung war ein ziemlicher Schock für alle Medien, die vermuteten, dass ich auch sie verjagt hatte. Aber als sie Ella sahen, war das schnell vergessen, und sie suchten wie besessen nach Informationen über die schöne Französin, die mein Herz gestohlen und die harten Ränder meiner Persönlichkeit aufgeweicht hatte.

»Es ist einfach, sie zu lieben«, sage ich. »Und deshalb bin ich ein besserer Mensch.«

»Worüber flüstert ihr zwei da drüben?« Ella blickt uns misstrauisch an.

»Klimawandel.« Calder lächelt, und Ella rollt mit den Augen.

»Ihr solltet besser kommen, um gute Nacht zu sagen. Eure Mutter ist müde.«

Wir schließen uns ihr an der Seite unserer Mutter an, und ich glaube, sie hatte noch nie so einen Frieden. Alfred hat beschlossen, sich in ihrem Bett niederzulassen, was, wie Ella erklärt, seine Art ist, sie zu trösten. So oder so, ich habe die kleine graue Straßenkatze liebgewonnen, und ich weiß, dass Mutter das auch hat.

Wir verabschieden uns, um sie schlafen zu lassen, und im Flur informiert uns Calder, dass er ein heißes Date hat. Ella sagt ihm, dass er diesmal versuchen soll, mit ihr auszugehen, bevor er mit ihr schläft. Nach ein wenig Murren seinerseits verschwindet er schließlich und lässt uns für die Nacht allein.

»Was nun, mein König?« Die kleine Feuerspuckerin stellt sich auf ihre Zehenspitzen und streicht mit ihren Lippen über meine.

»Lass uns einen Spaziergang im Garten machen.«

Sie küsst sich über meinen Kiefer zum schlagenden Puls in meinem Hals, während ihre Handfläche auf der Wölbung meiner Hose zum Liegen kommt. »Oder wir könnten einfach in unsere Suite gehen.«

Mein Schwanz erwacht zum Leben, und ich schließe die Augen und versuche mich daran zu erinnern, was ich eigentlich tun sollte, bevor sie mich abgelenkt hat.

»Du warst diese Woche so beschäftigt.« Ella nimmt meine Hand in die ihre und führt mich zu unserer Tür. »So angespannt. Sicherlich gibt es etwas, was ich tun kann, um deinen Stress zu lindern.«

»Was hast du dir vorgestellt?« Ich ziehe sie in meine Arme, und sie schlingt ihre Beine um meinen Rücken. Ihre Finger klammern sich an meinen Bizeps, während ich sie über die Schwelle unserer Suite trage und die Tür hinter mir zuschlage.

»Ich weiß es nicht, Eure Majestät.« Sie knabbert an meinem Ohr, während sie sich an mir reibt. »Möchtet Ihr, dass ich Euren königlichen Schwanz lutsche?«

»Du hast dich in ein böses Mädchen verwandelt«, sinniere ich und stelle sie ab.

»Ich hatte einen guten Lehrer.«

Sie sinkt vor mir auf die Knie, und ich versuche, mich an meine Pläne zu erinnern, als sie mir den Gürtel abschnallt und die Hose aufmacht. Es ging sicher nicht darum, dass sie auf den Knien den Mund mit meinem Schwanz voll hatte, aber dazu werde ich auch nicht Nein sagen.

Ella befreit meinen Schwanz und schiebt mich dann wieder auf den Stuhl zurück, während sie wie eine Raubkatze auf mich zukriecht. Ich kann es kaum erwarten, ihre Lippen um mich herum zu fühlen, denn ich bekomme nie genug davon. Ihre Nägel kratzen über meine Oberschenkel, und sie spielt eine Weile mit mir, leckt mich weich und langsam. Ihre Augen halten mich als Geisel, während sie sich zwischen meine gespreizten Beine beugt und mich mit ihrem Mund anbetet. Ich falle zurück gegen den Stuhl, die Augen auf Halbmast, und mein Körper entspannt sich, während sie mir genau das gibt, was ich brauche.

Es wäre so einfach, ihr jetzt meine Ladung in den Mund zu blasen. Es wäre ein reiner verdammter Himmel. Aber mehr als alles andere habe ich es mir zum Ziel gesetzt, bei jeder Gelegenheit in ihr zu kommen, bis ich ihren Körper auf eine ganz andere Art und Weise in Besitz genommen habe. Sie zu nehmen, bis sie mit meinem Kind rund ist. Sie erweckt in mir eine Ur-Besessenheit, und deshalb ziehe ich ihre Haare zurück, bis mein Schwanz aus ihrem Mund kommt.

»Was ist los?«, fragt sie.

»Komm auf mich«, befehle ich. »Komm und setz dich auf deinen Thron.«

Ella grinst und schüttelt den Kopf. Sie weiß genau, was ich tue, und sie liebt jeden Moment dieser schmutzigen Spiele. Als sie aufsteht, ihren Rock hochhebt und kein Höschen trägt, bin ich kurz davor, zu kommen.

Sie ergreift meine Schultern, während sie sich auf mich setzt, und sich langsam auf meinen Schaft senkt, bis sie so voll von mir ist, dass sie mit einem schwachen Stöhnen nach vorne zusammenbricht. Als sie ihr Becken bewegt, grabe ich meine Finger in ihre Hüften und drücke ihren Körper nach unten. Der Schock hallt durch uns beide, und Ella übernimmt, fickt mich, als wäre es ihr letzter Tag auf Erden. Und ich liebe sie so. Wild für mich. Verzweifelt jagt sie dem Hochgefühl hinterher, das ich ihr gebe. Sie ist schmerzhaft schön, und als sie explodiert und schreit, gehört sie mir.

Die Krämpfe in ihrem Körper melken das Sperma aus meinem Schwanz, und trotzdem hat die kleine Feuerspuckerin noch nicht genug. Sie ergreift mein Gesicht und küsst mich weiter, lange nachdem mein Schwanz in ihr weich geworden ist. Ich glaube, wir könnten uns für immer so küssen, und das erinnert mich daran, dass ich heute Abend vorgehabt hatte, romantisch zu sein.

Ich hatte einen Spaziergang im Garten geplant. Eine sternenklare Nacht. Der Duft der Rosen um uns herum. Ich hatte sogar eine Rede vorbereitet. Aber nichts hat sich jemals so natürlich oder richtig angefühlt wie dieser Augenblick, in dem wir beide noch immer innig miteinander verbunden sind. Als ich mich von ihren Lippen wegziehe und sie zum Stillhalten zwinge, schmollt sie.

»Warum hören wir auf?«

»Heirate mich, Ella.«

Ihre Augen weiten sich, und sie erstarrt. Sie braucht eine ganze Minute, um etwas zu sagen, aber ich habe bemerkt, dass Ella alles auf diese Weise verarbeitet. Sie lässt sich Zeit, und ich habe gelernt, sie in diesen Momenten nicht zu drängen.

»Du willst, dass ich dich heirate?«, flüstert sie.

»Mehr als alles andere.«

Sie zerquetscht mein Gesicht zwischen ihren

Handflächen und nickt, Tränen glänzen in ihren Augen. »Das will ich auch mehr als alles andere, mein König. Ich licbe dich so sehr.«

»Ich habe mich noch nie mehr wie ein König gefühlt als jetzt«, sage ich ihr.

Sie fängt wieder an, mich zu streicheln, und versucht verzweifelt, mein Hemd aufzuknöpfen und mich nackt auszuziehen, so, wie sie mich am liebsten mag.

»Diese Woche«, murmele ich an ihren Lippen, während sie an meinen Knöpfen fummelt. »Heirate mich diese Woche.«

Sie hält inne. »Diese Woche?«

»Ich möchte, dass meine Mutter dabei ist.«

Ihre Augen sind weich und traurig, als sie nickt und ihre Finger über meinen Kiefer fahren. »Natürlich, meine Liebe. Diese Woche klingt perfekt.«

»Gut.« Ich seufze in ihren Nacken und bewege ihre Hände zurück zu meinem Hemd. »Jetzt kannst du mich ficken, Göttin.«

38

THORSEN

»Du siehst so gut aus, Thorsen.« Meine Mutter versucht, ihre Tränen zurückzuhalten, als Tante Runa sie im Garten an ihren Platz schiebt.

Es ist das erste Mal, dass sie diese Woche aus dem Bett gekommen ist, und ich fing an, daran zu zweifeln, ob sie es überhaupt hierher schaffen würde. Aber sie nahm ihre ganze Kraft zusammen, um heute Abend dabei zu sein. Und nach unserem gestrigen Gespräch verstehe ich, dass dies ihr letzter Wille ist. Das ist es, woran sie sich festgehalten hat.

»Ich liebe dich, *Mor*.« Ich beuge mich hinunter, um sie auf die Wange zu küssen.

»Oh, mein lieber, süßer Sohn. Ich liebe dich auch. Ich bin so stolz auf dich. Es ist Zeit für dich, dein Leben zu leben. Du hast meinen Segen, glücklich zu sein.«

Meine Augen brennen, und meine Stimme

schwankt ein wenig, als ich ihr die Antwort gebe, auf die sie gewartet hat. »Du hast auch meinen Segen.«

Tränen laufen aus ihren Augen, und sie nickt und drückt meine Hand.

Die Musik beginnt, und es ist Zeit für mich, sie zu verlassen und mich Calder anzuschließen. Ich danke meiner Mutter für all ihre Hilfe, und mein Bruder führt mich mit einer brennenden Fackel in der Hand zu dem Ring aus brennenden Kerzen. Als wir den Eingang des Kreises erreichen, stellt er seine Fackel auf einer Seite ab und lässt mich zurück, damit ich mich dem *Gothi* im heiligen Raum anschließe, während ich auf meine Braut warte. Eine Woche war nicht viel Zeit, um alles zu organisieren, aber der Vorteil, einen ganzen königlichen Stab zur Verfügung zu haben, liegt darin, dass man es schaffen kann.

Ella bekommt alles, was sie wollte, was nicht viel war. Es ist eine kleine, intime Zeremonie, nur mit meiner Familie, Olivia und Charlotte. Als ich ihr erzählte, wie ich ihr eigentlich den Antrag machen wollte, sagte sie, dass wir stattdessen auf diese Weise heiraten sollten. Also tun wir genau das. Im Garten, mitten in der Nacht, zwischen den Rosen und Sternen.

Meine Mutter war mehr als glücklich, an allen Aspekten beteiligt zu sein, und erzählte Ella von den Ritualen, von denen sie glaubt, dass sie für eine lange, glückliche Ehe sorgen werden. Um uns herum sind Blumen, Zweige und Blätter verstreut. Myrte als Symbol für unsere Liebe, Eiche für Fruchtbarkeit und Weide als Schutz. Alles hat eine Bedeutung, und Ella war sehr zur Freude meiner Mutter begierig darauf, sie alle einzubinden.

Charlotte geht als Nächste auf den Kreis zu und hat ein nervöses Lächeln im Gesicht, als sie ihre Fackel am Eingang abstellt, um Platz für die Braut zu machen. Außerhalb des Kreises steht Olivia neben meiner Mutter, Dr. Blom und Tante Runa. Als Ella am Ende des Ganges erscheint, richten wir alle unsere Aufmerksamkeit auf sie.

Ein Lächeln breitet sich auf meinem Gesicht aus, als sie in einem seltsam vertrauten Kleid auf mich zugeht. Und obwohl mir klar ist, dass es nicht dasselbe ist, hat sie genau so ein Kleid gewählt wie das, in dem sie mich zum ersten Mal getroffen hat. Aber statt blau ist es weiß. Das Einzige, was fehlt, ist ihr silberner Absatzschuh, den ich unter meinen Arm geklemmt habe. Trotzdem schafft sie ihren Weg zu mir mit einer Anmut, über die nicht viele verfügen. Als sie sich an meine Seite gesellt, ertönen Lacher, als ich vor ihr niederknie und ihr den Schuh anziehe.

»Ich glaube, du hast den hier zurückgelassen.«

»Zum Glück für mich.« Sie strahlt, als ich aufstehe und ihre Hände in die meinen nehme.

»Das Kleid gefällt mir.« Meine Blicke wandern mit einer fleischlichen Begierde über sie, die nur sie sehen kann.

»Das dachte ich mir schon.« Sie errötet.

Ihr Gesicht strahlt vor Glück, und ich erkenne es, weil ich es auch fühle. Ihre Wärme ist in das gefrorene Äußere eingedrungen, das ich so lange wie eine Waffe zur Schau gestellt habe. Ella durchschlug diese harten äußeren Schichten, zermalmte sie Zentimeter für Zentimeter und meißelte so tief in mich hinein, dass ich sie nie wieder loslassen konnte. Und gerade jetzt war ich noch nie so dankbar für ihre Entschlossenheit. Nach heute wird sie meine Frau sein. Meine Feuergöttin. *Meine Königin.*

Der *Gothi* lenkt unsere Aufmerksamkeit auf sich und eröffnet die Zeremonie mit einem traditionellen nordischen Segen. In jede Richtung blickend, während er spricht, verbietet er von diesem Punkt an allem Bösen, in unser Leben einzudringen. Nachdem er die Götter, unsere Vorfahren und alle, die heute hier als unsere Zeugen versammelt sind, angerufen hat, zündet er eine symbolische Kerze an, um uns zu reinigen, damit wir unsere Ehe mit unverfälschter Liebe eingehen können.

Er taucht einen immergrünen Zweig in eine Schüssel mit Weihwasser und salbt Ella und mich, bietet seinen Segen an, bevor er unsere Hände mit dem Ritual des weißen Bandes zusammenbindet. Wir beten zu Frigga, der Göttin der Ehe, und dann folgen unsere Gelübde, in denen wir versprechen, einander zu lieben, zu ehren und zu schätzen. Die Ringe, die wir austauschen, wurden von Ella persönlich ausgewählt. Ein Mondstein in oxidiertem Silber für sie, und ein gebürstetes silbernes Wolframband für mich.

Als letztes Ritual zum Übergang in das Eheleben gießt der *Gothi* Met in einen Kelch, bringt unsere freien Hände um den Stiel zusammen und ermutigt jeden von uns zum Trinken. Als wir das tun, erklärt er uns für die Ewigkeit als Mann und Frau verbunden. Er nimmt den Kelch weg, und ich lege meine Hand auf Ellas Gesicht und besiegele unsere Ehe mit einem Kuss.

Um uns herum beginnen die Glocken zu läuten, die Glückwünsche der Zeugen. Aber Ella und ich haben nur Augen füreinander, während wir unsere Liebe füreinander besiegeln.

Als der *Gothi* das Rund mit einem letzten symbolischen Gebet wieder öffnet, gehen wir in unser neues Leben im Kreise unserer Familie und Freunde. Die Feier erwartet uns, und der Koch hat ein Festessen mit traditionellen Speisen vorbereitet. Ella und ich gesellen uns in den Bankettsaal zu unseren Gästen, hören zu und lachen, während jeder von ihnen einen Toast auf unsere gute Gesundheit und unser Glück ausbringt, zusammen mit ein paar peinlichen Geschichten. Als meine Mutter zu ermüden beginnt, bieten Ella und ich ihr an, sie auf ihr Zimmer zu bringen, aber sie lehnt schnell ab.

»Genießt eure Feier, meine schönen Kinder.« Sie gibt jedem von uns einen Kuss auf die Wange. »Ich habe jetzt alles, was ich mir jemals gewünscht habe. Ich habe meinen Frieden. Nun, trinkt und seid glücklich.«

Tante Runa beginnt, sie wegzuschieben, als meine Mutter sie aufhält und mir ein verschmitztes Lächeln schenkt.

»Oh, Thorsen, das hätte ich fast vergessen«, sagt sie. »Ich habe auch eine Alraunenwurzel unter euer Bett gelegt. Für die Zeugungskraft.«

Ella und ich verbringen zwei volle Tage verloren ineinander und saugen die Momente auf, die wir gerade jetzt haben. Unsere Flitterwochen wurden aus freien Stücken verschoben, und am dritten Tag, als ihre Gäste nach London zurückgekehrt sind, wachen wir mit einer düsteren Wolke über unserer frisch vermählten Ruhe auf.

»Bist du bereit dafür?«, fragt sie, als wir aus der Dusche kommen und sie mich mit einem Handtuch abtrocknet.

»Nein. Aber ich glaube nicht, dass ich jemals bereit sein werde.«

»Ich weiß.« Sie küsst mich zärtlich. »Aber wenn du mich fragst, ich glaube, du tust das Richtige.«

Vor zwei Monaten hätte ich nicht zugestimmt. Noch vor einer Woche war es nicht leicht zu akzeptieren gewesen, um was meine Mutter mich gebeten hatte. Ich bin nicht bereit, sie gehen zu lassen, aber sie war schon immer die stärkste Frau, die ich kenne, und sie möchte so in Erinnerung bleiben. Als sie zu mir kam und mich bat, sie in Würde sterben zu lassen, solange sie noch kann, brach es mir das verdammte Herz. Aber es wäre egoistisch von mir, sie zu bitten, zu bleiben, nur um ihren Schmerz und ihr Leiden zu verlängern.

Sie ist bereit, zu gehen, bevor ihr Verstand vollständig verschwunden ist und sie nicht mehr sprechen oder funktionieren kann. Als ich erfuhr, dass alle anderen bereits zugestimmt hatten, musste ich ihr auch meine Zustimmung geben.

»Ich werde dich brauchen.« Ich beuge meinen Kopf zu Ella und atme sie ein. »Mehr als jemals zuvor.«

»Ich werde genau hier sein«, flüstert sie.

Ich vergrabe mein Gesicht in ihrem Nacken, halte sie fest, und Schweigen umhüllt uns, während ich den Mut sammele, Abschied zu nehmen. Nach ein paar Minuten entwirrt sie uns und streichelt mein Gesicht mit ihrer Hand.

»Ich liebe dich, Thorsen. Wir werden das gemeinsam durchstehen.«

Es ist schwierig, über die überwältigenden Gedanken in meinem Kopf zu sprechen. Aber solange Ella an meiner Seite ist, kann sie mich ruhig halten. Sie hilft mir, mich für den Tag anzuziehen, indem sie ihr hellblaues Lieblingshemd und eine marineblaue Hose aus meinem Schrank aussucht.

»Wir tragen heute kein Schwarz«, sagt sie mir, während sie das Hemd für mich zuknöpft. »Wir tragen kein Schwarz, weil sie immer genau hier sein wird.«

Als sie ihre Handfläche gegen meine Brust drückt, nicke ich und lege meine Hand über ihre.

Ella zieht sich an und geht dann, schweigend meine Hand haltend, neben mir zur Suite meiner Mutter. Als wir hineingehen, warten Calder und Runa bereits auf uns. Es fühlt sich an, als würde ich zu meinem Untergang gehen … was der Wald gewesen wäre, wenn ich jemals gegangen wäre.

»Da sind sie.« Meine Mutter lächelt herzlich und winkt uns zu sich, als wir die Tür schließen.

Sie schcint heute so klein zu sein, und es ist schwierig, sie so zu sehen. So blass, so dünn, so schwach. Ich weiß, dass wir die richtige Wahl für sie treffen, aber das macht es nicht einfacher.

»Kommt, setzt euch neben mich, meine Lieben.«

Ella und ich setzen uns neben Calder und Runa, und der Raum verstummt, während melancholische Energie in der Luft um uns herum liegt.

»Bist du dir immer noch sicher?«, fragt Calder.

»Ja, mein Sohn.« Sie nickt auf eine Art und Weise, die beweist, dass sie immer noch da drin ist, trotz ihres versagenden Körpers. Entschlossener denn je ist sie ein strahlendes Licht in dieser Welt, das es verdient, in Frieden zu gehen.

»Ich habe schon mit Calder und Runa gesprochen«, sagt sie uns. »Aber ich habe ein paar Dinge, die ich euch beiden sagen möchte. Kommt bitte zu mir.«

Ella und ich setzen uns zu ihr ans Bett, jeder von uns nimmt eine Seite ein und nimmt eine ihrer Hände in die seine. Sie spricht zuerst mit Ella, und ihr Gesicht ist voller Wärme und Liebe für die Frau, die mich aus der Dunkelheit zurückgebracht hat.

»Vielen Dank.« Ihre Stimme verrät ihre starken Gefühle. »Ella, du bist jetzt meine Tochter, und das ändert sich nicht, nur weil ich weg bin. Ruf mich, wenn du eine Freundin zum Reden brauchst, und erinnere dich an alles, was ich dir beigebracht habe. Ich möchte, dass du meine Bücher, meine Elixiere und meinen Schmuck bekommst. Sie gehören jetzt dir.«

»Vielen Dank.« Ellas Lippe zittert, und sie nickt. »Danke, dass du mich in deine Familie aufgenommen hast und mich liebst. Ich kann dir nicht sagen, wie viel mir das bedeutet.«

»Diese Liebe wird niemals enden«, sagt Mutter. »Bitte kümmere dich um meinen Sohn. Liebe ihn so sehr, wie nur du es kannst.«

»Das werde ich«, verspricht Ella. »Ich werde mich immer um ihn kümmern.«

Meine Mutter nickt und Ella umarmt sie, bevor sie sich verabschiedet, um auf mich zu warten.

»Thorsen.« Mutter schaut zu mir auf, Tränen glänzen in ihren Augen. »Mein liebster Thorsen, wie ich dich bewundere und liebe. Mit einer Tiefe, die du eines Tages verstehen wirst, wenn du deinen eigenen Sohn aufziehst.«

»Ich liebe dich auch.« Meine Stimme versagt.

»Erinnere dich an das, was ich gesagt habe. Ich werde nie weit weg sein. Sprich oft mit mir, sag mir, wie es dir geht, und hör nie auf, für die Schönheit im Leben zu kämpfen. Du wirst sie finden, sogar in der Dunkelheit, wenn du dich dafür entscheidest, zu suchen.«

»Ich werde dich stolz machen«, versichere ich ihr.

Eine Träne läuft über ihre Wange. »Das tust du bereits.«

Ich umarme sie, und sie flüstert mir ins Ohr, dass alles gut werden wird. Dass ich nicht um sie trauern soll, weil sie immer hier sein wird, in den Blättern und dem Wind und den blühenden Blumen. Ich will sie nicht loslassen, aber sie sagt mir, dass es Zeit ist. Ich halte sie trotzdem noch ein wenig länger fest, bevor ich sie endlich gehen lasse. Sie ruft die anderen zurück ans Bett, so dass wir alle um sie versammelt sind.

»Lasst uns ein Gebet zu Hekate sprechen.« Sie schließt die Augen, und wir tun es ihr gleich und wiederholen die Worte, während sie ein Gebet für einen sicheren Übergangritus nach dem Tod spricht.

Als wir unsere Augen wieder öffnen, hat sie das Elixier in ihrer Hand und nutzt ihre letzte Energie, um es zu ihren Lippen zu führen.

»Ich gehe jetzt schlafen«, sagt sie. »Es war eine lange Reise, und ich bin sehr müde. Entfernt diese Flasche, wenn ich weg bin, und sprecht nie wieder von diesem Moment. Erinnert euch an mich im Garten, oder in meinem Kräuterzimmer, oder daran, wie ich Zeit mit meinen Jungs verbracht habe. Erinnert euch nur auf gute Weise an mich und seid glücklich, nicht traurig, wenn ihr an mich denkt.«

Wir versprechen ihr alle, dass wir das tun werden, und sie trinkt das Elixier, bevor sie die Flasche Calder gibt. Sie lächelt, schließt die Augen und schläft ein.

Genau wie sie gesagt hat.

EPILOG

ELLA

»Hallo, mein König.«

»Guten Abend, *gudinne.*« Thorsen küsst mich auf den Kopf, während ich mich an ihn drücke. Ich vergrabe mein Gesicht in seinem Nacken und atme die Sonne und das Salz des Meeres ein.

»Schön, dass du wieder bei mir bist«, sagt er.

»Du hast mich ausgelaugt.« Ich gähne, während meine Finger über seinen schönen Körper wandern. »War ich lange weg?«

»Etwa zwei Stunden.«

Ich seufze, schließe die Augen und könnte den ganzen Tag so verbringen. Es kommt nicht mehr oft vor, dass wir Zeit zum Faulenzen haben, aber wir machen das Beste aus den norwegischen Sommern, indem wir bei jeder Gelegenheit mit der Yacht hinausfahren. Thorsen ist ständig beschäftigt, aber er hat diese Zeit in seinem Zeitplan für uns vorgesehen, und das ist nicht verhandelbar. Er arbeitet hart und ist bestrebt, während seiner Herrschaft einen bleibenden Eindruck zu hinterlassen. Aber wenn es um die Zeit mit seiner Familie geht, sind wir immer seine erste Priorität.

Vor fünf Jahren haben wir eine verspätete Hochzeitsreise auf dieser Yacht gemacht. Thorsen hat Tage in mir verbracht, und ich glaube nicht, dass er sich je vollkommener gefühlt hat als in dem Moment, in dem er erfuhr, dass Atlas und Frey auf dieser Reise gezeugt wurden. Es war der Augenblick, in dem ich wirklich sah, wie er die Wolken der Finsternis durchbrach, die ihn so lange geplagt hatten. Und wenn es um seine Söhne geht, ist seine Hingabe unerschütterlich. Thorsen sagte mir sofort, er wolle ein Vater sein, der mit anfasst, und ich wusste, dass es ihm wichtig war, dass sie sich immer geliebt fühlten. Trotz all seiner Verantwortung schafft er es immer noch, die Jungs zu ihren Reitstunden zu begleiten und die Zeit und neue Möglichkeiten zu finden, ihnen etwas beizubringen.

Aber heute haben wir das Glück, Onkel Calder an Bord zu haben, der sie auch nie im Stich lässt. Er ist auf dem Deck und bringt ihnen das Fischen bei, was Thorsen und mir die seltene Gelegenheit gibt, einen Nachmittag nackt unter der Decke zu verbringen.

»Was glaubst du, wie lange wird er durchhalten, bis sie ihn völlig ermüden?«

Thorsens Brust rumpelt vor Lachen. »Ich bin überrascht, dass er so lange durchgehalten hat.«

»Denkst du, wir haben genug Zeit für Runde

zwei?« Ich schiebe meine Hand unter die Decke und streife gerade seinen Schwanz, als Gelächter im Flur ertönt.

»Wir kommen rein!«, ruft Calder, bevor die Tür aufspringt.

Thorsen und ich setzen uns mit der gleichen Mischung aus Schuldgefühlen und Belustigung auf, während Calder mit den Augen rollt. »Fünf Jahre, und ihr zwei könnt immer noch nicht die Hände voneinander lassen. Onkel C. hat jetzt frei und braucht einen starken Drink.«

»Danke, Calder«, ruft Thorsen ihm nach, als er zur Tür hinausgeht.

Ich lächele, als die Jungs auf das Bett springen, sorglos auf und ab hüpfen, während sie uns von den Fischen erzählen, die sie gesehen haben. Ihre Wangen sind von der salzigen Luft gerötet, und sie sehen genauso wild aus wie ihr Vater. Tatsächlich könnten die Zwillinge wahrscheinlich in weiteren zwanzig Jahren als seine Doppelgänger durchgehen. Während Thorsen gerne sagt, dass sie auch etwas von mir haben, sehe ich jedes Detail meines schönen Mannes in ihren Gesichtszügen verwoben, und ich würde es nicht anders haben wollen.

Irgendwie entpuppte sich mein Leben irgendwann als ein Märchen. Es ist die Art von Märchen, in dem mein Mann mich immer noch versohlt und fickt, als ob ich ihm gehöre, aber es ist trotzdem ein Märchen. Wenn er nicht damit beschäftigt ist, sich um uns zu kümmern, sind wir damit beschäftigt, uns um ihn zu kümmern, und durch irgendein Wunder haben wir das Gleichgewicht in dieser verrückten Welt gefunden.

Es gibt immer noch dunkle Tage, und ich denke, es wird sie immer geben, aber wir stehen sie gemeinsam durch. Unsere Vergangenheit kann uns nicht verfolgen, solange wir uns auf die gemeinsame Zukunft freuen. Dr. Blom erinnert uns bei unseren wöchentlichen Besuchen schnell daran. Bis zum heutigen Tag verpasst Thorsen seine Termine nicht, und im Laufe der Jahre hat er es geschafft, in den Stunden, die wir in den Sitzungen verbracht haben, eine ganze Flotte von Modellschiffen zu bauen. Wir behalten sie als Erinnerung daran, dass sie, auch wenn sie unvollkommen sind, es immer noch wert sind, gerettet zu werden.

Ich bin mit Wohltätigkeitsarbeit beschäftigt und fliege gelegentlich zurück nach London, um Olivia im Tierheim zu helfen. Es ist eine der Lieblingsbeschäftigungen der Jungs, und es fasziniert mich immer wieder, zu sehen, was für intelligente und mitfühlende Wesen sie sind.

Bei einem unserer Besuche vor ein paar Jahren stolperten Thorsen und ich über eine Gruppe von Obdachlosen, die sich durch den örtlichen Mülleimer gruben. Sie aßen einen schimmeligen Laib Brot und kämpften um die Krümel, als eine von ihnen zu uns herüberblickte. Es traf mich unerwartet, das entsetzlich vernarbte Gesicht zu sehen. Anstelle ihres glänzenden blonden Haares hingen lückenhafte, fettige Fäden von ihrem Kopf. Ich hätte sie nicht einmal erkannt, wenn sie nicht in Cranbrook gewesen wären. Die drei Frauen waren der schrecklichste Anblick, den ich je gesehen hatte.

Die Erfahrung erschütterte mich, und ich konnte mir nicht wirklich erklären, warum. Ich hatte nicht damit gerechnet, sie zu sehen, und das verfolgte mich tagelang. Nicht lange danach fing Thorsen an, mir während des Einschlafens eine Geschichte zu erzählen. Die Geschichte handelte von drei Frauen, die den Wald von Aokigahara heimsuchten. Der Legende nach war das Trio so tief in dem weiten, dichten Wald ausgesetzt worden, dass es nie wieder herausfand. Die einzigen Seelen, über die sie immer wieder stolperten, waren die, die dorthin kamen, um zu sterben, und selbst diese dunklen Seelen waren so entsetzt über ihre grässlichen Gesichter, dass sie sich weigerten, mit ihnen zu sprechen. Für den Rest ihrer Tage waren sie dazu verdammt, durch ein Meer von Bäumen zu wandern, umgeben von Tod und Trauer.

Seltsamerweise habe ich Narcissa, Lavinia oder Magnolia nie wiedergesehen. Und ein Teil von mir vermutet, dass die Legende, die von meinem Donnergott gewebt wurde, vielleicht doch nicht so eine Legende ist.

»Es ist fast Schlafenszeit für euch zwei.« Thorsen verwuschelt den Jungs die Haare, während sie sich an uns kuscheln.

»Kannst du uns eine Geschichte erzählen?«, betteln sie einstimmig. »Bitte?«

Thorsen schaut mich an, und wir richten uns alle

auf unseren Plätzen auf dem Bett ein. Die Jungen rollen sich neben ihrem Vater zusammen, während er sie mit der Decke zudeckt.

»Welche Geschichte möchtet ihr hören?«, fragt er.

»Die vom Donnergott!«, schreit Atlas.

Meine Lippen neigen sich amüsiert nach oben, als ich meinen Kopf auf dem Kissen ablege und Thorsen diese Geschichte zum tausendsten Mal erzählen höre. Wie die Geschichte erzählt, hat sich ein dunkler, einsamer Gott in seinem Schloss eingeschlossen und geschworen, dass er niemanden hereinlassen würde. Er war wütend, und er wagte sich nicht gerne aus seiner Festung hinaus, aber eines Tages wurde er dazu gezwungen. Der Gott besuchte einen Ball, auf dem er einer Feuergöttin begegnete, die ihre pelzigen Freunde retten wollte. Sie war reinen Herzens, aber er dachte, dass sie ihn wie alle anderen betrog. Als seine tosenden Stimmungen hundert Stürme verursachten, die die Erde erschütterten, überlebte die Göttin irgendwie alle. Und als er sah, dass sie im Angesicht seines Donners unzerstörbar war, begannen sich die Wolken zu verziehen, und die Sonne begann auf das Land zu scheinen, das so lange in Finsternis gehüllt war. Der Gott verliebte sich sofort in die Göttin, und sie erschufen zwei perfekte Jungen als ihr Ebenbild. Ihre Namen waren zufälligerweise Atlas und Frey.

Ich glaube, ich mag Thorsens Version der Ereignisse am liebsten, und sie bringt die Jungs immer wieder zum Keuchen, obwohl sie sie schon unzählige Male gehört haben. Ich würde lügen, wenn ich sagen würde, dass mein Puls nicht jedes Mal rast, wenn er mir auf diese Weise die Tiefe seiner Liebe zu mir gesteht.

Als die Jungen einschlafen, streckt Thorsen seine Hand aus und drückt seine Handfläche gegen mein Herz. »Ich fühle dich, *min gudinne.*«

Ich küsse ihn und danke den Göttern, dass ich für seinen Donner unzerstörbar war, während meine Finger sich auf sein schlagendes Herz legen. »Ich fühle dich auch, mein König. Für immer.«

LESEPROBE

Danke, dass Sie *Das gestohlene Aschenputtel* gelesen haben! Wenn Ihnen die Geschichte von Thorsen und Ella gefallen hat, hinterlassen Sie bitte eine Rezension.

Wenn Sie eine weitere heiße Märchen-Nacherzählung von A. Zavarelli lesen möchten, schauen Sie sich *Bella un das Biest* an! Weitere Dark Romance von A. Zavarelli finden Sie hier: www.greyeaglepublications.-com/de/book-author/a-zavarelli-de/.

Möchten Sie benachrichtigt werden, wenn unser nächstes Buch voller knisternder Leidenschaft erscheint? Besuchen Sie www.greyeaglepublications.com/de/ und melden Sie sich für unseren Newsletter an.

Wenn Ihnen dieses Buch gefallen hat, werden Sie auch

diese beiden dunklen Liebesromane lieben: *Dunkler als Liebe* von Anna Zaires und Charmaine Pauls und *Prisoner: Gefangen* von Skye Warren und Annika Martin. Blättern Sie um, um einen spannenden Auszug aus jedem Buch zu entdecken!

AUSZUG AUS DUNKLER ALS LIEBE

VON ANNA ZAIRES UND CHARMAINE PAULS

In einer kalten, dunklen Nacht hat mich ein russischer Mörder aus einer Gasse gestohlen.
Ich bin gefährlich, aber er ist tödlich.
Ich bin einmal geflohen.
Er wird mich nicht ein zweites Mal entwischen lassen.

Die Rache ist sein.
Der Verrat ist mein.
Aber die Lügen, um die zu schützen, die ich liebe, auch.

Wir sind aus dem gleichen Holz geschnitzt. Beide gnadenlos. Beide beschädigt.
In seiner Umarmung finde ich Himmel und Hölle, und seine grausam zarte Berührung zerstört und belebt mich gleichzeitig.

Man sagt, eine Katze hat neun Leben, aber ein Attentäter nur eins.

Und Yan Ivanov besitzt jetzt meins.

Ein Schwindelgefühl überkommt mich, und das Tablett, das ich trage, wackelt in meinen Händen, wodurch die Bierflaschen umkippen und die schäumende Flüssigkeit ausläuft.

Verdammt. Wann wird das enden?

Zähneknirschend sinke ich hinter der Säule auf ein Knie, stelle das Tablett auf den klebrigen Boden und tue so, als würde ich die Schnürsenkel meiner Doc Martens binden, während ich darauf warte, dass der Schwindelanfall vorbeigeht und meine Hände nicht mehr zittern.

Dreißig Sekunden vergehen. Dann eine Minute. Und meine dummen Hände zittern immer noch.

Leise fluchend wische ich mit einem Lappen das verschüttete Bier weg. So viel bekomme ich noch hin. Das Tablett anzuheben ist jedoch unmöglich. Es wiegt nur ein paar Kilo, aber ich bin so schwach, dass es genauso gut hundert sein könnten. Und das ist nur der Anfang meiner Schicht. Ich habe keine Ahnung, wie ich sie durchhalten soll, bis die Bar heute Abend schließt. Vielleicht hatte Hanna recht. Vielleicht ist es noch zu früh, und ich sollte …

»… schieß dem Wichser direkt in den Kopf.« Die Worte, die auf Russisch mit einer schroffen männlichen Stimme gesprochen werden, treffen mich wie ein Schuss. Instinktiv erstarre ich an Ort und

Stelle, als meine militärische Ausbildung meine Reaktionen beherrscht, und ich meine Umgebung abscanne, um nach der Bedrohung zu suchen.

Da. Zwei Uhr, ein runder Tisch hinter der Säule in Ellas Teil. Die Säule verbirgt den größten Teil des Tisches vor mir, aber ich kann erkennen, dass dort zwei Männer sitzen.

»Ein Schuss, das ist wahrscheinlich alles, was wir bekommen, hat Sokolov gesagt«, fährt derjenige, der spricht, fort. »Und da das Ziel wahrscheinlich eine Weste trägt …«

»Ich weiß«, unterbricht der andere Mann, und seine tiefe Stimme ist trotz des Hauchs von Verärgerung weich. »Ziel auf den Kopf.«

Ein Kälteschauer durchzieht meine Adern. Ich habe das nicht falsch verstanden. Das sind in der Tat Profis, die einen bevorstehenden Anschlag besprechen – und ich hocke genau hier, weniger als zwei Meter von ihnen entfernt.

Die gleiche Säule, die meine Sicht behindert, verbirgt mich, und das seit ein paar Minuten, was auch der Grund dafür sein muss, dass sie so frei sprechen. Obwohl die Bar ziemlich gefüllt ist, befinden sie sich abgeschirmt durch die Säule in einer Art Nische, und niemand an den anderen Tischen kann sie über den Geräuschpegel im Raum hören.

Ich kann es aber.

Und wenn ich von dem Platz aufstehe, an dem ich hocke, werden sie das bemerken, und ich werde die Bar vielleicht nicht lebendig verlassen.

Vor einem Jahr hätte ich nicht zweimal geblinzelt, so sicher war ich mir meiner Fähigkeit, mit allem umzugehen, was sich mir in den Weg stellte. Aber in meinem jetzigen Zustand kann ich es nicht einmal mit einer aggressiven Ratte aufnehmen, geschweige denn mit zwei Männern, die sich auf das Töten spezialisiert haben.

Männer, die so gefährlich sind wie ich.

Schnell wäge ich meine Möglichkeiten ab. Ich kann hierbleiben und hoffen, dass mich niemand sieht, bis die Russen gehen, aber die Wahrscheinlichkeit ist hoch, dass Ella jeden Moment zu mir kommt.

Die Alternative – die, zu der ich tendiere – ist, aufzustehen und völlige Ahnungslosigkeit vorzutäuschen. Schließlich ist es durchaus möglich, dass ich nicht gut genug Russisch spreche, um zu verstehen, was sie gesagt haben. Es ist in der Tat sehr wahrscheinlich, da die meisten Ungarn meiner Generation stattdessen Englisch in der Schule lernen.

Ja, das ist es. Ich werde mich einfach dumm stellen, und um das zu tun, muss ich mich zeigen, anstatt darauf zu warten, entdeckt zu werden.

Der Adrenalinschub stabilisiert meine Hände. Ich nehme das Tablett und stehe auf, wobei ich laut auf Ungarisch fluche. Denn das ist es, was eine unschuldige, ahnungslose Kellnerin tun würde, wenn sie Bier über ihr Tablett verschüttet und nicht weiß, dass sie in Reichweite von zwei Killern ist.

»Mina, geht es dir gut?«, fragt Ella, als sie mit ihrem

eigenen Tablett mit Getränken vorbeikommt, und ich grinse sie beruhigend an.

»Ja, ich habe heute einfach zwei linke Hände.« Ich schaue bewusst nicht in die Richtung des Tisches, aber ich spüre die Augen der Männer auf mir, als ich hinter die Säule trete und zurück zur Bar gehe, um die Bierflaschen auszutauschen.

Während ich gehe, hämmert mein Herz in meiner Brust, und ein Tropfen kalten Schweißes läuft über meine Wirbelsäule. Ich spüre, wie ihr Blick mir folgt, aber ich behalte das Lächeln auf meinem Gesicht bei, während ich mich hinter die Bar begebe, die Flaschen in den Papierkorb werfe und beginne, das Tablett zu reinigen.

Seht ihr? Ich mache nur meine Arbeit. Das ist es, von dem ich hoffe, dass meine typischen Handlungen es aussagen. *Ich bin eine unschuldige Kellnerin, das ist alles.*

Als mein Tablett sauber ist, belade ich es mit mehr Flaschen und gehe zu meinen Tischen, wobei ich es immer noch vermeide, in Richtung der Säule zu schauen. Mein Puls ist viel zu schnell, aber der Ausdruck auf meinem Gesicht ist gut gelaunt und fröhlich, wie es sich für jemanden gehört, der für Trinkgeld arbeitet.

Fünfzehn Minuten vergehen. Zwanzig. Nach einer halben Stunde riskiere ich einen Blick hinter dic Säule, während ich einer Gruppe von College-Mädchen Cocktails bringe.

Scheiße.

Die beiden Männer sind immer noch da, und sie starren mich immer noch an.

Ich schaue schnell weg, aber nicht, bevor ich mir ihr Aussehen eingeprägt habe. Einer ist riesig, sowohl groß als auch breit, wie ein Linebacker beim American Football. Sein Kopf ist rasiert, und sein Schädel ist mit Tattoos verziert, was seine starken, fast brutalen Gesichtszüge unterstreicht. Er ist leger gekleidet, mit einer Jeans und einem schwarzen Hoodie über einem dunklen T-Shirt. Der andere ist genauso groß, aber schlanker gebaut und trägt eine schicke Anzughose mit einem weißen Hemd, als käme er gerade von einem Geschäftstreffen oder einem Vorstellungsgespräch. Sein Haar ist dunkelbraun, aber seine Augen sind hell und hervorstechend, obwohl ich aus dieser Entfernung die genaue Farbe nicht erkennen kann.

Überhaupt ist alles an dem schlankeren Mann auffallend, von den starken, gemeißelten Linien seines dunkel aussehenden Gesichts bis hin zu der Kraft und Selbstsicherheit, die sich in seiner trügerisch trägen Haltung zeigt.

Instinktiv weiß ich, dass er derjenige ist, den ich fürchten muss.

Er ist derjenige, der entscheidet, ob ich lebend nach Hause komme.

Zu meinem Entsetzen klopft mein Herz schneller, und Hitze breitet sich zwischen meinen Beinen aus, als ich mir vorstelle, wie ich gegen ihn kämpfe. Mein Körper hat offensichtlich nicht verstanden, dass diese Gefahr – etwas, von dem ich immer angezogen wurde

– im Moment schlecht für mich ist. Noch schlimmer ist, dass mein Gehirn den Adrenalinschub als sexuelle Erregung interpretiert … als Anziehungskraft des Mannes, der sich wahrscheinlich Gedanken darüber macht, ob er mir die Kehle durchschneiden muss oder nicht.

Das ist nicht gut.

Überhaupt nicht gut.

Ich spüre, wie sein Blick mir folgt, während ich meiner Arbeit nachgehe. Der andere Mann schaut mich auch an, aber es ist der Blick des gefährlichen Fremden, den ich beinahe körperlich spüre, so als ob er mich bereits berührt. Strom läuft über meine Haut, und mehr Hitze überflutet meinen Unterleib, als ich mir vorstelle, wie er mich *wirklich* berührt, und nicht mit der scharfen Kante seiner Klinge.

Verdammt. Ich habe keine Ahnung, warum meine Libido diesen Moment gewählt hat, um aus ihrem langen Winterschlaf aufzuwachen, aber ich mag es nicht.

Sex, besonders mit einem russischen Mörder, ist das Letzte, was ich brauche.

Ein weiterer Schwindelanfall trifft mich, und diesmal begrüße ich ihn fast. Meine Erregung verpufft, da sie durch die leichte Übelkeit verdrängt wird, die oft mit diesen Momenten extremer Schwäche einhergeht. Ich atme ein und konzentriere mich darauf, stehen zu bleiben und das Tablett, das ich trage, nicht fallen zu lassen. Ich kann es mir nicht leisten, dem Drang nachzugeben, mich auszuruhen, irgendetwas zu machen, was den Verdacht der Russen verstärken würde. Ich muss wie eine gewöhnliche Kellnerin aussehen, die ihren Job macht, sonst nichts.

Der Schwindel vergeht nach einigen Augenblicken, und ich fahre mit meiner Schicht fort und widerstehe der Versuchung, zu dem Tisch der Männer zu schauen, um zu sehen, ob der gefährliche Fremde mich noch immer beobachtet.

Eine Stunde später erlaube ich mir endlich einen weiteren Blick.

Die beiden Männer sind weg, und stattdessen sitzt dort eine Gruppe von Mädchen, die lachen und ihre langen Haare über ihre schlanken Schultern werfen. Sie sind so harmlos, wie man nur sein kann, und die Anspannung in mir lässt etwas nach.

Vielleicht haben die Russen mir meine gespielte Ahnungslosigkeit abgekauft, und ich werde sie nie wiedersehen.

Ich sollte erleichtert sein – und das bin ich auch –, aber unlogischerweise bin ich gleichzeitig enttäuscht. So unangemessen die Anziehungskraft des gefährlichen Fremden auf mich auch war, es war das erste Mal seit Jahren, dass ich *etwas* fühlte, und etwas zu fühlen ist besser, als nichts zu fühlen.

Na ja. Er und sein Begleiter sind weg, und das ist das Beste.

Jetzt kann ich mich auf meine Arbeit konzentrieren, ohne der Versuchung ausgesetzt zu sein, ihn anzustarren.

Während die Nacht weitergeht, setze ich meine

Schicht fort, kämpfe gegen weitere Schwindelanfälle und zunehmende Erschöpfung, und als die letzten Gäste gehen, stehe ich kurz vor einem Zusammenbruch.

»Hier, lass mich.« Ella nimmt mir die schmutzigen Gläser aus den zittrigen Händen, und ich widerspreche nicht.

Wenn ich sie fallen lasse, ist es mehr Arbeit für alle.

Schließlich ist alles erledigt, und ich halte mich irgendwie immer noch auf den Beinen. Mit letzter Kraft schleppe ich mich ins Hinterzimmer, ziehe meine dicke Winterjacke an, stolpere hinaus in die eisige Gasse, und meine Gedanken sind vor Erschöpfung benommen.

Ich bin so müde, dass ich die beiden Russen fast vergessen habe, und als ich die Schritte höre, ist es zu spät.

Sie haben mich erwischt.

AUSZUG AUS PRISONER: GEFANGEN

VON SKYE WARREN UND ANNIKA MARTIN

Als ich ihn zum ersten Mal sehe, ist er von einer Aura purer Kraft und ursprünglicher Macht umgeben – seine zuckenden Muskeln können nur von Fesseln im Zaum gehalten werden. Er ist gefährlich. Er ist wild. Er ist der schönste Mann, den ich je gesehen habe.

Also verstecke ich mich hinter meiner streng wirkenden Brille und meinem Buch, so wie ich es immer tue, denn auch ich habe meine Geheimnisse. Dann taucht er in dem Schreibkurs auf, den ich im Gefängnis abhalte, und er bringt mich mit seiner Ehrlichkeit um den Verstand. Er berichtet mir in seinen Geschichten von seinen Geheimnissen, und es fällt mir zunehmend schwer, meine eigenen zu bewahren. Ich zittere, wenn er mir zu nahe kommt und nur von den Handschellen und den Wärtern zurückgehalten wird. Während meiner Nächte kann ich an nichts anderes als an ihn in seiner Zelle denken.

Das ist aber genau das Problem mit einem Tier in einem Käfig – man weiß nie, wann es zubeißen wird. Er wird dich vielleicht benutzen, um zu fliehen. Er wird dich vielleicht sogar in einen Wald zerren und dir seine Hand auf den Mund drücken, damit du nicht um Hilfe rufen kannst. Er wird dir womöglich einen so starken Orgasmus verschaffen, dass du nicht mehr denken kannst.

Und du wirst dich vielleicht viel mehr nach ihm als nach deinen nächsten Atemzug sehnen.

Eine schwere Gittertür aus Metall schließt sich mit einem dumpfen Knall hinter mir. Ich spüre das Geräusch bis tief in meine Knochen. Eine Reihe mechanischer Klickgeräusche folgen, die auf einen ausgeklügelten Verschlussmechanismus unter der schwarzen Metallabdeckung hinweisen. Ich wusste, dass es so kommen würde, hatte mich darauf vorbereitet und mich davor gefürchtet. Bei der Erkenntnis, dass ich jetzt hilflos eingesperrt bin, fange ich trotzdem schneller zu atmen an.

»Kann ich Ihnen helfen?«

Ich wirbele zu dem kleinen Fenster des Schalters herum, hinter dem eine untersetzte Frau in der Uniform des Wachdienstes auf einen Bildschirm starrt.

»Hi«, sage ich und setze ein Lächeln auf. »Mein Name ist Abigail Winslow, und ich bin hier, um …«

»Zwei Ausweise bitte.«

»Ähm, ich habe die Papiere bereits am Empfang ausgefüllt. Und meine Ausweise gezeigt.«

»Das hier ist aber nicht der Empfang, Miss Winslow. Das hier ist die Rezeption des Ostflügels, und ich muss zwei Ausweise von Ihnen sehen.«

»In Ordnung.« Ich suche in meiner Handtasche, bis ich meinen Pass und meinen Führerschein finde.

Sie nimmt beides entgegen, ohne mich anzusehen, und reicht mir ein Klemmbrett mit einem Stapel Formulare, die genau wie jene aussehen, die ich bereits ausgefüllt habe.

Seit Wochen fürchte ich mich vor diesem Tag und habe gehofft, dass mir ein anderes Projekt als dieses zugewiesen wird. Man könnte glauben, dass ich hierhergeschickt worden bin, weil ich etwas verbrochen habe. Meine Professorin, die mich zu dem hier gezwungen hat, hatte mich davor gewarnt, dass Gefangene Außenstehenden gegenüber nicht immer aufgeschlossen sind. Anscheinend ist das hier niemand.

Ich fülle jedes Formular aus, klemme die einzelnen Seiten ordentlich auf das Brett und bringe es wieder zurück zu dem Schalter. Die Wärterin nimmt alles entgegen und gibt mir meine Ausweise wieder, noch immer, ohne mich eines Blickes zu würdigen.

Während die Wärterin die Formulare durchgeht, ballen sich meine Hände immer wieder zu Fäusten.

Die Sekunden verstreichen nur langsam. Oder sind es Minuten? Die feuchte Kälte dieses Orts dringt in meinen Pullover ein und lässt mich zittern.

Ich lehne mich vor und lese das Namensschild der Wärterin. »Ms. Breck. Wie geht es jetzt weiter?«

»Sie können sich setzen. Ich habe noch etwas zu erledigen, und dann werde ich Sie reinbringen.«

»Oh. In Ordnung.« Ich werfe einen Blick in Richtung der Gittertür, die gerade hinter mir ins Schloss gefallen ist, und in den Korridor, der dahinter liegt. »Es würde eigentlich genügen, wenn Sie mir den Weg bis zur Bibliothek erklären. Ich bin mir sicher, dass ich …«

Ein dumpfes Geräusch erklingt. Die Frau hat mit der Hand auf den Tisch geschlagen. Ich zucke zusammen. Sie sieht mich aus ihren dunklen Augen anklagend an, und ich wünsche mir, dass wir wieder auf Blickkontakt verzichten würden. Es ist mir gelungen, sie mir in nur zwei Minuten zum Feind zu machen.

»Miss Winslow«, sagt sie herablassend.

»Sie können mich Abby nennen«, flüstere ich zurück.

Ich ernte ein flüchtiges Lächeln. Kein besonders nettes. »Was glauben Sie, was wir hier tun, Miss Winslow?«

Das ist natürlich eine rein rhetorische Frage. Ich presse meinen Lippen zusammen, um nichts zu sagen, was die Sache noch schlimmer macht.

»In der Justizvollzugsanstalt Kingman sitzen über fünftausend verurteilte Straftäter. Es ist mein Job, dafür zu sorgen, dass das auch so bleibt. Haben wir uns verstanden?«

Meine Wangen laufen rot an. Das Letzte, was ich will, ist, ihr mehr Arbeit zu bereiten. »In Ordnung. Natürlich.« Ich gehe langsam von dem Schalter weg und lasse mich auf einen metallenen Klappstuhl fallen. Er wackelt etwas, bevor die mit Gummipfropfen versehenen Stuhlbeine dafür sorgen, dass er nicht zur Seite rutscht.

Ich kann die Frau verstehen. Sie muss dafür sorgen, dass die Gefangenen eingesperrt und alle anderen Menschen draußen bleiben – und dass Menschen wie ich hier sicher sind.

Ich greife in meine Tasche, die zwischen meinen Beinen steht, und ziehe ein Buch heraus. Ich gehe niemals ohne eines außer Haus, selbst wenn ich Vorlesungen besuche oder Einkäufe erledige. Das war bereits so, als ich noch jung war und meine Mutter auf ihren Runden begleitet habe.

Besonders damals.

Ich hatte mich mit der Nase in einem Buch auf dem Rücksitz versteckt und vorgegeben, dass ich die zwielichtigen Gestalten nicht bemerke, die an ihr Fenster kamen, wenn wir anhielten.

Ein kleines, grünes Licht über der Gittertür leuchtet auf, und ein unheilvolles Summen erklingt. Jemand kommt herein, und ich bezweifele, dass es ein ehrenamtlicher Mitarbeiter der Bibliothek ist. Ich mache mich auf meinem Stuhl kleiner.

Gib vor, unsichtbar zu sein.

Das ist natürlich zwecklos. Als ein Gefangener durch die Tür schlendert, riskiere ich einen Blick über den Rand meines Buches, und mein Puls hämmert doppelt so schnell in meiner Kehle.

Er wird von zwei Wachen begleitet. Nein, eskortiert ist das richtige Wort. Sie sehen aber mehr wie seine Gefolgsleute aus. Er verströmt eine Aura der Macht, die wie eine Warnung wirkt.

Lies, lies, lies! Schau nicht hin.

Der Gefangene ist nur zehn Zentimeter größer als die Wachen, scheint aber weit mehr über sie aufzuragen. Vielleicht liegt das an seinen breiten Schultern, an der Art wie er dasteht oder an seinen gebieterisch hohen Wangenknochen. Die dunklen Bartstoppeln auf seinen Wangen sehen so rau und unversöhnlich aus, dass ich sie in meiner Handfläche zu spüren glaube. Sie bilden einen starken Kontrast mit seinen sinnlich vollen Lippen. Sein kurz geschnittenes braunes Haar ist zerzaust. Eine Narbe, die eine Augenbraue teilt, trägt irgendwie noch mehr zu seiner Perfektion bei.

Die kleine Gruppe nähert sich dem Schalter. Ich kann kaum atmen.

»Nummer 85359«, sagt einer der Wärter, und ich begreife, dass er damit den Gefangenen meint. Das ist es, was er ist. Kein John Smith oder William Brown oder wie sein Name auch immer lautet. Er ist auf eine Nummer reduziert. Die Frau hinter dem Schalter stellt eine Reihe von Fragen. Routine, um ihn aus der Einzelhaft zu entlassen.

Ich sehe den Gefangenen von der Seite. Er steht aufrecht da, und sein Mundwinkel ist nach oben gezogen, als amüsiere er sich über das Prozedere. Dann wird mir klar, was so offensichtlich anders an ihm ist: Er hat keine sichtbaren Tätowierungen. Harte Kerle wie er sind immer von Kopf bis Fuß damit bedeckt. Es ist eine Art Schutzwall, der anderen signalisiert, dass sie sich verpissen sollen. Der hier hat keine, obwohl seine Haut weit davon entfernt ist, jungfräulich zu sein. Weiße Narben bedecken seine raue Haut. Besonders auf seinen Unterarmen, wo ein Gitternetz von Schmerz und Gewalt zu sehen ist, das wie die Flagge der Unterwelt wirkt, aus der er stammt.

Die Aura der Brutalität, die ihn umgibt, ist unwiderstehlich und … auf eine besondere Weise wunderschön.

Verborgen hinter meinem Buch, das meine Maske und mein Schutzschild ist, sauge ich alles von ihm auf. Dann geschieht etwas Eigentümliches: Er legt seinen Kopf zur Seite. Es ist nur eine kleine Bewegung, aber tief in mir fühle ich, wie sich seine Aufmerksamkeit auf mich richtet. Er hat mich entdeckt. Wie mit Suchscheinwerfern. Ich bin entblößt.

Mein Herz rast.

Ich will, dass er wegsieht. Er nimmt zu viel Raum ein. Es wirkt, als würde er den Sauerstoff, der für zwölf Männer bestimmt ist, allein einatmen und keinen für mich übriglassen. Vielleicht würde mir die Last seiner Aufmerksamkeit nichts ausmachen, wenn wir in der Bibliothek wären und er Hilfe bei der Suche nach einem Buch oder einer Auskunft benötigte.

Nein. Noch nicht einmal dort. Er ist zu überwältigend.

Eine doppelt vergitterte Tür. Handschellen. Zwei Wachen.

Was denken sie, was er tun wird, gäbe es nur ein Gitter, und nur eine Wache?

Mein Blut kocht, als die Wachen ihn vom Schalter in Richtung der inneren Tür ziehen. Dorthin, wo ich sitze. Als er sich nähert, durchdringt seine Körperwärme die Kälte, die mich umgibt. Der Blick aus seinen dunkelbraunen Augen begegnet nicht ein einziges Mal dem meinen. Ich habe aber das Gefühl, dass er wie ein Baum mit einer gewaltigen Krone über mir aufragt, als er an mir vorbeigeht. Er geht weiter. Einhundert Kilo maskuline Gefahr, die unter all dieser Schönheit verborgen ist.

Selbst in Ketten wirkt er lebendig, wild und frei, wie eine Naturgewalt. Ich fühle mich, als wäre ich diejenige, die im Gefängnis sitzt. Sicher. Klein. Behutsam weggeschlossen.

Wie würde es sich anfühlen, so frei zu sein?

»Miss Winslow. *Miss Winslow.*«

Ich zucke überrascht zusammen, als ich höre, wie die Wärterin meinen Namen ruft. »Es tut mir leid«, sage ich, während ein seltsames Gefühl in meinem Nacken prickelt.

Die Frau steht auf und zieht sich ihre Jacke an. »Ich bringe Sie jetzt in die Bibliothek.«

»Oh, das ist gut.«

Das fröstelnde Gefühl wird stärker. Obwohl ich es

besser weiß, blicke ich in den Gang, den die Wachen mit ihrem Gefangenen entlanggehen. Er wirkt wie eine orangenfarbene Säule, die von zwei dünneren, kleineren Pfosten flankiert wird.

Der Gefangene wirft einen Blick über seine Schulter. Mit einem spöttischen Ausdruck in seinen braunen Augen sucht er nach mir und sieht mich mit einer unterschwelligen Drohung an. Es ist aber nicht sein Blick, der mir Angst einjagt. Es sind seine Lippen. Diese wunderbaren, vollen Lippen, die Worte bilden, die mein Blut in Wallung bringen.

Miss Winslow.

Kein Laut kommt über sie, aber ich fühle mich, als hätte er mir meinen Namen direkt ins Ohr geflüstert. Dann dreht er sich um und schlendert weiter.

GLOSSAR DER BEGRIFFE

Aquavit — ein skandinavischer Kräuterschnaps

Mor — Mutter

Min Gudinne — Meine Göttin

ÜBER DIE AUTORIN

A. Zavarelli ist eine Bestsellerautorin von *USA Today*.

Sie mag alles, was aus Schokolade ist, Bücher, die mit Warnungen versehen sind, und ihre Charaktere durch die Hölle zu schicken. Ihre Geschichten sind bekannt dafür, mit der Dunkelheit zu flirten und sie manchmal ungeniert zu umwerben. Rache und gequälte Seelen sind die Lieblingsthemen für ihre Bücher, denn das gibt ihr eine Ausrede, um in ihrer Freizeit bizarre und verdrehte Dokumentationen zu sehen.

Sie lebt derzeit im Nordwesten der USA mit ihrem Holzfäller und einer ganzen Brut von pelzigen Babys.

Printed in Poland
by Amazon Fulfillment
Poland Sp. z o.o., Wrocław

87398053R00262